スキマワラシ

恩田　陸

集英社文庫

スキマワラシ　目次

第一章　兄のこと、名前のこと　9
第二章　壁の色のこと、茶碗の帰還のこと　27
第三章　ジローのこと、発見のこと　56
第四章　チーズケーキのこと、N町のこと　96
第五章　落語CDのこと、トンネルのこと　143
第六章　銭湯のこと、胴乱のこと　170
第七章　坂道の先のこと、黄色いテープのこと　207

第八章　風景印のこと、「ゆるさ」のこと　237
第九章　兄が遭遇すること、その反応のこと　265
第十章　「ダイゴ」のこと、「ハナコ」のこと　303
第十一章　準備のこと、もう一匹のこと　353
第十二章　ドアを探すこと、消防署のこと　405
第十三章　ちょっとした寄り道のこと、世間での呼び名のこと　447
第十四章　みんなのこと、僕らのこと　469
文庫版あとがき　529

スキマワラシ

第一章　兄のこと、名前のこと

　さて、これは確かに「スキマワラシ」についての話なのであるが、この件にまつわるもろもろのことを話し始める前に、やはりまず触れておかなければならないと思うのは、八つ年上の兄のことである。

　兄という人物のことは、身内からみてもいささか説明が難しい。いや、身内だからこそ難しいというのもある。考えてみてほしい。あなたは、自分の身内のことをどのくらい正確に他人に説明できるだろうか。

　長いこと一緒に時間を過ごしているからといって、その人物のことを理解できているとは限らない。むしろ、当たり前にそこにいる空気のような存在なので、もはやあえてどんな人物か考えないし、内面に踏み込まないのが普通だろう。

　言い訳がましくて悪いが、要は兄のことを僕自身あまり分からないので、分かるところから――とりあえずは、よく聞かれることから話しておく。

　兄は僕に話しかける時（いや、話しかけない時もある。独り言をいう時も、兄はしばしばこの文句から始めるからだ。恐らく、兄の中では口を開く時のきっかけ――いわばドアのノックのようになっていると解釈すべきであろう）、必ずといっていいほど「弟よ」と呼びかけてから始める。

僕は慣れっこだが、これは、他人が聞いた時に非常に面喰《めんく》らうし、奇妙に思うことらしく、大概の人は「えっ」という顔で兄を見、次に呼びかけられた僕を見る。

兄は平然としている上に僕も「なあに、兄ちゃん」と普通に返すため、そこでようやく、他人はこの呼びかけがこの二人のあいだでは日常であると気が付くようだ。

だが、そこから先の反応はさまざまに分かれる。知らんぷりをする人もいるし、笑い出す人もいる。「いつもそうなの？　なんでそうなの？　いつからそうなの？」と不思議そうに質問攻めにする人もいる。

しかし、ここから先の説明もまたしにくい。

そもそも、兄がこんなふうに僕に呼びかけるようになったのは、僕のせいなのだ。いや、正確に言うと、決して僕のせいではなくて、僕の親のせい、ということになるのだが。

申し遅れたけれど、僕の名前は「さんた」という。苗字《みようじ》ではなく、下の名前である。

ちなみに、兄の名前は「たろう」だ。

さて、あなたは耳で「さんた」と聞いて何を思い浮かべるだろうか。

僕が思うに、この名前、五人も六人もきょうだいがいるのが当たり前だった時代には、さして珍しくもない名前であり、しかも聞いた人のほとんどが「三太」という漢字を思い浮かべていたのではないかと思う。しかも、「ああ、上に二人きょうだいがいるのね」と考えるに違いない。

しかし、すっかり少子化の進んだ二十一世紀の現代、まず頭に浮かぶのは「サンタクロース」なのではないか。いや、実際、僕の名前を聞いた同年代の人たちの反応は、これまでほぼ百パーセント、そうだったのである。

クリスマス・イブ。北半球ならば寒冷期なので、使用頻度が高まり、非常に危険だと思われる暖炉の煙突から、どうみても通りぬけられるとは思えぬ巨体でむりやり家屋に侵入し、頼まれもしないのに勝手に物品を放置していく赤い服の怪人。

最初にサンタクロースの話を聞いた時、僕はそういう恐ろしいものを想像してしまった。

だが、そのような反応はごく珍しいようだ。その証拠に、誰もが「クリスマス」というと楽しそうな顔になるし、「サンタさん」は親しみやすいキャラクターだと考えているらしい。

すなわち、みんなにとって「サンタさん」は素敵なものをプレゼントしてくれるありがたいおじさん、という位置づけなので、やたらと言葉尻をとらえがちな子供時代、「サンタさん！　おまえ、サンタなんだろう？　なんかいいもんくれよー」といういちゃもんを執拗《しつよう》に続ける同級生がいて、名前を呼ばれるのがイヤだった時期があったのだ。

その結果、それまでは家庭内では普通に「さんた」と呼ばれていたのに、よほど僕がイヤそうにしていたのか、誰も（主に兄）直接僕の名前を呼ばなくなったのである。

しかも、それだけではない。

むしろ、音の響きよりも、こちらのほうが重要かもしれない――実は、僕の名前の「さんた」には「散多」という字があてられているのである。ようやく自分の名を漢字で書けるようになった頃はともかく、成長するにつれ、なぜ親がこの字を選んだのか、理解に苦しむことになる。

「散多」。これはいったいどういうことだろう。

ざっと字面通りに考えれば、たくさん散らかす（何を？）、あるいは命を散らし、あえなく滅びる、みたいな意味だとしか思えない。

こんな名前を子供に付けるとは、いったい親にどんな意図があったというのだろう。僕が付けるとしたら、キラキラネームとはいかないまでも、せめて「参多」（積極的な性格になるように）とか、「讃多」（みんなにほめられるような人になるように）とか、「燦太」（輝くような子になるように）とか、他にいくらでも漢字の選択肢はあったのではないか。

その辺りを親に聞いてみたかったのだが、うちは早くに両親を亡くしているので、今更その深遠な意図について問い質《ただ》すことはできない。

そんなわけで、こちらもまた漢字を覚え始めた子供にとっては突っ込みどころ満載というわけで、「散った、散った」「サンタがチッタ」などと揶揄《やゆ》されて、字面からも己の名前が好きになれなくなった、というわけなのだ。

ちなみに、兄の名前はごく普通に「太郎」という漢字である。「太郎」から「散多」に至るまでにどのような心境の変化があったのかも、もし親が生きていたら聞いてみたかったところだ。

ところで、「太郎」と「散多」のあいだの心境の変化に疑問を覚える前に、長男である「太郎」と次男である「散多」のあいだにもう一人いたのではないか、と考えたあなたは正しい。

いや、「正しい」というのは僕の考える「正しい」であって、特にご褒美は出ないので、念のため断っておく。

というのも、成長するに従い、ずっと僕も同じ疑問を持ち続けてきたからだ。僕と兄とのあいだの八年というのは、そこにもう一人誰かがいても不思議ではない、じゅうぶんな時間である。

「太郎」と「散多」のあいだに何かがあったので、その結果、親の心境に変化が生じ、僕の名前にこんな漢字をあてたのではないかと思うのも、決して無理な話ではないだろう。

僕は今でも、兄にその辺りのことを、折にふれ、かまをかけたり、尋ねてみたりする。

しかし、兄は例によって、あのふざけているのか真面目なのか分からない顔で、「俺はなんにも知らないよー」と繰り返すばかりである。

僕は、いつも兄が言う「なんにも覚えていない」というのを信じていない。なにしろ、兄はとんでもなく記憶力がよくて、それこそ「なんでも覚えている」からだ。

突然だけれど、「引手《ひきて》」というものをご存じだろうか？

何それ、という声が聞こえてきそうだが、襖《ふすま》に付いている金具のことだ。襖を開ける時に指を掛ける、あれだ。

兄は、引手を磨くのが趣味である。暇さえあれば、台所の隅で引手を磨いている。いや、引手と限らず、彼はドアノブや蝶番《ちようつがい》など、古い金具全般を磨くのが好きなのだ。

はっきりいってじじむさい子供だった兄は（今はじじむさい中年男である。が、子供の頃からじじむさかった男は歳《とし》を取ってもあまり変わらない、とも言える。むしろ、今のほうが実年齢よりも若く見えるかもしれない）、僕がものごころついて兄の存在を記憶し始めた頃から、ずっと引手を磨いていたような気がする。

うちの親戚は建築関係の仕事に従事している人が多く、うちも元々は大工の家系で、同居している父方の祖父は大工の傍ら茶道などもやっていて、風流な人だ。

裏の倉庫には、よく分からない建材の一部や、それこそ兄の偏愛の対象である引手など、いろいろなパーツが山とあった。倉庫が遊び場だった兄は、日がな一日、長い時間をそこで過ごしていた。

ある時、祖父が、古い馴染《なじ》みのお客さんが茶室を改装するので、引手を探している、という話をしていた。

なんでも、お客さんのお母さんがお茶の先生で、喜寿の記念の改装なので、おめでたい意匠のものに取り替えたい、というのである。

そうしたら、その時、そばにいた兄が「亀の引手がいいよ」と呟《つぶや》いたそうなのだ。

当時、兄はまだ八歳くらいだったらしいが、彼は倉庫の中にあるパーツをほぼ全部、置き場所も含めて覚えていたのだ。

祖父はびっくりして、兄と一緒に倉庫を見に行き、兄が取り出した引手を見て二度びっくりしたらしい。古いものだが状態はよく、亀の甲羅の部分に指を掛けるようになっている意匠も素晴らしかったからだ。結局、祖父はその引手を使ったというのだから、その頃から既に、兄はなかなかの審美眼も持ち合わせていたようだ。

そんなふうに、当時から引手に対する愛情には並々ならぬものがあったようだが、兄の引手好きは、今も変わらない。

なんでも、京都の桂離宮《かつらりきゅう》には「月」の字を模した引手があるんだそうだ。

いつかあの引手をゆっくり磨いてみたいなあ。

そう呟いて、その場面を想像しているのか、うっとり宙を見つめていた兄の姿を覚えている。

僕も、その引手を、兄の仕事を手伝うようになってから写真集で見た。

確かに、「月」という漢字を模した、桂離宮のために特注で作られたその引手はとても美しかった。今ならば兄がうっとりするのも分かるのだけれど、かつては引手という存在は「自分の兄は、もしかしたら少々変わっているのではないだろうか」と初めて認識したきっかけでしかなかったのである。

兄の記憶力のよさは、俗に言う映像記憶によるもののようで、大体「絵」として覚えているらしい。ところが、僕のほうは、記憶力はまるでダメなのである。試験の暗記ものなんか、いつも惨敗だった。

どうして兄弟でこんなに違うんだろう、と恨めしく思ったことも一度や二度ではない。弟よ、代わりに、おまえには「アレ」があるじゃないか。

試験前にぶつぶつ愚痴る僕に対し、兄はいつもそう囁《ささや》く。それに対する僕の返事もいつも決まっている。

あんなの、何の役にも立たないし、むしろロクなことがないじゃないか。

会話はいつもここで途切れる。

何が「アレ」で何が「ロクなこと」なのかは、おいおい説明していくとして、とにかく、僕は試験どころか、子供の頃のこともあまりよく覚えていないし、小中学校時代のことだって、既にかなり怪しい。

ある時中学の同窓会に行ったら、あまりに何も覚えていなかったので、みんなの話題に全くついていけず、二度と参加するまいと思ったくらいだ。しかも、ああいう会には必ず、兄みたいになんでも覚えている奴《やつ》が一人はいるものなのだ。

おまえはあの時ああした、こうした、あの時こんなことを言った、と言われることくらい気まずいというか、自分がアホになったような気がする瞬間はない。

ただ、ひとつ気になったことがある。

そいつが、ふと僕の顔を見て思い出したように、「おまえ、女のきょうだいいたよね？」と言ったことだ。

え？　いないよ。

僕はそう返事した。

そうだっけ？

なんでも覚えている彼が、その時初めて自信のなさそうな表情になり、首をかしげた。

八歳年上の兄貴と、僕だけだよ。

そう付け加えると、彼は「そうかあ？」と更に首をかしげた。

いつだったか、おまえが髪の長い女の子と歩いてたのを見て、あとから「あれ、誰だよ」って聞いたことがあったんだよな。そしたら、具体的になんて答えたのかは覚えてないんだけど、とにかく血縁関係者だって答えたような気がするんだよ。

えーっ、いつごろのこと？

僕はびっくりして聞き返した。当然のことながら、僕にはそんな記憶は全くなかったからだ。

中学に上がる前じゃないかな。

彼はそう答えた。

その子、何歳くらいだった？

僕は間抜けにもそう尋ねる。

おまえと同じくらいの歳に見えた。

僕は、親戚を思い浮かべた。同年代のいとこは男ばかり。女のいとこは、結構年上で、あまり話した記憶はないし、第一、全く接点がない。一緒に歩いていたなんてこと、あるはずがない。

勘違いだよ。

そう答えたものの、なぜかほんの少しだけ、背筋が冷たくなったのを覚えている。

女のきょうだい。

その一言に、僕は動揺していた。何か触れてはいけないものに触れたような気がしたのだ。

もしかして、当時つきあってたガールフレンドのことを、そう言ってごまかしたのかもな。

彼がそれ以上深追いはせず、そうフォローしてくれたので、僕はなんとなくホッとした。

もちろん、僕には、当時そんなガールフレンドなんかいなかった（いくらなんでも、つきあっていた子のことはさすがに全員覚えている）ことは確かだったのだけれど。

ねえ、ひょっとして、僕と兄ちゃんのあいだに、女のきょうだいがいたりしなかった？

同窓会のあと、僕は例によって引手を磨いている兄に、洗いものをしながら（僕は、我が家では食事担当なのだ）さりげなく聞いてみた。

すると、兄は「いたりしなかった」と即答した。

その即答ぶりを怪しく思わないでもなかったが、兄はいつものように、どこかすっとぼけた声で淡々と続けた。

そりゃ、俺だって綺麗《きれい》なお姉さんや可愛《かわい》い妹が欲しい、と思ったことがあることは否定しない。しかし、隣の芝生は常に青いものだ。弟よ、俺にはおまえという弟がいるだけでじゅうぶんだ。

なんだか、丸めこまれたような、煙《けむ》に巻かれたような、返事になっていない返事である。

だよね。

僕は気のない返事をする。兄が僕の質問に正面から答えないのはいつものことだ。

でもさ、同窓会で言われたんだ。おまえ、女のきょうだいいたよねって。そいつ、僕が髪の長い女の子と歩いてて、僕に「誰だ」って聞いたら、僕が「血縁関係者だ」って答えたっていうんだよ。僕は全然覚えてなかったんだけど。

なんだって？

その時の兄の声の調子に、思わずびくっとして、グラスを流しに落としてしまった。

振り向いた僕は、兄とまともに目が合った。

そんな表情を見たのは初めてのことだった。

兄はかすかに青ざめ——そして、ひどく真剣な目で僕を見ていた。

兄は黒目がちで、いつもかすかな笑みを浮かべているので、前から柴犬《しばいぬ》みたいな目をしているなとは思っていたが、なかなかちゃんと見たことはなかった。ひょろっとして僕よりも十センチ以上背が高いので、いつも見上げる感じだったというのもある。

しかし、この時の兄は、椅子に座っていたので、逆に僕のことを見上げる角度になっていた。

その目は、やたらと黒目が大きく見え、しかもほんの少し青みがかっているのに気付いた。

ブラックホールみたい。

ブラックホールを見たこともないくせに、そう思った。

吸い込まれそうだ。

僕はそう思い、反射的に身体《からだ》を引いていた。

それ、いつごろの話だって言ってた?

兄は、自分の表情が弟を動揺させたことに気付いたらしく、小さく咳払《せきばら》いをした。そして、少し目を逸《そ》らすようにしてそう尋ねた。

僕はブラックホールから引き戻され、同時に、デジャ・ビュを見たような気がした。

兄が、僕がそいつに尋ねたのと同じ質問を口にしたからだ。

えっと、中学に上がる前じゃないかって言ってた。

そう答えると、兄は、視線を宙に向けた。

その子、何歳くらいだったって？

またしても、デジャ・ビュ。

僕と同い年くらいに見えたって。

ふうん。

兄は目を泳がせた。

その表情は、兄が何かを思い出している時の顔だ。映像記憶を持つ兄が、記憶の隅から何かの「絵」を引っ張り出している時の顔。

そして、その時の兄は、確かに何かを思い出したのだ。

僕は知っている。兄が何かを探り当て、思い出した時には、一瞬目が見開かれて「かちり」という音が聞こえたような気がするからだ。

そのことを確信したけれど、もちろん兄はその内容を僕に教えてくれることはない。分かってはいたが、それでも僕は尋ねずにはいられなかった。

なあに、何か思い当たることでもあるの？

兄は、つかのまぼんやりしていて、声を掛けられたことにも気付いていないみたいだった。

が、少し遅れて、予想通りの返事をした。

いいや、別に。

兄は、かすかに笑みを含んだいつもの表情に戻って、ゆるゆると左右に首を振った。

でもねえ。

グラスに視線を戻した僕に、また少し遅れて兄がぽつんと呟いた。

「スキマワラシ」かもしれないね。

スキマワラシ？

僕はもう一度手を止めて、兄を見た。

なにそれ？

この時が、初めて「スキマワラシ」という単語を耳にした瞬間だった。もちろん、それまでに聞いたことのない単語である。

スキマワラシって言った？　ザシキワラシじゃなくて？

僕はそう聞き返した。単に、何か別の単語を聞き間違えたのかと思ったのだ。

しかし、兄は否定した。

ううん、スキマワラシ。ザシキワラシは、家につくものだろ。

ザシキワラシ。座敷童子。その単語についての僕のイメージは、かつて絵本か何かで読んだ、実にステレオタイプなものである。

大きな民家（イメージでは、東北の農村にある、立派な梁《はり》のある広いお屋敷だ）があって、中のお座敷で着物を着た子供たちが遊んでいる。

ふと気が付くと、いつのまにか子供が一人増えている。でも、それがどの子なのかは指摘することができない。しばらく一緒に遊んだけれど、帰り際になると、いなくなっている。他の子供たちと、帰り道に話す。

さっき、あの座敷にもう一人いたよね？

誰もが「いた」と言う。しかし、その顔は決して思い出すことはできない――

ちょっと不気味で不思議ではあるが、座敷童子はラッキーな存在だったはずだ。座敷童子の棲《す》みついた家は、繁栄するという。逆に、座敷童子が出ていってしまうと、家業が傾き、没落する、という話も聞いたことがある。

座敷童子は、男の子なのか女の子なのか？

そんな疑問が浮かんだが、僕の中のイメージとしての座敷童子は、おかっぱ頭のふっくらしたほっぺたの子で、男の子にも、女の子にも、どちらにも見える。

じゃあ、スキマワラシは何につくの？

僕はそう尋ねた。

スキマワラシ。漢字だと、隙間童子、か。

唐突に、奇妙なイメージが浮かんだ。

押入の下の段に並んでいる段ボール箱の脇の、狭いところに誰かが（もちろん、子供だ）体育座りをしている。

ひょろっとした、細長い手足が見え、顔は陰になって見えない。

そうだなあ——たぶん、あえていえば、人の記憶につく、のかな。

兄は考えながら答えた。

予想していた返事とは違っていたので、僕は面喰らった。

記憶につくって、どうやって？

今の話みたいに、だよ。

兄は謎めいた笑みを浮かべて僕を見た。

人と人との記憶のあいまに棲みつくのさ。

彼は、頭に人差し指を当ててみせた。

人が互いに自分の記憶を照らし合わせているうちに、そいつは少しずつ姿を現す。何かを思い出そうとすると、本当はいなかったはずのそいつが、徐々に存在していたような気がしてくる。

ひょっとして、こんなやついなかった？

いたよね？

いたいた、いたよ、そういうやつ。

話題にすればするほど、人が増えれば増えるほど、そいつの存在はいよいよはっきりしてくる。

確かにそいつはいた。

事実としてみんなが共有すれば、そいつは存在していることになるんだ。

その時、僕はなんとなくゾッとした。

不意に目の前に、元同級生が見ていたという、髪の長い中学生くらいの女の子がむくりと起き上がったような気がしたからだ。

顔は見えない。

ひょろりとした手足。

それは、ほんの少し前に僕がイメージした、押入の下の段に体育座りをしていた子供の手足だった。

押入から出てきたところなのだろうか。ワンピースっぽい服の裾を引っ張ってシワを伸ばし、お尻をぱんぱんとはたいている。

これは誰だ？

僕は棒立ちになって、見えないはずのその子、しかしそこにいるその子を見ていた。

なあんてね。

兄は笑って首をすくめた。

弟よ、冗談だよ、冗談。今、俺がでっちあげた話さ。スキマワラシって言葉も、俺の創作だよ。

そう言って、兄は磨いていた引手を持ってさっさと台所を出ていってしまった。

しかし、僕は棒立ちのままだった。

この時の僕たちは、よもや、兄の創作であるはずの「スキマワラシ」が、将来自分たちの前に現れるとは夢にも思わなかったのだ。

第二章　壁の色のこと、茶碗の帰還のこと

最初にその噂《うわさ》を聞いたのは、いつのことだったろうか。

そんなに昔というわけではない。たぶん、ここ三、四年のことだったと思う。

例えば、日常生活の中で、なんとなくもやもやと感じていることがあるとする。でも、それをはっきりと言葉にして、口にのぼらせるまでには、かなりの距離がある。なおかつ、そのもやもやを感じていたのが自分だけではないと気付くまでには、更に隔たりがある。

それがある日、たまたま――本当に、信じられないような気まぐれな偶然で、ぷかりと「現実」という表面に浮かび上がるのだ。

あそこのビルのエレベーター、壁の色変わったよね？

まだ東京にいた頃、通っていた美容院で、何かの拍子に、美容師と近所のターミナル駅の商業ビルの話になったことがある。

そうか。道理で、最近あのエレベーターに乗ると、なんか違和感があったんだ。

僕は大きく頷《うなず》いた。その商業ビルは、その私鉄沿線に住んでいる人たちがよく使うと

ころだった。最上階にはレストラン街、その下のフロアには書店や歯科医院などが入っていて、僕もよく使っていた。

でしょ？　前は薄い灰色みたいなのだったのに、今は焦げ茶っていうか、臙脂《えんじ》っていうか、暗い色になったよね。

そうそう、確かに、前はグレイだった。

例によって、あまり記憶力のよくない僕ではあったが、それでも彼がそう言うと以前の色がパッと目の前に蘇《よみがえ》った。

だよね？　やっぱ、気付いてたんだ。

こうしてようやく、もやもやと感じていたことは事実となり、他人と共有される。

更に、なぜそのエレベーターの壁の色が変わったかについて、後日、同じ美容師からこんな話を聞いた。

あれさ、荷物の配達の人が、エレベーターの中で、過労で胃潰瘍《いかいよう》が破れちゃって、大量に吐血して、中がすっごく血だらけになって、どんなに掃除しても取れなかったから、壁の色、変えたんだってさ。

へえー、そんなになるなんて、よっぽどたくさん吐いたんだろうねえ。

　僕は目を丸くした。

　そして、その頃には、「駅ビルのエレベーターの壁の色問題」については、私鉄沿線のかなりの人が共有していたらしく、やはり同じ沿線に住む別の人によると「エレベーターの中でストーカーが相手を刺して、血だらけになってしまったので、掃除しても取れなくて、壁の色のほうを変えた」という話になっていたのである。

これはいささか強引な例であるが、思うに、何かの始まりとはそういうものなのだ。いつから始まったのか、何が始まっていたのか、それはずいぶんあとになってから分かる。

そんなわけで、まだ何が始まっていたのか知らなかった僕が、その噂を初めて聞いた夜の話をしよう。

僕の家は首都圏の端っこの、更に町外れにある。

急行の停《と》まらない、私鉄の駅前に広がる、これといって特徴のない、どこにでもある商店街の終わりに建つ、古い日本家屋。正面に、昔ながらの大きなガラスの引き戸が四枚並んだ、いわゆる商店建築だ。その一枚に、暗めな金色の文字で「纐纈《こうけつ》工務店」と書かれている。

大工の家系で、作業場やら倉庫やらが裏にあるから、それなりの敷地があるが、がらんとした殺風景なところで、少し行けばもはやそこは畑やら田んぼやら、あるいはただの空き地やら、何もない景色が広がっている。

「工務店」と名前は残っているものの、祖父母はほぼ隠居状態で、兄は大工ではなく古道具屋を営んでおり（多趣味な祖父は、古物商の免許も持っていたから、祖父を手伝う形を取っている）、知らない人はまず訪れない。

僕は高校卒業後に調理師免許を取って、都内の飲食店に勤めていたのだが、勤め先の経営者が身体を壊して店を畳むことになったのを機に、実家に戻ってきて兄の仕事を手伝うようになった。

もっとも、僕の主な仕事は、運転と運搬なので、夜は、この「纐纈工務店」の帳場だったところにカウンターを作って、八時くらいから日付が変わるくらいまでの数時間、バーのようなものを開いている。酒もつまみもそんなに種類はなく、コーヒーや緑茶も出す。それこそ、看板も出していないので、知らない人はめったに来ない。

近所の人や、兄の仕事仲間がひっそりやってきて、まったり飲んで、お喋《しゃべ》りをして、帰っていく。

兄は決して社交的な人間ではないのだが、意外につきあいが広く、この店の客はほぼ兄の知り合いである。

古物商というのは、実にカバー範囲が広い。

名前の印象から骨董品《こっとうひん》店を思い浮かべる人が多いと思うけれど、要は、中古の商品全般ということなので、車に衣類、オフィス機器などあらゆる中古品の商売がここに含まれる。中古車や書籍、衣類なんかはそれのみを扱う店が多い。

兄の場合、主に古い建材、しかもあまり大きくないものを扱っている。既に紹介した通り、引手、襖、欄間《らんま》、手すりや柱、窓やドアなど、細かい意匠のあるものが得意（というか好き）だ。古い家や建物を解体するという情報を貰《もら》っては、そういったものを引き取ってくる。

骨董品というのも、人によって得意分野が異なる。いわゆる骨董品と聞いて思いつく、壺《つぼ》とか茶碗《ちゃわん》とか書画の類《たぐい》も、時代によって専門が分かれていたりする。だから、横の情報交換も盛んで、これは自分よりもあの人の守備範囲だなというものがあれば教えてくれたりすることも多い。

この世界、祖父と兄しか知らなかったので、完全に年寄りの世界なのかと思っていたら、若い世代も結構いて、僕よりも若い人がいるのに驚かされる。

その晩、店に来ていたのは、児玉《こだま》さんと酒寄《さかより》さんと今井さんの三人だった。

兄と歳が近く、同世代と言っていいだろう。もっとも、この三人は中部東海地方に店を持っていて陶磁器が専門。この日、近くで大きな骨董市があったので、揃《そろ》ってそこに出店した帰りに寄ってくれたのだった。

兄の仕事を手伝うようになって、ひとつ気が付いたことがある。この業界、あまりにも普通に怪談話が付いてくるのである。

僕は怖がりのくせに、実はそういう話が嫌いではない。そして、骨董品店の主人というのは、その手の話がうまい。兄いわく、人は骨董品をストーリー込みで買う。なので、自然と骨董品の店主はストーリーテラーになっていくのだそうだ。

兄ちゃんは違うじゃないか。

僕がそう言うと、兄は、俺は古道具屋だから、とおかしなところで胸を張るのだった。

その時の話題は、鼠志野《ねずみしの》の茶碗だった。

この業界の定番の怪談のひとつに、売っても売ってもしばらくすると戻ってきてしまうもの、というのがある。

それなりにいいものなので、手に入れたがる人も多いし、それなりの値段もする。しかし、入手すると遠からぬ将来、不幸が起きて持ち主が亡くなり、また売りに出される、ということが繰り返されるのである。

むろん、それなりの値段がする名品を手に入れられるのは功成り名を遂げた人であり、その条件を満たすのは高齢者が多いから、自然の理《ことわり》によって死亡率も高まる、という説明もできる。

しかし、明らかにその期間が短いものというのが存在していて、持ち主に「若い」と言っていい人も含まれているのを聞くと、やはり売るほうも心穏やかにはいかない。

また「アレ」、出てきたらしいな。

この日、口火を切ったのは今井さんだった。

「アレ」って、鼠志野？

そう即座に反応したのは酒寄さんである。

「鎌鼬《かまいたち》」だろ。

児玉さんがそう続けた。

あまり陶磁器に詳しくない僕でも、鼠志野が焼きものの種類のひとつであるということは知っていた。

そして、いいお茶碗——桐《きり》の箱に入れられてオークションで売買されるほどの由来があるお茶碗には「銘」という、特別な名前が付いていることが多いのも知っている。

「鎌鼬」というのは、その鼠志野というぽってりしたグレイの陶器の茶碗の銘らしい。

銘には風流なものが多くて、その茶碗の「景色」（というらしい。焼き色とか、表面の模様とか、でこぼことか、見た目の印象のことのようだ）を表現したものというが、僕にはちんぷんかんぷんであることが多い。

え？　この模様が鶴に見えるっていうの？　ほんとに？　うーん、それってほとんどロールシャッハテストでは。ほら、絵の具付けて二つに畳んだ紙を広げた模様を見て、何に見えるか調べることで精神分析、みたいな。お客さん、大丈夫？　何か悩み事でもある？　と言いたくなるような連想もある。

だから、僕には「鎌鼬」という銘を持つ茶碗がどんなものなのか、想像できなかった。

「鎌鼬」そのものの意味は知っている。

野山を歩いていてつむじ風に襲われて転び、起き上がってみると、手足に鋭い切り傷ができている。なぜか血がほとんど出ず、痛みもない。

それは妖怪「鎌鼬」のしわざとされた。僕が聞いた話では、鎌鼬は三人ひと組で行動し、一人目が人を倒し、二人目が鎌で切りつけ、三人目が血止めの薬を塗って立ち去るという。

ずいぶん器用というか、親切なのか親切じゃないのかよく分からない妖怪だ。

一説によると、つむじ風が一瞬真空状態を作り出すので、そこに触れるとスパッと皮膚が切れてしまうのだというが、ホントかな。

とにかく、そういう妖怪の名を銘にしている茶碗なわけだが、いったい何をもって「鎌鼬」と名付けたのだろう？　表面に、鎌みたいな爪を持った鼬の絵が見えるとか？　それとも、「鎌鼬」は風神ともされるから、びゅうびゅう風が吹いているように見えるとか？

そんなふうにぼんやりと、カウンターの内側で三人の話を聞いていた。

今回、まだ二年経《た》ってないよねえ？

酒寄さんが呟いた。

うん。

児玉さんと今井さんが頷く。

その鼠志野の茶碗は、持ち主が亡くなって売りに出されるのが、この十年で、今回が四回目だそうだ。

しかも、売りに出されるまでの期間が少しずつ短くなっているのだという。

どんな感じの茶碗なんですか？　その——見た目、いかにも不吉な感じがするとか？

思わず、僕はそう口を挟んだ。

いいや、全然。

今井さんがあっさりと首を振る。

むしろ、暖かい、いい感じのお茶碗なんだよ。手に持った感じも、柔らかくて手に馴染むというか。姿もいい。アレを欲しがる人の気持ちはよく分かる。

名前がよくないんじゃないですか？　つむじ風の妖怪だなんて。

そういう感じでもないんだよ。

今井さんはもう一度首を振る。

あの銘を付けた人は、ある種のユーモアを込めて名付けたんだと思う。ちょっと、人を喰ったような、飄々《ひょうひょう》としたイメージでさ。そうだよね。

今井さんが他の二人に同意を求めると、二人は頷いた。

でも——そういえば、S先生が、ちょっと変なこと言ってたよ。

児玉さんが思い出したように呟いた。

変なこと？

今井さんが聞き返す。

S先生というのは、若手の有名な茶道家らしい。古美術にも造詣《ぞうけい》が深くて、そういうものについてのエッセイも書いているそうだ。

先生、あの「鎌鼬」で何度かお茶を点《た》てたことがあるんだって。そうしたら、「えらい使い勝手はいいんやけど、なんか底意地の悪いとこがあるわ、あの茶碗」って言ってた。

ふうん。

どういう意味だろ、「底意地が悪い」って？

さあね。俺もそう聞き返したんだけど、先生も「うまく説明できひん」って首ひねってて。

「なあんか、人当たりよくて、にこやかで、気安くおつきあいしてたつもりの人やのに、よそで悪口言われてた、みたいな感じかなあ」って。

それが命名の由来かね。

にっこり笑って、実はスパッと切られてた。

「鎌鼬」だもんね。

みんなが笑った。

そこに、兄が帰ってくるのが見えた。

ガラリと引き戸を開けて「こんばんは」と三人に挨拶《あいさつ》する。

お疲れさん。

お邪魔してます。

口々に挨拶する三人。

兄ちゃん、生ビールでいい？

僕がそう尋ねると、兄は「うん」と頷いて、カウンターの隅に腰掛けた。

ひとしきり、今日の骨董市の話題で盛り上がる。

やがて、仕入れの話になった。

兄が、今通っている民家の解体について話していた時のことだ。

ふと、口を開いたのは児玉さんだ。

解体といえばさ、太郎君、古い建物の解体現場に出る幽霊のこと、聞いたことない？

幽霊？

兄は意外そうな顔になった。それは、知識としては知っていたけれど、本当にそんなものがあったのか、という表情だった。兄は、趣味はじじむさいけれど、考え方はニュートラル。怖がりの僕とは対照的に、怖いものなどない男なのである。

子供の幽霊だってさ。

児玉さんは、世間話のように続けた。

ふうん。幽霊が出るような理由でもあったのかな？

兄は小さく肩をすくめた。

幽霊といっても、これね、ちょっと特殊なタイプ。あまり聞いたことがない。

そういうもんに、タイプってあるのかね？

兄はあくまで懐疑的である。

ありますって。まあ、聞いてよ。

児玉さんは人差し指を振った。

K小学校ってあったじゃない？　このあいだ取り壊されたところ。

それは僕でも知っていた。東京都心部の、夜間人口が減って廃校になった小学校を、広い場所を必要とする彫刻家や現代美術家に貸し出したり、芝居の上演なども行ったりしていたところだ。補強して丁寧に使っていたが、それでも老朽化は激しく、昨年の暮れ、とうとう取り壊された。

建物が解体される、という情報は、自分が関係するかどうかはともかく、兄も僕も敏感なのである。何か引き取れるものがあるはずもないのに、つい足を運んでしまう。

K小学校は、取り壊す直前まで、そこで活動していたアーティストたちの展覧会が行われていたので、僕もちらっと覗《のぞ》きに行った。

古い建物というのは、独特の静寂に満ちている。不思議と人間臭く、本当に「沈黙している」存在を建物全体に感じるのだ。

使いこまれ、数限りなく人間の手に触れられた建物が、僕は子供の頃から苦手だった。それは、僕の「アレ」のせいもあるだろうが、実際、長い歳月を経た建物には人格のようなものが備わっているような気がする。

確かに、次の大地震が来たら耐えられないだろうし、危険であることは分かっているのだけれど、人間の営みを支えてきたものの持つけなげさが、どんなにボロボロでもその建物を美しく見せ、これがなくなると思うとなんとも淋《さび》しくなる。

で、解体の初日に、子供を見た人がいたんだってさ。

児玉さんは続けた。

時間帯は？

兄が尋ねる。

昼間だよ。真っ昼間。いや、ほとんど朝、だな。

児玉さんは、天井から下がっている照明に目をやった。

その日の作業の打ち合わせをしている時に、廊下の奥の階段の前をサッと走っていく白い服の子供が見えたんだそうだ。

しかも、打ち合わせをしていたほぼ全員が目撃している。みんなで思わず顔を見合わせた。そりゃそうだ。もう、小学校全体が立入禁止になっていて、重機で上階から崩していこうってところなのに、小さな子供が入り込んでいたなんて、大変なことだものね。で、おい、何やってる、なんで子供がこんなところに入り込んでるんだって大騒ぎになった。

ところが、みんなで探したんだけど、どこにも子供なんかいない。

そもそも、彼らが目撃した廊下の奥では別の作業チームが下準備をしていて、子供なんかいなかったし、こちらに駆けてきたなんてことは絶対に有り得ない、と証言している。

おかしな話だな、ということで作業を開始した。ただ、本当に子供が入り込んでいたら大変だから、念を入れて無人を確認してから作業したそうだ。

で、作業が順調に進んで数日経った頃、また子供を見た作業員が出た。初日に見たのとは違う二人だ。

その日の作業が終わる夕方頃。

引き揚げる準備をしていた二人が、階段の踊り場のところに立っている子供を見た。

窓の外を見ていたので顔は見えなかったが、麦わら帽子をかぶった、白いワンピース姿の女の子だというのは分かった。

一瞬、見間違いかと思ったそうだ。

ぽかんとして見ていると、女の子はパッと駆け出して、階段を駆けのぼっていってしまったという。

我に返った二人は、慌ててその子の後を追いかけた。作業初日に子供を見かけた話は聞いていたし、やはりどこかから入り込んでいたんだと思い、つかまえようとしたわけだ。

だけど、やっぱりどこにもいない。

すぐに追いかけたし、上の階にはどこにも隠れる場所などないのに、煙のように消え失《う》せてしまったんだ。

二人はそのことを一日の終わりのミーティングで、おっかなびっくり報告した。

なんとも微妙な雰囲気になったそうだ。

そりゃそうだわな。自分たちの知らないところから、子供が危険な現場に入り込んでいる。もしかしたら、彼らの知らない、子供たちだけが知っている出入口があるんじゃないかと疑ったそうだ。大人には無理でも、子供なら抜けられるような秘密の場所が。

しかし、図面もあるし、建物も敷地も徹底的に調査をしている。そんな入口は有り得ない、という話になった。

初日の目撃談と、その日の目撃談を比べてみて、どうやら同じ人物らしい、ということになった。白い服を着た、ひょろっとした、十歳から十二歳くらいの女の子。

近くに住んでいるのかな、という話になった。

土地鑑があって、この辺りをよく歩いているのかもしれない。

だけど、その時、一人がハッと気付いたんだ。

ちょっと待ってください。あの子の格好、おかしくないですか？

みんなも同時に気付いた。

今は、十二月ですよ。

彼らが見た女の子は、白い夏物のワンピースに麦わら帽子という格好。

こんな、暮れも押し迫った時期に、子供がそんな格好をするはずがない。

その瞬間、みんなで一斉に青ざめたそうだ。

そりゃゾッとするよね。その時初めて、自分たちが目撃したものが、この世のものではないかもしれないと気付いたんだから。

児玉さんは、一休みして、緑茶割りの焼酎で口を湿らせた。

ほう、確かに特殊だね。出てきたのが昼間で、バリバリ営業時間中。しかも大勢の人間に目撃されている幽霊だなんて。

兄は面白がるような表情になって、顎を中指で撫《な》でていた。これは、兄が興味をそそられている時の癖なのである。

で、かつてその小学校で、夏休みに亡くなった女の子がいた、というオチなのかな？

兄は児玉さんに尋ねる。

ううん、オチはない。

児玉さんは澄まし顔で首を振った。

そのあとは、もう工事が終わるまで女の子は目撃されなかったし、その女の子が誰だったのか調べた人もいなかった。だけど、現場では結構噂になってて——そりゃ、なるよね。みんな見てたんだから——その人たちが喋った話が、巷《ちまた》に流れてきたわけ。

ふうん。まあ、オチがないというところが、ちっとばかしリアルな幽霊話だね。

まあ、待ちたまえ。

児玉さんは兄に向かって掌《てのひら》を突き出した。

言っただろ、これは特殊なタイプの話だと。昼間に現れて、みんなに目撃された幽霊というだけなら、そのへんにザラにある話だ。

よくあるかな？

兄が首をひねる。

あります。

児玉さんは確信を持って言い切った。

僕も、今回ばかりは兄の意見に賛成だ。昼間に大勢が目撃した幽霊というのは、相当珍しいと思うけど。

まだ続きがあるんだから、聞きなさい。

児玉さんが重々しく言うと、兄は素直に「ハイ」と頷いた。

この話を、大阪の同業者に話したんです。年明けすぐ。

そうしたら、奴《やっこ》さん、ぼんやりしてるわけ。

どうしたのって聞いたら、首ひねってる。

「あれえ？　それと似たような話、どっかで聞いたことあるなあ」って言うの。

まさかあ。

話の行き先に予想がついたのか、兄はそこでひきつった笑い声を上げた。

まさか、他の解体現場でも子供の幽霊が目撃された、なんて話じゃないだろうな？

いくらなんでも、作ってるだろ、そんな話。

いいや。作ってない。でも、正解。

児玉さんはチラリと兄を見た。

大阪の、キタの古いビルを解体してる時に、中で子供が目撃されてたんだって。

でも、そこは個人で持ってる小さな商業ビルだったんで、作業中はシートで覆うくらいで、そんなに警備も厳重じゃなかったんだよね。だから、現場の作業員は、それこそ近所の子供が入り込んだ、くらいにしか思ってなかったみたい。

やっぱり、朝の早い時間で、その日の作業を始めようとしたら、いつのまにか一人の子供が通用口のところにぽつんと立っていたんだって。

キミ、ダメだよ、こんなところに入っちゃ。危ないからここから離れなさい。

作業員がそう言って追い払ったら、ぴゅっと外に駆け出していったって。

「キミ」？　それって、男の子だったの、女の子だったの？

兄が聞き返した。

長い髪を三つ編みにした女の子だったって。

児玉さんが答える。

だけどさ。

兄は不思議そうな声を出した。

それだけじゃ、ただの子供の侵入だよね。とりたてて変わった話だとは思えない。どうして大阪の同業者は、そんな話、覚えてたんだろう。

兄の疑問はもっともだった。

うん、実はね。

児玉さんは声をひそめた。

同業者がこの話を聞いたのは、そのビルのオーナーさんからだったんだ。オーナーさんは、どうやら「見える」系の人らしくって――至って普通の人らしいけど、時々そういう人、いるよね――その時、自社ビルの解体現場にオーナーさんも立ち会ってて、一緒にその子供を見たんだって。

で、作業員は気付かなかったけど、オーナーさんはその子を見て、一目で「ああ、この世の者じゃないなあ」って分かったんだそうだ。

それで、「うちのビルの解体現場に子供の幽霊が出てね」という話を彼にした、というわけ。

なるほどね。

兄は再び顎を中指で撫でた。

商業ビル――何やってた人なの？　そのオーナーさんて。

金物屋とか言ってたなあ。ずっとオフィスとして使ってたんだけど、古くなったんで他のところにオフィスを移して、そのビルはレストランとかデザイン事務所なんかに貸してたみたい。

ふうん、東西の古い建物の解体現場に現れた、子供の幽霊であると。

兄が呟いた。

そう。ちょっと面白いでしょう。

つまり、児玉さんは、その両者を同じものだと考えてるわけですね。

そうだよ。

児玉さんは意外そうな顔をした。

だって、偶然にしては、そっくりすぎる話だと思わない？

兄は「うーん」と唸《うな》った。

だけど、サンプルが二つだけというのはちょっと少なすぎないかなあ。だって、キタのビルのオーナーが「見える」人だというのは、僕らには確かめようがない。もしかして、そっちは本当に近所の子供が侵入していただけかもしれないじゃないですか。あっ、そうだ、ちなみに、その子も夏服だったのかな？

兄が急に思いついたように尋ねると、児玉さんは首をかしげた。

さあ、そこまでは聞いてないな。ただ、その解体工事は夏の終わりだったっていうから、違和感がなかったとすれば、夏服だったんじゃないかな。

なるほど。見た目からしても、同一人物——というか、同一幽霊か——に違いない、と。

うん。それに、そのほうが話として面白いじゃない？

みんなが笑った。

では、それが同じものだとしたら——その子は、どうして出てくるんでしょうね？

兄は腕組みをして考え込んだ。

「どうして」というのは、理由のこと？

酒寄さんが口を挟んだ。

うん。その子は、解体現場そのものが好きなのかな？　だったら、古い建物なんてしょっちゅうあちこちで取り壊されてるんだから、もっと頻繁に目撃されてもいいじゃない？

確かに。

みんなが頷いた。

そもそも、幽霊ってのは亡くなった場所に出るのが相場と決まってる。なのに、なんのために、わざわざ好きこのんで解体現場なんかに出てくるんだろう？　しかも子供でしょ。これが大人だったら、まだ分かるような気がする。そのビルを建てた人だとか、関わった人とかが幽霊になって出てくるのなら納得できるんだけど。

理由ねえ。そんなこと、考えてもみなかったなあ。

児玉さんも一緒に考え込む。

それに、出てくるまでのあいだ、どこに棲んでたんだろう。

兄がそう呟くと、みんながあっけに取られた表情で兄を見た。

太郎君て、変なこと考えるんだねえ。幽霊がどこに棲んでるかなんて、考えたことないよ。

今井さんがあきれ声を出した。

そうですか？　でも、出てくるからには、普段の生息地があるはずでしょう。

兄は大真面目である。

幽霊の生息地、ねえ。

皆が苦笑したが、兄はお構いなしに続ける。

もしかして、古い建物に棲みついていて、壊される時に姿を現して、今度は別の古い建物に移るんじゃないのかな。そうやって、あちこち渡り歩いているのかもね。だとすると、幽霊というよりは——むしろ、座敷童子みたいなものなのかもしれない。

その時、カウンターの中にいた僕は、なぜかドキリとした。

兄の口から「座敷童子」という言葉が出た瞬間、どういうわけか動揺してしまったのだ。

しかし、僕と兄以外の三人は、どっと笑った。

いいねえ、ビル童子《わらし》。今どきの座敷童子は、日本家屋じゃなくてビルに棲んでるってわけだ。

うん、これからこの話をする時はそういうことにしよう。ビル童子が解体現場に出るってことで。

じゃあ、生息場所は、古いビルの階段か踊り場だね。

夏服なのはどうしてってことにする？

そうだなあ。今壊されるような古いビル——いや、当時はビルヂング、だね——がどんどん建てられたのは、高度成長期だろう。いわば、日本の夏の時代のことだよね。夏の時代の象徴だから、夏服を着ているというのはどうかな？

おお、いいね。あの頃、日本は若かった。時代は暑かった、常に夏だった、と。

僕は、兄の顔を見た。

その時の兄は、またも何かを思い出しているような表情をしていたが、果たして目的のものが思い出せたのかどうかは分からなかった。

ねえ、ひとつ聞いてもいい？

ふと、たった今思いついたというような顔で、兄が児玉さんを見た。

なに？

「ビル童子」の話で盛り上がっていた三人が兄のほうを向いた。

児玉さん、現地に行ったことある？　そのビル、タイル貼りの部分はあったかな？

唐突な質問に三人はきょとんとし、僕はびくっとした。

やっぱりそれ、聞きますか、兄ちゃん。

内心、複雑な気分だった。「やっと聞いてくれた」という安堵《あんど》と、「あちゃー、聞いてくれなくてもよかったのに」という落胆と、きっちり半々である。しかし、心の底では、兄がこの話題に加わった時から、その質問をするつもりであったことは分かっていた。

どうかなー。

児玉さんは少し考えてから、ああ、あったね、と答えた。

兄も、僕も、かすかに身構えた。傍目《はため》には気付かないとは思うけど。

どういうタイルだった？

兄はさりげなく尋ねる。

エントランスの壁の部分がタイル貼りだったと思うな。

色は？

確か、青だった。濃紺に近くて、一見黒っぽいくらいの青。

発色はどんな感じでした？　綺麗？

いや、相当古くてボロボロだったよ。

どうして？　太郎君、タイルも扱ってたっけ？

今井さんが兄の顔を覗き込んだ。

兄は小さく笑った。

今、ちょっと勉強中なんですよ。建材フェチとしては、タイルも含めるべきかなと思って。

マジョリカタイルなんかだと、コースターとか鍋敷き代わりにって、買っていったりするけどね。

あれも要は陶片だしね。古くて発色がいいのだと、それなりの値段で売れることがある。

さすが、陶磁器が専門の三人だ。話が商売のほうに移ったので、僕は内心（恐らく兄も）ホッとした。

だけど、僕の頭には、昨年の、取り壊す前のK小学校が浮かんでいた。

解体工事前に開かれた展覧会。

僕は兄には言わず、一人で出かけていったけれど、兄も足を運んでいるに違いない。

その外観を、内装を、すべて目に焼き付けるために。

僕の目的は違った。

目に焼き付けることはできないけれど、触れることはできた。

記憶力のよくない僕でも、まだ、あの壁は思い出すことができる。

一階の壁に、タイルで描かれた壁画。

そこには、羽ばたいて空を飛ぶ鳥がたくさん描かれていた。

鳥たちの上には、太陽があって、雲があって、虹も出ていた。

そこに据えられてからかなりの歳月が経っているのだろうに、まだどのタイルもつやつやして綺麗な色を湛《たた》えていた。

壁の前に立った僕は、どきどきしていた。最近、特に、タイルの前に立つとそうなるのだ。

タイルの表面にはかすかに凹凸があったけれど、とても滑らかだった。

見ただけで、触れる前からそのひんやりとした感触を思い浮かべることができた。

僕はそっと手を伸ばした。

恐る恐る——じゅうぶんに警戒しながら。

心の準備をしておかずに、何気なく触れてひどい目に遭ったことが何度もあったので、僕は用心深くなっていたのだ。

まず、小指でちょん、と触れてみる。

何も感じない。ただの、冷たいタイル。

それでも、まだ用心していた。

今度は二本の指で触れる。人差し指と中指。

指の腹がぺたりとタイルに密着する。

しかし、何も感じなかった。やはり、ただの冷たいタイルである。

そこで肩の力が抜けた。この段階でそうなら、もう何か感じる可能性は、ほぼない。

最後に、ぺたりと掌全体を押し付けた。

分かってはいても、何かを感じようとしてしまう。何かそこにあるのではないかと思ってしまう。

しかし、もちろん何もない。

ただの壁、ただのタイルだ。

掌に、まだあの感触が残っているような気がする。

ひんやりとしたタイル。

あの冷たさは、落胆の感触でもある。

それというのも、僕たちが探しているタイルは、触れると暖かい感じがするからだ。

中には、触れたとたんに火傷《やけど》しそうに熱く感じるものもあるくらいだ。

探しているものか否かは、直接僕が現物に触れてみるしか方法がない。

だから、いちいち出かけていくしかないのだけれど、その大阪の物件も、もし前もってタイルがあると分かっていて、解体されるという情報があったら、僕らも足を運んでいたかもしれない。

それこそ、工事現場に不法侵入していたのは、僕と兄だったのかもしれないのである。きっと、兄も同じことを考えているだろう。

今はもう撤去されてしまった、キタの古いビルのタイルのことを。

まあ、タイルはボロボロだったというから、可能性は低かっただろうけれど、児玉さんが知らなかっただけで、他の部分にもタイルが使われていたかもしれない。

普段から意識して見ていないと、建物の内装や外装にタイルが使われているということに、なかなか気付かないものなのだ。

児玉さんがタイルの色を覚えていただけでも大したものだ。あなただって、自分が住んでいるマンションのエントランスの壁は何色ですかと聞かれても、すぐには答えられないでしょ？

兄は、仕事仲間にも僕たちが特定のタイルを探していることを話していなかった。

能率ということを考えたら、みんなに話したほうがよっぽど楽なはずだ。みんなの情報網があれば、古いタイルのあるところを教えてもらえるだろうし、あちこちに声を掛けて探してもくれるだろうし。

けれど、兄は僕たちがタイルを探していることを極力知られないようにしていた。

これこれこういうタイルを探していると言えば、当然その理由を説明しなければならなくなる。そして、僕たちにはタイルを探していることを言えない個人的かつとても特殊な事情があったのである。

そんなことを僕がもやもやと考えているうちに、いつのまにか、三人の話題はまた茶碗の話に戻っていた。

再び売りに出されるのか。売りに出されたとして、買い手はつくのか。そして、今度は誰が買うのか。

僕はまだ見たことのない鼠志野の茶碗をぼんやりと思い浮かべた。

きっと、その茶碗で何度かお茶を点てたという先生も、僕と似たような感覚を持っているんだろうな、と思った。

手にした瞬間、そこに込められた何か、長い歳月が経っていてもそこに残っている何かに反応してしまう――

つかのま、その先生に共感を覚えた。その人があのタイルに触れたら、いったいなんと言うだろうか。

ふと、その景色を想像してみる。

着物を着た男性が、お盆の上に載った陶片をしげしげと眺めている。

複数の、タイルの欠片《かけら》だ。

発色がええなあ。どこの窯《かま》から出たもんやろか。これ、お茶碗の欠片とは違うみたいやけど。

やがて、先生、手に取ってみる。

うわ。

びくっと身体を震わせ、一瞬、手から取り落としそうになる先生。慌てて欠片をお盆の上に戻す。

ああ、びっくりした。なんやろ、今の。

胸を撫で下ろす。

まるで、熱を持ってるみたいな——しかも、何かおかしなもんが見えたような——

そうなんです、先生。

僕は先生の向かい側に座って、大きく頷く。

が、先生は僕の声など耳に入らないかのように首を振る。

ううん、気のせいやな。そんなけったいな話、あるわけないわ。なあ？

先生は同意を求めるように僕を見る。

けれど、今度は僕が大きく首を振る番だ。

いいえ、気のせいじゃありません。

先生はどことなく青ざめた顔で僕を見る。

僕は、そっと打ち明ける。

実はね、先生。そのタイルはね、触れると、「過去」が見えるんですよ。

第三章　ジローのこと、発見のこと

ここで、ジローの話をさせてもらおう。

それ、誰？

いきなり新しい登場人物ってこと？

そんな声が聞こえてきそうだ。回りくどくて申し訳ないが、僕としても話の順番というものがあるので、今しばらく辛抱していただきたい。

ちなみに、ジローは僕が子供の頃に我が家で飼っていた犬である。

ネーミングからいって、僕よりも早く我が家に来たのではないかと考えたあなたは正しい。ジローは僕よりも年長で、僕がものごころついた時には既におじいさん犬だった。

だとすれば、僕の名前が「サンタ」なのは、その犬がいたからじゃないの？

そう思ったあなたの疑問ももっともだけれど、いくらなんでも犬の名前よりも順番が後というのはあんまりでは——いや、だんだん自信がなくなってきた——まあ、その問題はとりあえず後回しにして、犬のジローの話である。

ジローは、大きな犬だった。

雑種だったらしく、いろいろな犬に似ていた。かといって犬種を特定するには決め手となるような特徴がなかった。

このワンちゃん、種類はなんですか?

いつも家の前にだらんと寝そべっているジローを見ると、通りかかる他の愛犬家たちはそう疑問を投げかけてくるのだが、実はうちの誰にも分からなかった。

祖父の話によると、ジローはいつのまにか我が家に居ついていたというのである。

あまりにも当たり前に家の前で寛《くつろ》いでいるので、なしくずしというか、既成事実が先行して、我が家の一員になったらしかった。

人をあまり警戒しないので、どこかで飼われていたのではないかと思ったそうだが、うちに来た時はまだ子犬で、そのくせ既にだらだらした、年寄り臭い犬だったらしい。兄といい、じじむさい者が集まる家なのかもしれない。

とにかく、番犬にはなりそうもなく、ジローは子供の頃からごろごろしていた。

ゴローって名前にすればよかったのに。

しばしば、ジローを知る人はそう言ったというが、もうジローという名前が定着していた。

しかし、いつもだらだらしていて、同じ場所で寛いでいて、散歩も面倒そうに出かけていく癖に、ジローには不意に姿を消す放浪癖があった。

むろん首輪は付けていたし、予防接種などは受けさせていたが、普段は特に繋《つな》いでいなかったので、二十日にいっぺんくらい、ジローはどこかにいなくなる。

最初の頃は家族も慣れなくて、誰かに連れていかれたのか、とか、元の飼い主のところに戻ったのか、とか、いちいち大騒ぎをしていたが、二日もすると、いつのまにか戻っていて、何もなかったかのように寝そべっているので、やがてみんなも慣れた。

まあ、ジローだって、たまには「遠くへ行きたい」と思うんじゃないの。

誰かがそう言ったが、ジローがどこを漂泊しているのかは謎だった。

が、やがて、ジローには放浪癖のみならず、それに伴うもっと変わった性癖があることが判明したのである。

それに気付いたのは兄だった。

実は、ジローはしばしば姿を消すものの、彼がいなくなる瞬間と、戻ってきた瞬間を目撃した者はそれまで誰もいなかった。

ふと気が付くといなくなっていて、ふと気が付くと戻っているのである。

出入りの瞬間を目にしたことがないのを皆で不思議がっていたし、その瞬間を見つけようとしたこともあったのだが、みんなが気にしているとジローはべったりと寝そべったままで、やがて見張っているのが馬鹿馬鹿しくなってしまう。そして、目を離してしばらくするといなくなっている、というわけなのだった。

兄がその瞬間を目撃したのも偶然だった。

たまたま遠足の帰りに、普段通らない道から家に戻る途中、田んぼの畦道《あぜみち》を歩いているジローを見つけたのである。

あれ、うちの犬だ。

そこは自宅よりもかなり離れたところであり、よもやそんなところで、散歩嫌いで怠け者のジローを見かけるとは思わなかったので、最初は見間違いかと思ったそうだ。

しかし、よくよく見ると、やはりジローである。ジローには尻尾に独特な模様があって、遠目にもそれがはっきりと見えたのだ。

しかも、ジローは、口に何かを銜《くわ》えているようだった。

何を銜えているんだろう？

兄は、みんなの列から離れ、ジローを追いかけた。遠足はこのまま解散になることが分かっていたので、構わないと思ったのだ。

兄は、奇妙な気分でジローを眺めていたという。

ジローは、うちでだらだらしているのとは全く違う、よその犬のように見えたのだ。

ひょっとしたら、うちにいる時のジローは、別の性格の犬を演じているんじゃないか、とまで思ったそうである。

ジローは目的地を承知している様子で、迷うことなく歩いていた。

飼い犬を尾行するというのも珍しい体験であるが、兄は距離を置いてジローの後についていった。

すると、やがて兄は見慣れた風景の中にいることに気付いた。

あれっ、ここって。

ジローが辿《たど》り着いたのは、我が家の裏だった。

めったに通ることはない場所だ。

小さな用水路が脇を走っていて、そちら側から見る我が家は少し高台になっている。自宅の裏側を見ることは普段あまりないので、まるで舞台裏を覗いているような落ち着かない気分だったという。

兄はジローが用水路の脇の斜面に生えている、大きなイチジクの木の下に潜り込むのを眺めていた。そこがジローの最終目的地だったのは間違いない。

兄がじっと見守っていると、やがてジローはそこから出てきた。

そこで、ジローは欠伸《あくび》をしたのだそうだ。

そう、犬も欠伸をする。そしてその時のジローは、いかにも「やれやれ、一仕事終わった」というような顔だった、と兄は言う。

次の瞬間、ジローは、見る間に弛緩《しかん》した顔つきになった。いつものジロー、我が家の前で寝そべっている時のジローだ。

歩き方までさっきのきびきびしたのとはまるで違う、いつもの面倒臭がりのジローになると、よたよたと歩き出した。

そして、兄はジローが我が家に戻っていき、定位置にごろんと寝そべるのを見届けたのだった。

兄は、家に戻ったジローを物陰から眺めながら、それでもまだ半信半疑だったそうだ。

あれは本当に、ジローなのだろうか？

兄は、目を凝らしてジローの尻尾を見た。

見慣れたジローの尻尾。特徴のある模様。やっぱりジローだ。

ふと、奇妙な考えが浮かんだ。

実はジローは二匹いて、さっきのあのイチジクの木の下で入れ替わっているのではないだろうか？　きびきびと田んぼの畦道を歩いていたジローと、だらしないジローと。

さっき見たジローの尻尾の模様は、遠目で見ただけだから、もしかすると違う模様だったかもしれないではないか。もしあれがジローのきょうだいだったとしたら、似たような模様があっても不思議ではないかも。

だけど、なんだってまたそんなことをしなけりゃならないんだ？

兄はそう気付いて苦笑した。

ただの犬なのに。

その日の晩、夕飯の席で、ジローの謎の行動について、兄は遠足の帰りに目撃したことをみんなに話した。

むろん、みんなも、兄の話に驚き、興味を示した。そして、当然、その疑問を口にした。

うちの裏のイチジクの木の下には何があるのだろう？

実は、兄はすぐにでもあの場所を覗きに行ってみたかったのだが、なんとなく一人で行くのが怖かったのだという。もし、とんでもないもの（それがどんなものなのか想像もできなかった）があったらどうしよう？

翌日、みんなで、その場所を見に行くことになった。

ジローは家に置いていった。

みんながぞろぞろと出て行った時も、ジローは振り向きもせず、いつものポーズのままだった。

けっこうみんな緊張していた。我が家の飼い犬の隠された顔とはいったい？

イチジクの木はかなり大きくて、その下は鬱蒼《うっそう》と暗かった。

祖父が先頭に立ち、軍手を嵌《は》めた手でイチジクの枝をゆっくりと押し上げた。

懐中電灯を点《つ》ける。

その光が、その先にあるものを映し出した。

一瞬、誰もが自分が何を見ているのかよく分からなかった。

兄は最初、そこには変な生き物がうずくまっているように見えたという。

ごちゃっとした色彩の塊《かたまり》。

みんなでぎょっとしたが、よくよく見ると、それは生き物ではなかった。

なんだ、こりゃ。

祖父の呟きがみんなの感想を代表していた。

そこにあったのは、サンダルの山だった。

子供のものや大人のもの、ビーチサンダルにつっかけ、トイレ用のスリッパもある。かなりの数だった。

ざっと見ても、五十個ではきかなかったと思う。

しかも、どれも片方だけなのである。一組揃っていたものは、そのサンダルの山を見た感じでは、見当たらなかった。

なるほど、遠目にジローが何か銜えているように見えたのは、サンダルだったのか。兄は納得した。

みんなは、ジローのコレクションを前に、戸惑っていた。いつ蒐集《しゅうしゅう》をスタートさせたのかは分からないが、昨日や今日に始まったものではないのは明らかだった。相当長いことここに置かれていたと思《おぼ》しきものもあれば、まだ新しいものもある。

つまり、ジローは、数週間おきに蒐集欲に駆られるシーズンがあって、近隣にサンダル探しの旅に出る、というわけなのだ。

そうそう都合よくお気に入りのものが見つけられるとは限らない。中には、ふた駅ほど離れたところにあるメモリアル・ホールの名前の入ったサンダルもあり、時にジローが相当な遠征をも辞さないことが窺《うかが》えた。

いったい、いつからこんなことをしてたんだろう?

祖父が首をかしげた。

もしかすると、順番が逆なのかもね。

兄はそう思いついて口にした。

逆というのは？

祖父が聞き返す。

ほら、ジローって、当たり前のようにうちのところにいたじゃない？　もしかすると、この場所に通ってたのが先で、ここに通い慣れてたから、ついでにうちで一休みしてたんじゃない？　それを僕らが勘違いして、飼い犬にしちゃったんだ。

だったら、子犬の頃からこの癖があったってことだね。そんな話、聞いたことがない。もしかしたら、前の主人が関係してるのかもしれないな。

祖父は考え込んだ。

で――これ、どうしましょうね？

おっかなびっくり、後ろから覗き込んでいた祖母が困った顔で呟いた。

どうするって？

祖父と兄が同時に聞き返した。

だって、人様の靴ですよ。片っぽだけ持っていかれて、困っている人もいるんじゃないかしら。

だけどねえ。

祖父が溜息《ためいき》交じりに首を振った。

相当古いものもあるし、名前が書いてあるわけじゃない。かなり遠いところまで行ってるみたいだから、今更返すといってもねえ。

見つけなきゃよかった、と兄は後悔したそうだ。

その後悔は、いささか複雑なものだった。

祖父母のように、飼い犬の盗癖を発見してその後始末をどうするか悩まなければならないからではなく、真っ先に感じたのは、ジローのプライバシーを暴いてしまったことに対する申し訳なさだったという。また、既に引手マニアだった兄は、ジローのコレクターとしての気持ちが分かった。

蒐集欲というのは、理屈ではない。とにかく欲しい。どれだけあっても欲しい。集めること、それ自体が目的になってしまう。ジローがはるばる新たなサンダルを求めてさまよい、戦利品を持ち帰る高揚が理解できるだけに、そっとしておいてやればよかった、という後悔だったのだ。

やっぱり、昨日一人で来てみればよかった。自分一人だけだったら、誰にも話さずに済んだのに。

そういう後悔でもあった。

しかし、もはやジローの秘密は暴かれ、みんなに知られるところとなってしまった。いくら後悔しても後の祭である。

あの時、初めて「後の祭」という言葉を使って、その意味を実感したね。

兄は、感慨深げにそう回想した。

結局、ジローの秘密に関しては、靴が片方だけなくなるという不幸に見舞われた人には申し訳ないのだが、誰かが後始末をすることはなく、知らなかったことにした。ようやくその話題がのぼるようになったのは、ジローが死んでからだったのだ。

実は、ここからがこの話の本筋である。

とはいっても、僕は当時のことなど全く覚えていないので、これは兄から聞いた話だ。さっきも話したように、ジローよりも後に我が家にやってきた僕がジローと遊べるようになった頃には、ジローは老犬になっていた。

もはや蒐集のための遠征の機会も減り、出かけてもあまり遠くへは行かないようになっていた。獲物を見つけられずに、手ぶらで戻ってくることもあった。

そんなある日のこと、家の前で遊んでいた僕は、ちょうど遠征から帰ってきたばかりのジローに出くわした。

ジローは久しぶりの戦利品を口に銜えていたらしい。

その頃のジローは、本来の戦利品の隠し場所であるイチジクの木の下に行くのが億劫《おっくう》になっていたようで、戦利品を自分の犬小屋に持ち帰ることが増えていたのだ。

兄は、たまたまその時の僕とジローの様子を見ていたという。

その日、ジローはピンク色の小さな靴を銜えていた。

そして、なぜか僕の前でその靴をぱたっと落としたのだという。まるで、「これ、あげる」と僕に差し出したみたいに。

僕はきょとんとしていたが、ひょいとその靴を拾い上げた。

と、まるで雷に打たれたみたいにぶるっとして、その靴を放り出したのだそうだ。

痛い、痛い。

僕はそう叫んで泣き出した。

兄は、僕が怪我《けが》でもしたのかと慌てて飛んできた。家の中から祖母も飛び出してきた。

しかし、僕はどこも怪我していなかったし、けろっとしていた。

痛いって叫んでなかったっけ？

うん、そう聞こえた。

兄と祖母は首をひねった。

ジローはぼんやりと座っていて、その前に小さなピンクのズック靴が転がっている。

兄はしげしげとその靴を見つめ、拾い上げた。

彼は、その靴に見覚えがあったのだ。

どこで見たんだっけ？

兄は首をひねった。

そのピンクの小さな靴をどこで見かけたのか、兄が思い出したのは、夕飯を食べながらTVで夜のニュースを見ている時だった。

あれだ！

兄は反射的に立ち上がった。

TVのローカルニュースでは、近所で数日前から行方不明になっている女の子の写真が映し出されていた。

いなくなった時と同じ格好をした写真が、公開されていたのだ。

その子は、ピンクのズック靴を履いていた。映像記憶のある兄は、その靴を覚えていたのである。

祖母が警察に電話すると、すぐに二人の警官がやってきた。

二人は、その靴を見て顔色を変えた。

いったいどこで見つけたんです？

厳しい目つきで尋ねる。

昼間、うちの犬が拾ってきたんです。年寄りなので、そんなに遠くではないと思うんですけど。

ジロー、これ、どこで見つけたんだ？

兄はジローに話しかけたが、ジローはきょとんとしていて、自分がその靴を拾ってきたことすら覚えていないようだった。

ダメだな、こりゃ。

警察犬を連れてくるか？　靴の匂いで辿れるかもしれない。

ボソボソと警官たちが話し合っていた。

そうしたら、その時、突然僕がぽつんと呟いたのだそうだ。

おっきな花。

唐突な発言に、みんなが僕を見た。

僕は、その靴をじっと見ていて、続けた。

おっきな、黄色い花があったよ。

みんながあっけに取られて僕を見ていた。

僕は、やがて興味を失ったように、一人遊びを始めた。

警官は、その子も犬と一緒にいたんですか、と尋ねた。兄は、いえ、弟はずっと家にいました。犬が戻ってきた時にそばにいましたけど、と答えた。

警官は、僕の他愛《たわい》のない独り言だと思ったらしく、それ以上はとりあわなかったという。

そして、ジローの行動範囲内であろう一帯を、翌朝から捜索することになったのだ。

翌日は、明け方から大掛かりな捜索が行われた。

辺り一帯、早朝からピリピリした異様な空気が立ち込めていたという。住民たちも、息を詰めてその様子を窺っていた。

そして、お昼前に、小さな女の子の亡骸《なきがら》が見つかった。

そこは、それまで捜索されていなかった場所だった。

国道沿いの、大きなホームセンターの駐車場の脇にあるほんの小さな茂みで、辺りはがらんとして見晴らしもよく、よもやそんなところに遺体が隠されていようとは思わず、連日大勢の捜査員が近くを通り過ぎていたのに、ずっと見過ごされていたのだ。

遺体が見つかったという第一報は、すぐにお昼のニュースで流された。その後、繰り返し流されることになる映像だ。

兄はその映像に目が釘付《くぎづ》けになった。

おばあちゃん、あれ。

兄はのろのろとTVを指差した。

祖母も、兄が言わんとするところにすぐに気付いて、真っ青になった。

TVに映し出されていたのは、巨大な黄色いヒマワリの花だった。ホームセンターのロゴと組み合わされた、黄色い花の巨大な看板。夜にはライトアップされ、離れたところからもよく見える。

兄と祖母は、無言で僕を振り向いた。

僕は、二人の視線を感じて不思議そうにチラッとTVに目をやったが、その黄色い花を見ても何の反応も示さなかった。つい前日、自分が呟いたこともすっかり忘れてしまっているようだった。

しかし、兄と祖母は僕の言葉を忘れてはいなかったし、僕があのホームセンターに行ったこともなければ、あの看板を目にしたこともないことを知っていた。にもかかわらず、僕はどこかであれを目にしていて、それを口にしたのだ。

その時、兄は口には出さなかったが、既に確信していたという——僕は、首を絞められて殺された、あのかわいそうな女の子が最後に目にしていたものを「見た」のではないかと。

そう、ジローが拾ってきた女の子のピンクのズック靴を拾い上げた瞬間に。

結局、ジローがどこでその靴を拾ってきたのかは分からなかった。運ばれる途中で脱げて落ちていたのか、それとも女の子の隠されていた場所に入り込んで持ってきたのか。ピンクのズック靴は、証拠品としてすぐに押収され、ジローから取り上げられてしまったが、ジローはもはやそれを拾ってきたことも忘れているらしく、全く意に介していなかった。

ジローの趣味が、初めて世間の役に立ったような、立たなかったような。家族は皆、複雑な気分だったそうだ。

犯人は、現在に至るまで、未《いま》だにつかまっていない。全く遺留品がなく、目撃者も見つからなかったという。女の子は行方不明になった晩にはもう亡くなっていたらしく、犯人はよそから車で来て女の子を乗せ、しばらく連れ回して深夜のホームセンターの駐車場で犯行に及んだのではないかと推測されたが、駐車場は広く、防犯カメラもカバーしきれていなかった。

兄は、しばしば考えたそうだ。

もしかして、僕があの黄色い花を「見た」時に、犯人の顔も「見た」のではないかと。

女の子の見た最後の光景の中に、犯人もいたのではないかと。

しかし、残念ながら、その当時から、僕は忘れっぽかった。

兄が何度か聞き出そうとしてみたものの、僕はそのピンクの靴を拾い上げたことどころか、ジローが持ってきたことすら、綺麗さっぱり忘れていたという。

まあ、覚えていたら、それはそれで、厄介なことになるなとも考えたけどね。

兄はそう呟いた。

それには僕も同感だ。とても痛ましい事件だし、事件は解決してほしいけれども、未だにつかまっていない殺人犯の顔を覚えているなんて、物騒極まりないし、精神衛生上もよくない。映画やドラマなんかでも、殺人現場を目撃した子供はひどい目に遭わされているではないか。

弟よ、もしかしたら、おまえは面倒に巻き込まれないように、無意識のうちにわざと忘れるようにしているのかもしれないな。

兄は冗談めかしてそんなことを言うが、僕は同意しない。僕の「アレ」が、瞬発力とエネルギーを要するものだけに、持続力までは持ち合わせていないのだ、と自分を納得させている。

そんなわけで、僕自身の記憶として「アレ」を体験したのは、もっと後のことになる。

その時は、もうジローはいなかった。

しかし、兄はやはり近くにいて最初から最後まで目撃し、「アレ」を確信することになったのだ。

今でも覚えているのは、どこか天井が高い、とても広い場所にいて、周りで大勢の人たちがガヤガヤと賑《にぎ》やかにしていたことだ。

兄いわく、それは大きなホテルで行われた、建設業界の何かの記念パーティだったそうだけど、むろん、僕にそんなことが分かるはずもなく、とにかく建設関係の人がいっぱいいて、その中に僕たち一家や親戚もいた、というわけなのだ。

当時の僕は小学校低学年といったところ。

まだまだチビで（今もそんなに大きくはないが）、会場では人の足ばかり見ていた印象がある。

僕は、ロビーか廊下みたいなところで、しゃがみこんで一人遊びをしていた。

見ていると目が回りそうな、灰色の渦巻模様をした絨毯《じゅうたん》が一面に敷き詰められていたのを覚えている。

何をやって遊んでいたのかは記憶にないが、ミニカーか何かを絨毯の上で走らせていたのではないかと思う。

目の前の狭い視界の中を、大人の足や靴がひっきりなしに行き交っていたが、僕は全くお構いなしに遊んでいた。

と、その時、何かの気配がしたのだ。

うまく言えないけれど、呼ばれたような気がした、というのがいちばん近い感覚ではないかと思う。

で、僕は顔を上げ、その呼ばれたような気がしたほうに目をやった。

少し離れたところに、それはあった。

十メートルほど先の、絨毯の上にそれは落ちていた。

小さな、茶色っぽいものがパッと目に飛び込んできたのである。

僕は用心深く近付くと、何なのか確かめた。

それはどんぐりだった。

いや、正確に言うと、どんぐりを模した何かだった。僕はじっとそれを見つめていた。

兄いわく、僕は尋常ならざる集中力で、ひたと見据えたままピクリとも動かなかったそうである。

兄は、僕の異様な様子に気付いていて、僕のところまでやってきた。

いったい何を見ているんだろう、と興味を惹《ひ》かれたのだ。

僕が見ているものに気付くと、兄はひょいとそれを拾い上げた。

帯留だね。誰かが落としたんだ。

兄はそう言った。

その頃の兄は、まだ高校生だったが、既にかなり目が肥えていて、古いものにはなんでも詳しかったのだ。

オビドメ、という不思議な言葉の響きは覚えている。

それは、瑪瑙《めのう》を写実的な二つのどんぐりに仕立てた帯留だった。

後から知ったことだが、瑪瑙は鉱石の一種で、赤っぽいもの、黒っぽいものなどさまざまな色がある。この時の瑪瑙は限りなく茶色に近い柔らかい色をしていて、自然の色を活《い》かした、まさに本物のどんぐりそっくりの、艶々《つやつや》とした見事な細工だった。帯締《おびじめ》を通すための輪っか状になった金属の土台が付いていて、大人の親指一本分くらいの大きさである。

はて。これを着けていた人は、さぞかし困ってるんじゃないかなあ。

兄はそう言って首をかしげた。

帯留は帯の正面に来るようにつける、装飾品である。帯留が落ちているということは、帯締もほどけているかもしれない。

うーん。確かに、和装の人は何人かいたけど、その中の誰かかしらん。

兄は、大会場のほうを振り向いた。

僕はそっと手を伸ばして、兄の手からその帯留を取り上げた。

あの時の感触は、今でも忘れられない。

電流のような、衝撃のような、猛々《たけだけ》しい熱いものがワッと全身に流れ込んできて、身体がぶわっと膨らんだように感じたのだ。

アッ、と僕は叫んで帯留を取り落としてしまった。兄がびっくりしたように僕を見る。

僕は思わず手を押さえていた。火傷したのかと思い、恐る恐る見てみたが、なんともない。

しかも、流れ込んだのは熱だけではなかったことに、激しく動揺していた。

何かが見えた。

カバン——革のカバン——ショルダーバッグ。

くたっとした、少し黄緑色に近いような、使い込まれたカバン。大きな手がそのカバンに触れている。年配の男性の手だ——何かモノを作っている人の手。そう、うちのおじいちゃんみたいな。

そのカバンのファスナーに付いている——結びつけている。

この帯留を。どんぐりの形をしたこれを。

それはあまりにも強烈なイメージだったので、僕は瞬《まばた》きをして、思わず周囲を見回した。

黄緑色の革のカバンが瞬時に脳裏に焼き付いてしまったようで、ぶるっと頭を震わせ、何度も首を振った。

なんだろう、今のは。

むろん、周囲を見回しても、そんなカバンなどない。

だけど、僕は直感していた。その時、もう知っていたのだ。あのカバンの持ち主が、その帯留の持ち主であることを。

僕はきょろきょろし始めた。

弟よ、どうしたんだ？

当然、兄は挙動不審な僕を見咎《みとが》めた。

カバンなんだよ。

僕は上の空で答えたらしい。

カバンに付いてたんだ。

兄は僕が何を言っているかさっぱり分からなかったようだが、とりあえずもう一度帯留を拾った。

僕はきょろきょろしながら、パーティ会場に入っていった。

中はホテルでいちばん広い宴会場で、まさに宴もたけなわであり、ざっと四百人はお客がいて、思い思いに談笑している状況だった。

おい、どこに行くんだ。

兄は突如パーティ客の中に潜り込み、ちょろちょろ動き始めた僕に面喰らい、そのまま後をついてきた。

僕はひたすら、中にいる人たちの持ち物を見ていた。顔は分からないけど、男の人で、大きな手をした人。そして、あの黄緑色の革のカバンを持っている人――

手ぶらの男性も多い。ひょっとして、荷物はどこかに預けていたのだろうか。もしかしたら、ここではないのかもしれない――

僕は焦り始めていた。

それでも、予感はあった。

絶対この中にそのカバンの持ち主はいる、という予感だ。

僕は会場の隅から隅まで、人と人との間を縫って歩き回った。それについてきた兄も物好きだが、僕が何をしているのか分からなかったと思う。

人混みを泳ぎ回ること、数十分。

見つけた。

がっしりした肩に、あの黄緑色の革のショルダーバッグを掛けた男を。

その時、僕は心底ホッとした。いい加減、広い会場の中を歩き回って疲れていたし、予感が当たったという満足感もあったからだ。

そこで、僕はその男のショルダーバッグを二回ほど引っ張った。

誰かと談笑中だった男はふと振り返ったが、そこに誰もいないのを見て驚いた表情になった。

僕がもう一度バッグを引っ張ると、ようやく目線を下げ、自分の腰ほどの身長しかない僕に気付いた。

きょとんとした顔で僕を見下ろす。

ええと、どなたかな？

感じのいい男だった。手に目をやると、やはり、さっき見えた大きな手だった。

これ、おじさんの？

僕がついてきた兄を促すと、兄は僕の言わんとするところを察して、掌を広げ、あの帯留を見せた。

男はハッとした表情になり、慌てて自分のカバンを見た。カバンのファスナーに何もついていないことに気付き、「あれっ。あれっ？」と動揺し、もう一度兄の掌の帯留を見る。

うん、僕のだよ。君たち、拾ってくれたの？

はい。

いやあ、落としたこと、全然気付いてなかったよ。どうもありがとう。どこで拾ったの？

男は胸を撫でおろしたようだった。

廊下に落ちてました。

僕がそう答えると、彼は怪訝《けげん》そうな顔になった。

廊下に？　よく僕のだと分かったね？

彼の疑問はもっともだった。落とすところを目撃したのならともかく、ただ廊下に落ちていただけなら、誰が落としたのか分かるはずはない。

兄と僕は、一瞬、顔を見合わせた。

その時、兄が僕と同様、彼の疑問に答えることは難しいと、とっさに判断したのが分かった。

それはそうだ。その帯留に触ったら、それが付けられていたカバンが見えた、などということを僕自身うまく説明できなかったし、兄も薄々察してはいただろうが、この時点では知らなかったわけだし。

僕、うちが骨董品扱ってるんで、たまたまそのカバンに付いてた帯留、お見かけしていいなと思ってたんです。

兄の年齢に似合わぬ（見た目のじじむささには見合っていたが）落ち着いた返事に、男はあっさり納得した。

いやあ、渋いねえ。君、若いのに、よくこれが帯留だなんて分かったね。

男はどんぐりの帯留を手に、感心した声を出した。

兄も頷いた。

なるほど、それを根付《ねつけ》として使ってらしたんですね。

そうそう、根付を知ってるとは、これまた渋い。

男は笑った。

これ、オフクロの形見でね。子供の頃、オフクロがこれを気に入っていて、よく身に着けてるのを見てたんだ。なんとなく手元に置いときたくて、紐《ひも》を通してカバンに付けてたんだけど。

しみじみと帯留を撫でる。

ずいぶん長いこと提げてたから、紐が切れちゃったらしい。紐は付いてなかった？

はい、紐は一緒になかったですね。これだけ落ちてました。

兄と僕は同時に頷いた。

そうか、いやあ、よかった。君たちに見つけてもらわなかったら、きっと僕の手元には戻ってこなかっただろうね。本当にどうもありがとう。

男があまりにも喜ぶので、僕らのほうが恐縮してしまうほどだった。

僕がこの時のことをよく覚えているのは、僕の「アレ」の体験の中では、数少ない明るい事例だったからかもしれない。役に立った、喜んでもらえた、という成功例に、あの男の満面の笑みに、未だにしがみついているのだ。

そう、役に立つこともあるのだ——そうでないことのほうが多いのだが。

この日の帰り道、兄は僕に何が起こったのか尋ねたので、僕はしどろもどろになりつつも答えた。

自分でもよく分からない、とんでもない話なので信じてくれるかどうか不安だったが、兄は終始真顔で僕の話を聞いていた。

なるほど、そういうことだったのか。

聞き終わると、兄は納得したように頷いた。

弟よ、それで合点がいったよ。

兄はそう呟いて、僕が小さい頃から奇妙な言動をする時があって、ずっと不思議に思っていた、と教えてくれた。

話には聞いていたけれど、実際にそんなことができる人がいるとは思わなかったよ。
しかも、自分の弟だ。
そんなことって？
僕は聞き返した。
しねんってなあに？
モノに残っている思念を読み取れる人がいるって話。
そう尋ねると、兄はつかのま考え込んだ。
人の気持ちとか、考えていたこととか、思い浮かべていたこと、かな。
ふうん。
兄は、ふと思いついたように尋ねた。
そのカバンを見た時、何か感じなかった？
何かって？
ええと、嬉《うれ》しいとか、悲しいとか、何か気持ちは感じなかったの？
今度は僕が考え込む番だった。
ううん、特に、何も。
そうか。必ずしも気持ちが伴うわけじゃないんだな。
兄はそう言って顎を中指で撫でた。
弟よ、この話、人には話さないほうがいいな。俺とおまえと、二人だけの秘密にしとこう。

僕は兄を見た。

おじいちゃんとおばあちゃんにも話しちゃダメなの？

うん。

どうして？

無邪気に尋ねると、兄は少し困ったような顔になった。が、真顔に戻って答えた。

きっと、すごく心配するからだよ。二人に心配させるの、いやだろ？

この時から、「アレ」は僕と兄だけの秘密になった。

とはいえ、実際のところ、祖父母も僕の「アレ」のことは気付いていたと思う。恐らく、僕たちが黙っていたので、言いたくないのだと察して、気付いていないふりをしてくれていたのだ。そのことに僕はとても感謝している。

それ以来、似たようなことが起きると兄に報告するようになった。

兄は、毎回じっくりと、興味を持って聞いてくれた。

兄は兄で、独自に僕の「アレ」を分析していたようだ。「アレ」はどのような条件の下に起きるのか？　主な要因は僕にあるのか、それともモノのほうにあるのか？

現在に至るまでの長期に亘《わた》る観察の結果、「アレ」が起きる時に、「特に規則性はない」というのが僕たちの下した結論だった。

身も蓋もない結論ではあるが、規則性がないということぐらいしか分からないのである。

そりゃあ、規則性があるほうが話としては簡単だし、僕としても説明しやすい。気温十八度で南風が吹いてて大潮で茶柱が立った時に「アレ」が起きるんです、と断言できたらどんなに楽かと思う。

しかし、そのようなことはなく、「アレ」は全く不用意かつ思いもよらぬ時に、思いもよらぬモノによってだしぬけに起きる。

続けて起きる時もあるし、一年近く起きない時もあった。あの時は、もう僕には「アレ」が起きないのではないか、やはりあれは子供特有の現象だったに違いない、と期待したものだが、その後ドカンと大きいのが何度か起きたので、予想は全くあてにならないことが分かった。

サンプル数が絶対的に足りないということもあっただろう。「アレ」は必ずしも鮮明に起きるとは限らない。なんとなくモヤモヤと感じることもあるので、果たしてそれが「アレ」だったのか、単なる気のせいだったのではないかと迷うことも多い。

これまでに起きた回数を均《なら》してみると、年に十回から十五回のあいだ、というところだろうか。これでは規則性を見つけようとしても無理というものだ。

ただ、なんとなく分かってきたことは、幾つかある。

確実なのは、やってくるのは向こうからで、僕はいつも受身だということだ。

あの帯留の時も、僕は何かに呼ばれているような気がした。「アレ」が起きる時は、似たようなものを感じることが多い。

こちらから探しに行くようになったのはごく最近のことだが、今でもあまり成功率が高くない。あくまでも僕は「受信するだけ」らしいのだ。

あと、当然かもしれないが、自分のものでは全く「アレ」は起きない。日常的に触れているものや使っているものではなく、他人のものでないと起きないのは確かなようだ。

あと、必ずしも個人の持ち物で起きるとは限らない。

それでも、これまでに「アレ」が起きた時に触れたものは、個人の持ち物がいちばん多いのは間違いない。ベルトにマグカップ、スリッパに歯ブラシ。

その延長として、喫茶店のコーヒーカップやドアノブなどは予想範囲内だろう。居酒屋のハンガーに触れた時に起きたこともあったし、蕎麦屋《そばや》の縄暖簾《なわのれん》なんていうのもあった。

電車の吊《つ》り革、バスの降車ボタン。これもまだ分かりやすい。

驚いたのは、窓のサッシだ。どこにでもあるただの量産品に見えたのに、解体現場で触ってひどい目にあったことがある。

古い茶室の上がりかまちというのもある。にじり口から入ろうとして何気なく手を突いたら——うう、あの時のことは思い出したくもない。

車庫のシャッターというのもある。手でガラガラと上げ下げするタイプのものだ。こんなところにも、と意外に思った記憶がある。

しかし、年に十回から十五回ということからも分かるだろうけれど、古いものならばいいのかというとそんなことはないのだ。古いものに触れる度に起きていたのでは、ほとんど毎日起きていても不思議ではない。

こんな古いもの、いかにも「アレ」が起きそうだな、と警戒していても、全く何にも感じないことがある。むしろ、空っぽで何も残ってない、と感じることも多いのだ。

例えば、日本では最も古い建造物のひとつであろう神社。ああいう場所に行くと、何に触れても全く何も感じない。

むしろ、どこもすうすう風が通っていて、いつもすかっとしていて、何も残っていない。

なるほど、「気」がいい、とはこういうことか、と思う。ああいう場所はいろいろな意味でよどみがなくて、いつも更新されているみたいなのだ。

お寺のほうはまたちょっと独特なのだが、たぶん仏像とか、みんなが拝んでいるところに思念が集中しているらしく（触ってみたことがないので分からないけど）、お寺そのものは割合さばさばしている。

お役所なんかもそう。公共施設は人の出入りが激しく、なんともとりとめのない印象を受ける。

つまり、建物の古さはあまり関係がなくて、あくまでも建物の使い方であったり、使った人間の個性とか思い入れの強さとかのほうが大事らしいのだ。

それに、僕のほうの感じ方や見え方も、ひとくくりにできずまちまちだ。

これが「アレ」なのかどうか判断に迷うのは、何かに触れた時に、不意に「自分のものではない」ような感情が込み上げてきた時のことが多い。帯留とカバンのように、はっきりビジュアルで浮かんでくれば「アレ」だと確定することができるけれども、感情だけであれば、それが単なる気分の変化である可能性もある。

ふと感じる一抹の淋しさだったり、怒りだったり、恐れだったり。むしろ、僕としてはビジュアルよりもそちらのほうが動揺させられる。これは自分の感情ではない、きっと「アレ」だ、と考えながらも、本当にそうなのか？　単に本来気分屋なだけなのではないか？　と疑う自分もいる。

なにしろ、子供の頃からずっと僕は僕なわけで、自分の性格や気質を客観的に見ることは難しい。今でも正直なところ、自分がむら気なのか、そうでないのかがよく分からない。単に、根っからの情緒不安定な人間で、感情のコントロールができないことを「アレ」のせいだと思い込み、そこに理由を見つけようとしているだけなのかもしれないし。

それでも、そういうビジュアルを伴わない「判断できない」ケースが多い中で、印象に残っている出来事がある。

中学校の修学旅行で、関西の古い港町に行き、みんなで散策していた時のことだ。気持ちのいい、初夏の午後だった。

高台の海を見渡せる公園で、心地よい風に吹かれながら、わいわい歩き回っていた。

綺麗なバラの花が咲き乱れている公園の片隅に古い石のベンチがあって、僕と友達はお喋りをしながら、何気なくそこにどすんと並んで腰掛けた。

他愛のないお喋りに夢中になっていたことは覚えている。ところが、このベンチに腰を下ろしたとたん、わーっと熱いうねりのようなものが、凄《すさ》まじい勢いで全身を走り抜けたのだ。

それはまさに、押し寄せてくる、湧き上がってくる、という表現がぴったりで、僕は全身まるごとその異様な衝動に満たされ、塗りつぶされてしまった。

あれはなんと言えばよいのか。衝撃ではあったのだが、むしろいちばん近かったのは「感動」だろうか。

その時、何も目には浮かばなかった。ただ、光のようなものと熱風のようなものを目の前に感じ、身体じゅうに感じた。

抵抗などできなかったし、我慢もできなかった。こらえきれないものが込み上げてきて、僕は震えだした。

隣にいた友達が、わなわなと震えだした僕を見て、ぎょっとした顔をしたのを覚えている。

次の瞬間、僕はガバッと身体を折り、頭を抱えて号泣していた。

なんと、文字通り、声を上げて、赤ん坊のようにわんわん泣き出したのである。

サンタ、どうした？

友達が仰天したのは言うまでもないし、周りにいた友達も驚いて僕のところに集まってきた。

しかし、僕はそれどころではなかった。次々と込み上げてくる怒濤《どとう》のような衝動に引きずり回されるのに忙しく、周囲の反応なんかには構っていられなかったのである。

どうしたの、サンタくん？

どっか痛いの？

叫び声が遠くで聞こえた。

先生、サンタくんが！

サンタくんが苦しみだして、大変ですー！

てんやわんやの大騒ぎだった。

先生が泡を喰って駆けつけた時には、ようやく衝動が収まり始めていた。

僕はしゃくりあげながら、しどろもどろになって、心配そうな先生の顔を見上げた。

まださざなみのようなものが内側で繰り返し寄せてきてはいたが、なんとか中途半端な笑顔を作れる程度には、落ち着いてきていた。

えっと。ええっと。

僕は口ごもりながら、説明を試みた。

衝動から覚めてみると、今自分がいかに異様な行動を見せたのかに気付いたが、どうにもいい説明が浮かばない。

だ、大丈夫です。

どうにかして、そう答えた。どうみても大丈夫そうには見えないだろうとは思っていたけれど。

ふと、僕は思いついてベンチから腰を浮かせてみた。

あ、立っちゃダメ、動かないで、と心配する声が周囲から上がったが、僕は構わずに立ち上がった。

とたんに、すうっと全身から何かが抜けていくような感じがした。

いなくなった。

そんな感想が浮かび、僕はまっすぐに立って深呼吸し、目をぱちくりさせた。

すいません、急に差し込みがあったんですけど、もう治りました。

今度は、もっと落ち着いた「大丈夫」な声を出せた。みんながぽかんとして僕を見ている。

それでも、どうやら今度は本当に「大丈夫」そうに見えたらしい。

先生が胸を撫でおろすのが分かったが、考え直したように首を振った。

いや、でも、大事を取って診《み》てもらったほうがいい。

本当に大丈夫です。時々、こんなことがあるんで。

僕は熱心にそう言って手を振った。

ごめんね、びっくりさせたろ。

友達にそう言うと、友達も、ようやく安堵の溜息をついた。

どうなっちゃったのかと思ったよ。

彼は、探るような目つきで僕を見ていた。たぶん、なんとなく気付いていたに違いない。

僕が泣き喚《わめ》いたのが、決して急な差し込みのせいなんかではないと。

『なあ、サンタ、どっか痛いとか、そういう雰囲気の泣き方じゃなかったよな？　なんかもっと、激しい感情に我を忘れた、およそ中学生とは思えない、オトナみたいな泣き方だったよな？』

彼の目がそう言っていた。

それでも、彼はそれ以上突っ込みを入れてくるようなことはせず、さっきまでの話の続きにさりげなく戻ってくれたので、僕は深く感謝した。

先生も、僕の落ち着きが演技ではないと認めたのか、「また痛みを感じたらすぐ言うように」と声を掛けて離れていった。みんなも「なんだ、びっくりした」「もう、サンタ、驚かせすぎ」などと呟きながら去っていく。

僕は、歩きながら、嘘《うそ》のように消えてしまったさっきの衝動について考えていた。

あれはいったいなんだったんだろう。何もビジュアルは見えなかったけれど、さすがに、「アレ」であることは間違いない。

「アレ」を体験するといつも不安になり、くよくよと考えるのが常なのだが、僕がこの時感じていたのは爽快感だった。

むしろ、スッキリしたというか、なんとも言えないカタルシスがあったのだ。いったいなんの感情だったのかは分からなかったけれど、思い切り泣くのって気持ちいいんだな、と思ったことを覚えている。

あの石のベンチに残っていた思念がなんであれ、それが悪い感情ではないことは確かだった。

そうか、こういう場合もあるんだな。

僕はそんなことを考えていた。

いいものもあれば、悪いものもある。いや、いい悪いではなく、ただいろいろなものがあるだけなのだ。

そんな諦観めいたものが湧いてきて、なぜか自分に起きている不可解な「アレ」を受け入れてもいいように思い始めたのが、この時の体験だったのである。

友達はしばらくのあいだ、じっと探るように僕を観察していたが、やがて僕がなんともないのを見届けたのか、いつも通りに戻った。

兄以外で初めて「アレ」を目の当《ま》たりにした彼には、今でも、びっくりさせて悪いことをしたと思っている。

この時は不意打ちだったので隠し切れなかったが、その後は学習してずいぶん用心深くなったので、兄以外で「アレ」が起きた現場に出くわしたのは彼くらいだ。

今では、めったに不用意に触れることはない。エスカレーターの手すり。ドアハンドル。お店の暖簾。いったいどこにどんなものが埋もれているか分からない。トラップは、街のそこここに仕掛けられているのだ。

いっとき、街を歩くのが怖くてたまらないことがあった。続けて大きな「アレ」を体験した頃で、またあんなことがあったらどうしよう、と外に出るのが恐ろしかったのだ。

それでも、時間をかけて僕なりの対処法を編み出した。とにかく、初めてのモノにはなるべく触れないのがいちばんである。しかし、未知のもの、初めてのものに触れざるを得ない局面は訪れる。その場合、どうするか。

まず、触れる前にちょっと観察して、なんらかの気配を感じるかどうか――「呼ばれる」感じがしないかを探ってみる。

それから、最低限の範囲で触れる。そう、静電気防止のために、キーホルダーみたいなのを先にちょっと当ててみることがあるけれど、あんな感じだ。万一何か感じても、なるべく動揺を見せないようにするべく努力しているが、たまに失敗してしまうこともある。子供ならともかく、人前で泣き喚いたり悲鳴を上げたりする羽目になるのは勘弁してもらいたいのだが、悲鳴を上げかけたり、驚いて固まってしまったり、というのはしばしばある。あ、でも、何事もなかった振りをし、平静を装うのは非常に上手《うま》くなった。

僕は「おとなしいね」とか「静かだね」と言われることが多いのだけれど、これも長いこと「アレ」で学習して、用心深くなったせいだと思う。

初めての場所に行く。そんな時、僕はついキョロキョロしてしまう。どこにどんな古そうなものがあるか、そのうちどれに触れる可能性があるか。どうしてもそんなことを考えてしまうのだ。

弟よ、古いモノの年代が見分けられるんなら、この商売にはえらく便利だな、どうせなら、一目で骨董の製造年代が分かるところまで精進《しょうじん》してくれよ。

兄は他人事《ひとごと》だと思ってそんなことを言うのだが、さすがに年代までは分からないし、古そうでないものでも「アレ」は起きるので油断はできない。

兄とは長いあいだ、さんざん議論したり、考えたりしたものだ。

なぜ僕がこんなものを授かったのか。これはいったい何なのか。もしかして、ご先祖にも似たような人がいたのか。

何度祖父母に打ち明けて、聞いてみようと思ったことか。それを思いとどまったのは、やはり、余計な心配をさせたくないし、明確な解答などあるわけがないと承知していたからだ。

もしかしたら脳の働きが他の人と異なるんじゃないかと病院で診てもらったり（ちなみに、どこもおかしなところはないという結果だった）、いろいろ悩んだこともあったし、似たような力を持つ人のことを調べてみたりしたこともあったけれど、それにも飽きて、慣れて、面倒臭くなり、もう考えるのはやめた。

とにかく、「アレ」は起きる。それは厳然たる事実なのだ。生きている限り、つきあっていくしかない。

実のところ、普段の生活では、ほとんど忘れている。無意識のうちに用心はしているけれど、月に一度あるかないかというものなのだから、四六時中考えているわけにもいかない。

兄の飽くなき好奇心と探究心のせいで、興味深い（恐ろしい、とか大変な、とも言い換え可能な）出来事もいろいろあったけれど、それはまた別の話である。

誰も知らないところで、僕たちは一見地味に、しかしそれなりになかなか味わい深い人生を送っている。恐らく他人には全く分からないであろうから、後ろめたいような心地がする時もあるし、スリルを感じる時もある。

歳を取ったら消えるかもしれないと思った「アレ」だが、今のところまだ続いているし、衰えたという感じはしない。

それどころか、ここ数年、とびきり奇妙な――厄介な、と言い換えてもいい――案件というか、事件というか、現象というか――うまく言い表わせない、非常に複雑怪奇な出来事に巻き込まれているのだった。

そしてそれは、僕たちのプライベートな部分にも関わる重要な出来事でもあり、やがて僕らが「スキマワラシ」と呼ぶものに関わることになる出来事でもあったのだ。

第四章　チーズケーキのこと、N町のこと

突然だけれど、僕はチーズケーキが好きである。

本当に突然だね。なんでいきなり、チーズケーキ？

そう思ったあなた。申し訳ない。

でも、そろそろ慣れてきてくれたかな？

僕がこういう回りくどい話し方しかできないってこと。

それとも、薄々気が付いてきただろうか。

僕が、心の底では、この話をあまりしたくないんだってこと。

この話って――つまりは、「スキマワラシ」にまつわるもろもろの話、ってことなんだけど。

僕が怖がりだっていうのは、これまでの話でなんとなく分かったことと思う。奇妙な才能（？）に振り回されてきたせいで、用心深くなってるってことも。

要するに、僕はこの話をするのが怖いし、できることなら避けたいのだ。だけど、もう話し始めてしまった以上、なんとか順を追って、聞いている人が理解しやすいように

努力しているつもりなので、なにとぞ今しばらく、我慢して僕につきあってほしい。

ええと、チーズケーキが好物だって話だったね。

そう、レアチーズケーキもいいし、ベイクドチーズケーキでもいい。生クリームもフルーツもくっついてなくていい。なるべくシンプルなものが好みだ。

あともうひとつ言わせてもらえば、洋菓子専門店とか、デパ地下で売っているものではなく、町中の普通の喫茶店に置いてあるものが好きだ。

そういう店は、ケーキを置いていてもたいがい一種類か二種類で（もうひとつはチョコレートケーキであることが多い）、自分のところで作っていたり、近所の洋菓子店から仕入れていたりする。

つまり、正確に言うと、普通の個人経営の喫茶店に行って、コーヒーを飲みながらチーズケーキを食べるのが好き、ということだ。

だから、僕は自分でチーズケーキを買いに行ったことがない。たまに、友人と町を歩いていて、有名なパティシエのやっている店の前を通りかかり、「ここのチーズケーキ、すごくおいしいよ。チーズケーキ好きだろ？　買っていけば？」などと言われることがある。だけど、おしなべて僕の反応は鈍く、「いや、いいよ」とそっけないので、不思議そうにされる時がある。

でも、僕にしてみれば「喫茶店でチーズケーキを食べるのが好き」なので、「チーズケーキを買ってきて家で食べる」というのは全く別の行為であり、興味がないのである。

そんなふうに自分では筋が通っているつもりだったのだが、最近、ふと、もしかすると僕はチーズケーキが好きなのではなく、単に普通の個人経営の喫茶店が好きなのではないか、ということに気が付いた。

考えてみると子供の頃からずっとそうで、今も巷に溢《あふ》れるチェーン店が苦手だ。みんな平気で使っているけれど、中にはえらく注文するのが難しくて、未だに足を踏み入れるのが怖い店もあるくらいだ。

確かに「アレ」はあるけれども、決して僕は古いものが嫌いなわけではない。むしろ、兄と一緒に古いものに囲まれて暮らしてきたわけだし、古いものが近くにあるほうが落ち着く。そして、町中で長いことやっているような個人経営の喫茶店は、概して古い店が多くて、その空間で時間を過ごすとホッとするのだ。

特に、僕も地方出身者のせいか、地方都市の古い喫茶店に行くのが好きだ（たいていチーズケーキが置いてあるし）。

いつも思うのだが、個人経営のお店というのは本当に不思議だ。そこは、外とは異なる別世界。経営者のカラーに完全に染められている。

その土地の歴史が店の中に降り積もっているような気がするし、その土地の気質の核みたいなものが店の空気に凝縮されているように感じられるのは僕だけだろうか。

古い喫茶店好きは兄も同じらしく、兄も僕も、仕入れやなんやかやであちこち出かけることが多いけれど、たいていそういう店に寄る。

兄は仕事の情報収集も目的に含まれているようだが、初めての土地に出かける時には、事前に古い喫茶店が近くにないか調べていくのが習慣になった。今はたいていネットに情報が上がっているので楽になったが、調べていなくても、街をぶらついて、気になる店の目星をつけておいてあとで寄る、というパターンも多い。

ちなみに兄はチョコレートケーキ派だが、買いに行くより喫茶店で食べるのが好きという点では僕と全く同じである。

喫茶店文化というのはその土地土地で少しずつ異なるもので、人口に対して喫茶店が明らかに多い町と少ない町とがある。

少ない町でも、喫茶店文化がないからというわけではなく、古くから茶道が盛んだったところは、自宅に炉が切ってあってお茶を点てる習慣があるので外では飲まない、ということもある。

かと思うと、町にうじゃうじゃ喫茶店があって、休日は家族で馴染みの喫茶店に出かけてモーニングを食べる、というところもあるわけで、食文化というのは実に興味深いものだ。

そんなことを考えつつ、あちこちの店を訪ねるのは、移動することが多い兄と僕の仕事でのささやかな愉《たの》しみだ。

僕たちの好みの店は、たいてい古い商店街に溶け込んでいて、一見あまり目立たない。看板もひっそりしていて、普通に歩いていたら目にも留まらず通り過ぎてしまう。

店の中はやや暗め。ふんだんに木が使ってあって、椅子とテーブルも開店時に特注したもので、使いこまれて黒光りしている。予備がないので、ところどころに丁寧に修理した跡もある。

流れている音楽はクラシックかジャズ、もしくは無音。カウンターの隅で、アンティークのランプが柔らかい光を放っている（兄は、さりげなく鑑定していたりする）。常連さんの読む新聞は、ランプのそばに何紙か等間隔にずらして紙名が見えるように綺麗に並べてあるか、木製のマガジンラックに挿してある。

店主は無口。カウンターの内側で、調度品と一体化していて、無駄のない所作でコーヒーを淹《い》れている。ずっとその場所に立って、何年も何十年もコーヒーを淹れてきたんだなという時間の積み重ねを感じる。きっと、店主の立つ定位置の床はすりへって凹《へこ》んでいる。

そして、チーズケーキとチョコレートケーキ（たぶん自家製）が丸いガラスの蓋付きの大皿に載せられている。

店に入ってその二つのケーキが並んでいると、兄と僕はついにんまりして顔を見合わせてしまう。もちろん、二人してそれぞれのケーキを食べる、というわけだ。

そんな喫茶店のひとつが、たまたま出かけていったN町にある、「K」という店だったのである。

「K」という店は、今はもうない。

初めて入った時も、店主は既に高齢で、後継者はいないという話を聞いていた。こういう古くていい店は、店の常連さんが跡を継いだりすることもあるのだけれど、雑居ビルの二階にあったその店は、老朽化したビルを建て替えるため、どのみちその場所では続けられなかったのだ。

N町は、まあ中部東海地方のどこか、という程度にとどめておくことにしよう。ただ、僕たちが揃ってスキマワラシと遭遇することになる都市の近くだった、というのは言っておく。

僕たちは、G県に仕入れに行った帰りだった。

定期的に古道具を引き取らせてくれるお客さんがいて、今回もその帰りだった。G県にも、幾つかお気に入りの喫茶店があったのだけれど、この時は生憎《あいにく》の悪天候で、帰路に時間が掛かるだろうと早めに引き揚げてきたのだ。

天気が悪いなか、仕入れたものを運ぶのは結構神経を遣うので疲れる。

途中、どうしても一休みしたくなって、古い町であるN町に寄ったのだ。

横なぐりの雨が降る夕暮れの町の中、柔らかなオレンジ色の光が漏れているその店に気付いたのは兄だった。

近くで駐車場を探し、車をきっちりと停めて、二人で店に飛び込んだが、まさしく僕たち好みの店だったので、兄の嗅覚に感心した。

もちろん、チーズケーキとチョコレートケーキもあったし。この時も、兄と僕は顔を見合わせてにんまりした。

初めて入る店では、やはりブレンドを頼むのが王道というものだろう。ブレンドには店主の好みが顕《あらわ》れるので、自分の好みとの相性も分かる。

カウンターを含め三十席ほどの店の中は、それなりに埋まっていた。常連さんたちの作る、まったりとした雰囲気がいい感じだった。

僕たちはいちばん奥の、二人掛けのテーブルに向かい合って腰を下ろした。

が、座った瞬間、僕は思わず「うっ」と喉の奥で声を上げてしまった。

兄が反応して、鋭い目で僕を見るのが分かった。

僕は、固まったように動けなくなってしまった。

目の前の四角いコーヒーテーブルに、目にした瞬間から吸い寄せられてしまったのである。

そのコーヒーテーブルは今でもはっきりと目に焼き付いている——といっても、現在は僕たちの家の倉庫にあるのだから、当然だけど。

そう、店じまいをする時に、僕たちは椅子とテーブルなど、店内のいろいろなものを引き取らせてもらったのだ。

それらは順調に買い手がついてほとんど手元にないけれども、問題のコーヒーテーブルだけは残してある。

小さい、四角い木のテーブルだ。至極シンプルな、がっちりとした造り。

特徴的なのは、天板の中にタイルが敷き詰められていたことだった。

紫がかった赤いタイルと、淡い青のタイルが市松模様に三列に並んでいる。一枚のタイルは割に大きめで、十センチ角というところ。

古いタイルであろうに、表面は艶々として発色も鮮やかだった。

「アレ」か？

僕がタイルから目を離せないでいるのを見て、兄が単刀直入に尋ねた。

僕は頷くことも忘れて、タイルに見入っていた。「アレ」に関して、それまで僕は「呼ばれる」という表現を使っていたけれども、この時感じたのはそんな生易しいものではなかった。

叫んでいる。主張している。そんな感じ。タイルの内側から、何か激しいものが放射されているように思えた。

僕は、額に脂汗が浮かぶのを感じた。

ここで問題です。

誰かが頭の中でそう言うのを聞いた。

僕は、このタイルに触れるべきでしょうか？

うーん、と僕は唸った。

何か凄《すご》いものがあることは確実。ゆえに、これに触れたらヤバそうなのも確実。その「凄さ」がどっち方面（怖い、痛い、怒り、感動など）なのかは、見たところ不明。

僕が青ざめるのを、兄はじっと観察していた。

やめとけ。

兄はボソッと呟いた。

おまえが目にした瞬間からそんな激しい反応をするのは見たことがないぞ。

僕はひきつった笑みを浮かべた（と思う）。

僕だって、初めてだもん。

どうする。

僕はコーヒーテーブルのタイルを見下ろしたまま、逡巡《しゅんじゅん》していた。

と、ブレンドとケーキがやってきて、テーブルの上に置かれた。素晴らしいコーヒーの香りに、ほんの少し肩の力が抜けた。

ま、食ってから考えろ。

兄がそういうので、そうすることにした。

ブレンドも、チーズケーキもおいしかった。実に僕好み。余計なものが何もない、シンプルなザ・レアチーズケーキだ。

コーヒーの受け皿が熱かった。

温めてあったからではない。明らかに、下のタイルから――冷たいはずのタイルから伝わってくるものだ。

ちょっとだけ触れてみれば？

そんな好奇心が頭をもたげる。

　この頃、僕は、「アレ」の衝撃を抑えるべく、いろいろな方法を試してみた。最初に小指でちょっとだけ触れる、というのはそのひとつ。スマートフォンの画面を操作する時みたいに、触れる面をできるだけ小さくするのがコツだ。

　だけど、触れる前からこれだけの主張をしてくるこのテーブルが、小指だけでもどれだけの衝撃があるのか読めないことが問題だった。

　僕はそっと周囲を見回した。

　カウンターで新聞を読んでいるお客。近所のご隠居と思しきお年寄りが二人、談笑しているテーブル。

　流れているのはクラシック。ここで悲鳴を上げたり、動転したりするのはマズイよね。兄は、そんな僕の心の動きを正確に読み取っていた。兄としても、「やめとけ」とは言ったけれど、僕がこれに触れた時にどんな反応を示すのか、何が見えるのか興味津々であることは間違いない。

　僕が救いを求めるように兄を見ると、兄は肩をすくめた。

好きにしろ。悲鳴を上げたら、それなりにフォローしてやる。

それは、「やれ」と言うに等しかった。

　僕は苦笑した。

　しかし、どちらにせよ、結局僕はやっていたと思う——なにしろ、兄がそう答えるか答えないかのうちに、すっと手を伸ばして、タイルの隅っこに小指でそっと触れていたからだ。

次の瞬間、僕はとてつもなく明るい場所にいた。

頭の中が文字通り真っ白になった。

あまりのことに驚いて、僕はピクリとも動けないどころか、声を上げる暇すらなかった。

どこ？

ほんの一瞬前には、静かな喫茶店のテーブルを挟んでチーズケーキを食べていたことなど、すこんとどこかに飛んでいってしまっていた。

なに、このものすごい明るさ。

僕は目をぱちくりさせた。

眩《まぶ》しくて目を開けていられない。

これ、いったいどこだ？

パチパチ、ギシギシ、と何かの爆《は》ぜる音が重なり合って響いてくる。

ゆらゆらと周りの空気が大きくうねり、揺らいでいるのが分かった。

燃えてる？

ふと、そう思いついた。

これ、何かが燃えているところだ。

眩しくてたまらないのだが、特に熱さは感じなかった。

さっきの、テーブルの上のカップの受け皿のほうが熱かったな。

そんなことを冷静に考えている自分に気付き、うん、大丈夫、落ち着いてるな、と思った。

しかし、なんだろう、これ。こんな体験は初めてだな。

ほんの少し余裕が出てきて、周囲を観察することができた。

何か大きなものが燃えていることは分かるのだが、それがなんなのかよく分からない。

あくまでも感じるのは燃えている空気だけで、具体的なものは何も見えない。

ただ、遠くのほうに誰かがいるような気がした。

姿を見たわけではない。だが、遠くで人の声がしたように思ったのだ。

誰か、いる？

それは、少なくない人数のようだった。

遠くのほうに、大勢の人がいる。そう直感した。

必死に目を凝らしたが、ただひたすら明るく揺らぐ風をかすかに感じるだけだ。なんというか、ガラス越しに景色を見ている感じ。そこに見えない壁があって、もどかしい感じだけが募った。

手を伸ばそうとするのだが、相変わらず全身金縛りにあったように動けない。

手を動かしたい。

前に進みたい。

僕はそう切望し、懸命に手を伸ばそうとした。

歯を食いしばる。

指先がかすかに震えるのが分かった。

と、次の瞬間、僕は静かな喫茶店のコーヒーテーブルの前に座っていた。

目の前に、真剣な表情で僕を見つめている兄の姿がある。

僕は、ぶるっと全身を震わせた。

直前の体験とのあまりの落差に、つかのま自分がどこにいるのか分からなくなった。

それでも用心深くそっと溜息をついて、ゆっくりと周りを盗み見る。

もちろん、誰も僕のことなど気にしておらず、和やかで弛緩した空気が流れていた。

何を見た？

これまた、兄が単刀直入に聞いた。

長年のつきあいである兄といえども、僕が「アレ」に遭遇するのを目の当たりにする機会はそうそうない。

久しぶりに見ると、やっぱ、新鮮に驚くな。

そう言って、兄は低く笑ってみせた。

これまで見た中では、かなり長い時間だったんじゃないかな。

兄は腕時計を見た。

秒針も見てたけど、二十秒近かった。

確かに、そいつは長いな。

僕もつられて時計を見る。「アレ」が起きるのは大体数秒。パッとイメージが浮かぶだけ、というのがほとんどだ。

しかも、今みたいに、すっぽりイメージの中に自分が存在していると感じたのは初めてだった。「アレ」で見えるイメージはえてして視界が狭く、真ん中のほうは鮮明でも周縁部のほうはぼやけて見える、というパターンが多いのに、今のは身体全体がイメージの中にいたような臨場感があった。

驚いたな。

僕も呟いた。

こんなの初めてだ。

そこで、僕は兄に自分の体験を説明した。なにしろ具体的なものは何も見なかったので、うまく説明するのは難しかったが、兄はじっと耳を傾けており、その異様さを理解してくれた。

タイルのほう、なんだな。テーブルの木の部分じゃなくて。

兄はそう呟いて、ちらっと他のテーブルを見た。

僕もつられてそちらに目をやる。

タイルが天板に埋め込んであるのはどうやらこのテーブルだけのようだった。

他の席のテーブルは、どれも木のみの天板である。

うん、そうだと思う。

僕は証明するように、テーブルの端に手を触れてみせた。冷たいし、何も感じない。

他のテーブルは揃いだけど、これだけ別だな。

兄の言う通りだった。このテーブルだけが材質も作風も異なるから、入手先が違うのだろう。

僕はもう一度そっとタイルに触れてみた。

さっきあれほどの体験をしたのに、もはや何も感じない。いつも感じる、安堵と落胆。

「アレ」が起きるのは初めて触れる時だけで、同じものに触れても二度は起きない。

このタイル、見た目よりかなり古そうだな。

兄はテーブルに顔を寄せてしげしげと見入り、タイルを撫でた。

表面はピカピカで、発色も鮮明だ。見た目だけなら、昨日今日作られたものだと言われても「そうですか」と納得してしまいそうである。タイルというのは丈夫なものなんだな、と思った。

店主は、カウンターの中でお客と雑談をしていたが、僕たちがタイルを撫でたりさすったりしているのを見ていたらしい。

あれは、僕が古い知人から譲り受けたテーブルなんです。

会計をする際、さりげなく僕たちが座っていたところに目をやり、店主はそう言った。

接客業の人らしくとても若々しいけれども、七十歳は超えていそうだった。

なんか、特別な感じのするタイルですよね。

僕はやや複雑な気分でそう言った。

あんな体験をするのは初めてだったし、いろいろな意味で「特異な」タイルであることは間違いない。

店主は記憶を探るように頬を掻《か》いた。

僕も詳しくは知らないんだけど、関西のほうにあった古い建物を解体した時に、内装に使ってたタイルを再利用して造ったテーブルだって言ってましたねえ。

再利用。

兄がそう口の中で呟くのが聞こえた。

ちなみに、それって、どこのなんて建物だったかご存じですか？

店主にそう尋ねる。

そんな質問を受けるのが意外だったらしく、店主は少し不思議そうな顔になったが、首をかしげて考え込んだ。

うーん、具体的な名前は聞いてなかったと思うなあ。分かりません。誰かのお屋敷だったかな、いや、ホテルだったかな？　ただ、戦前に建てられたもので、ものすごく大きな建物だったという話は覚えてますが。

戦前。

今度は僕が呟く番だった。

じゃあ、少なくとも七十年以上は経ってるってことですね。それにしては、発色がめちゃめちゃ綺麗ですよね。

そう驚嘆すると、店主も頷いた。

でしょう？　僕も譲り受けた時にそう言いましたよ。

いつごろですか？　あのテーブルをここに持ってきたのって。

兄がさりげなく尋ねる。彼がタイルの来歴に興味をそそられているのが分かった。

店主は再び考え込んだ。

店に持ってきたのは三年くらい前かな。長年使ってたテーブルが、とうとうひとつダメになっちゃって、代わりにうちに置いてあったあれを持ってきたんですよ。

じゃあ、譲り受けたのはもっと前ってことですねえ？

うん、十年くらい前だなあ。

十年前。

今度は兄が目を泳がせ、何か考え込んでいた。例の、記憶を探っている時の目つき。

が、目的のものには辿り着かなかったようだ。

あのテーブルが何か？

店主のほうも、兄の熱心さに興味を覚えたのか、目に好奇心が覗いた。

あ、すみません。商売柄、古いものに興味があって。珍しいタイプのテーブルだったんで。

兄は頭を掻き、名刺を差し出した。

ふうん。古道具屋さんですか。道理で。

店主は納得した様子だった。

僕たちの名刺を渡すと（仕事で名刺を交換する時以外でだが）、相手の反応は大体三つに分かれる。

まず、ほとんどは「ふうん。骨董とか古道具って、年寄りのやるものだと思ってたけど、意外に若い人がやってるんだな。今どき、こんな商売で食べていけるのかしらん」という、かすかな好奇心と大部分の無関心が混ざった反応。

社交辞令でこの業界の実態について質問してくる人もいるけれど、ほとんどの初対面の人はどうコメントしていいか分からないようで、たいていは「ああ、どうも」と口の中でごにょごにょと言葉を呑《の》み込み、さっさと名刺を仕舞いこむ。

次は、今みたいに実際に現物に興味を示していた後で渡した場合。「すわ、お宝か。いったい幾らで買い取ってもらえるんだろう」という期待の反応。

そういう人は、きっとTVの骨董品鑑定番組を見たことがあって、家の隅にあったガラクタが実はものすごいお宝で、べらぼうな値段が付いたのが念頭にあるのだろう。

そして、同じく今みたいに実際に現物に興味を示した後で渡した場合のもうひとつの反応。

もしかして、これを持っていかれてしまうのではないか、騙《だま》されて巻き上げられてしまうのではないか、という警戒の反応である。

「K」の店主の反応はそれら三つの反応が微妙かつ複雑に入り混じっていた。淡々としていたが、強く興味は惹かれている、期待と警戒もある、そんなところだろう。

複雑ではあったが、店主にとって僕たちの印象は決して悪くはなかったようだ。

それというのも、このあと僕たちは度々「K」及びN町を訪れることになったからだ。「K」の店主が、家の片付けを頼みたいという友人を紹介してくれ、結局は自分の店じまいの時の処分も任せてくれるまでにつきあうようになるとは、この時は予想もしていなかった。

後から分かったことだけれど、N町は古い宿場町で、小さいながらも長らく交通の要所のひとつだった。こういうところは、目立ちはしないが人やモノの往来が多く、いろいろなものが残っていて、その後ありがたい仕入れ先のひとつとなってくれたのだった。

「K」の店主から連絡が入ったのは、初めて僕たちが「K」を訪れてからふた月近く経った頃のことだった。

やはりひと仕事終えて、兄と一緒に馴染みの喫茶店でチーズケーキを食べている時だった（ちなみにこの店はチーズケーキしかなく、兄もチーズケーキを食べていた。チョコレートケーキしかない店では僕もチョコレートケーキを食べる）。

着信表示が未知の電話番号だったので、兄はちょっと不思議そうな顔をした。市外局番が表示されているので、固定電話である。

それでも、「はい」と出て、少し話しただけで、兄はすぐに相手が誰か分かったようだ。

はい。はい。へえー。それはぜひ。

兄はしきりに頷いて話を聞いていたが、次第に興奮していくのが分かった。

いったん切っていいですか。こちらから掛け直します。弟と相談しますんで。

兄はそう言って、電話を切った。

誰だったの、と僕は尋ねた。

覚えてるか？　N町の「K」って喫茶店。天板にタイルの入ったテーブルのあったところ。

もちろん。

僕は苦笑した。あんな強烈な体験をした店だ。忘れるはずもないし、後から何度もあの時のことを思い返していたのだから。

あそこのマスター。

兄がそう言ったので、穏やかな店主の顔を思い出した。

へえ。なんだって？

あれと同じテーブルがもうひとつあって、マスターの友人が持ってるんだけど興味はあるかって。

僕は反射的に身震いし、兄を睨《にら》みつけていた。

あれと同じテーブル。タイルが入った？

そう。

兄は意味ありげに頷いてみせた。

どこにあるの？

同じくN町だってさ。マスターが通ってる理髪店に置いてあるらしい。で、どうする？

どうするって——

僕は口ごもった。

兄は行く気まんまんだし、僕も結局は行ってしまうのだろうと予想はしていたものの、それでもためらわずにはいられなかったのだ。

兄は時計を見た。

今から行けば、そんな遅くならずに戻ってこられるはずだ。

今から？

僕は聞き返した。

実は、この時僕らは名古屋にいた。大きな骨董市があって、仕事も兼ねて一泊する予定だったのだ。確かにN町は、ここからなら車で二時間もかからない。今はまだ午後二時過ぎだったので、往復してもめちゃめちゃ遅くなるというほどではない。

行こう。興味はあるだろ？

うん。そりゃあね。

僕は気の進まない返事をしたが、兄はもう腰を浮かせていた。

でもさ、それ、買い取るの？

そう尋ねると、兄はスマホを手に、ふと考える表情になった。

分からん。ま、見てみようや。おまえが触ってみてから考えよう。

そう言って、兄は「K」のマスターに電話を掛け始めた。

僕は勘定を済ませながらも、もやもやしたものを感じた。覚えのある感覚。恐れと、期待と、好奇心。「アレ」に対する僕の気持ちは、いつまで経っても相反するものが混じっている。

この日は天気もよく、ドライブは快適だった。

道も空《す》いていて、思ったよりも早くN町に着いた。四時前に着けたので、まだ明るい。二度目だったが、もう懐かしい感じがした。前回と同じ駐車場に停め、「K」を目指す。

こんにちはー。

店に入ると、マスターが「わざわざすみませんね、呼び出したみたいで」と笑顔で迎えてくれた。

「ここ、ちょっと頼むね」とカウンター内の若い男の子に声を掛け、三人で店を出る。

いいタイミングでしたよ、ちょうど、僕ら名古屋にいたんで。

そうだったのか。いきなり来るって言ったからびっくりしたよ。

三人で商店街を歩く。

いえね、僕がいつも通ってるとこで、こないだ髪切ってもらってて、気付いたんだよ。

そういえば、ここにも同じテーブルがあったなあって。ずーっと目にしてたのに、忘れてたんだ。で、君たちのことを思い出したわけ。

マスターは続けた。

ずいぶんあのテーブルに興味を持ってたみたいだから、ダメもとで電話してみたんだけど、迷惑じゃなかったかな？

いえいえ、とんでもない、とてもありがたかったです。

兄が力強く否定した。

ええ、とても。僕も胸の中で呟いた。

商店街の端に、昔ながらの理髪店があった。くるくると赤、青、白のポールが回っている。

こんちはー。

勝手知ったる様子で、マスターが店に入っていく。

こざっぱりした店内は、ちょうど客が途切れたところらしく、理髪店の店主は立ったまま夕刊を読んでいるところだった。

おお、こんちは。

店主は会釈して、夕刊を置いた。

こちらが、さっき話した件で。

マスターが僕らを振り返り、僕らはせいぜい感じよく挨拶をした。

が、既に目はそれに引き寄せられていた。

すぐに分かった。

入口のそばに置いてある、植木鉢を載せた小さなテーブル。

確かに同じテーブルだった。十センチ角のタイルが三列、天板に埋め込まれたもの。

ただ、タイルの色が「K」のものとは異なっている。「K」のものは紫に近い赤と淡い青だったが、こちらのものはオレンジ色と淡い緑の市松模様になっている。

僕は緊張してきた。このテーブルもまた、じわじわと異様なエネルギーを発しているのが感じられたからだ。

あ、植木よけますね。

理髪店の店主が、僕たちがテーブルを見つめているのに気付き、よいしょ、と載せてあった植木鉢をのけた。

載せてあるものがなくなると、ますます生々しく迫ってくるものがあった。

やはり、素晴らしく発色がよく、表面が艶々している。

兄と僕は思わず顔を見合わせてしまった。

拝見します。

兄が拝むようにして、テーブルを覗き込む。

もちろん、僕も兄と並んでテーブルを見下ろした。僕が緊張しているのは兄にも伝わっているはずだ。

このテーブル、お二人は同じ方から譲り受けたってことですね？

兄がさりげなく僕を隠すようにして、二人のほうに顔を向け質問した。その意味するところは明白だ。触ってみろ、ということだ。僕の反応が二人に見えないように、遮ってくれているのだ。

だが、まだ僕は触れなかった。身体が固まってしまって、動けなかったのだ。

「K」での体験が蘇った。あの異様な体験。

これ、忘年会の福引で当たったんじゃなかったっけ？

理髪店の店主が「K」のマスターに話しかけた。

ああ、そうか。

「K」のマスターが膝を打つ。

そうだそうだ。相良《さがら》さんとこのご隠居が、息子夫婦のところに引っ越すってんで、持ち物を幾つか町内会の福引の景品にしたんだ。

兄の後ろで聞いた話はこうである。

相良さんとこのご隠居というのは、近所に住んでいた腕のいい元左官職人だそうだ。高齢で引退し、奥さんも亡くして一人暮らしをしていたが、大阪に住む息子さん夫婦のところに引っ越すことになり、持ち物を幾つか忘年会の景品という形で残していったらしい。

二つのテーブルは、彼が造ったものではなく、やはり職人仲間の誰かから譲られたものだったという。

元は、ホテルの壁だか床だかに使ってあったもんだって言ってなかったっけ？

理髪店の店主が話し続けている。

そこんところがよく覚えてないんだよ。実業家のお屋敷って言ってたような気もするし。

「K」のマスターが答える。

いや、ホテルだよ。

理髪店店主が首を振り、きっぱりと言った。

う－ん、名前が出てこない。戦前に国策で建てられた豪華なホテルだったんだけど、終戦までのごく短い期間しか営業してなかったっていう。

じゃあ、ひょっとして、この他にもテーブルがあるんじゃないですか？　いったい幾つ造られたんでしょうね？

兄が尋ねているのが聞こえる。

そいつは分からないなあ。

理髪店店主が唸った。

でも、元々は売り物じゃなかったって話はしてたね。ホテルを解体だか改装だかする時に、創建時に関わった職人たちが、記念に造ったっていうような。テーブルだけじゃなくて、他にもいろいろ造ったらしいって。

他にもいろいろって、やっぱりタイルを使ったものですか？

兄の質問の意図は分かる。

他にも残っている。このタイルを使ったものが。僕が激しく反応する、強烈な「アレ」を起こすタイルが。

いや、そこまでは知らないなあ。

理髪店店主の返事にホッとしつつも、僕は確信していた。

残っている。絶対に、このタイルは他にも残っている。このタイルには、どうしても捨てられないオーラがある。第一、発色も素晴らしく美しいし、現役感が強く漂っていて、一度手にしたら、処分することなどできない。

僕はタイルから目が離せなかった。

捨てられるはずがない。こんなにも妖《あや》しく美しいものを。

理髪店店主ののんびりした声が聞こえた。

でもね、僕も知らなかったんだけど、日本のタイルって、ほんの数ヶ所の限られた場所でほとんどのものが作られてるんだってね。

ええ。明治時代に京都で官営の研究所と工場が造られて、国の主導で作られるようになったらしいです。まあ、日本は元々窯業が盛んでしたから、最初は主に明治維新で顧客を失った京焼の職人が中心になったとか。

兄が答えているのが聞こえる。

なるほど、兄は「K」での出来事のあと、タイルについても調べ始めていたらしい。

兄がちらっとこちらを振り返るのが分かった。

早くしろ、ということだろう。

それでも、僕はなかなか決心がつかなかった。

いや、正直言って、触れることなど忘れていた。

僕自身、タイルに魅入られてしまっていて、うっとり眺めていたのである。

と、いつのまにか手が動いていた。

あの時と同じだ。無意識のうちに指がそっとタイルに触れていた。

——見覚えのある、眩しいところにいた。

あの明るい場所だ。

このあいだと同じ場所だ、と確信していた。

揺らぐ空気。

少し離れたところに感じる熱気。

しかし。

何かが違う。このあいだと同じところなんだけど、違和感がある。

僕は必死にその違和感の正体を探った。

広い空間。

古い建造物の内部のような気がした。どっしりとした、大きな建物。

そうか、人の気配がない。

そう気付いた。

このあいだは大勢の人が少し離れたところにいる気配があったけれど、今はない。

誰もいない——近くには、誰も。そんな気がする。

だけど、近くに、人ではないけれど、何かがある。なんだろう、えらく存在感のあるもの。

僕は、その「何か」が視界に入るのを待った。

もうすぐ、それは見えるはず。

今、「呼ばれて」いる。それは確かだった。

もやもやと、何かが向こうから浮き上がってくる。レンズの焦点が合って、すうっとこちらに対象物が近付いてくるみたいに。

ゆらゆらとした景色の中に、じわりと動くものが見えてきた。

縦の線の動き。

上から下へ。えんえんと続いている。

なんだろう——水だ。

水が流れている。

水は、石の箱のようなものから流れ出していた。石の箱は二段になっていて、上の箱から水が流れ出し、下の一回り大きい石の箱の中に落ちるようになっているらしい。

人工のものだ。噴水？　手水鉢《ちょうずばち》？

すべてが視界には収まり切らなかった。

石の箱にレリーフが彫られている。何かの意匠。

なんだろう。

僕は必死に、その意匠の輪郭を記憶に刻みこもうとした。それは、ちょっと見には「×」印を膨らませたように見えた。漫画によくあるみたいに、大きな絆創膏《ばんそうこう》を「×」印に貼ったような形が、連なって模様を描いている。

十字架？

僕は懸命に目を凝らして、その意匠を観察した。

いや、十字架にしては、斜めになっているのはおかしいし、真ん中がやけにぽってりと膨らんでいる。何か具体的なものをデザイン化したもののようにも感じる。

水は自然に流れていて、よく見ると、隅のほうには生花が活けてある。

そこで、気付いた。

このあいだも、今も、最初は何かが燃えているのかと思ったけれど、そういうわけではないらしい。陽炎《かげろう》のような熱気を感じるせいで、そんなふうに見えているようだ。

確かに、「アレ」が起きる時にはいつも熱を感じるので、今回はよっぽど凄い「アレ」が起きているのは間違いない。

「アレ」というのは、たいへんなエネルギーを必要とするものなんだな。

僕はそんなことを考えていた——と思ったら、すうっと景色が遠のいていき、たちまちN町の理髪店の中に戻っていた。

商店街のざわざわした夕方の空気が、ガラスのドアの向こうから染み込んできていた。

兄がちらっとこちらを見るのが分かった。

僕は声を出さずに溜息をつき、小さく頷いてみせる。

兄も目で頷き、にこやかに話をしめくくりに入った。

いやあ、今日はご連絡いただき、本当にありがとうございました。興味深いものを見せていただきまして。嬉しかったです。思いがけずこんなものも見つかるなんて。

いやいや、悪いね、こっちこそ呼びつけて。

兄はすっかり打ち解けたらしく、二人ともニコニコしている。

あのですね。

兄は改まった様子で言った。

もし、同じタイルを他の何かに加工したものがあるという噂を聞いたりしたら、お手数ですけど、またご連絡いただけますでしょうか？

もちろんだよ。何か知ってる人がいないかどうか、僕らも聞いてみる。

自分たちの所有物が、僕らの興味を惹いたのが嬉しかったのか、二人は力強く請け合ってくれた。

名古屋で買ってきたお菓子を差し出し（二人は固辞したが、なんとか受け取ってもらい）、僕たちは車に乗り込んだ。

いい人たちだなあ。

ほんとにね。

二人でそう呟くが、兄は鋭い目つきで僕を見た。

で、どうだった？

待って。

僕は、手帳を取り出し、拙いスケッチをしていた。なんとか、さっき見たものを忘れないように描いておきたかったのだ。

なんだ、これ？

兄が僕の手元を覗き込んだ。

さっき、見えたもの。なんか、噴水みたいなのがあって、そこにレリーフが彫ってあった。

バッテンか？

兄も同じことを感じたようだ。

いや、ちょっと違うんだよ。真ん中がこんなふうに膨らんでてさ。

こんな時はいつも、なんで兄のほうにこの能力がなかったんだ、と思わずにはいられない。

映像記憶を持つ兄であれば、もっと正確にスケッチできただろうに。

こんな感じだったんだけど、これ、なんだと思う?

二人でスケッチを見て考え込む。僕にしてはかなりマトモに描けたと思う。

分からん。どっかで見たような形のような気もするが。

兄が頭の中で「検索」を始めたようだが、しばらくしても行き当たらなかったらしい。

もう少し考えてみる。

うん、それでね。

僕は、先ほどのささやかな発見について話した。

「アレ」がエネルギーを必要とすること、そして今回ほど凄まじいエネルギーを感じたことはないということ。

ふうん。いったいなんのエネルギーなんだろうなあ。あのタイルがあった場所のエネルギーなのか、タイルに込められた思念のエネルギーなのか。あまりにも分からないことが多すぎる。

それは僕も同じだった。

だけど、これだけじゃない。そう僕は確信していた。終わりなんかじゃない。恐らく、これは何かの始まりなのだ。

そして、僕の予想通り――二度あることは、三度ある、のことわざ通りに、次の機会はそんなに間を置かずにやってきた。

こういうことって、まるで狙ったかのように立て続けにやってくるから不思議なものである。

それも、全く思ってもみなかった方向からだったので、誰かが僕を飽きさせないように工夫してるんじゃないかと思ったくらいだ。

あの日は、二つめのテーブルを見てから三週間も経っていなかった。

前々から決まっていた予定だった。東京の新橋で、かつて同じレストランに勤めていた仲間たちと久しぶりに集まったのだ。

僕が東京で勤めていた店は、店主の体調不良のため閉めてしまったけれど、当時のスタッフはとても仲がよく、まるで家族のようだった。僕が実家に戻ってからも、折を見てはしばしば会っていた。いわば、同窓会みたいな感じ。

僕以外は皆、東京の飲食店に勤めていたので、みんなで集まる時は、自然と僕が東京に出かけていくことになる。

指定された店があったのは、JR新橋駅にほど近いところにある、大きな雑居ビルだった。

昔のビルというのは、どことなくたたずまいが独特だ。ずっしりとした空気感。ゆったりした通路スペース。全体的に造りに余裕があって、磨き込まれた床が鈍く光っている。

　今にして思えば、この頃まで僕は、ビルというものについて意識したことがなかったのだ。

　古道具や骨董品を扱っていると、つい民家とか蔵とか、その中にある「モノ」のほうにばかり注目していて、ビルだのコンクリートだのは、いわば「圏外」の扱いである。

　自分と関係があるなんて、深く考えたことがなかった。

　だけど、二つのテーブルに出会い、あのタイルに触れたあとでは違った。

　もっと正確に言えば、あの日新橋の古いビルの飲食店でみんなと楽しく会食していた時、途中でトイレに立つまでは。

　大きな雑居ビルは、飲食店の並ぶフロアのトイレは共同で、いったん店を出ていかなければならないことがほとんどだ。

　むろん、このビルもそうで、地下一階の飲食店街のトイレも、フロアの中央部分にあった。

　僕は店を出て急いで歩いていき（やや、せっぱつまっていたもので）、トイレで用を足したあと、やっと辺りを見回す余裕ができた。

　スタート時間が早かったので、まだ夜は浅く、通路は多くの客が行き交っていた。寛いだ喧噪《けんそう》が、音楽みたいに僕を包んでいた。

　ああ、今、東京にいるんだなー、なんていう他愛のないことを考えて、店に戻ろうとした瞬間である。

僕はつんのめるようにして、足を止めていた。

ぴたりと立ち止まったのだ。

そう、誰かに遠くから呼ばれたみたいに。

僕は振り向いた。

通路はたくさんの人が歩いていたが、それは、彼らを通り越したずっと先から聞こえたように感じた。

僕は混乱した。

ずっと先。通路の奥。

もやもやしたものが、背中を這《は》いのぼってくる。

既に予感はあった。僕はふらふらと歩き出していた。

笑い声が溢れてくる飲食店の前を何軒も通りすぎた通路の奥に、その場所はあった。

休憩スペースとでもいうのか、黒いクッションで覆われた背もたれのない長椅子が並べられていた。もしかすると、このご時世で灰皿は撤去されているが、元は喫煙所だったのかもしれない。

ここは地下一階だけれど、そのスペースの上は地上までの吹き抜けになっていて、窓が見えた。むろん、今は外が真っ暗だが、昼間は自然光が射《さ》し込んで、さぞかし、和やかな感じになるだろう。

そして、その壁には「山」があった。

恐らくは、夕暮れの山を描いているのであろう、壁画があったのだ。

近付いていくにつれ、分かった。

それは、タイルを敷き詰めて描いた壁画だった。

馴染みのある感覚がじわじわと込み上げてくる。

タイル。

照明は薄暗く、誰もいなかった。

しかし、遠目にも、そのタイルが歳月をものともせずに、艶々と往年の色彩を湛えていることを、僕はもう分かっていた。

あのタイルだ。

僕はそう確信していた。同時に、他のことにも気付いていた。

それは、実に単純な事実だった。

たまたまあの二つのテーブルは天板にタイルが使われていたけれども、タイルというのもそもそも建材なのだ。

兄たちがこのあいだ理髪店で言っていたように、国産のタイルは、いっときほとんど限られた場所で作られていて、それが全国に流通していた。

つまり、あのタイルを使った建物は、日本全国にある。

そう気付いた時の衝撃は、今でもちょっと言葉にできない。

今まで素通りしてきたさまざまな場所に、それこそ地雷のごとくあのタイルが埋められているのだと思うと、この先まだまだビックリさせられるんだという予感に、つかのま気が遠くなったのである。

それこそ、これまで全く意識してこなかった全国津々浦々のビルが一斉に押し寄せてくるような心地にすらなった。

逆に言えば、どうしてこれまでそのことに気付かなかったのかが不思議なくらいだった。きっと同じタイルの前を日々通り過ぎていたはずなのに、どうして？

恐らくは、あのコーヒーテーブルが「スイッチ」だったのだろう。あのコーヒーテーブルに「出会って」、「触れて」しまったことで、どこかが刺激されて、敏感になってしまったのだ。

ずっと花粉症じゃなかった人が、ついに今年から発症、みたいなイメージだろうか。それとも、さんざん牡蠣《かき》を食べてきた人が、もう一生分食べてしまったのか、ついにアレルギーが出て食べられなくなっちゃった、とか。

そんなくだらないことをごちゃごちゃと考えながらも、僕はするするとその壁に近付いていった。

近寄るな。触るな。おい、おまえ、分かってるんだろうな？　前の二回を思い出せ。またひどい目に遭うぞ。

そんな声もどこかから聞こえてくるのだけれど、やっぱり僕は、壁画の前に立っているのだった。

こんな大都会の片隅で、こんな気持ちで壁のタイルを見ている人間は、世界広しといえども僕くらいだろうと思うと、孤独を感じた。

僕は溜息をついた。あきらめのような、徒労感のような溜息だった。

そして、手を伸ばして触れた。

頬を打たれたような風圧を感じた。

違う、と思った。

これまでの二回とは違う。

だが、またどこか広いところにいることは間違いない。

やはり熱を感じるが、前はもう少しからっとした熱だったのに、今感じているのはどんよりとして、湿った熱だった。陰にこもったような、不穏な熱気。

嫌だな、と思った。

ここから離れたい、とも思った。

が、動けないのも事実だった。

風なのか、空気なのか、顔に感じる「圧」は強く、僕は足を踏ん張らなければならなかった。

前と同じ場所だろうか。

ふと、僕は疑問に思った。

前の二回は同じところだと直感したけれど、今度は異なるような気がする。しかし、確信は持てなかった。

コトン、という音がした。

遠くのほうから、コトン、コトン、という、澄んだ音がする。

なんの音だろう。

僕は耳を澄ました。

機械の音ではないような気がした。軽やかで、ぬくもりのある音だ。一定の間隔を置いて、コトン、コトン、と同じ高さ、同じ強さで鳴り続けている。

しかも、ひとつではない。何ヶ所かで鳴っていて、いろいろな方向から音が重なり合って響いてくる。

聞いたことのあるような、ないような。あえて説明を試みると、すりこぎで何かを叩《たた》いているみたいだ。そういう、乾いた木の棒を打ち合わせているような、余韻のある柔らかい音。

録音したい、と不意に思った。

スマホで録《と》れるかな、と頭の片隅で考えたが、いや、いくらなんでもこれは無理だろう、と考え直した。

くそ、この音を兄に聞かせたかった。さすがに口では再現できない。すりこぎですり鉢を叩いたらこんな音になるだろうか？　いや、それではこんな後を引くような余韻はない。もっと長い棒。野球の木製バットだったら？

聞こえてくる音の再現の方法を考えているうちに、ふと、人の気配を感じた。

離れたところに、誰かいる。

このあいだのような、大勢の人の気配ではない。

僕はじれったくなった。

今回は、以前のようなビジュアルがまだ現れてこない。

どんよりとした、薄灰色の世界。何か湿った、うねるような空気が僕を包んでいるのだが、のっぺりとしていて、何も見えない。

何があるんだ。誰がいるんだ。

僕はやきもきして、目を凝らした。

と、淡い影のようなものが遠くに浮き上がった。

黒っぽい、もやもやとした影が揺れている。

人影？

僕はそちらに注目した。視力はいいほうなのだが、それでもまだ見えない。

じわりと影が近付いてくる。

もっと近くに。もっと、もっと。

僕は手招きしたい気分だった。

少しずつ、影の姿が浮かび上がってくる。

最初はひとつに見えた影が、実は二つの影であることに気付いた。

二人？

ちょっとずつ焦点が合ってくる。ぼやけていた輪郭が、徐々に濃くなって形になってくる。

男女。

どうやら、背の高い男と、頭ひとつ低い女のようだった。

若い？　いや、若くはないか。

目鼻が少しずつはっきりしてくる。

穴のようなものが見える。

いや、それは、二人が「あ」の形に口を大きく開けているからだと気付く。

口だけではない。目も大きく見開かれている。

更に焦点が合って、水面が静かになるように、二人の顔が像を結んだ。

彼らは、驚愕《きようがく》の表情を浮かべていた。何かに驚き、声を上げているように見えた。

女は顔の前に手を上げ、反り返るようにしているし、男はその女をかばうように腕を伸ばしていた。

が、二人の見開かれた目は、何か同じものを見つめている。よっぽど驚くべきものが目の前にあるようだ。そう、ちょうど僕がいるところに、二人は視線を向けていた。

その時、僕は奇妙な感覚に襲われた。

懐かしいような、デジャ・ビュのような。

相反するさまざまな感情がどっと押し寄せてきて、大混乱に陥ったのである。この時の僕の動揺は、これまでに体験したどれとも異なっていた。「アレ」の為《な》せる感情なのか、自分の感情なのか全く分からなかった。あえて言うならば、その両方をいっぺんに僕という鍋の中に放り込んだような感じ。しかも、その感情のスープはそれぞれが大量かつ沸騰しているので、味も分からず大混乱、という状態だった。

これは誰？

僕の頭の中で、その疑問が繰り返しガンガンと鳴り響いていた。

この疑問には、何重もの意味があった。

この感情は誰のもの？　僕の？　今見えている二人の人物の？　それとも、この二人が見ている誰かのもの？

後から振り返ってみると、たぶん、この一連の出来事の中で、この時の衝撃がいちばん大きかったような気がする。

はっきりいって、僕はパニックに陥っていた。

実際のところ、たいした時間ではなかったはずだ。

二人の男女の姿はつかのま焦点を合わせて明確になったものの、やがてまたすうっと遠ざかるようにぼやけて、溶けてなくなるように消えてしまった。

だから、とっくに「現実」に戻っていたはずだし、僕は薄暗いビルのフロアの一角に立っていることに気付いていたはずなのに、むしろ、戻るまい、戻ったことに気付くまいとしていたのだった。

しかも、いつもはしないことをしていた。

未練がましく壁のタイルをしつこく撫でさすり、もう一度「アレ」が起きないかと願い続けていたのだ。こんなことは初めてだった。「アレ」が起きるのは初めて触れる時だけと分かっているのに。

自分のしていることの異様さに気付いたのは、通りかかった他の客が不思議そうに――いや、気味悪そうに見ている視線を感じたからだった。

酔っ払いが奇行に走っていると思われたのかもしれない。ともあれ、僕はハッとして長椅子に腰を下ろし、スマホを取り出してなんともない振りをしてみせたのだった。

客は興味を失ったのか、通り過ぎた。

しかし、スマホの画面に目を落としたまま、僕はまだパニック絶賛続行中だった。

身体が、全身が、熱かった。

もしかして、本当に酔っ払っていたのかな、と思った。この熱さは酔っているせいなのか？

僕も兄も酒には強い。いや、「酔えない」と言うほうが正しいかもしれない。むしろ、飲むほどに身体のどこかがきいんと醒《さ》めてくる。

この日も、みんなと楽しく飲んでいて、みんながどんどん上機嫌になってくるのを感じていたはずなのに。

衝撃は、ちっとも抜けていかなかった。

耳にコトン、コトン、というあの不思議な音が焼き付いている。

そしてあの、驚愕の表情を浮かべた二人。

尋常ではない驚きの顔だった。何を見たらあんな顔になるのだろう？

パニックが収まるまで、まだしばらくかかりそうだったが、そこにひょっこりトイレから出てきた仲間の一人がやってきた。

サンタぁ、どうした？　具合でも悪いのか？

ふと時計を見ると、僕がトイレに立ってから二十分以上経っているのに気付いた。

ううん、ちょっと明日の仕入れのことで兄貴から連絡があってさ。

スマホを見ていたのをいいことに、兄に責任を押し付けることにした。そして、それはそのまま、僕がその日、最終の電車でうちに帰る理由になった。本当は、もう何軒かみんなで飲んで、誰かの家に泊めてもらう予定だったのだが、僕はパニック続行中で、このまま飲み続ける気がすっかり失せてしまったからだ。

なんだあ、残念、布団用意しといたのに、仕事じゃしゃあないね、自営業だもんね、などと皆が口々に叫ぶのを聞きつつ、僕は駅へと向かった。

そこそこ混んでいる電車のボックス席に座り、いびきを掻いて眠る向かい側のおじさんの顔をぼんやり眺めつつも、僕は未だに抜けていかないさっきの体験を反芻《はんすう》し続けていた。強烈な違和感、衝動、衝撃。

そして、ふと窓に目をやり、暗いガラスに映っている自分の顔を見た瞬間、唐突にその理由に思い当たった。

僕は、あの二人を知っている。

うちに着いた時は、もう夜の零時を回っていたが、兄はまだ買い付けてきた欄間の補修をしているところだった。

元々、兄は眠りが浅く睡眠時間が少ない。宵っ張りなのに朝も早い。昔から、あまり寝なくても平気らしい。ナポレオンか。

弟よ、どうした？　今夜は友達のところに泊まってくるはずじゃなかったっけ？

兄は、不思議そうに僕の顔を見たが、すぐに冗談めかして続けた。

おい、まるで、物凄い「アレ」が起きたみたいな顔だな。

僕は一瞬黙り込み、頷いた。

起きた。物凄い「アレ」が。

そう短く答えると、今度は兄が絶句した。

更に少し間を置いて、僕は言った。

しかも、こないだの、N町のと同じ。

タイルなのか？

兄はすぐに反応した。

そこで、僕は新橋のビルで体験したことを話した。

ふうん。

兄はビルの来歴をスマホで調べていたが、僕と同じことを考えたようだった。

つまり、あちこちにあのタイルが使われてるってことだな。

スマホを置いて、考え込む。

どうなんだろう、そのビルも例のホテルのタイルを再利用したのかな？　高度成長期の新築のビルなら、新規に発注しそうなもんだけどなあ。

兄ちゃん、それよりも大事なことがある。

僕の声の響きに、兄は異様なものを感じたらしく、あのブラックホールじみた目で僕を見た。

僕は目を逸らし、溜息のように呟いた。

さっき、タイルに触った時に見た二人を知ってる。

知ってる？　どうしておまえが？　そんな古いタイルで？

兄は、矢継ぎ早に疑問を投げてくる。

僕は、自分がひどく青ざめているのを意識していた。あんなに熱かった身体は、今ではすっかり冷たくなっていた。

あれは、僕らの両親だった。若い頃の、僕らの、お父さんとお母さんだったんだよ。

第五章　落語ＣＤのこと、トンネルのこと

我が家のお仏壇には、一枚の落語のＣＤが置いてある。

五代目古今亭《ここんてい》志《し》ん生《しょう》のＣＤ。

兄は五代目の全集を繰り返し聴いていたけれど、僕はまだ聴いたことがない。

いつか聴く日が来るのだろうか。

お線香を上げてこのＣＤを目にする度にいつもちらっと考えるのだけれど、すぐに目を逸らしてそのことを忘れてしまう。

僕らの両親が事故で亡くなったのは、僕が中学校に上がる前の春休みのことだった。

当時のことはあまりよく覚えていない。とにかくぼんやりした子供だった僕は、事の重大さがよく分かっていなかった。もしかすると、自衛のために受け止めることを拒絶していたのかもしれない。

周囲がバタバタしていたことは肌感覚で記憶しているけれども、両親を亡くすという自分に起きた出来事としては記憶していないような気がする。

もしかすると、同窓会で指摘された、「おまえ、女のきょうだいいたよね？」の時期

はその年のことらしいので、その辺りの記憶がないのも、一連の騒ぎと一緒くたになって自衛本能が働いているせいかもしれない。

正直なところ、両親と一緒にいた時間の記憶はあまりない。兄はそうでもなかったようだが、僕はほとんど祖父母に育てられたと言ってもよく、「亡くなった」と言われても、どう反応すべきなのか分からなかったことを覚えている。

両親は僕が小学校に入る頃に、それまで勤めていたそれぞれの建築事務所を辞め、二人で独立して建築事務所を立ち上げた。

駆け出しだった二人は、あらゆる仕事を熱心に受け、「東奔西走」という言葉がぴったりなほど、二人で全国を駆け回っていた。

その甲斐《かい》あって、僕が小学校高学年になる頃には、ぼちぼち新進気鋭の建築家として名前が売れてきたところだったので、より一層エネルギッシュに活動していたようだ。

その日も、関西のクライアントのところから帰ってくる途中だった。

季節外れの雪が降っていて、視界も悪く、道路状況も悪かったところで、高速のトンネル内で起きた多重衝突事故に遭遇したのである。

二十台以上が巻き込まれた大惨事で、何台かの車が炎上した上に、トンネル内という悪条件も災いして、救助は困難を極めた。煙に巻かれて亡くなった人も多かったという。

両親の車は、運悪くトラックとワゴンに挟まれたこともあり、文字通りぺちゃんこになっていた。二人とも即死だったと見られている。

めちゃくちゃになった車内で、衝突の衝撃なのかなんなのか、ＣＤプレイヤーから飛び出し、唯一綺麗に残っていたのが、その古今亭志ん生のＣＤなのだった。

両親は、仕事の帰りにクールダウンしたい時は、いつも落語のＣＤを掛けていたそうで、その時も落語を聴いていたのだろう。

クライアントとの打ち合わせが終わって、ホッとしていたところかもしれない。そのまま二人でああでもないこうでもないとディスカッションをしていたかもしれない。馴染みの落語を聴きつつ、同じところで笑い合っていたかもしれない。

その時の状況を想像すると、きゅっと胸が締め付けられる。僕の中の両親の顔は、活き活きとして表情豊かに笑っている。まだ四十代だった。バリバリ仕事をしていて、充実していたはずだ。

せめて、最期の瞬間を迎える前に、リラックスした楽しい気持ちでいてくれたことを祈るしかない。

お葬式のこともよく覚えていない。兄がどんなふうにしていたかも分からない。兄は泣いていただろうか？　いつものように淡々とした様子で立っていた姿はおぼろげに記憶にあるのだけれど、とにかくあやふやなイメージしかないのだ。

祖父母の悲しみはどれほどだったろうと思うが、僕以外のみんながとても遠くにいたように感じられ、僕は自分の中に引きこもっていた気がする。

あの前後のことは、記憶もイメージも灰色のどんよりした塊で、僕とは離れたところで頼りなく浮かんでいて、いつのまにか通り過ぎていってしまった。

春休みが終わり、僕は中学生になった。

僕らの生活はそれまでとほとんど変わらなかったし、表面上はいつもの日常が続いていった。

ただ、お仏壇に二人の写真とCDが増えたこと以外は。

ところで、ここであなたは当然の疑問を持つかもしれない。

そのCDには触ってみなかったのか？　そのCDで「アレ」は起きなかったのか、と。

あるいは、こんなふうに考えるかもしれない。

ああ、そういえば、自分や家族の持ち物では「アレ」は起きない、みたいなことを言っていたな。そのCDもそれに含まれるのかな、と。

もちろん、僕も考えた。

このCDに触れたら、いったいどうなるんだろう？　「アレ」が起きたりするんだろうか？

最初は、そんなことを考えもしなかった。

祖父や祖母と一緒にお線香を上げながら、そこに置かれたCDを目にしていたものの、それに触れるという考えは全く浮かばなかった。

両親の写真。

建築雑誌で取材を受けた時の、晴れやかな顔の二人がそこにいる。

僕の両親のイメージは、この写真で固定されたものかもしれない。楽しそうに笑っている二人。

ひょろりとして長身の父に兄が似て、比較的小柄で柔らかい雰囲気の母には僕のほうが似ている。

あれはいつのことだったろう。

僕が帰った時、珍しく誰もいなかった。

中間テストだったか期末テストだったか、試験期間の時で、早く帰った日のことだった。

ふと、僕はお仏壇の前で足を止めた。

毎朝両親に挨拶してから出かけてはいたが、帰宅してからお仏壇の前に座ることはめったになかった。

だけど、その日は誰もいなかったせいで、急にＣＤに触ってみたくなったのである。

それまで一度も触れてみようと思わなかったＣＤに。

今なら、どんなに騒いでも大丈夫。

僕はそう自分に言い聞かせ、お仏壇の前に座り、サッとＣＤに触れた。決心が鈍るのが怖くて、あえてぞんざいに触れたのだ。

何も起こらなかった。

全く、何も。

気持ちも動かない。イメージも湧かない。何より、ひんやりとして冷たいまま。

僕はそのことがショックだった。

何も起こらなかった。

その時、初めて僕は泣いた。

思いがけないところで（僕らしいところで、とも言える）、初めて両親の死を実感したわけだけど、あれからかなりの歳月を経た今は、ぐるりと一回転して、やはり実感がない。そのせいか、今も両親が仕事でどこかに出かけたままなんじゃないかと思う時がある。

とりわけ、兄と一緒に仕事をするようになり、二人並んで車を走らせている時なんか、ふと、自分たちと両親が二重写しになって旅をしているような感じがするのだ。

今頃お父さんたちはどの辺りを走ってるのかな、なんて普通に考えてみたりもするし、たまに口に出したりもするが、兄は平然と「海外だろ。中国のどこかじゃないかな」なんて答えてくれる。

相変わらず働き過ぎだよねえ、もう若くないんだからペース落とせばいいのに、お母さんもお母さんだよね、下手するとお父さんよりハイペースだよね、などと、よく分からない「両親がいるふり」プレイをしたりもする。

実際のところ、両親がしゃかりきで働いていたのは事実だ。

この仕事であちこち行くようになったが、そのあちこちで、やたらと両親が建てた家や施設に遭遇するのである。

それがもう、相当な数で、まさかこんな辺鄙《へんぴ》なところ（失礼）にまで、という場所でも仕事をしている。

お父さんとお母さん、どれだけ働いてたんだ。

これじゃあ、僕らがほとんど顔も見られないわけだよねえ。

あのままこんなペースで仕事してたら、事故に遭わなくても、いずれ過労死してたんじゃないか。

世界遺産に登録された山間《やまあい》の古い集落を訪ねた帰り、やはり両親の建てた民家を発見した時は、二人であきれたものである。

でも、二人の建てた家はなんとなく分かるし、心を込めて造ったのが伝わってくる。親しみやすくて、こぢんまりしていて、居心地の良さそうな家。こんな家なら住んでみたいなと思うような家。

普通、建築家というのは自宅に自らの思想を込め、それを名刺代わりにすると聞いたことがあるが、結局二人は自分たちの家を建てることなく逝《い》ってしまったのだった。

建てる予定はあったのだという。

今僕らが住んでいるところを建て替えて、三世代住宅にするつもりだったらしい。既に構想はあって、図面もほとんど出来上がっていたものの、どんどん忙しくなってしまい、何年も後回しになっていた。

建てておいてほしかったなあ、と両親が建てた家を見る度に思う。

そうすれば、もっと両親のことをずっと身近に感じ続けられただろうに。

俺の集めた引手をふんだんに使ってほしかったよなあ。

兄が今も時々そう呟く。

あのコレクションを？

僕が尋ねると、「うん。そうすれば、毎日眺められるし、磨けるだろ」と残念そうに頷く。

兄ちゃんのコレクションを全部使えるような家だなんて、何枚襖があっても足りないじゃん。

いや、一枚の襖に一列に引手を付ければいいんだ。その日の気分によって、どの引手を使って襖を開けるか決める。うん、そいつは楽しそうだな。

兄はその光景を想像したのか、うっとりした表情になった。

ずいぶんシブい家になりそうだが、それはそれで見たかった気もする。

ほとんどそばにはいなかったけれど、二人はよく僕たちに電話を掛けてきた。

何食べた？　とか、学校どう？　などという他愛のない短い電話だったが、二人の声はいつも潑剌《はつらつ》としていて、声を聞くだけでも嬉しかった。

二人は東京のマンションに小さな自宅兼事務所を構えていて、ほとんど離れて暮らしていただけに、僕らは反抗期もなく（反抗しようにも接点がなかったし）育ったように思う。

両親の建てた家の持ち主と何度か話したことがあるが、みんな気持ちよく住んでくれていて、懐かしそうに両親の話をしてくれる人も少なくなく、二人が好かれていて、いい仕事をしているのを確認するのは、僕らとしても嬉しかったし、誇らしかった。

事故に遭った時、幾つも並行して手がけていたものがあったらしいが、かつて一緒に仕事をしていた建築家仲間の人が手分けして後を引き継いでくれたという。

東京の自宅兼事務所を片付け、引き払うのも、両親の仕事仲間が手伝ってくれた。突然、持ち主を失った部屋の片付けはとても大変だったそうだ。

僕はまだ大して手伝える歳ではなかったので行かなかったけれど、祖父母と兄、親戚が東京まで出かけていった。

兄いわく、「几帳面《きちょうめん》なんだか大雑把なんだか分からないオフィスだったなあ」とのこと。

仕事関係の書類や書籍は膨大で、祖父母は完全にお手上げだったので、そちらは仕事仲間に任せたという。

彼らは何日もかけて献身的に片付けてくれ、特に、二人が集めた資料や構想メモなどは「きっと将来お二人の仕事が再評価される日がくるから、きちんと取っておいたほうがいいでしょう」とまとめてくれ、東京の建築家仲間の倉庫で保管してくれているらしい。

もっとも、まだその日は来ておらず（たぶん）、いつか行かなくてはと思いつつ、僕たちは一度もその倉庫を訪ねたことがない。

クライアントのファイルも仕事仲間に分散して引き継いでもらったので、ざっくりした簡単なリストは作ってもらったものの、未だに両親の仕事の全貌を誰も把握しきれていないのである。

そんなわけで、いっとき、僕らのあいだでは、「古道具の仕入れとかけて両親が造った家ととく」というのが流行《はや》った。

そのココロは――「探していない時に限って見つかる」。

あるいは、「まさかこんなところにはあるまい、というところで見つかる」。

実際、その通りで、この頃では、古道具探しと両親の造った家探しはほとんどセットになっているのだった。一石二鳥というわけである。それはそれで、けっこう面白い。

というより、僕が実家に帰って兄の仕事を手伝うようになったのも、勤めていた店が閉店して、しばらく休んで次の仕事をどうするか考えようと帰省した時に、「仕入れ先の近くでお父さんたちの造った家に出くわしたよ」と兄が言ったことがきっかけだったかもしれない。

いや、もっと正確に言えば、帰省する直前の体験――兄にも言えなかった、個人的なとある体験が大きかったのだ。

僕が絶対に触らないもののひとつに、トンネルがある。トンネルの壁。あれはいけません。ほんとに、ダメ。許してください。

普通の人だって、トンネルはなんとなく怖いのではなかろうか。実際、トンネルにまつわる都市伝説や怪談はごまんとあるし、昔も今もトンネルを造るのはたいへんだし、見通しも悪く危険な場所であることは間違いない。

普段の生活で、僕の「アレ」が起きる確率はそんなに高くないという話をしたけれど、例外のひとつがトンネルだ。トンネルの壁に触れると、ほぼ確実に「アレ」が起きる。

最初の体験は友達と鎌倉のほうに遊びに行った時のことだ。

見るからに古い、苔《こけ》が一面に生えた山道の短いトンネルに入った。暑い夏の盛りの頃で、トンネルに入った瞬間、視界が真っ暗で方向感覚を失ったのだ。

僕はよろけて、トンネルの壁に手を突いてしまった。

ひんやりした感触と、ぬめっとした感触と、それは同時に来た。

金錆《かなさ》びの匂いがむうっと鼻に来て、カッと全身が熱くなった。

と、同時に、目の前に血まみれの顔がぶわっと浮かび上がったのだ。

僕は悲鳴も上げられなかった。

血まみれの顔は、ひとつではなかった。

ぎゅうぎゅうと、押し合いへし合いするみたいに、重なり合い、ぶつかり合い、溶け合うようにして目の前の空間一面に浮かんでいたのだ。

ゆらゆら揺れ、混じり合い、炎のような色をしていた。

ほんの一瞬で消えたけれど、ショックは凄まじかった。

恐怖とストレスのあまりひと晩で髪が真っ白になるという話を聞いたことがあるが、あの時の僕の髪も、きっと何本かは真っ白になっていたのではないだろうか。

友人たちは前を行っていたので気付かれなかったのはラッキーだったけれど、その状態から立ち直るのにしばらくかかったのを覚えている。

トンネルを抜け、明るい夏の陽射《ひざ》しの中に出た時は、心底「助かった」と思った。

それ以来、トンネルは極力避けていた。

鎌倉のトンネルはいかにもという感じだが、その後の経験によると、触れるとほぼ百パーセント、しかも新しい出来立てのトンネルでも「アレ」は起きたので（その時は、なぜか色とりどりの風船がいっぱい空に浮かんでいるイメージを見た）、トンネル全般を危険と見なして、今は絶対に触らない。普段の生活で、トンネルの壁に触ることはめったにないので、事なきを得ている、というわけである。

そして、あの日がやってくる。

僕は、同じ店に勤めていたみんなと旅行に出かけた。東京から車で三時間ほどの海辺にある、食いしん坊の客にはつとに知られたオーベルジュがあって、そこに一泊しようという計画だった。

はっきりしない天気の日で、空は墨を流したような雲に覆われていた。

時折日が射すかと思えば、いきなりザッと大粒の雨が降ってくる、の繰り返し。

へンな天気だねー、と言いながらも車の中で他愛のないお喋りに興じていた。

平日だったので、道は意外に空いていた。

僕は助手席に座っていたのだけれど、ふと、前方にトンネルが迫ってくる。

突然、奇妙な感覚が襲ってきた。

呼ばれている。

あの感覚だ。

トンネルに入った瞬間、ぶわっと全身が膨らむ感触があった。それこそ、風船に思い切り息を吹き込んで、ぱっと膨らんだような状態。

同時に、目の前に明るい炎が見えた。

文字通り、燃え上がり、黒い塵《ちり》が舞い上がっている。

燃えてる。

そう目を凝らすのと同時に、触ってないのに、という考えが浮かんだ。

何も触ってないのに、どうして、と。

むろん、それはいつものように一瞬のことだった。

すぐに炎は消え、目の前には単調なトンネルが続き、離れたところに前を行く車が見える。

と、ブチッ、という音がして、突然ラジオが点いた。ガーガーという耳障りな雑音に混じって、艶やかな男の声が聞こえてくる。

『――こりゃまた汚い太鼓だねェ――』

僕はぎくっとした。

ブツブツと途切れ、また聞こえる声。

『ばか目ですよ――』

どっと響く笑い声。

「なんだ？　点けてないのに、ラジオが点いちゃった」

運転席の友達が、怪訝そうな声を出す。

「落語みたい」

後ろの友達が呟く。

僕は、ラジオから目が離せなかった。

五代目古今亭志ん生。

それは、僕が知っている数少ない噺家《はなしか》の声で、しかも唯一僕が知っている演目だった。火焔太鼓《かえんだいこ》。

覚えていたのは、主人公が古道具屋だったからというのもある。兄が好んで聴いていて、内容を説明してくれたのだ。

そして、これは――お仏壇に置かれている、あのＣＤにも入っていた噺ではなかったか。

結局、トンネルの中を走るあいだ、ずっと途切れ途切れに声は続いていたが、トンネルを出たとたん、点いた時と同じく唐突に消えてしまった。

「消えた」

「こういうの、混線っていうの？」

「わかんない」

「幽霊だったりして」

みんながボソボソ喋っている。

既に、僕は気付いていた。

今走り抜けたトンネルが、両親の亡くなったトンネルだったことを。

しかも今日が命日でした、というのならこれまたどんぴしゃなのだが、そこまでよくできた話ではなく、命日は十日ほど先だった。

しかし、僕がショックを受けたのはそこにではなく、トンネルの壁に触れたわけでもないのに、「呼ばれた」ことだった。

そんなことが起きたのは初めてだったので、改めてトンネルについて、そして両親について考えるようになったのである。

それから数日後に帰省した僕は、兄の話を聞いて、符合めいたものを感じた。そして、なんとなく兄の仕事を手伝い、両親の仕事を見て回るのもいいな、と考え始めたのだった。

トンネルであんな体験をしたのはあの時だけだ。その後、何度も同じトンネルを通っているが、なんともない。

またどこかのトンネルを通って同じ目に遭ったらどうするの？　しかも、僕は車を運転しているのに？

そう危惧してくれたあなた、それはある意味正しくて、同時に正しくない。

前にも説明した通り、「アレ」が起きるのは僕が無防備で意識していない時がほとんどだ。

「火焰太鼓」を聞いた時も、僕は無警戒な状態でボーッとしていたから、完全な不意打ちだった。

自分で運転をしている時は、運転という行為に集中し、周囲に気を配っているから、「アレ」に関していえば却《かえ》って安全なのである。

かくして、落語CDとトンネルの一件を境に、兄の仕事を手伝うようになり、各地で両親の仕事の痕跡を発見するようになったわけだ。

そんな生活を始めて、あっというまに何年も経ってしまった僕たちにとって、新橋のビルでのタイルの一件は、大事件だった。

兄と僕の、「アレ」に対する概念を変えてしまったと言ってもいい。

なぜ、よりによって、僕らの両親があのタイルの「アレ」に出てきたのか？　しかも、今頃になって？

考えれば考えるほど、謎だった。

兄は、いささか控えめにだが、「本当に両親だったのか？」と何度も尋ねた。

そう聞かれると、僕もだんだん不安になってきてしまう。

あれは本当に両親だったのだろうか？

もはや、頼りになるのは、僕の中に残っているイメージだけ。あの、尋常でない驚きを露《あらわ》にしていた二人。

僕は改めてきっぱりと頷いた。

うん、そうだよ。あれはお父さんとお母さんだった。おかしな話なのは分かってるけどさ。

事故の瞬間の映像、ってわけじゃないよな。

兄は更に尋ねる。

それは、僕も考えた。普通に考えれば、それなりの思念が残るのは、非業の最期の瞬間なんじゃないか。だけど、あの時の二人は立っていたし、動いていたし、それに、なんとなく「誰か」を見て驚いていたという気がするんだよ。

誰かって、誰？

兄はもっともな質問をする。

分からない。

僕は首をかしげるばかりだ。

なんかね、あの時、僕はその「誰か」の中にいて、「誰か」の目で両親を見ていたような気がするんだよねえ。両親は、それがあまりにも思いがけない、そこで見るはずのない「誰か」だったんで、あんなに驚いたんじゃないかって思う。

そんなに驚くような相手って誰だ？

兄は目をぐるりと回した。

えーと、幽霊とか、オバケとか？

僕はなんともつまらない答えを返した。

兄は何も言わなかったが、いつものニュートラルさを発揮し、とりあえずその可能性について、ちょっとだけ考える顔になった。

そうそう、あのビル、少し調べてみた。

が、すぐにそう切り出したので、僕の「幽霊／オバケ説」が瞬時に却下されたのは明らかであったが。

一九六六年竣工《しゅんこう》だって。

兄はパソコンの画面を開いてみせる。

そこを覗き込むと、ビルマニアが作ったサイトらしく、ビルの写真と歴史が載っていた。

いかにも、な年代である。高度成長期。ミッドセンチュリー。

兄は画面をスクロールした。

もちろんピッカピカの新築だったわけだけど、実は、あのタイル画のある壁面だけ、九〇年代に大規模補修されてるんだよね。

補修？　あそこだけ？

今度は僕が聞き返す番だった。

うん。最初の工事に不具合があったのか、事故で剝落したのかは分からないんだけど、とにかくあそこのタイルの一部が貼り替えられてるんだって。それで、製造当時の特注のタイルがもう調達できないとかで、よそから当時のものに似たタイルを持ってきたそうなんだ。

よそから？

僕はピンと来た。兄も頷いてみせる。

そう、恐らくは、あのタイルなんだと思う。俺たちがN町で見たやつ。

やっぱり、出どころはひとつってことなのかな。みんな、同じホテルから出たものなのかな？

僕は腕組みをして考え込んだ。

それはまだ分からない。だけど、もしやっぱりそれが同じホテルから出たタイルだったとして、だな。

兄が呟いた。

なんでそのタイルだけ、そんなことが起きるんだろうな。

そんなこと？

僕は口ごもった。

いわば、そのタイルは記憶装置になっちゃってるわけだ。一枚一枚が、それぞれ四角いDVDみたいに。

それは、なかなかうまいたとえだと思った。タイルに保存された映像記憶。

これまでに触れた数回の記憶がフラッシュバックのように蘇る。どれも強烈なイメージだった。あのタイルが記憶装置なのだとしたら、あれだけの映像を記憶できるなんて、相当な大容量だ。

何がそうさせたんだ？　場所の力か、歳月の力か。釘が磁石になるみたいに、何かが特性を変えたのかな？

兄は首をひねる。

何かって？

兄は声を低めた。

さあねえ。例えば戦争、とかさ。

僕は、兄の声の調子に含みのようなものを感じたので、顔を上げて尋ねた。

あのホテル、戦争で燃えたの？

いいや、戦火には遭ってない。

兄は、あのあともずっとN町の喫茶店店主と連絡を取っていたし、あのタイルについても調べていた。

喫茶店店主のほうでも、しばしば連絡をくれた。

そして、あのコーヒーテーブルをくれた元左官職人に、知りあいのつてを辿って接触したらしく、つい最近も電話をくれたのである。

大阪の息子夫婦のところに移った元左官職人は、かなりの高齢になっていたがまだご存命で、記憶ははっきりしていたそうだ。

あのコーヒーテーブルのことも覚えていて、もちろん使ったタイルがどこから来たかも覚えていた。

安久津川《あくつがわ》ホテル。

それが、元々のタイルがそのために焼かれ、実際に建物を飾っていた場所だった。

安久津川ホテル。

それまで、そのホテルの名前は聞いたことがなかった。

一九三〇年竣工。

兵庫県の中心部から少し離れたところにあり、元は「圷川《あくつがわ》」と表記していた地名の通り、川の中州に建てられていた。

建てたのは民間だが、この時期に建てたのは、実は国策としての面が大きく、海外の賓客がメインターゲットで、外交と社交が主な目的だったという。

贅《ぜい》を尽くした建物は、敷地面積の割に客室が少なく、ゆったりとした造りで、皇族や関西の上流階級に広く愛されたそうだ。

当時の最新技術をふんだんに取り入れ、資材にも凝っており、専用に焼かれたタイルは三万枚にのぼる。

しかし、ホテルとしての運用は長くはなかった。

時代は既にきな臭くなっており、一九四四年には、第二次世界大戦で海軍病院として収用されている。ホテルとして営業したのは、たったの十四年ということになる。

終戦後は、アメリカ進駐軍の将校の宿舎とクラブに使用されていたが、最終的には解体されたという。一部がどこかに移築されているともされるが、よく分からないらしい。

モノクロの写真が何枚か残っている。

がらんとした郊外の風景の中、周囲の森が借景になっていて、その低層のどっしりとした建物は、川べりから見たら、まるで舟が浮かんでいるように見えるだろう。

石造りの建物は、非常に壮麗でモダン。和洋折衷の造りで、洋館なのだが、どこかテイストは和風である。

戦前の八ミリフィルムも一部だけ残っていて、ネット上で見ることができた。当時はまさにモボ・モガの時代。おしゃれな女性がストンとしたドレスをまとい、にっこりと笑っていた。

そのフィルムの中の屈託のない笑顔、自信に満ちた美しい女たちは、この先日本が巻き込まれる運命を予期していただろうか？

戦争は海の向こうの出来事で、自分たちの頭上に焼夷弾《しょういだん》が落ちてくる日のことなど想像できなかっただろうか？

それとも、この笑顔は時代の不安を押し隠し、刹那の愉しみに身を委ねていたことの顕れなんだろうか？

僕は、両親の形見の落語のＣＤと同じものをそのフィルムに感じた。待ち受ける運命との落差を思って、胸が苦しくなったのだ。

しかし、その映像を食い入るように見ていた兄は、別のことを気にしていた。

タイルはどこに使ってあったのかな。

女たちが映っていたのは、広大な日本庭園に面した広いテラスだった。

確かに、テラスから見たホテルの外装はどっしりとした石造りの壁に、幾何学模様のテラコッタが配してあって、タイルらしきものはどこにも見当たらなかった。

内装なんじゃないの？

僕がそう言うと、兄は画面に目を向けたまま頷いた。

当然、そういうことになるねえ。

むろん、兄が気にしていたのは、安久津川ホテルのために焼かれたという三万枚のタイルの行方である。

今や「記憶装置」と化したそのタイルが、いったいどの部屋のどの場所に使われていたのか？　タイルの来歴を知りたい僕たちにとって、それはぜひ確認しておきたいところである。

そして、僕たちが最終的に知りたいのは、両親がどこでそのタイルに遭遇したのか、ということだった。

元の安久津川ホテルで遭遇することは有り得ないことから考えると、再利用された場所であることは間違いない。

もしかすると、ついにあの倉庫を開帳する時が来たのかもなあ。

兄は溜息交じりに呟いた。

そう、両親のオフィスから、建築家仲間が片付けておいてくれた、両親の仕事に関する資料を保管した倉庫のことだ。

後から分かったことだけれど、両親は新規の設計だけでなく、数多くのリノベーション物件も扱っていた。二人ともリノベーションそのものに強い関心があったので、そちらも積極的に引き受けていたというのだ。

だとすれば、再利用されたあのタイルに遭遇していたのも頷ける。

お父さんたちの仕事仲間が引き継いだファイルには、リノベーション物件も含まれているのかな?

さあ、どうだろう。

僕らは顔を見合わせた。

互いの表情に、同じ懸念が浮かんでいることを確かめる。

例えば、両親の仲間に連絡を取って、生前二人が扱っていたリノベーション物件を調べたいと尋ねる。当然、「どうして？」と聞かれることだろう。

僕らは建築家でもなんでもないし、しかも、今頃になってそんなことを聞いてくる理由を知りたがるに違いない。ましてや、安久津川ホテルのタイルを使っていたか確かめたいから、などと聞いたら、さぞかし不思議に思われることだろう。

いや、逆に、古道具屋だということを理由にすればいいんだ。

兄が何か思いついた顔になった。

どういうふうに？

僕らのお客さんに、古いタイルを集めている人がいて、特に安久津川ホテルのタイルを探している。僕らの両親の扱った物件にも使われているらしいのでそれで、というのはどうだ？

うーん、ちょっと弱いんじゃない？

僕は首をかしげた。

それを言うなら、ただタイルの再利用というだけだったら、必ずしもリノベーション物件だけが対象になるわけじゃないよね。兄ちゃんが子供の頃、おじいちゃんがお客さんの茶室を改装するのに古い引手を使ったみたいに、新築物件でもタイルを再利用する可能性はあるじゃないか。

確かに。

兄は唸った。

そもそも、僕らは骨董商仲間にも、僕たちがタイルを探していることを教えていなかった。N町の二人は最初のきっかけを作ってくれた人だから例外として、なるべくならば、僕たちがタイルを探していることを知られたくなかったのだ。

なるべく内密にしたい理由はいろいろあったけれども、たぶん、最大の理由は「怖かった」からではないかと思う。

二人とも口には出さなかったが、薄々同じように感じているのを互いに察していた。このタイルの一件には、どこかただならぬところがある。これまでにもいろいろ不思議な体験をしてきたけれど、それとはレベルが違う。

こんな言葉はめったに使わないけれど、何か人智《じんち》を超えた、得体の知れないものが潜んでいる。そんな予感が僕らを寡黙にしていた。

もちろん、僕の「アレ」のことがバレてしまうのではないかという危惧もあった。それはどうしても避けたいことのひとつだった。

しかし、それよりも僕らを不安にさせたのは、どういうわけか、この件には僕たちの両親も関わっている、という点だった。

それは、つまり、「過去」が関わってくるということだ。僕たちだけではない、両親の代まで遡る「過去」。それだけではない。もしかすると、更にもっともっと昔の、どれほど遠くまで連れていかれるのか分からないくらいの、「過去」。

この先何が出てくるのか全く読めないという、底の知れない根源的な「怖さ」があったのだ。

こんなことを兄と口に出して話し合ったことはなかったけれど、その時の僕たちは似たようなことを考えていたはずだ。

結局、僕たちは両親の仕事仲間に何かを尋ねることもしなかったし、やはり最後まで骨董商仲間にもこの件を話すことはなかった。

本来の業務が思いがけなく忙しくなっていたというのもあったし、この件について考えるのに疲れて（あるいはびびっていて）、しばらくタイルの捜索を保留していたというのもある。

棚上げしといて考えないっていうのも、ある意味、問題解決のひとつだからな。

兄がそんなことを言って、二人の罪悪感を紛らわせていたりもしたのである。

しかし、この件の続きは思いもかけぬ方向からやってきた。

いや、続きというのかはよく分からない。もしかすると、最初からこの件の一部だったのかもしれない。それが、しばらく忘れていたあの「スキマワラシ」だったのである。

第六章　銭湯のこと、胴乱のこと

ねえ、胴乱《どうらん》って分かる?

たいへん鈍い話で恐縮なのだが、最初、僕はそれが何を話題にしているのか、ちっとも分かっていなかった。

場所はうちの店。知っている人しか来ない、我が家の隅っこの僕の店だ。

その日も、知り合いの建築関係の人が寄ってくれていた。

祖父母の代からつきあいのある、代々曳屋《ひきや》さんをしている松川さんである。がっちりした身体つきで、顔もいかめしく、一見近寄りがたいように見えるが、子供の頃から知っているので、僕らにとっては穏やかで優しいおじさん、という感じである。

曳屋さんというのは、建築物を、文字通りコロの上などに載せて引っ張って移動させる仕事をしている人だ。あまり見る機会はないと思うけれど、お寺やお城など古い建造物を修理する時など、難しい工事での出番が多い。

松川さんは古い建造物の解体や移築も手がけており、僕らも仕事でお世話になることも多く、実にありがたいお客さんでもあるのだ。

　その日、松川さんは、近くで仕事があったので、帰りに寄ってくれたのだった。

　松川さんはおいしそうに煙草《タバコ》を一服してから、ふと、思い出したようにそう言い出したのである。

「ええと、ドーランって、あれですよね？　役者が舞台に出る時顔に塗る、ファンデーションみたいなやつ」

　僕がうろ覚えでそう返事をすると、松川さんは「違う違う」と笑いながら首を振った。

「サンタは昆虫採集とかしなかった？　植物採集とかさ。小学校で押し花とか作らされなかった？」

　昆虫採集に植物採集。とんと忘れていた単語だ。

　僕は例によってあまり正確ではない記憶を探った。

「そういえば、夏休みに押し花作る宿題、ありました。新聞のあいだに挟んで、重石《おもし》して、スケッチブックに貼ったような気が。ツユクサとか、桔梗《ききょう》とか。散歩しながら、花摘んでました」

「そうそう、そういうやつ」

　松川さんは大きく頷いた。

「でさあ、今は使わないと思うけど、昔、植物とか採集したものを入れる、ブリキのカバンみたいなのがあったのさ。それを、胴乱っていうの。胴体の胴に、戦乱の乱って書く」

松川さんは宙に字を書いてみせた。

へえ、面白い字を当てるんですね。

俺、実は牧野富太郎のファンでさ。彼の胴乱、見たことがあるんだよね。

牧野富太郎？　植物学者の？

松川さんと植物学者の組み合わせが意外だった。僕でも名前を知っている、有名な植物学者だ。日本の植物学をほとんど一人で作り上げたような人らしい。

牧野富太郎は、すごく細密な植物画を描いてるんだけど、これが素晴らしいのさ。レイアウトもずば抜けて洗練されてて、グラフィックデザイナーとしても一流だったと思うのさ。

松川さんは陶酔するような表情になった。彼にこんな趣味があったとは。

その胴乱が、とってもお洒落《しゃれ》なんだよねえ。綺麗な空色をしたブリキの胴乱でね。今ならパステルカラーとでも言うのかな。これを持って博士が植物採集してたんだなあと思うと、感激するのさ。

松川さん、けっこう乙女チックなところもあるんだなあ、と僕は微笑《ほほえ》ましい心地になった。

だから、びっくりしたねえ。

松川さんは首を振った。

今時こんなもの持ってる子がいるなんて。あれ、きっと、それこそおじいさんが使ってたものを引き継いだんだろうなあ。

え？

僕は顔を上げた。

それ、見たんですか？

うん。今日、見た。レトロなもんが流行ってるとは聞いてたけど、まさか胴乱とはね。

ええと、どこで？

そう質問した時に、身体のどこかがざわっとするのが分かった。

解体現場だなあ。あ、今日のところは、引き取り先が決まってたんで、太郎君には声かけなかったぞ。

松川さんは、僕らが仕入れに呼んでもらえなかったのを責めていると勘違いしたのか、慌てて手を振った。

それはいいんです。

僕もそそくさと手を振った。

で、どこで見たんですか、その胴乱。

今日は、大きな銭湯を解体したのさ。あ、でももう銭湯としては使われてなくて、ずいぶん前に改装してギャラリーとして使っていた建物だったんだけど、老朽化がひどくてね。倒壊の危険があるっていうんで、とうとう、ね。

銭湯。

僕はなぜか背筋が冷たくなるのを感じた。

銭湯といえば——銭湯といえば。僕の貧弱な思い込みかもしれないけれど——タイルがある。

あっというまに解体できたよ。というか、ほんと、危なかった。もう屋根の重みに耐えられなくなってたんだな。ちょっと負荷を掛けたら、ほんの一瞬でぺしゃんこになったよ。

へえー。怖いですね。

僕は話を合わせた。

じゃあ、銭湯だったら、やっぱり富士山の絵があったんですか？

さりげなく話題をそちらに持っていく。

いやあ、あそこは富士山じゃなかったなあ。もうちょっとハイカラな、人魚の絵が描いてあった。

ふうん。壁画に？

壁画というか、タイルで絵が描いてあったね。

どきんとする。

やはりタイルがあった。そして——

松川さんは、次の煙草に火を点けた。

で、ほとんど解体し終わって、片付けようと思ったら、近くに女の子がいたのさ。ぼーっと瓦礫《がれき》の山を見てた。

女の子。

僕はぼんやりと繰り返した。

この話、聞いたことがある。ずっと前、同じこの場所、うちのカウンターで。ひょろっとした、長い髪を三つ編みにした女の子でねえ。白い服着てさ。その子が、牧野博士みたいな、空色の胴乱、肩から提げてたのさ。ずいぶん珍しいもの持ってるなあって思ってさ。

じわじわと足元が沈みこんでいくような錯覚を感じた。

松川さんは、何も知らない。何の先入観もなく、ただ自分が体験したことを話しているだけなのだ。もちろん、自分が目にしたもの——白い服を着た少女は、実在していると信じ切っている。

で、その子はどこに？

僕は動揺を抑えつつ、さりげなく尋ねた。

危ないから離れなよって言おうと思ったら、ぴゅっとどこかに駆けてって、いなくなっちゃった。近所に住んでる子かな。

松川さんは、自分が見たものが何なのか全く気付いていない様子だった。

この日は春にしてはかなり気温が高かったし、白い夏服でも不自然さは感じなかったのだろう。

僕はこのまま松川さんが何も知らないでいることを祈った。

ふうん、胴乱ですか。

太郎君は、扱ったことない？

松川さんはのんびりと尋ねる。

そういう科学系のものは、扱ったことないですね。でも、いますよ、科学系ばっかり扱ってる人。試験管とか、分銅とか。ああいうのも、マニアがいるんですよね。

へえー。変わった趣味だねえ。

ちなみに、その銭湯、場所はどこだったんですか？

更に、聞いてみる。

教えてくれたのは、ここからそう遠くないところだった。N町と特に近いというわけでもない。

あ、そうだ、そういえば、写真撮ったよ。見てみる？

松川さんは思い出したようにスマホを取り出した。

どきんとする。

現場ですか？

うん、過程はいつも撮影してる。正式なのはスタッフにちゃんと記録させてるんだけど、俺もメモ代わりに、ね。

どきどきしながら、松川さんのスマートフォンを覗き込んだ。

天井がなくなり、ぽっかりとひらけたところに青空が広がっている。そして、壁一面のタイル画が目に飛び込んできた。

一瞬、息が止まった。

鮮やかな——そして、艶やかな色彩。

あのタイルだ。

そう直感した。

確かに、素朴なタッチで長い髪の人魚が二匹（二人？）描かれている。

綺麗なタイルですね。新品みたいで、発色がいいなあ。これ、処分しちゃったんですか？

一縷《いちる》の望みを抱《いだ》きながら、聞いてみる。

松川さんは大きく頷いた。

うん、業者がまとめて引き取っていったよ。

あっけなく望みは潰《つい》えた。つまり、僕が触れてみるチャンスは、もう永遠に訪れないということだ。

もっとじっくりタイルを観察したかったが、松川さんは次々と写真をスクロールしていった。

壁が消え、柱が倒され、土台がむき出しになっていく。

元は、かなり大きな銭湯だったようだが、プロセス写真の中では、あっけなく瓦礫の山になった。
マスクをして瓦礫の中を歩き回る人々。
うん?
松川さんの指が止まった。
あ、この子だ。
え?
僕は心臓が止まりそうになった。
この子、この子。ほら、写ってる。写りこんでるとは思わなかったなあ。
松川さんは、無邪気に写真を指差した。
慌てて目をやるが、何か白っぽいぼんやりとした影しか見えない。
松川さんは写真を拡大していく。
瓦礫の中を歩き回る人々の向こうの、隅っこにその小さな影はあった。
確かに、白い服を着た女の子だ、ということは分かった。
さすがに顔までは見えないが、麦わら帽子らしきものをかぶっている。
この時の衝撃を、どう説明すればよいだろう。
本当に、いた。
今、僕は目の前のモバイル機器の中にあるものを、松川さんと一緒に目撃している。
幻ではない。カメラのレンズはその姿を捉《とら》え、実在するものとして、スマホのデータの中に納まっているのだ。

僕は、その存在を感じた。

出てきてしまった。

そんな気がした。前に兄から聞いて思い浮かべた、押入の中の少女が、現実の世界に飛び出してきてしまったのだ。

そして、この時、僕は奇妙な感情が込み上げてくるのを感じた。

親しみ、という言葉がふさわしいのかどうか分からない。とにかく、不意に、彼女をとても近しいものに感じたのだ。

ずっと前から、僕はこの子を知っている。

この子は、僕らとどこかで繋がっている。

この先、いつか必ず、僕らのところにやってくる。そんな因縁めいたものを直感したのだ。

同時に、唐突な仮説が頭に浮かんだ。

もしかして、彼女は、このタイルのあるところに現れるのではないか？

それは、はっきりいって、全くなんの根拠もない発想だった。

だが、これまでに目撃されたという古いビル、古い小学校、そして銭湯。どれも、タイルがありそうなところだし、実際、あった。

ひょっとして、彼女は僕と同じものに対して反応し、現れるのではないか？

そんなふうに強く感じたのだ。

ねえ、そうじゃないの？

僕は、心の中でスマホのぼんやりとした白い影に話しかけていた。

いったい君は何が言いたいんだ？　何を探してるの？　それは僕と同じものなの？

少女は答えない。

スマホの中の影は、あまりにも頼りなく、小さくぼやけている。彼女はくるりと背を向け、ぴゅっとどこかに駆け出していなくなる。

いつのまにか、ぼんやりしていたらしい。

また連絡するよ。今度は仕入れになるようなところ、紹介するからな。

ハッとして顔を上げると、松川さんは、スマホをシャツのポケットに押し込んでいるところだった。

太郎君によろしくな。

代金を払い、手を振って引き戸を開ける。

ありがとうございました。

僕は松川さんの背中を見送りながらも、彼の胸ポケットの中のスマホの写真のことを考えていた。

写真の中の少女は、ずっと残っているのだろうか。そんなおかしなことを考えた。なぜか、次にファイルを開いてみたら、少女の姿が消えているような気がしてならなかったのだ。

なるほど、銭湯ね。その手があったか。

松川さんの話をした時、兄の口から最初に出たのはその台詞《せりふ》だった。

そっちかい、と思わず突っ込みを入れてしまう。

僕としては、スマホの写真に写った女の子のほうに反応してほしかったのだが。

だって、スマホに写った幽霊だよ？　そちらのほうがインパクトがあるでしょうが。

しかし、兄は「銭湯なら、すぐに場所が調べられるな」と早速検索を始めた。

ゆえに、結局松川さんのスマホの写真に今もあの子が写っているのかどうかは、確かめずじまいになった。

それというのも、翌日から僕たちの車には二人の入浴セットが積み込まれることになり、仕事ついでに各地の銭湯を回る、という新たな習慣が加わったからだった。

健康ランドのような大規模入浴施設ならいざしらず、普通の銭湯はなかなか新規に造られることがないので、現在各地にある銭湯は古くに造られたものがほとんどだ。

そして、当然、銭湯といえばタイル。僕らの回った銭湯が、古いタイルの宝庫であることは間違いなかったのだが。

実は、僕たちはかなり期待していた。

古い銭湯めぐりをすることで、あのタイルが相当見つかるのではないかと。そうすれば、両親の謎の映像について、何かのヒントが早々に得られるのではないかという強い期待である。

ところが、それは徐々に失望に変わっていった。

確かに、それらしきタイルはあったものの、ちっとも「呼ばれる」感じはしなかった。「呼ばれる」タイルは、なんとなく熱を帯びていることが多いと前に話したことを覚えているかと思う。

最初、銭湯は元々暑いし、タイルも熱気で温められているから何も感じないのかな、と思った。だから、僕のセンサーが作動しないのかな、とも考えた。なかなか調子がつかめず、あちこち触れて（傍からみると相当怪しい人だと思われたかもしれないが）試行錯誤を繰り返した。

しかし、結論からいうと、どこのタイルも、全く何も感じなかったのだ。ただ単に一律に「あったかい」だけで、「アレ」の熱はただの一度も感じることがなかったのである。

例のタイルは見つからなかったものの、仕事のあとに広いお風呂で汗を流すのはたいへん気持ちがよく、タイルが見つからないという事実が判明したのちも、銭湯通いは僕らの習慣として定着した。

ふうむ。今ひとつ分からないな。

山間の地方都市の、僕らのお気に入りのひとつになった銭湯で湯船につかりながら兄が呟いた。

弟よ、俺は、ひとつの仮説を立てていた。

人差し指を立てる。

最初、おまえの「アレ」が起きるのは、安久津川ホテルに使われていたタイルに反応するんだと思っていた。

最初ってことは、今はそう思ってないってことなの？

僕が尋ねる。

早い時間で、銭湯はまだ空いていた。近所のご隠居と思しき人がほとんどだ。

うん。いくら三万枚あるとはいえ、破損したものもかなりあるだろうし、大した数は残っていないだろう。

だから、そのタイルを焼いた、同じ窯元から出たタイルに反応しておまえの「アレ」が起きるんじゃないか、と考えるようになった。

同じ窯元？

僕は湯船の水面で両手を組み合わせ、ぴゅっとお湯を飛び出させた。ついつい広いお風呂に入るとやってしまう、子供じみた遊びだ。

うん。昔のタイル工場は、家族経営のところが多くて、ひとつひとつはそんなに大きくない。数人の職人さんで回しているところがほとんどだ。そういうところで作ったものなら、職人の印というか、手つきみたいなのが残っていそうな気がしてね。

ふと、がっちりとした職人の姿が目に浮かんだ。フランク・ロイド・ライトが日本で焼かせた煉瓦《れんが》には、ひとつひとつ手作業でライトのデザインした模様が刻みこまれていたという話を思い出す。職人の手つき。職人の痕跡。

じゃあ、これまで回った銭湯には、そこの窯元のタイルは使われてなかったってこと？

兄は首をかしげた。

だけど、これだけ回ってどこにも使われてないってことは有り得ないと思うんだよなあ。戦後すぐに建てられた銭湯も多いのに。

全国に流通していたタイルは、限られた産地でほとんどが作られていたので、こんなに広範囲を回っても全く出くわさないというのは、確かに奇妙である。

もちろん、兄はタイルを作ったところも調べていた。しかし、安久津川ホテルの資料はほとんど残っておらず、どこで焼いたのかはまだ調査中。

銭湯めぐりで「アレ」が起きたら、どこでタイルを調達したのか聞いてみようと思っていたのだが、どこも空振りなので、まだ調べられないというわけなのである。

同じ窯元だったタイルが原因だとしたら、どうなるの？　タイル職人の呪い？

僕はもう一度、湯船の水面で手を握り、ぴゅっとお湯を飛び出させた。今度は綺麗に垂直にお湯が上がったので、ちょっと嬉しい。

呪い、ねえ。そんなものがあるとして、そこにうちの両親が絡んでくるとも思えないんだが。あの能天気な二人に、そういうものと縁があるとは思えない。

兄がそう呟いた時、ふと、何かを感じた。

トンネルの中で聞いた「火焔太鼓」。

ねえ、僕の「アレ」だけどさ。お父さんのほうの血筋にはそういう能力がないこと分かるんだけど、お母さんはどうなのかな？

え？

兄がぎくりとしたのを、僕は見逃さなかった。

僕、母方の祖父母のことってほとんど何も知らないんだけど、兄ちゃんは知ってる？ お母さん、やっぱり早いうちに家族を亡くして、高校生くらいからずっと一人暮らしだったってことくらいしか聞いてないんだけど。兵庫だか京都だかの出身だって話だよね？ 母方の親戚に一人も会ったことがないっていうのも、よく考えてみたらおかしな話だよね。

うーん。

兄は唐突に大きな欠伸をした。

そろそろ、のぼせてきたから、俺、上がるぞ。

話を逸らされた、と思った。

兄は低血圧で、のぼせるなんてこと、めったにない。僕が苦手なサウナにも、いくらでも入っていられるくせに。

何を聞かれたくなかったのだろう？ お母さんのこと？ お母さんの出身地のこと？

僕が兄の仕事を手伝うようになって、多少なりとも学んだことがある。

ひとつは、家族について、人は意外にあまり知らないということ。

いや、「あまり」というのは控えめな言い方だ。実はほとんど知らない、というのが正しいのではなかろうか。

本当のところのその人の性格とか気質とかは、一緒に働いてみないと分からないと思う。

特に、うちの場合、歳が離れていた上に両親を亡くしているから、子供の頃は兄が保護者のようなところがあって、僕の世界の外側にいる人、みたいなイメージがあった。子供の頃、兄の世界と僕の世界はあまり接点がなかったから、今になってようやく接する面が増えて、仕事も共にするようになり、少しは兄について分かってきたような気がする。

二つめは、これは薄々以前から感じていたことだけれど、世の中のことは、ほとんどすべてが「タイミング」だということだ。

何かを始めるタイミング、何かをやめるタイミング、何かを尋ねるタイミング、そして何かを告白するタイミング。

物事の自然な流れに乗っていれば、それは概《おおむ》ね向こうからやってくる。するするといつのまにかそうなっていた、今しかないと直感した、というタイミングは、大体正しい。

別に僕は運命論者ではないのだが、そんなふうに感じるようになったのは、むろん

「アレ」のせいもある。

まあ、回りくどい言い方をするけれど、要は、兄が僕の質問に答えないのは、その時点では僕がその答えを知らないほうがいいからだ、ということが、経験上分かってきたのである。

もっと若い頃はイライラしたり意地悪だと思ったこともあったけれど、少しは僕も大人になったというか、いい加減になってきたので、そういうものだと受け流せるようになった。

明解な解決法が見つからない時は、とりあえず棚上げしておく、あるいは放置しておく、というのも確かにひとつの選択肢で、時間が経ってみると意外に大した問題ではなかったと判明することも多い。さすがに八年人生経験が長いだけあって、兄のすることはけっこう正しい。

だから、この時も深くは追及しなかった。兄が何か僕に教えるべきことがあるのなら、兄がよいと判断した時まで口にはしないだろうと分かっていたからだ。

そんなわけで、僕の母方の家のことは「棚上げ」問題として宙ぶらりんのままだったのだが、「銭湯及びタイル」問題のほうは、しばらくしてほんの少しだけ進展があった。

その後も銭湯通いは単なる疲労回復の快適な習慣として続いていたが、同じ銭湯にリピートすることが増えたため、もちろん「アレ」が起きることはなく、やがてそのことも忘れていたくらいだった。

しとしと雨の降る午後、僕らは京都にいた。

京都は古いもの好きにはたまらない場所らしく、仕事ついでとはいえ、兄はおのれの引手コレクションを充実させるべく、いつも京都に寄る度にそちらにも精を出す。

兄の好みを熟知している、知り合いの古道具屋さんのところに顔を出してから引き揚げてきたところだった。

引手はなかったものの、兄の目がひときわ優美なアンティークの蝶番に惹きつけられるのが、傍目にも分かった。こんな時、やはり人が何を美しいと思い、何を欲しいと思うのかは千差万別で、それがこの商売を成り立たせているのだとつくづく思う。少なくとも、僕には蝶番の趣味はないな、ということも。

互いの提示額が折り合わず、しばし駆け引きが続けられた結果、蝶番はその場から動くことなく、今回は見送りとあいなった。

また今度、と店を出てきたものの、兄にはまだ未練があったようである。

後ろ髪を引かれている兄に、遅いお昼を食べようと促し、近くに銭湯をカフェに改装した店があるのを思い出した。

別に深い意味があったわけではない。以前から話には聞いていて、一度行ってみたいと思っていたのと、たまたま近くにいたというのがきっかけに過ぎなかった。

それに、この頃には「銭湯イコール仕事帰りのリフレッシュスポット」という認識が刷り込まれていたので、今更何かがあるとは思わなかったのだ。しかも、「元」銭湯であって、「現」銭湯ではない。

堂々たる構えの、一目で元銭湯と分かる建物だった。

銭湯だけに、昔ながらの住宅街の中にあって、ローカルでアットホームな雰囲気が漂っている。

元の造りをうまく生かして、中は改装されていた。男湯と女湯の間の壁の一部を取って、テーブル席の仕切りに使っている。

高い天井には天窓があって、曇った空が覗いている。ずっと弱い雨が降っていたはずだが、こうして見ている限りでは、天窓が濡《ぬ》れているようには見えなかった。

そして、壁一面を埋めるのは、見事な意匠のタイルである。かなり古い建物だが、タイルは種類も豊富でとてもハイカラだった。

それらのタイルを見ても、僕は何も感じなかった。素晴らしいタイルだが、発色の具合が、一目見て僕らが探しているものとは違うと感じたからだ。何より、「呼ばれている」感じが全然しなかった。

僕らはカレーセットを注文した。銭湯にカレーの匂い。なんだか、似合っているような、いないような。

カレーを食べながらも、兄の目はまだ宙を泳いでいた。まだあの蝶番のことを考えているらしい。

そんなに気になるんなら、買えば？

上の空の兄の顔を覗き込み、僕がそう言うと、「いや。今月はもう予算オーバーだ」と兄は上の空のまま首を振った。

兄が自分のコレクションの予算に関して、月々の上限額を決めているのは知っていた。このあいだ、蒲郡《がまごおり》で見つけた引手が思ったよりもいい値段だったんだよな。

兄は深い溜息をつく。この、買いたい、買えない、買うべきでない、でも欲しい、という兄の苦悩を見るにつけ、やはり自分がコレクターでなくてよかった、と切に思う。

あの蝶番、幾らだったの？

兄が声を潜めて教えてくれた金額は、確かにちょっとびっくりするような額だった。需要と供給の関係とはいえ、ものの値段って、本当によく分からない。

そりゃ、やめといてよかったよ。なんか、甘いもんでも食べる？

僕は自分の席の後ろにある壁の黒板を振り向き、指差した。

それは、あまりにも久しぶりの不意打ちだった。

振り向いた瞬間、勢い余って指が黒板の縁のタイルにこつんと触れたのである。

その瞬間、電流のような、熱風のような、熱いもの——ほとんど「痛い」と言ってもいいようなものが、全身を駆け抜けたのだ。

やられた、久々の「アレ」はやっぱりキツイな、それにしても、見事に油断している瞬間を狙ってくるな、などとどこかで考えている自分がいた。

ともあれ、その時僕の中に飛び込んできたイメージは、これまた予想だにしない、奇妙奇天烈《きてれつ》なものだった。

　工場。

　直感した印象はそれだった。

　ムッとする熱気、うなりを立てる機械、巨大な空間でたくさんの機械が休みなく動いている。

　何から出ている煙なのか、黒っぽい煙が立ちこめ、獰猛《どうもう》な金属の匂いが全身を包む。

　わっと押し寄せてきた熱気、匂い、音。

　それにつかのま面喰らって顔をしかめ目を閉じたが、すぐに目を開け、ふと顔を上げた。

　遠くに、何か巨大な影が見える。

　揺らぐ熱気、機械の音、広い空間にみっちり並んでいる工作機械の向こうに、ゆらゆらと浮かぶ大きな影。

　よく知っている形だ。

　鳥居。

　なんだろう、ものすごく大きな鳥居だ。

　しかもあれは――見慣れた木の鳥居ではなく、金属でできている。

　そう直感した。

　ずっと離れたところにあるし、ゆらゆらと歪《ゆが》んで見えるのだが、金属製だ。

ここはどこだろう。工場と鳥居。変な組み合わせだ——

ふっと身体がずれるような気がして、一気に気温が下がった。

僕は、黒板を指差した中途半端なポーズのまま、カフェの椅子に腰掛けていた。

その直前のイメージとのあまりの落差に、身体も心もついていけず、ただ虚脱状態でそこにいた。

こんな時、僕の目は空っぽになり、いつもより薄い色になるらしい。あまりの不意打ちに、自分がどこにいるのか確認できるまで、いつもより長い時間を要した。

ようやく、周囲を見回す余裕ができ、カフェの中の空気で呼吸できるようになった。

いつにも増して、兄はその間、身動《みじろ》ぎもせずに僕を見つめていた。

周囲は、何も気付いていなかった。どうやら悲鳴を上げることは回避できたらしい。

あまりにも突然だったので、悲鳴を上げる隙すらなかったのだろう。

蝶番の未練はどこかに飛んでいってしまったらしく、兄は興奮した表情で、僕が今、何を見たのか事細かに説明させた。

工場。機械。金属の鳥居？

兄はあきれたような顔で考え込む。

いよいよ分からなくなってきたな。

兄は僕を責めるようにジロリと見た。

ますます分からなくなったのは同感であるが、それは僕のせいではない。僕は抗議の目で兄を見る。

おまえ、この店に入った時から特にタイルに反応してる様子はなかったよな。

うん。ここにはないと思ったし、「呼ばれる」感じもなかったし。いや、本当に、完壁に不意打ちだった。びっくりしたよ。

僕はもう一度壁の黒板を見上げた。

よくある、メニューの書いてある黒板だ。

本日のランチ、本日のストレートコーヒー。少し細長い、生真面目な字が並んでいる。

ちなみに、この店にはチーズケーキとチョコレートケーキはなかった。今こそ、心を落ち着かせ、極度に負荷の掛かった心身のストレスを和らげるためにも、僕はここにいる誰よりもチーズケーキを必要としていたのだが。

メニューにないものは仕方がないので、僕たちはパンケーキを追加注文した。

その黒板——作り付けだよな。元々の、銭湯だった時からあったものだよな。

兄が、しげしげと黒板を見る。

黒板の縁になっている濃い緑のタイルは、確かに壁と一体化している。暗い色なので、発色を見落としたのかもしれない。

でも、元は銭湯の壁。黒板のはずがない。

兄は指を小さく鳴らした。

そうか、かつては鏡が嵌め込んであったんだな。それを改装の時に外して、代わりに黒板を入れたんだ。

うん、きっとそうだね。それがどうしたの？

兄が珍しく、かなり興奮していることに気付いた僕は、聞き返さずにはいられなかった。

いや、ちょっと待って。

兄はしきりに何か思い出そうとしている。

検索機能がフル回転しているのが分かった。

やがて、兄の目から「かちり」という音がしたような気がした。

もしかすると。もしかすると、だけど。

兄は声を潜めた。

ポイントは、リサイクル、かもしれない。

リサイクル？

僕はぽかんと繰り返した。

うん。リサイクル、リノベーション、再利用。ああ、「転用」という言葉もあるか。

さぞかし僕がちんぷんかんぷんという顔をしていたのだろう。

兄は、困ったような表情になり、ゆっくりと言う。

だって、考えてみれば、今までのもの、どれもそうだったろ？

今までのもの？

ますます困惑して聞き直す。

頭には、最初に喫茶店で出会ったタイルのテーブルが浮かんでいた。再利用って、タイルをテーブルの天板にしたとか、そういうこと？　でも、それが何だというのか。

兄は黒板に目をやった。

俺が言いたいのは、おまえが反応したタイルがあったのは、一度本来の用途から別の用途に転用された場所だっていうことさ。おまえは、あの女の子が現れるのは、あのタイルがあるのと同じ場所なんじゃないかと思うって言ったよね。

兄には、そんな気がすることを打ち明けてあった。

まあ、実際に見たわけじゃないし、特に根拠はないんだけどね。

僕は自信なさげに頷いた。

安心しろ、俺もこの説に大した根拠はない。おまえと同じく、単なる勘だ。

兄はどうでもいいところで胸を張った。

で、これまでに聞いた——松川さんの話も含め、あの女の子が出たところ、おまえが反応したところの共通点に気が付いた。

兄は、目の前にパンケーキを刺したフォークを上げてみせた。

それは、元は別の目的で使われていた場所やモノが、元々想定していなかった用途で使われるようになったってことなんだ。

兄はフォークを持ったまま、器用に指を折って数え出す。

最初に女の子が出現した小学校は、もう小学校としての役目を終えて、アトリエになってた。

キタのビルは、金物屋のオフィスだったところがレストランやデザイン事務所になってた。

N町で見つけたコーヒーテーブルの天板は元々壁のタイル。新橋のビルの壁画もそう。

ちょっと待ってよ。

僕は慌てて口を挟んだ。

新橋のビルの場合、用途は同じなんじゃない？　壁に貼るって意味では。

兄は首を振った。

いや、壁画の一部に利用されてたんだろう？　絵の一部になってたっていうなら、俺は「転用」だと思うな。ま、とりあえず、「転用」のひとつに数えよう。

僕は渋々同意した。

で、松川さんの話だと、その銭湯はギャラリーになってたってことだったたな？

うん、そんなこと言ってた。

よくそんな細かいところまで覚えてるな、と今更ながら兄の記憶力に感心した。

そして、ここは「元銭湯」で今はカフェだ。

兄はぐるりと周囲を見回す。

おまけに、鏡が入ってたタイルの枠の中身が黒板に取り替えられてる。

兄は再び身を乗り出し、声を潜めた。

これまで通ってた銭湯で、何も起きないわけだよ。だって、ずっと銭湯で、本来の用途で使われてるところなんだからな。

なるほど、と思った。僕らが通った銭湯は、創業以来ずっと銭湯のまま。

僕は頷きつつも、尋ねた。

筋は通ってるように見えるけど、じゃあどうして？　なんで他の用途に転用すると、タイルがああなって、あの女の子が現れるわけ？

それが分かれば苦労はしないよ。

兄は肩をすくめてパンケーキをぱくりと飲み込んだ。

転用。

僕もまた、どこか上の空でパンケーキを食べながら（これはこれでとてもおいしかった）兄の言葉について考えてみた。

転用。そこに何かの意味があるのだろうか。

本来の目的とは違う用途で使われるようになったもの――

松川さんのスマホの中に写りこんでいた少女。

何を集めてたんだろう。

僕が呟くと、兄が「何って？」と尋ねた。

あの女の子だよ。胴乱って、採集したものを入れるためのものなんでしょ？　あの子は、転用された建物が壊されるところに現れて、いったい何を集めてるんだろう。

瓦礫の中に佇《たたず》む少女。

ふふん。蒐集ね。彼女も何かのコレクターなのかも。少なくとも、引手じゃないだろうから、俺と対象がかぶってなくてよかった。

兄は半ば本気で言っていた。全く、コレクターというやつは、幽霊と趣味がかぶらなくてよかったというのが最優先の関心事なのだ。

ぺんぺん草とか。

植物採集だからか？

僕の答えにすかさず突っ込みを入れる。

でも、建物はきっと直前まで使われてたんだろうから、屋根にぺんぺん草は生えないか。あ、ぺんぺん草って正式な名前なのかな？

ナズナの別名だな。

例によって博識な兄が教えてくれた。

ナズナって、春の七草のナズナ？

そう。実の形が三味線のバチに似てるから。三味線の音を「ぺんぺん」と表現するだろ？ そこから連想したらしい。でも、屋根にナズナが生えてるとは言わないよな。ぺんぺん草というのは、あんまりいい意味に使わないな。

でも、不思議だよねえ。人が住んでる時だって、屋根なんてめったに掃除しないじゃ人が住んでる時は生えなくて、無人になると生えるのはどうしてなんだろう。

家だって、呼吸してるからだろ。窓を開けたり、戸を開けたりして空気が出入りしないと、埃《ほこり》が溜《た》まるじゃないか。それとおんなじだよ。

ふうん。とにかく、ぺんぺん草の蒐集じゃあんまりだな。彼女が何を集めてたら嬉しいかなあ。

僕は、空色の胴乱の中身を想像した。

ボタンとかどう？　女の子が胴乱の中に集めてたら、可愛いじゃない。

胴乱の中に、大小さまざまなボタンが入っているところを思い浮かべる。少女が胴乱の中にボタンを入れる、カランという音が聞こえたような気がした。

オフィスビルや銭湯にボタンが落ちてるかな？

兄は懐疑的だ。

人が出入りするところなら、落ちてると思うよ。

僕が反論すると、兄が「ボタンで思いついた」と人差し指を立てた。

押すほうのボタンはどうだ？　エレベーターのボタンとか。あるいは、電灯のスイッチ。うん、それなら近代的だな。

少女がビルの床にしゃがみこんでいる。

瓦礫の中に、壁から外れた小さな四角いパネルを見つける。

小さな指が、パネルから取れたスイッチを拾い上げる。肩から提げた胴乱の蓋を開け、そこにスイッチを投げ込む。黒いのや、白いの。プラスチックでできたそれを投げ込んだ時にする音は、さっきのボタンの時よりもちょっと重い。

僕は無意識のうちに口を開いていた。

それこそ、タイルを集めてたりして。

胴乱に投げ込まれる、カランという音は更に重くなる。赤、青、緑。タイルはあちこちが欠けていて、幾つも集めると、胴乱がずっしり重くなる。

兄が頷いた。

なるほど。タイルコレクターならば、確かにそれぞれの現場に現れてもおかしくないわけだな。

つまり、僕と対象がかぶってるってことだね。

そう呟いた僕は、改めて、自分と彼女がどこかで繋がっているような気がした。

ぼんやりと佇む少女。

スマホの画面の奥から、ぼやけた影の彼女が、スマホのこちら側にいる僕を見ている——

タイル。彼女もまた、あれに「呼ばれて」いるのだろうか。

胴乱。

ふと、兄が呟いた。

そういえば、お父さんとお母さんの東京のオフィスにも置いてあったな。ほら、おまえが昔持ってきたやつ。

えっ？　僕はあっけに取られた。

僕が？　胴乱を？　持ってきたって？　いつのこと？

矢継ぎ早に聞き返していた。

今度は兄があっけに取られた。

覚えてないのか？　ずいぶん前のことだ。おまえが小学生の時だったと思う。ある日ひょっこり持ち帰ってきたんだ。誰かに貰ったのか、拾ってきたのか、おまえは何も言わなかった。でも、たまたまその時帰ってきてた両親に「はい、これ」って差し出してた。

僕が？　ジローみたいに？

そう。ジローみたいに。

兄が繰り返す。

しつこいようだが、僕は記憶力があまりよくない。そんなことがあったとは、全く記憶にない。

しかも、胴乱だって？　僕が？

最近お馴染みになった不安が、じわりと込み上げてくる。

新しかった？　古かった？

そう尋ねると、兄は記憶を探る目つきになった。

新品ではなかったけれど、そんなに古くもなかったな。

色は？

空色だった。

カラン、という音がする。今度は、僕が空色の胴乱を開けて、タイルを投げ込む音になった。

少女が差し出す胴乱の蓋を開け、そこにタイルの欠片を投げ込む。

カラン。

ほら、うちの両親もあまり深く考えないところがあるから、ありがと、これは道具箱にちょうどいいね、って言って、二人の事務所に持っていったんだ。

兄は懐かしそうな顔になった。

東京の事務所に片付けに行った時にも、置いてあったよ。ああ、あの時の胴乱だって思った。

事故のあとの混乱の時期。

僕は一度も両親の事務所に行ったことがない。見たことのないオフィス。

兄は笑った。

オフィスのテーブルの隅に置いてあった。中にちびた鉛筆が、ぎっしり入ってた。どうしてもちびた鉛筆が捨てられないって言ってたよ、って、建築家仲間の人が笑ってた。

それって、今もあるのかな。

僕は恐る恐る尋ねた。

その——お父さんたちのものがある倉庫に。

一度も訪れたことのない場所から、倉庫に運ばれたもの。

兄は頷いた。

あるはずだよ。仕事で使ってた資料や愛用の品なんかは、全部そのまま移してくれたみたいだから。

そうなの。

いつも思うのだけれど、記憶力のいい人というのは少しばかり残酷だ。いかにも周知の事実のように話すけれど、覚えてない側からしてみれば、話題に参加することができず、とりとめのない不安に襲われる。

手に取れば思い出せるのだろうか？　どこで手に入れたのか。どんなふうに両親にそれを手渡したのか。

記憶にない、空色の胴乱。

女の子が提げていた、空色の胴乱。

頭の中でその二つがぶつかって、カラン、と小さな音を立てる。

しかし、「何」なんだろうな。その女の子は。

僕の混乱に気付かない兄が呟いた。

幽霊なんだから、元は「誰か」だったんじゃない？

そう答えると、兄は首をかしげた。

幽霊なのかな？　どちらかといえば、都市伝説に近いんじゃないかな。

どう違うの？

兄は「うーん」と唸った。

幽霊ってのは、元は実体があったってことだろう。この世に生まれて、生きて、存在していた誰かが死んで、まあ現世に心残りだか未練だかがあって、幽霊になって出てくる、と。でも、その女の子は、実体がないような気がする。この世に生まれて死んだ、かつて存在した「誰か」だったとは思えない。

じゃあ、何？

僕はパンケーキをたいらげ、コーヒーを飲んだ。

だから、都市伝説だよ。

兄もつられたようにコーヒーを飲む。

都市伝説っていうのは、大衆が感じている無意識の不安が形になったものだと思うんだ。だから、世の中の仕組みとか、人々の習慣なんかが変わる時に出てくることが多い。

例えばさ、昔はハンバーガーショップで使われている肉には猫の肉が混ざっているという根強い都市伝説があったんだ。ハンバーガーチェーンが相次いで日本に上陸した頃だ。当時はまだ日本人はあまり外食をしなかったし、厨房《ちゆうぼう》が見えない不安があったんだろうな。

　ピアスの穴を開けると、白い糸が出てきて、それを抜くと失明するなんて都市伝説もあった。まだピアスをする人が少なかった頃だ。日本には、親に貰った身体に手を加えることを良しとしない伝統があって、整形手術にもかなりの抵抗があったし、アクセサリーを着けるためにわざわざ穴を開けることにも罪悪感があったんだろう。

　それは僕も聞いたことがあった。国によって定番の都市伝説があるという話も。アメリカだと消えるヒッチハイカーとか、トイレに流したペットのワニが下水道で巨大化していたとか、ヨーロッパだと試着室に入ったままいなくなった観光客とか。確かに、それぞれの環境での人々の潜在的な不安を表わしていそうだ。

　じゃあ、あの女の子は？　胴乱提げて、建物の解体現場に現れるのはなぜ？

　そう尋ねると、兄は肩をすくめた。

　それが知りたいのさ。彼女が、無意識のうちに我々が感じている不安か何かを表わしてるんだとすれば、彼女の格好にも何かそれなりの理由があるはずだから。

　理由、ねえ。

　都市の廃墟《はいきょ》に現れる少女。何を「採集」しようとしているのか？　なぜ僕たちは彼女を「イメージ」したのか？

　じゃあ、逆に言えば、今って時代の変わり目だってこと？

　うん。我々が気付いてないだけで、無意識に時代の変わり目を感じてるんだろうな。

その時、兄のスマホがメールの着信を告げた。

おっと。

画面を見ていた兄が、声を上げる。

すごいタイミングだな。噂の松川さんからメールだぞ。

スマホの画面を見せてくれる。

そこにはこう書かれていた。

『今度、ちょっと変わった建物を解体するんだけど、太郎君の好きそうなものがありそうだから、来ない？』

第七章　坂道の先のこと、黄色いテープのこと

後から振り返ってみると、直接の始まりはここからだったという気がする。松川さんに呼ばれて出かけていったあの建物のことは、繰り返し夢に見たほどだ。

確かに、松川さんのメールにあった通り「変わった建物」だったし、それまで僕らの興味の範疇《はんちゅう》ではなかった現代アートというものに触れるきっかけになったのも大きかったと思う。

再三言っているように、僕らが日頃見慣れているもの、探しているものは「古いもの」だ。

しかし、例のタイルの一件から近代建築や高度成長期のビルまで興味が広がり、更に世界は広がりつつある、というわけなのだった。

その日の朝、僕たちは、教えられた住所をカーナビに入力して、いつものように出発した。

穏やかな天気で薄曇り。ちょっと肌寒い朝だった。

僕たちは無言だった。互いに、今日の行き先で起きそうなことをいろいろ考えていた

はずだが、そんなことはおくびにも出さず、幹線道路を走り続けていた。

三十分も走ると山の中だ。

いつも思うんだけどさ。

唐突に兄が呟いた。

日本は狭い国だ狭い国だっていうけど、この通り、山国だもんな。ちょっと走ればすぐ山の中。表面積でいったら、結構広い国なんじゃないかな。

兄は両手を広げてみせ、周りに広がる景色を見回した。

僕は前を見たまま頷いた。

うん。僕もこうやって運転してあちこち行ってると、地面とか空間とか、伸び縮みしてるような気がするよ。

伸び縮み？

うん。なんとなく、日本て、蛇腹みたい。いつもは畳まれて小さくなってるけど、引っ張るとすごーく伸びる。だってさ、明らかに場所によって流れてる時間の速さが全然違うじゃん？　同じ時間運転してても、体感時間が毎日違うんだよね。

ああ、それは分かるな。

兄が微笑んでいるのが気配で分かる。

僕、山奥のどっかに折り畳まれた僕らの知らない国があるんじゃないかって思うね。

それはいつも僕が抱いている妄想だった。

普段僕らは綺麗に整備された道路の上を走っていて、そこから外れることはめったにない。幹線道路をあっというまに移動し、途中の景色もあまり見ていない。狭い国、小さい国と言いつつも、ほとんどの土地には一度も足を踏み入れることなく死んでいくのだ。まだ一度も行ったことのない県もあるし、TVや写真で見知ってはいても、観光したことのない場所もたくさんある。

ならば、見た目通りのこの世界の裏に、別の世界がひっそり続いているのではないか。僕と兄が妄想したような、両親がまだ生きていて、バリバリ仕事を続けている国が。

そんなことをぼんやり考えているうちに、ナビが目的地に近付いたことを生真面目な声で教えてくれた。

本当にここでいいのかな。全然集落の気配がないんだけど。

僕は不安になった。辺りには集落どころか、家一軒すら見当たらない。

時たまナビは嘘をついたりパニックに陥ったりすることがあるので、一応地図も持ってはいるが、このところすっかりナビに頼りきりになっているので、しばしばものすごく不安になるのだ。

あ、松川さんからメール来てる。

兄がスマホに目をやった。

『何もなくて不安になるだろうけど、そのままひたすら進むように。もうすぐ集落に出る。外れにうちの車が置いてあるから、隣に停めていいよ』って。まさにどんぴしゃのタイミングだな。

松川さんの言葉を信じ、僕らはそのまま鬱蒼とした山道を進んだ。山肌に沿ってうねうねと曲がり、かなり上ってきたなと思ったら、突然ひらけた場所に出た。

ほんとにあった。

思わず安堵の溜息が漏れる。

結構広いね。なんだか隠れ里、って雰囲気。

道が少し悪くなった。古いアスファルトの道路は、あちこち凹凸があって車が揺れる。

あそこが駐車場みたいだぞ。

兄が指差すと、高台みたいになったところに車が並んでいるのが見えた。

あれが松川さんの車だ。

見覚えのあるワゴン車を見つけて、ホッとする。

駐車場はかなり広く、余裕で停められた。

山間の集落は雛壇《ひなだん》のようになっていて、駐車場よりも一段高いところに学校があるのが見えた。

おーい、こっちこっち。

松川さんが上で手を振っている。

僕らも振り返す。

そっちから上がってきて。

松川さんが指差したほうに回りこむ。

急な坂に、たちまち息が上がって情けない。

こぢんまりとした校門が見えてきた。入ってすぐのところに、樹齢を重ねていそうなどっしりした桜の木が見える。もうすっかり葉桜になっているけれど。

辺りはぐるりと山に囲まれ、それこそ山の懐に抱かれているという風情だ。山間の、貴重な平地。たいてい、学校というのは、その地域のいちばんいい場所にある。見晴らしのいい、安全なところに。

え、この学校ですか？

兄が出迎えてくれた松川さんに尋ねた。

違う違う、学校の裏。

松川さんはそう答えて、学校の玄関の中にずんずん入っていった。

学校抜けてったほうが早いんでね。

兄と僕は、おっかなびっくり後に続く。

大人になってから小学校に入った時に誰でも味わう、ガリバーになったような気分。低い洗面台。小さな椅子。低い机。

学校は、もう学校としての役目は終えているようだった。

図書室が開放してあり、どうやら喫茶店になっているらしい。中で、地域の人たちがのんびり茶飲み話をしているのが見えた。

教室の中には、アート作品と思しき展示が並んでいた。黒板から天井までチョークで絵が描いてあったり、天井から無数の風鈴が吊り下げられていたり。床を土で覆って紙の花がたくさん植えられている教室もあった。

廊下の天井を、赤い龍がうねうねと飛んでいるところもある。

連休中、えーと、ほら、この村全体で、アートフェスティバルというのをやってたのさ。

松川さんがのんびり呟く。

ここは常設展示で、普段もこの状態なのさ。

赤い龍のいる廊下を通りすぎ、松川さんは渡り廊下に出ると、そこから地面に降りて、校舎の裏手に進んでいった。

で、これから俺らが解体する家も、ずっと空き家だったんだけど、今回のアートフェスティバルで展示に使ったのさ。これが終わったらもう解体するってんで、好きに使っていいってアーティストに任せたらしい。

ふうん。変わった建物ってメールにありましたけど、どう変わってるんですか？

兄が尋ねる。

見りゃ分かるよ。元々、診療所として使ってた家なのさ。空き家になったのはずいぶん前のことみたいだけど。

そこはほんとに学校の裏庭みたいな場所で、なだらかな山道が上り坂になっていた。

診療所かあ。急患が出たら、運んでいくのはたいへんだったろうなあ。お天気が悪かったりしたら、余計。

僕が呟くと、松川さんが頷く。

ウン、だから、病院は下のほうに建て直したらしいよ。ずっと長いこと、医者とその家族が自宅として使ってたのさ。

こういうところで地域医療を担う責任の重さや大変さは、軟弱で怖がりの僕には想像もできない。世の中には、偉い人がいるもんだなあ、と感心するのが精一杯である。

天気が悪ければさぞかし恐ろしいと思うが、穏やかな天候の山道は、清々《すがすが》しく気持ちがいい。

毎日、山に囲まれた土地で生活する人生を想像してみる。日々、異なる山の表情を見ながら暮らす。それが身体の中に焼き付き、沈殿していく。どこに行っても、山の景色は身体の底に原体験として残っている。そういう人生。

いつしか、松川さんと兄の姿は見えなくなった。

夏草の茂る小さな野原の中の一本道の先は、坂になっていて見えない。

さやさやという、茂みを抜ける風の音がして、視界には薄曇りの空が広がる。

不意に、奇妙な胸騒ぎが込み上げてきた。どきどき、ざわざわ、わくわく。矛盾する感情が身体の中でせめぎあうのを感じる。

なんだ、これ。

僕は動揺した。

これは本当に僕の感情なんだろうか？

坂を上り切ると、少しひらけたところに出た。

奇妙な胸騒ぎは続いていたが、松川さんのところのスタッフが、きびきびと解体の準備をしているのを見て、少し落ち着いた。

こんな狭いところでは、人力以外の作業は難しいだろう。

松川さんと兄が並んで二人で立っている。

で、その家、どこにあるんですか？

そう話しかけて近付くと、二人の向こうに、引き戸がある木造家屋があった。

小さな家だな、と思う前に、一間《けん》くらいの幅の玄関の前にべたべたと張りめぐらされている黄色いテープにギョッとした。

TVドラマや映画で見る、事故現場とか、事件現場なんかに張ってあるやつだ。

え、ここって、そういう物件だったんですか？

思わずそう尋ねると、松川さんは笑って首を振った。

いいや、これも作品なんだ。ま、とりあえず中に入ってみて。

そう言われて気付いたが、テープそのものは、玄関の前に大きな木の枠が置いてあって、その木の枠にべたべたと交差するように張ってあるのだった。

木の枠と玄関のあいだには人ひとりが通れるほどの隙間があり、松川さんは木の枠の外側から玄関の前に入り込み、ガラリと戸を開けた。

中は暗く、一瞬、よく見えなかった。

空気は乾いていて、何の匂いもしない。

玄関には造り付けの棚状になった下駄箱があった。玄関を上がったところは、小さな部屋で、左右に平べったいソファが置いてある。

相当使い古したソファだ。茶色い革の色が失せ、一面ひび割れのような模様が覆っている。

それでも、中のスポンジが飛び出していないところを見ると、かなり丈夫ないい革を使っていたのだろう。

ここが待合室。松川さんが説明する。

窓はどこも開け放してあり、すうっと風が通り抜けていく。意外にその風は冷たく、腕にかすかに鳥肌が立つのを感じた。

そして、いろいろなところに、蜘蛛《くも》の巣のように黄色いテープが張ってあった。

薄暗い無色の家の中で、そのテープの色だけがやけに毒々しく、鮮やかである。

床の真ん中にも黄色いテープが張ってある。

それこそ、事件現場で遺体の形にテープが張ってあるのを模したらしく、踊っているようなポーズの男性と思しき輪郭がテープで描いてある。

よく見ると、ウサギやカメ、星の形やタコの形など、いろいろな輪郭が壁や床、天井にまでテープで張ってあった。

なるほど、このテープすべてが作品なのだ。

次の部屋が診察室だったらしいのさ。

松川さんが、天井から雨のように垂らした黄色いテープがかすかに揺れている部屋を指差した。

それは、不思議な眺めだった。まるで家そのものが、展示作品のような。

そして、兄と僕は、松川さんがこの家を「変わった建物」と言った理由を徐々に理解し始めていた。

ねえ、松川さん。ひょっとして、この家って。

兄がじっと奥を見つめた。そこには半分だけ開いている襖が見えた。

そう。めちゃめちゃ細長い。

僕は思わず後ろを振り向いた。

ひと部屋先に、ぽっかりと開いた玄関が見え、その向こうに木枠に張りめぐらした黄色いテープが見える。

最初にここに診療所を開いた時は一人で住んでいたらしいのさ。最初は待合室と、診察室と、寝るところと、三部屋しかなかったって。それから、家族が増えるのと、医療器具を置くのとで、部屋を建て増ししてったのさ。

松川さんは、襖の奥を指差した。

建て増しって、この山の斜面に？

兄が目を丸くした。

そう。奥へ奥へと山を切り拓《ひら》いて、部屋を増やしていったわけさ。

この幅のまんまで？

今度は僕が尋ねた。

小さな家だ、と思ったのは、玄関の幅が、いわゆる四畳半の部屋くらいしかなかったからだ。中に入ってみても、どの部屋も同じ幅。むろん、廊下などあるはずもなく、ひたすら部屋が続いているらしい。

松川さんはこっくりと頷いた。

そう。その奥にトイレと風呂と台所があって、元々の家はそこまでなのさ。いったん外に出ないと、その先の増築部分には行けない。

そこで、突如として兄が小さな声を上げた。

いや、声というよりも、吸い込むようにウッと息を呑んだという感じだ。

どうしたの？

松川さんと僕が振り向くと、兄は半分開いている襖の前に、飛びつかんばかりにしてひざまずいたのである。

これ、この引手。こんなもの、初めて見た。

声の上ずっている兄の視線の先を覗き込む。

一見、楕円形《だえんけい》をしているその引手が何の模様を表わしているのかよく分からなかった。かなり古くて、色が黒ずんでいたせいもあるし、部屋が暗かったせいもある。

これ、聴診器だよ。聴診器を象《かたど》った引手だ。

言われてみると、確かにそうだった。

左右の耳に入れる管の部分が交差して丸くなっているところが手を入れる部分で、下のほうには、伸びた管の先の身体に当てる丸い部品もちゃんと再現してある。

子供の頃、近所の医院で、おじいちゃんの先生が胸に聴診器を当てた時の、ひんやりした感触が不意に蘇る。とんとん、と長い指を添えて胸を叩き、じっと耳を傾けていた時の表情まで思い出した。

ほんとだ。俺、全然気付かなかったよ。

さすが兄ちゃん、マニアだね。

ずいぶん洒落っ気のある職人だなあ。

松川さんと僕は、遠目にも引手の細部に気付いた兄に半ば感心し、半ばあきれていた。

これ、これ、引き取らせてもらっていいですよね?

兄は泣き出さんばかりだった。

もちろん、大丈夫、許可は貰ってあるから、と松川さんが請け合ってもまだ不安そうである。

ここんちの襖は皆この引手なのかなあ、と兄は襖を動かし、裏表を確認していた。とりあえずこの部屋の二枚は皆同じ聴診器の引手が使われている。

他の部屋はどうなんでしょう？

兄が奥を覗き込むと、松川さんが歩き出した。

うん、行ってみるかい、まだ部屋も展示も続いているよ。そこからいったん出るぞ。

畳の部屋の先に、コンパクトな水回り設備があり、脇にお勝手口があって、小さなドアが開けてあった。

兄は待ちきれない様子で、そそくさと立ち上がり、外へ出ていった。

松川さんと僕も同様に、いったん外に出る。

またすうっと冷たい風が全身を包んだ。

木の茂みがあるから分からないけれど、ほんの数メートル先は崖なのだろう。

茂みのあいだから、周囲の山々がくっきりと見えた。意外なほど近くにも感じるし、やっぱり見た目よりもうんと離れてるんだろうな、という気もする。

「家の続き」は、すぐに始まっていて、やはり小さなドアが開け放してあった。「たたき」のようなものもなく、その場で靴を脱いで上がっていたようだ。

黄色いテープが、今度は雲のようにくしゃっとした塊になって、宙に浮かんでいた。

そこがリビングのような場所であるのはすぐに分かった。

畳敷きの、四畳半の部屋。

狭いけれど、居心地のいい、寛げる場所。

真ん中に、こんにちではめったにお目にかかれない絵に描いたようなちゃぶ台が置いてあり、その上にはテープで三日月と星が描いてあった。

これ、いちいち向こうの台所から食事をここまで運んできたのかな?

兄が首をかしげた。

さあねえ。運ぶのはたいへんだろうから、向こうの和室を、食堂にしてたかもしれないね。

松川さんがのんびり答える。

ふと、ごはんよー、という声がしたような気がした。

子供たちがつっかけを履いて、さっきのドアに走り、母親からおひつを受け取って、ちゃぶ台の脇に運ぶところが目に浮かんだ。夏場の光景だ。小さな弟はつっかけを履くのも面倒くさいと、上がり口に置いてある固くしぼった雑巾で裸足《はだし》の足の裏をちゃちゃっと拭ってから座敷に上がる。

テーブルの真ん中には醤油《しょうゆ》差《さ》しと爪楊枝《つまようじ》立《た》て。かつてはどの家にも置いてあった、うまみ調味料の小壜《こびん》も置いてある。

一日の診療を終え、お風呂から出てきた父親が手ぬぐいを肩に掛けたまま、よっこらしょと居間に入ってくる——

うん、ここでご飯食べてたよ。

僕は、ぽろりとそう呟いていた。

言い切るねえ。

松川さんがさして深く考えたふうでもなくそう言ったので、僕はハッとした。

視界の隅で、兄が探るような目つきをするのが分かった。

「アレ」が起きたのかと疑っているのだろう。

実はこの時、僕にもよく分からなかった。いつもの「アレ」とは異なっていて、イメージが飛び込んでくるというよりは、自然と頭に浮かんだことだったのだ。

座敷に上がった時に踏んだ敷居のせいだろうか。

磨《す》り減った敷居に目をやるが、やはり何かそこで起きたという気はしなかった。

それに、僕は奥の部屋のほうに気を取られていた。そちらに何かがある。何かが待っている。そんな予感に、気が急《せ》いていたのである。

まだ部屋は奥へと続いていた。

黄色いテープが、奥の部屋から飛び出すように放射状に張りめぐらされていて、それを避《よ》けながら歩くのはなかなか難しかった。

あ、もう壊していいって言われてるから、避けなくてもいいよ。

松川さんがそう言って、ひょいひょいとテープを外すので、思わず「あっ」と叫んでしまった。

なんとなく、その黄色いテープが結界のようで、ほんのちょっとでも動かしたら何かが壊れてしまいそうな気がしたからだ。

むろん、何も起きることはなく、松川さんはずんずん奥に進んでいったのだけれど。

子供部屋。

次の部屋でそう気付いた。

二段ベッドの下の段に学習机が押し込んである。子供の成長につれて、机の高さが変えられるようになっているやつだ。

引き出しにはお菓子のおまけのシールが貼ってあり、それがすっかり黒ずんでいた。

うんと勉強したんだろうな。

そんな気がした。子供たちも文字通り父親の背中を見て育って、お医者さんになったかもしれない。

放射状のテープはまだまだ奥に続いている。

兄は窓の木枠や天井、柱などをチェックしていた。だけど、今日はあの聴診器の引手を見つけただけでも、じゅうぶんに元が取れたと思っているに違いない。

そして、僕は更に強い予感に襲われた。

この先に、何かがあって、いよいよその「何か」の発する存在感が、奥からじわじわと滲《にじ》み出ているのを感じたのだ。

期待と不安が少しずつ、しかし確実に身体の中に満ちてくるのを感じる。

放射状のテープは、奥の座敷の欄間に結びつけてあった。

この部屋は元は何だったか分からないが、最後は物置として使われていたものらしく、古い家電や衣装ケースが雑然と左右に寄せて置かれていた。

その上に、網のようにケーブルが掛かっているのは、展示中は豆電球が点滅するようになっていたためのようだが、もちろん今は通電もしておらず、黒い骸《むくろ》を晒《さら》しているだけである。

これが最後の襖。その向こうがこの家のどんづまりの部屋なのさ。

松川さんが、目の前の襖を指差した。

兄のみならず僕も引手に注目したが、こちらはごく普通の丸い引手だった。

松川さんがその襖を開ける。

パッと明るく、風が顔を打つ。

雨戸が外してあり、大きく開口部になっていたが、それが思いがけず「すぐそこ」だったのに面喰らう。

最後の部屋、と聞いたので、これまでの部屋と同じく、四畳半くらいはあるだろうと勝手に想像していたせいだろう。

これ――部屋なんですか？

兄は首をかしげた。

そう言いたくなるのも分かる。そこは、畳を縦に二枚並べたスペースしかなく、その向こうは短い縁側が張り出していたからだ。

部屋というにはあまりにも狭い。

そ。面白い造りでしょ?

木の茂みが視界の下のほうを覆っていたが、残りは空しか見えなかった。角度のせいなのか、これまでどこにいても見えた山が見えない。

フッと、また何かが浮かんだ気がした。

明るい夜。夜空に浮かぶ満月。

畳の上に足を崩して座り、盃《さかずき》を手に月を見上げている男女。

月見台だ。

僕の口からぽろりと出た単語に、自分でも驚く。

ほほう、なるほど。そうか、月見台ね。納得だ。そりゃ風流だねえ。

またしても、松川さんがあまり深く考えずに相槌《あいづち》を打った。兄のほうは、完全に怪しむ表情になっている。

しかし、僕は兄の疑問に答えるよりも、ふと目にしたものに意識が引き寄せられていた。

じゃあ、二十分くらいしたら解体始めるから、気に入ったもんは運び出してくれる?

俺の作業が必要なもんがあったら、電話してくれ。

松川さんは腕時計に目をやった。

兄がハッとしたように松川さんを見て、営業モードに戻った。

さっきの聴診器の引手は、襖ごと引き取ります。玄関脇の窓もガラスごと。台所の棚も気になったなあ。

兄が松川さんと一緒に、引き返していくのを背中で聞きながらも、僕は自分が見ているものから目が離せなかった。

月見台の、狭い部屋の壁。汚れ放題だったので、普通の土壁かと思っていたら、それはタイル貼りだったのだ。元は、白いタイルらしい。五センチくらいの正方形のタイルが、左右の壁に貼ってあった。この場所は山の上だし、相当吹きさらしになるだろう。だから、濡れることを見越して、壁をわざわざタイル貼りにしたのだ。

このタイルが？

僕はしげしげとタイルに見入った。

僕が感じていたのは、この存在感だったのだろうか？

確かに、存在感は感じた。そのせいで、それがタイルであると気付いたのだから。何かじわじわと、そこからエネルギーを放っているのは分かる。

しかし、それだけではないような。

僕は改めて周囲を見回した。

ざわっ、と正面から風が吹きつけてきた。

この月見の部屋の外側にある茂みがガサガサと揺れる。風がうねり、家の中がガタガタと家鳴りのような音を立てた。

と、突然、今度は後ろから風が吹きつけてきた。

ゾッとするような冷たい風。

続いて、ゴトゴトという、何かくぐもった音が聞こえてくる。

家の中から？

僕はそっと振り向いた。

ゴトゴト、ゴトゴト、という音は、家の奥から聞こえてくる。

隣の部屋――の、またその隣の部屋。

子供部屋だったと思われる部屋だ。

なんの音だ、これ。金属音のようでもあり、そうでないような気もする。

僕は恐る恐る音のするほうに近付いていった。

冷たい風が、またすうっと吹いてくる。

何かが動いている。

暗い部屋で、目が慣れてくると、動いているのは二段ベッドの下に押し込まれている学習机だと気付いた。ゴトゴトと小刻みに振動しているのだ。

なんで？　ネズミでもいるのか？

おっかなびっくり、しかしいつでも逃げ出せるよう距離を置いて、僕はもう少し近付いた。

やはり、振動しているのは学習机だった。

いや、正確に言うと、学習机の袖の引き出しから音が聞こえてくる。

更に正確に言うと——いちばん下の、いちばん大きな引き出しの内側を、誰かが叩いている。

僕は、この状況をどうにも受け入れかねていた。

明らかに目の前で起きていることと、それが意味することとが頭の中で結びつかない。

引き出しの内側を誰かが叩いている？

「誰」が？　あるいは「何」が？

やっぱりネズミ？　それとも、イタチみたいな小動物だろうか？

と、突然、がたん、と音がしていちばん下の引き出しが飛び出した。

びくっとして、反射的に飛びのいてしまう。

飛び出した引き出し。ほんの十センチくらい。

目が離せない。息もできない。

僕は、暗がりの中で飛び出した引き出しを身動きもせずに見つめていた。

次の瞬間。

ひょい、と小さな手が出てきたのだ。

人間の手。子供の手。

それがすっと引き出しから出てきて、引き出しをつかんだのである。

まさか。こんなの、物理的に有り得ない。

有り得ないことが目の前で起きていると、全く動けなくなることが分かった。

でも。でも、実際、目の前で、引き出しから出てきた指が引き出しをつかんでいる。ピンク色の小さな爪が、四つ並んですぐそこにある。

どう反応したらいいのか分からなかった。

これって、怖いよね？　怖がるところだよね？　って、誰に聞いてるんだ、僕は？　完全に混乱している。

『ハナちゃん？』

僕はギョッとして、全身がびくっとした。

声。

はっきりと聞こえた。澄んだ、しっかりした声が。だけど、それは奇妙なことに、音として聞こえたというよりも、直接僕の頭の中に響いた、という感じなのだ。

『ハナちゃん、そこにいるの？』

もう一度、聞こえた。

やはり、頭の中に直接。

ハナちゃんて誰だ？

『ハナちゃん』

今度の声は、少し弱気な様子だった。

『どこにいるの――？』

弱々しく、遠ざかっていく声。

指がそっと引っ込み、かたん、と引き出しそのものも引っ込んだ。

しんと静まり返る部屋。

学習机は、ぴくりとも動かなかった。

そして僕も、なかなかその場を動けなかった。

ぼんやり口を開けて、引き出しを見つめたまま、目が離せなかった。

今のことって、ほんとにあったこと？

混乱は続いていた。

白昼夢ってことはないよね？　だって、実際にゴトゴトいう音が聞こえたから、ここまでやってきたわけだし、そうしたら、机が揺れてて、引き出しが開いて、手が出てきて、声がして——

そう思い返してみて、それがいかに荒唐《こうとう》無稽《むけい》で、有り得ない話かということに気付く。

でも、でも、ほんとに見た。

しかし、目の前の机はピクリとも動かないし、ほんの少し前に起きた出来事が本当にあったことなのか、だんだん分からなくなってくる。

さすがに、この話ばかりは兄も信じてくれないのではないか。

僕はそう考えて苦笑した。

そして、恐る恐る机に近付いて、いちばん下の引き出しに手を伸ばした。引き出しの中がどうなっているのか、見てみたかったのだ。

また何かが出てきたらどうしよう？

恐ろしくてたまらないのだが、そろそろと手は動いていた。

ひんやりと冷たい、引き出しの取っ手に触れる。ぐっと力をこめる。

しかし、歪んでいるのか、なかなか引き出しは開かなかった。

さっき、しばらくゴトゴトいっていたのも、なかなか開かないからだったのかも。

そんなことを考える。

力を込めて引っ張っているうちに、恐怖心が薄れていた。

がこん、という音がしてやっと引き出しが開いた。

空っぽ。

そこには何もなかった。むろん、人ひとり入れるようなスペースがあったりはしなかった。

よく見ると、隅っこに、錆びた刃の付いた小さな鉛筆削りと、丸いボタンがひとつ転がっている。

安堵と落胆とが同時に襲ってきた。

それはそうだ。有り得ない。この引き出しの中が、時空を超えたどこかに繋がっているなんてことは。

自分の中の冷静な部分はそう考えている。

でも。でも見たんだ。見てしまった。僕はあの小さな爪の付いた指を見てしまった。

そして、あの子の声を聞いてしまった。

自分の中の感情的な部分はそう慌てふためいている。

それにしても、ハナちゃんて誰なんだ？

ひとまず自分が見たものを受け入れ、その理由だの仕組みだのについては深く考えないことにした。知りたいのは、あの子が探している「ハナちゃん」なるものの正体である。名前からすると、女の子だと思われるのだが。

ハナちゃん。気になる。なぜか引っかかる名前だ。

おーい、手伝ってくれ。

僕はハッとして顔を上げた。

兄が外から中を覗き込んで、黄色いテープの向こうで僕に手を振っている。

はーい。

そう答えて歩き出した瞬間、僕はなぜ「ハナちゃん」という名前に引っかかっているのかに気付いた。

太郎と花子。

日本人のスタンダードな名前だ。

そして、僕の兄は太郎で、僕の名前は散多。

もしかして、そのあいだにいたのは「花子」だったのではないか？

ふと、そんなことを思いついたのである。

おまえ、女のきょうだいいたよね？

同級生の声が蘇る。

存在しないきょうだい。いなかった女きょうだい。しかし、血縁関係者だと答えたという僕。

何かがおかしい。どこかに齟齬《そご》がある。偽りの記憶がある。

黄色いテープを掻き分けながら、僕は考えた。

そして、やっぱりあの子は――スキマワラシは――そう、この時初めて、僕はあの子をスキマワラシと名付けたのだ――兄から聞いたその名前を、引き出しから手を出したあの子、松川さんがスマホで写真に撮ったあの子に――僕と関係があるのだ。どこかで、あの子と僕は繋がっているのだ、と。

そのちゃぶ台、持ってきてくれ。一人で大丈夫か？

兄に言われて、「ちょっと待って」と少しちゃぶ台を持ち上げてみた。

思ったよりも軽い。

うん、一人で持っていける。

そうか。じゃ、頼むぞ。

兄はそう言って引き返していった。

その背中に、僕は心の中で話しかける。

ねえ、ハナちゃんて誰？

そう尋ねたら、兄はどう答えるだろうか？　知らん振りをするか——まあ、本当に知らないかもしれないし——またブラックホールみたいな目をするか。

今はまだ聞かないほうがいい。

そんな気がして、僕は黙ったままでいた。

ちゃぶ台を持ち上げ、運び出す。一家が長いあいだ囲んでいたちゃぶ台。家族の歴史が染みこんだちゃぶ台を。

再び家の中を通って玄関に出た僕は、すっかり見慣れた黄色いテープを振り返った。

そしてその時、初めて思った。

現代アートというのは、見慣れたものに新たな付加価値を与える、異化作用なんだな、と——そう、これもまた「転用」のひとつなのだな、と。

今はもうないあの家を、たまに夢で見ることがある。

それこそ、忘れた頃に、思い出したように唐突に見るのである。

夢の中で、僕はあの家に向かって歩いている。

坂の上がぽっかりひらけていて、空が見える。

夢の中の僕は、まだあの家に行ったことがない。いつも初めての体験として、胸騒ぎを覚えながらあの坂を上っていくのだ。

風にそよぐ草。ゆっくりと動いていく雲。

そして、あの家に着く。

たった一人で。僕以外誰もいない。

黄色いテープの張ってあるあの家。テープを張りめぐらされたあの家に。

僕は、家の前でぼんやりと立っている。

奇妙なことに、夢の中では僕はあの家に入ることはない。

夢の中のあの家は、実際の時とは異なり、家全体が黄色いテープでぐるぐる巻きになっていて、入ることができないのだ。

夢を見ながら、僕は不思議に思っている。

これは夢で、夢の中の自分が初めての経験としてあの家に着いたことも自覚しているし、現実には入れたのに、と思っている。

そして、何より、なぜいちばんインパクトのあったあの場面を夢に見ないんだろう、と思っている。

そう、あの家を何度も夢に見るのは、初めてスキマワラシに僕が遭遇したからだと承知しているのに、肝心のあの場面は決して夢に出てこないのである。

無意識のうちに避けているのだろうか。あの衝撃的な場面に、再び遭遇するのを恐れているのだろうか。だけど、僕は、夢の中で残念に思ってもいるのだ。

もう一度、あの子に会いたいのに。いや、あれが「会った」と言えるのかどうかは分からないけれど、もう一度、あの子の声を聞きたいと思っていたことは確かである。あれが夢ではなかったと（夢の中ではあるが）確認したいという気持ちでいっぱいになっているのである。

しかし——本当に夢というのは不可解だ。こんなにも強く望んでいるのなら、夢で見られてもいいはずなのに、いつも思い通りにはならないし、肩透かしを喰らわせられるだけだ。

結局、この時の出来事を、僕はすぐには兄に話さなかった。

さすがにあまりにも嘘臭い話だったし、僕自身衝撃が大きくて、まだ自分でも消化できていなかったからだ。どうしても、この日は言いだせなかった。

打ち明けたのは、しばらく経ってから——まあ、いろんなことが佳境に入っていた頃だったのだけれど、兄は「ふうん、そうだったのか。あの時何か様子が変だとは思ってたけど」と、至ってマイルドな反応だった。

あの時、この話をしてたら、信じてくれた？

そう尋ねると、兄は迷う表情になった。

うーん。どうだろう。微妙だな。信じたとは思うけど、微妙に思うのも確かだな。

だよね。

正直な兄に、僕は複雑な気分になった。

ただ——残念だったのは、俺もその場に居合わせたかったってことだな。

兄は、その点では心底悔しそうだった。

でも、果たしてその場に居たら、俺もおまえと同じものを見られたんだろうか？　そもそも、俺が一緒にその場に居ても、同じことが起きたんだろうか？　ひょっとして、何も起こらなかったんじゃないかな？

それはもっともな疑問で、僕も同じことを考えた。あの子と繋がっているのは僕であって、兄ではない。むろん兄も関係者ではあるのだが、あの時点で兄は僕と同じものを目撃できただろうか？

兄が呟いた。

俺が一緒に同じ机を目にしていても、俺には何も起こっていないように見えたかもしれない。おまえが机が揺れるのを見て、引き出しが開くのを見ているあいだも、俺の目には机も引き出しもそのままに見えていたのかも。

その可能性はあるね。

僕はその意見に同意した。

ともあれ、今となっては永遠の謎であるが、確実に言えることがひとつある。

あれが半年後の出来事であれば、絶対に二人で同じものを目撃していただろうということだ。

僕だけでなく、兄もついにスキマワラシに遭遇する日は、すぐそこに迫っていたのである。

第八章　風景印のこと、「ゆるさ」のこと

ところで、あなたは風景印というものをご存じだろうか？

また唐突な話題を持ち出してきたね、と思ったあなた。確かに唐突ではあるけれど、あなたもいい加減慣れたはずだ。僕が持ち出す唐突な話題には、唐突なりにそれなりの関連があると。

まあ、今回もそうなのかは後で判断していただくとして、僕は行き当たりばったりで、しばしば風景印を押してもらうことがある。

すぐそばにマニアックな兄がいるせいか、僕はどうも昔から何かにあまり「凝る」ということができない。いわゆる「コレクター」にはなれないし、なるのが怖い。

もし兄が風景印を集め出したら、それこそ「コンプリート」目指して多大なエネルギーを掛けることだろうが、僕は「ゆるい」ので、コレクターを名乗るほどではない。

ちなみに、風景印の正式な名称は「風景入通信日付印《いりつうしんにっぷいん》」。要は、名所旧跡等の図柄の入った消印のことだ。

通常、郵便を出す時に押される消印は、日付や時間帯と担当郵便局名しか記載されて

いないけれど、風景印の場合は、いろいろなシブい図柄が付いている。鎌倉の大仏とか、伊勢神宮《いせじんぐう》とか、名所の絵が入っているのだ。

その性質からいってどこの郵便局にもあるわけではなく、それなりの記念になるようなものが近くにある郵便局に備え付けてある。

もちろん、それぞれの風景印を備えている郵便局に依頼しないと押してもらえない。郵送でも頼めるらしいが、僕はその場で切手を買ってメモ帳に貼り、窓口に差し出して風景印を押してもらう、というスタンダードな手段を取っている。

それこそ鎌倉の大仏みたいに半永久的名所のあるところはずーっと同じ図柄の風景印を使っているが、郵便局の統合とか、景色が変わってしまったとか、さまざまな事情でひっそり廃止になったりしてしまうので、僕がまっとうなコレクターだったら、さぞかし油断がならないことだろう。

僕としては、仕事や旅行でどこかに行った時、たまたま郵便局の前を通りかかり、自分が風景印を「ゆるく」集めていたと思い出し、しかも「この郵便局には確実に風景印がありそうだ」と判断した時にもらう、という程度のコレクターである。

そんなふうにかなり適当なコレクターであるが、あちこちでふと思いついて風景印をもらい、ごくたまにそのメモ帳をパラパラめくって（これは、日記というか、作業日誌としても使っている少し大きめのメモ帳であって、その余白に切手を貼って押してもらっている）ああ、あんなところにも行ったっけと思い出しながらじっと眺めていると、不思議な心地になってくるのである。

だって、なんとも奇妙な制度だと思わないだろうか？　各地の郵便局に、普段は使わない、ただ押すことのみが目的の消印がひっそり置かれているだなんて？

要は、基本その場に行かなくては入手できない、スタンプラリーの一種というわけだ。

第一、名前が奇妙だと思わないだろうか。「風景印」。風景って、とても漠然とした言葉だ。しかも、小さな図柄は、必ずしも写実的というわけじゃない。どちらかといえば、その土地の地名からイメージされるシンボルを図案化しているので、実際に図柄通りの景色があるとは限らない。

それに、そもそも日本の風景が、いかにコロコロ変わり、一貫性がないかということを、僕らは普段意識しているようでしていないし、していないようで意識している。

まあ、確かに「風景印」になるような景勝地は風景を「維持」しようと努めているだろうし、変わらない景色もあるかもしれない。

それこそ、あの黄色いテープが張られていた家から見る山々は、記憶に刻みこまれるくらい変わらぬ稜線《りようせん》を描いていたかもしれない。

けれど、普段の町中でみる「風景」はコロコロ変わる。

今でこそ、ずいぶん規制が増えてきたけれど、それでもほとんどのところは街並みに統一性を持たせることなんか考えていないから、高さも建築資材も色彩もてんでんばらばらな、放し飼いのような建物がどんどん建つ。

元々紙と木でできた家が主流だった国だし、大昔から、歴史ある神社でさえも何年かすると「更新」するという習慣のある国だ。鉄筋とコンクリートが主流になってからも、どこかこの国の人々は、ある程度の時間が経つと、「まっさらにして、更新しなければ」という強迫観念があるのではないかという気がしてくる。

だから、この「風景印」にも、現実には日本の風景は存在し続けるのが難しいけれども、せめてイメージの中だけでも「風景」を残したい、維持したい、というバーチャル保存みたいな「願い」が込められているような切なさを感じるのである。まあ、僕の考えすぎというか深読みしすぎなのかもしれないけれど、自然災害が多く、幾多の「風景」を失ってきた国だからこそ、イメージの持続は必要なのかもしれない（それでも、やはり廃止される風景印はあるわけだけど）。

と、長々と僕の意見を聞かされてそろそろ飽きてきたかもしれないが、話はここからである。

初めて、僕が「あの子」に遭遇してから、数日後のことだ。

ようやくあの衝撃からも復活し、素直にあの場面を思い起こせるようになった。

いつあの話を兄に打ち明けようかな、などと考えながら、その日も兄と一緒に車を走らせていた。

兄がお客さんのところに寄っているあいだ、僕は駐車場で待っていた。

雨混じりの風が吹きつける午後で、外に出る気もしなかったから、僕は運転席で、前回はいつここに来たっけ、と愛用のメモ帳をぱらぱらめくっていた。

そう、例のメモ帳。あちこちに、思い出したように風景印が押してあるメモ帳だ。風景印が押してあるところは切手が貼ってある。ページをぱらぱらめくると、そこだけ他のページより重くてかさばるので、風景印のところでページが止まる。

まるでストップモーションのように、風景印が目に飛び込んでくるのだ。

これまでに何度も見てきた各地の風景印に懐かしさを覚えていたが、途中で、ふと、奇妙な感覚に襲われた。

針を刺したような違和感。いや、何か大事なものを目にしているという感覚。何かを思い出すべきだ、何か考えるべきだ、という焦燥感。

なぜだろう。なぜ、今日に限って、風景印にそんなものを感じたのだろう？

僕は、座席に座り直し、改めてゆっくりとページをめくっていった。さっきよりもスピードを遅くして、一枚一枚の風景印をじっくりと眺めていったのだ。

やがて、一枚の風景印に目が留まった。いや、なぜかそこで目が留まってしまうのだ。どうしてだろう。どうしてここで留まってしまうのだろう。

僕は、自分が感じていることを言葉にしようと試行錯誤した。

この感覚は――しばらく考え、ようやく思い当たった。

似たようなものを見た。しかも、そんなに昔ではない、と。

それは、打ち出の小槌《こづち》を図案化した風景印だった。

関西のもので、地名にちなんだものらしい。

打ち出の小槌。あまりにも久しぶりに思い出した単語なので、なんだか新鮮だった。

確か、「一寸法師」に出てきたよね。

お椀《わん》の舟に乗って、刀の代わりに針を差している絵が印象に残っている。

えーと、鬼を退治したんだよね。鬼に戦いを挑むも、馬鹿にされて、一呑みにされてしまう。だけど、鬼の胃袋の中で刀代わりの針を突ついて、鬼が痛がって降参して、逃げ出す時に置き忘れていったのが打ち出の小槌だったはず。

打ち出の小槌というのは、振ると金銀財宝が出てくるんじゃなかったっけ？　いや、望みが叶《かな》うというのもある。一寸法師は、打ち出の小槌を振ると、みるみるうちに身体が大きくなって、立派な青年の姿になったというオチだった。

それはさておき、打ち出の小槌だ。

この、シンプルな図案化された打ち出の小槌を、そう遠くない昔、どこかで見た。

もやもやともどかしい心地になる。

どこで？　これに近い、シンプルな形で、模様みたいになってた——

パッと閃《ひらめ》いた。

あれだ。理髪店のテーブルのタイルに触れた時に見た映像。

どこか広い空間にいて、石の箱の上から下に水が流れていて、その石の箱の周りに見えたバッテンみたいなたくさんの模様。

あれは、バッテンじゃなかった。打ち出の小槌をシンプルに図案化したものだったのだ。真ん中の膨らんでるところが「槌」の部分で、交差しているのは、握りの部分だ。

つまり、あのバッテンに見えたのは打ち出の小槌のレリーフだったのだと気付く。膨らんでいると感じたのは間違いじゃなかったのだ。

僕は、戻ってきた兄に、早速その発見について報告した。

すると、兄は「そうか」と腑《ふ》に落ちた顔になった。

安久津川ホテルだ。

そう呟いて、スマホの画面を操作し始める。

調べたところ、安久津川ホテルは、当時、広告や宣伝に関しても最先端のホテルだったそうだ。

今だったら、ブランドイメージを作るためにロゴとかデザインに凝るのは当たり前だけど、かつてはそんな発想はなかった。でも、安久津川ホテルを造った人たちは、ちゃんとブランド戦略まで考えていた。ロゴのデザインも統一して、帳票類や調度品にも組み込んでいた。

で、安久津川ホテルのシンボルマークは、これだ。

兄は、画面の一部を拡大してみせた。

当時の領収証を写した写真だ。

用紙のいちばん上に、「Akutsugawa Hotel」という英語表記があり、その下に小さなマークがあった。

打ち出の小槌。

シンプルな線で描かれているが、紛れもなく打ち出の小槌である。

そっか。きっと、ただの壁の模様だと思って、見逃してたんだな。

兄はそう呟くと、何度も繰り返し観《み》た当時の映像をもう一度流し始めた。

兄と一緒に、画面に見入る。

ほら、ここ。

兄が映像を止めた。

女性たちが笑いさざめきながら通り過ぎる、ホテル内の廊下。

壁の半ばに、連続模様になったレリーフが見える。

それは、よく見ると確かに、あのバッテンのモチーフ——つまりは、打ち出の小槌を模したデザインであることが分かった。

打ち出の小槌だと言われると確かにそう見えるけど、パッと見には気付かなかったな。

兄は、どこか悔しそうだった。映像記憶があるのに、そうと気付かなかったことが不本意なのに違いない。

兄は更にスマホの映像を進めて、別のところで止めた。

ほら、こっちもそうだ。おまえが見たっていう、上から下の水の流れって、これのことだったんじゃないのか。

これもまた、何度も見たはずなのに、全く意識していなかった場面だった。

安久津川ホテルは、ロビーやダイニングルームはフロント階から下に降りていく形になる。

女性たちがダイニングルームに向かって短い階段を下りていく場面で、階段の中央に小さな手水鉢があった。

手水鉢といっても、西洋風のもので、階段の落差に合わせてふたつの水盤があり、上の水盤から下の水盤に水が流れ落ちるようになっている。

それが、言われてみると、確かにあの時見た景色と同じだと気付いた。しかも、その手水鉢にも打ち出の小槌のモチーフが彫られている。

ホントだ。いかに見てるようで何も見てないかってことが分かるね。

僕は苦笑した。繰り返しすみずみまで見たつもりだったのに、全然気が付かなかったのだ。

とにかくこれで、確かにあのタイルが安久津川ホテルから出たもので、僕が見たのは往年のホテルの内部の姿だったってことは分かったけどさ。

僕は頭の後ろで手を組んだ。

他のイメージはどうなのかな？　お父さんとお母さんが出てきたっていう謎には、まだ全然かすりもしないよ？

仕事で行ったのかもしれないな。

兄が画面に目を向けたまま呟いた。

あの二人、元々リノベーションに凄く興味があったらしいし、そっちの方面でも積極的に仕事してた。もしかすると、若い頃に、タイルを再利用した場所を見に行っていたのかも。

僕は、あの時の二人の顔を思い浮かべた。

確かに、あの時見た両親は、記憶の中の二人よりもずっと若かったけれど。

僕は反論した。

でも、結論からいうとそのタイルで仕事はしなかったわけだよね。その程度の繋がりで、あんなにはっきりとイメージが残るかなあ？　あの驚きの表情は？　そこで何かを見たのかな？

さあね。

兄は肩をすくめた。

まあ、調べ物ってのは、そうそう一直線にはいかないもんさ。

その口調には、実体験に基づいたリアリティがあって、兄が今もタイルの来歴等をコツコツと調べ続けているのだと気付いた。

何か分かったの、タイル？

そう尋ねると、「うーん、まだちょっとはっきりしないんだけどさ」と自信なさげな口調。

が、思い切ったように口を開いた。

もしかすると、お母さんの親戚かもしれないんだ、あのタイルを焼いた工場。

え？

僕は思わず聞き返してしまった。

お母さんの親戚って？

兄は小さく溜息をつき、ついに話す時が来たというように改まった口調になった。

おじいちゃんも、お母さんからは係累が少なくて、親戚づきあいはほとんどないって聞いてて、お母さんの親戚にはほとんど会ったことがないそうなんだ。結婚式も、本当に内輪でしかやらなかったし、お母さんの側は親友だという女の人が一人来ただけなんだって。

そういえば、人んちでよく見る結婚式の写真というのを、うちの両親のものは見たことがない。

でも、お母さんの実家は、元々は京都の窯元の職人の家だったってことは聞いたことがあるって。で、子孫があちこちに同じく陶磁器の職人として移っていって、中の一人がタイル工場をやってたみたいなんだ。お母さんの両親は、教師だったらしいけど。

そうなんだ。

いきなり、それまであまり意識していなかったお母さんの存在が浮かび上がってきたような気がして、奇妙な感じだった。ましてや、あのタイルと繋がっていたなんて。

「アレ」の中で両親を見た時は、なぜこんなところに出てくるんだ、と唐突な印象を受けたけど、実はそうじゃなかったのかもしれない。

兄は僕の顔を見た。

だから、その縁もあって、お父さんとお母さんが安久津川ホテルのタイルを探してたんじゃないかっていうのも考えた。建築をなりわいにしたんだから、当然興味は持つよね。

僕は何度も頷いていた。

うん、二人して、ホテルに使われていたタイルを見に行ったのかもしれないね。

なるほど、そういう因縁があるのなら、タイルが両親のことを「記憶」していたのも、それなりの理由になるのではないか。

しかし、疑問はいろいろと浮かんでくる。

だけどさ、それでも、お母さんと親戚のあいだには、なんだか距離を感じるよね。普通、早くに両親を亡くしたんだったら、それこそお母さんのおじいちゃんおばあちゃんとか、親戚の人が面倒を見てくれそうなものじゃない？　少なくとも、お父さんの方の親戚だったらそうすると思うけどなあ。

結婚式に親戚が一人も来ないというのは、かなり珍しいような気がした。誰にも世話にはなっていないから呼ぶ必要はない、という母の強い意志みたいなものを感じてしまう。

兄は首をかしげた。

どうだろう。うちは似たような仕事してるせいもあるし、割と親戚づきあいが濃厚だけど、疎遠にしてるところも少なくないよ。でも、確かに、お母さんには、何か事情があったのかもね。

お父さんとの結婚に反対されたとか？

晴れやかに笑う二人の写真が目に浮かぶ。

その可能性はあるかもな。地元の人でないとダメって言われるケース、結構多いしな。

お父さん、いいヤツなのに。

僕は、すっかり二人の結婚が反対されたものという気になって、文句を言った。

可愛い男の子二人にも会えなくて、損したよな。

兄がちゃっかり便乗したのには苦笑いだ。

もう可愛い男の子って歳でもないけどね。

僕が疲れた声で言うと、兄は澄まし顔で返す。

可愛い中年の男の子二人さ。

二人でひきつった笑い声を上げる。

ふと、兄が改めて僕が持っているメモ帳に目をやった。

それにしても、おまえ、風景印なんて集めてたんだ。知らなかったよ。時々、郵便局に寄ってるなーとは思ってたけど。

僕は苦笑した。

いやあ、兄ちゃんに比べたら、僕なんてあまりにも「ゆるい」から、「集めてる」なんて口にできるレベルじゃないもん。

「ゆるい」。そいつは結構なことじゃないか。

兄の口調はすこぶる真面目だったので、僕はちょっと意外な気がした。

弟よ、そうびっくりしたような顔をするなよ。

兄はちらっと僕を見て苦笑した。

こういう商売やってるから凝り性なのか、凝り性だからこの商売になったのかはニワトリが先か卵が先かって話だから今更深くは考えないけど、それでも時々、おまえのいう「ゆるさ」が羨ましくなる時がある。

僕はますます意外な気がした。

こんなふうに兄が自分の心情を率直に打ち明けるのは、とても珍しいことだったからだ。

おまえも知ってのとおり、この商売、欲しがる人がいるから成り立つ。欲しがる人がどれくらいいるかで値段も決まる。

でも、ふと不思議な気分になるんだよな。「欲しい」っていったいなんだ？　なぜ「欲しい」んだ？

兄は自問自答するように頭をぐるりと回した。

このあいだ、聴診器の引手を手に入れただろ？　あれは久しぶりに興奮したな。いやほんと、あの薄暗い家の中で、あの引手だけがぴかーって光って見えた。文字通り、目に飛び込んできた。だけど、頭の片隅じゃ、「俺はいったい何に興奮してるんだ？」と冷ややかに見てる自分もいるわけだ。

だって、引手だぞ。食べられるわけでもないし、今の日常生活ではほとんど使わないものだ。俺は、こんなにたくさんの引手を手に入れて、何がそんなに嬉しいんだろう、とたまに疑問に思うんだ。

へえ、兄ちゃんでもそんなことを考える時があるんだね、と僕は素直に驚いた。

ある。それなりに、ある。

兄は大きく頷いた。

で、考えたよ。理由のひとつは、自分が存在する証《あか》しが欲しいってことなんじゃないかと。

コレクションすることが？

そう。コレクターは集めること、それ自体が目的だから、集めていること自体が楽しいのであって、コレクションの完成そのものは、実は心の底では望んでいない。集めるという行為と、集めたもののひとつひとつが俺がここにいたっていう存在証明みたいなものなんだ。俺がいなくなっても、モノは残る。俺が集めたものの集合体が、俺の人生のかたまりみたいになってるわけだ。

ちょっと間を置いて、兄は続けた。

おまえの風景印を見て、思ったよ。スタンプラリーって、つい集めたくなるだろ？　スタンプ帳に空白があると、どうしても埋めたくなる。それも同じだよ。あの空白は、存在の空白だ。自分がそこにいなかったという空白が怖いんだ。

だから、おまえのいう「ゆるさ」が羨ましいのは、その空白が怖くないこと、空白を気にしないでいられることが羨ましいんだ。

ふうん。

兄が言っていることはなんとなく分かる気がした。

だから、コレクターという人種は、あまり自覚してないかもしれないけど、自分の存在したことの証しを残したいとより強く願ってる人なんじゃないかって気がする。

ますます意外に思って、僕は口を開いた。

でも、兄ちゃんは決して「俺が俺が」ってタイプじゃないし、僕が知ってるコレクターは控えめな人が多いし、びっくりだな。

うん。俺も、自分では人生そのものには執着がないと思ってたから、分析してそういう結論になった時は意外だったよ。

兄は車の外に目をやった。

思うに、最近やたらと写真を撮ってネットに上げることに血道を上げる人が多いけど、あれも同じことなんじゃないかなあ。

写真がない、これ、すなわち「空白」なわけだ。そこに行った、そこに存在したということが誰にも証明できない。だから、自分がそこにいたという証しを残そうとする。スタンプ帳の空白を埋めようとする。

なるほど、そうかあ。

兄の話には納得させられるところがあった。

僕はSNSの類《たぐい》もやっていないし、自分が何を食べてるか、どこにいるかなんて他人に知られたくないと思う口だ（まあ、それは「アレ」のせいもあるだろうが）。プライバシー保護が厳しくなり、個人情報を気にする人が増えたことに逆行するかのように、なぜわざわざ自分の居場所や食事内容を人に教えたがる人が多いのだろう、とずっと疑問に思っていたのだが、あれは他人に見せたいのではなく、誰よりも自分に見せたい、自分にその「証し」を見せて安心したがっているのだと考えれば、なんとなく理解できる。

あのさ、孤独死をやたらと怖がる人って、いるじゃない？

僕はパラパラとメモ帳をめくりながら口を開いた。風景印のところで止まるページ。

絶対誰かに看取《みと》ってもらいたいって言う人と、ネットに写真をやたらと上げる人って、ほぼ一致してるんじゃないかと思うんだよね。

ほほう、その根拠は？

兄が興味を持った表情で僕を見る。

いや、特に根拠はないんだけどさ。

僕は鼻を掻いた。

でも、そもそも、僕「孤独死」って言葉の意味がよく分かんないんだよね。人は誰でも死ぬ時は一人ぼっち。究極の、個人的な体験だよね。誰かが代われるわけでも、一緒についてきてくれるわけでもない。共感することすらできない。死そのものが孤独で個人的なものでしょ。第一、「孤独死」じゃない死なんて、あるのかな？ それを言うなら、死ぬ時に周りに知ってる人がいるかいないか、だけでしょ？

逆に、僕は死ぬ時に周りに人がいっぱいいて、その瞬間をじっと見られてるなんて、なんだか嫌だなあ。象の墓場じゃないけど、誰にも見られずに「いつのまにか」死んでたいな。

兄が不満そうな表情で僕を見ていたので、「兄ちゃんは？」と尋ねてみる。

俺は、看取られたいほうだな。

なんとなく言いにくそうに兄は答えた。

そんなに人がいっぱいいなくてもいいからさ。

そう慌てて付け加えた顔が、ちょっとだけ恥ずかしそうなのがおかしい。

そういうところも、俺が羨ましいと思う「ゆるさ」のひとつなのかもしれないな。

兄は、真顔になった。

かもね。

　僕は頷いた。

　僕は、名も無いその他大勢の平凡な人々の一人として、あっさり忘れられてくよ。兄ちゃんは、引手コレクターとして名前を残してくれ。大丈夫、僕とたぶん兄ちゃんに世話になった他のコレクターが兄ちゃんの最期は看取るから。恩に着るよ。

　兄は苦笑しながら言った。

　おまえがホントに平凡な人生を送っているのかは疑問だけどな。

　平凡かどうかは分からないけど、「アレ」に関していえば、このまま誰にも知られないままでいたいな。

　それは僕の本音だった。誰かにこのことを知られて、一から説明したり、いろいろ聞かれたりするなんて、ちょっと想像しただけでもゾッとする。

　ぼちぼち帰るか。

　兄がそう言ったので、同意して僕は車を出した。

　ルームミラーに付けたお守りが揺れる。

　なぜか、兄が京都の上賀茂《かみがも》神社《じんじゃ》で買ってきた航空安全守だ。淡い水色で、銀色の飛行機の模様が織り込んである。

　車に航空安全守下げてどうするの、と兄に意見したが、兄いわく、交通安全なんてあまりにストレートすぎて、交通安全の神はもうあきあきしてるだろうから、これくらいの変化球のほうが気になって注目してくれるかもしれない、と真顔で答えたものである。

その揺れるお守りを見ながら、兄が呟いた。

たぶん、お守りって、千年くらいこの形だよな。

そんなに長いの？

いや、ざっくりした印象だ。平安時代くらいにはもうあっただろうし。

鳴くよウグイス、平安京。平安京遷都が七九四年だから、そこから十二世紀くらいまでしばらく平安時代だったはず。確かに、その頃にはもうこういうお守り、あった気がする。飛行機はまだなかっただろうけど。

引手なんかもさ、ずーっとあったわけだよ。日本人は千年くらい、ずーっと襖を開け閉めしてきたわけだ。

兄は「ずーっと」を強調した。

どこの国だって、事情はそんなに変わらないだろ。この百年——この、たかだか一世紀ちょっとが異常なんだ。あまりにも急速にいろいろなものが変わって、これからもどれだけ変わるのか想像もつかない。特に、日本の場合、この百五十年の変化は凄まじい。考えると、眩暈《めまい》がするくらいだ。引手はずーっと引手だったのにな。

百五十年て、明治維新からってこと？

うん、いわゆる近代だな。

近代。あんまり意識したことのない言葉だ。なんとなく、煉瓦とかガス灯とか工場とかを思い浮かべる。ええと、殖産興業、とか、立憲君主制、とか？　我ながら貧困なイメージである。

近代、ねえ。久しぶりに思い出した単語だなあ。僕、日本史あんまり得意じゃないし――もちろん、世界史もだけど。

僕は呟いた。

あ、近代っていうと夏目漱石《なつめそうせき》を連想するね。なぜか「近代的自我」って言葉とセットになって覚えてるんだけど、近代的自我って何？

うろおぼえの単語を口に出してみる。きんだいてきじが。凄い響きだね。やけにいかめしく、ごつごつしてて、額縁に入れて飾ってありそうな、立派なイメージ。

平たく言えば、個人主義のことじゃないかな。

兄はあっさりと答えた。

それまで日本は封建制度の世界だったわけだ。君主に仕えて庇護《ひご》してもらう。階級間の移動もなし、仕事は世襲。でも、封建制度が崩壊すると、それぞれが身の振り方や人生について考えなきゃならんと。何がしたいのか、何ができるのか、何者になりたいのか、あるいは根本的に、自分はいったい何者か。

西洋では一神教だし、神対自分の契約だから、個人について考える機会は古くからあったし、市民革命なんぞもあって、近代的自我についてじっくり考える機会もあっただろうが、日本はいきなりだからね。だから、日本の近代的自我ってのは西洋化とセットになってるわけ。

そりゃあ、いきなり個人の自由です自己責任ですって言われたら困るよね。それで夏目漱石はノイローゼになっちゃったの？

まあ、理由はいろいろあっただろうけど。

兄はお守りをつついた。

面白い説を聞いたことがある。日本人は、比較的最近まで、自分と他人をあまり区別してなかったっていう。

ええっ？　まさかあ。

僕は声を上げた。

比較的最近、って、いつごろ？

うーん、中世くらいかな。

兄は顎を中指で撫でた。

どういう意味？

とにかく、文字通りの意味さ。逆に言えば、それこそ「個人」という概念がほとんどなかったらしい。割とフラットに、あなたも私も共同体の一部、みたいな認識だったんじゃないかな。

そうやって考えるとさ、日本の近代の百五十年って、ずーっと「個」に細分化されてきたわけだよね。

兄はお守りに目をやったまま続けた。

ずっと共同住宅に住んでいたのが一軒家になって、みんなが個室を持つようになって、ついには個別にメディアまで持つようになった。ひたすらパーソナルな方向へと突き進んできたってことだ。世界を細かく分けて分けて、バラバラに分解していったって感じ？

じゃあ、これからは？

僕は尋ねた。

これからはどうなるの？

兄は不意を突かれたような表情になった。

うーん。これから、ねえ。もしかすると、またひとつになるかも。

ひとつ？

また自他の区別のない、ゆるやかなまとまりに吸収されていくのかもしれないね。完全に個人個人がバラバラになっちゃったから、家単位とか共同体単位じゃなくて、もっと「ゆるい」繋がりで、何か大きなひとつのまとまった意識に戻っていくのかも。

僕は、兄の言ったことを具体的に想像しようと試みた。

「ゆるい」まとまり。

うまく想像できない。おっきな日本家屋に、さまざまな年代の男女が住んでいるところを思い浮かべる。家族や職場ではなく、一人一人が細胞のひとつみたいにまとまっている家。

そんなふうになっていったら、百五十年かけて悩んできた「近代的自我」はどうなるのかな？

僕は素朴な疑問を口にした。

どうなるんだろうねえ。

兄は他人事のようにのんびりと呟く。

もうその役目を終えて、どこかに消えちゃうのかな。みんなの意識に吸収されちゃう。それとも、もはや前提のひとつとして、みんなが共有してる集団的無意識の中にひっそり沈んでいっちゃうのかもしれないね。

ふと、僕はおかしなことを考えた。

もしかしたら、あの女の子が——スキマワラシが、あの空色の胴乱の中に集めているのは、近代に培われて、化石みたいに固まってあちこちに埋もれていた、「キンダイテキジガ」の欠片なのかもしれない、と。

僕はその思いつきを口に出してみた。

兄がきょとんとした目で見るのが分かる。

スキマワラシ？

うん。ずっと前に、兄ちゃんがそう言ったじゃない？

兄は思い出したらしく頷いた。

ああ、言ったな。記憶の隙間に現れる、「いたことになってる」女の子ってやつね。

不思議だな、どうしてあの時あんなこと思いついたんだろう。

そう。僕、あの女の子にそう名付けたんだ。なんだか、ぴったりだから。

兄は遠い目になった。

なるほど、スキマワラシ、ね。スマホの隙間に写ってる女の子、か。彼女のコレクションは近代的自我の化石である、と。そいつはタイルの形をしているってことか？

かもしれない。

なかなか面白い。

兄は顎を中指で撫でた。

彼女が化石集めをしに現れたのは、すなわち今が近代の終わりだからってことかな？

さあね。その辺りはよく分からないけどさ。でも、近代っていうのは、もうずっと前に終わってるんじゃなかったっけ？

一応、日本史の定義だと、明治維新から第二次世界大戦の終わりまでってことになってるけどね。

第二次世界大戦からあとはなんなの？

現代。

兄は即答した。

僕は「えーっ」と不満の声を上げる。

それからずーっと現代なわけ？

たぶん。

それもなんだかヘンだなあ。もう七十年以上経ってるのに。人間だったらもうおじいさんじゃん。そこから先、全部現代ですって言われてもねえ。

兄はくすっと笑った。

確かにね。これから先、戦後のことは二十世紀後半、って呼ばれることになるのかなあ。

それも味気ない気がするね。なんて呼べばいいのかな。ええと、近現代、とか？

そういえば、イタリア語かなんかの動詞の活用に、近過去っていうのがあったな。

近過去？　それも不思議な言葉だね。近い過去と遠い過去で活用が違うの？

確かそうだったと思う。

僕は首をかしげた。

近い過去と遠い過去。いったいいつがその境目なんだろう。長い「現代」と似たりよったりな気がする。

なんだか頭がこんがらかってきて、僕は考えるのをやめた。

兄がぼそっと呟く。

生まれてくる時代は選べないはずだけど、それでもなんで今、この時代、「現代」に居合わせたんだろうって不思議に思うことがあるね。それこそ、昔は、生きてるあいだ、ずーっと世の中がほとんど変化しない時代もあったわけじゃん？

平安時代とか？　ひたすら引手を使って襖を開け閉めしてた時代？

僕はそう突っ込みを入れた。

兄は苦笑する。

いや、もっと昔の、縄文時代とかさ。ずっと同じ価値観で、同じような生活様式で、何千年も世代交代してた時代もあったのに、なんだってまた、こんなに短期間にコロコロ価値観の変わる、生活様式も変わる、今みたいな時代に生まれたんだろうって。そう思わない？

僕は「うーん」と唸る。

それをいうなら、今、同時代に生きてる人は、みんなそうじゃん。

兄はもどかしげな声を出した。

そうなんだけど、やっぱり不思議だと思うんだよな。なぜ今、この時代なんだって。

不思議といえば。

僕はふと、思いついた。

当たり前だけど、いつの時代にも必ず自分のご先祖様がいたんだって考えると、なんだか不思議だよね。だって、ご先祖様がいなかったら、今ここにこうしていなかったわけだもんね。それこそ、縄文時代にも、平安時代にも、いつも先祖がいたんだなあって考えると不思議。

確かに。

兄は小さく笑った。

まあ、この世は、たくさんの不思議に溢れてるってことだ。

その通りだ、と僕は思った。

風景印から始まって、話はずいぶん遠いところまで来てしまったけれど、確かに僕たちは誰にも知られず、ひっそりと今も不思議の渦中にある。そして、これからも不思議が待ち構えているに違いないのだ。

第九章　兄が遭遇すること、その反応のこと

ついに——ついに、兄が「彼女」に遭遇した時の話をしよう。

彼女。すなわち、スキマワラシ。

兄が何気なく口にした印象的な単語を、僕が流用して名付けたあの子。僕らの勝手な妄想で、「近代的自我」の欠片を空色の胴乱に蒐集しているのだと決めつけた、あの子。

いやあ、兄がついに彼女を目撃したと知った時は、僕も感無量というか、ホッとしたというか、奇妙な感慨があったのを覚えている。

だって、これまでいくら兄とつきあいが長く、兄が子供の頃から僕のことを観察し、僕の話を信じてくれていたからといっても、兄が実際に僕と同じ体験をしてきたわけじゃない。

こんなたとえが適切かどうかは分からないけれど、生まれた時から持病のある子供がいるとする。その子が生まれた時から、ずっと長年診てきてくれている近所のかかりつけ医がいる。

お医者さんは、子供の症状を熟知していて、対処の方法も分かっているけれど、決して子供の病気を代われるわけではないし、本人の不調や痛みは想像でしか知らない。兄と僕の関係はちょうどそういう感じに似ているんじゃないかと思う。

兄は先入観のないニュートラルな人間ではあるが、やはり自分で目にした時の衝撃はかなりのもので、「世界観が変わった」としきりに繰り返していた。そのことが、「体験する」ことと「体験しない」ことのあいだに、いかにものすごく深くて大きな溝があるかということを表わしている。

ほんと、あの兄ですらそうなんだから、僕が不特定多数の他人にこのことを話したくない気持ち、理解してもらえるだろうか。

残念なことに、兄が「彼女」に遭遇した場面に、僕は居合わせることはできなかった。本当はぜひともその場にいて兄の反応を見てみたかったのだが、逆に、僕がいなくても兄がそれを体験したということが、「ホンモノ」の証明なんじゃないかと思う。

だから、これは兄から聞いた話をまとめたもので、臨場感があるかどうかちょっと自信がない。だけど、たぶんおおよそのところは合っていると思うし、なんとか再現できたのではないかと思われる。

その日、兄と僕は別行動で、それぞれ違うところに出かけていた。どんよりと曇った、風のない午後だった。

兄がいたのは、横浜中心部から少し外れた、私鉄沿線の古い町。

兄の目的地は、鉄道のガード下に小さな一軒家が隙間なくぎっしりと建ち並んでいて、元々は一大風俗街だったところだ。

あまりガラのいい場所ではなかったが、十年ほど前に、住民たちがそれらの建物を全面的に造り替え、ギャラリーやアトリエに転用したのである。

そのひとつが古本屋になっていて、兄はその古本屋の友人を訪ねたのだった。

その帰り、兄はふとギャラリーのひとつを覗いてみる気になったという。

その家は、建ち並ぶ古い家の中でも、ひときわ古い二階建ての日本家屋だった。

玄関の引き戸をがらりと開けると、中は薄暗くて懐かしい、ちょっと埃っぽくカビ臭い匂いがしたという。

狭いたたきを上がったところにすぐ展示作品があった。

薄暗い部屋の天井に、裸電球がぽつんと下がっていて、鈍くあかりが点《とも》っている。

床には、紙の花が咲いていた。

白く塗った針金の茎の上に、白い紙を切り抜いた花が開いている。それらがびっしりと、床に植えられているのだった。

床はリノリウム貼りで、どうやって針金を植えているんだろうと思い、しげしげと床を眺めてみたが、よく分からなかったそうだ。

ほの暗い家の中の白い紙の花園。

ちょっと幻想的で、絵本の中にでも迷いこんだような眺めだったという。

兄はしばらくその花園を眺めたあとで、二階にも展示があることに気付き、上がってみることにした。

そういえばさ、たたきのところがタイル貼りだったんだよ。

兄は思い出したように後でそう言った。

地面じゃなくて、段差のところの壁が青緑色のタイル貼りになってたんだ。家に入った時には、全然意識してなかったんだけどね。今にして思えば、あの家に入る気になったのは、それこそおまえのいう「呼ばれた」からってことになるのかな。

何か感じたの？　家に入る前とか、家に入った瞬間とか。

僕がその質問を兄にするのは新鮮な体験だった。いつも兄に聞かれるばかりで、同じ質問を兄にする日が来るなんて、夢にも思わなかったからだ。

なるほど、この質問をする時はこんな気分なんだな、と思った。

いや、特に何も感じなかったな。ほんとに、ただなんとなく入ってみようと思っただけで。

答える兄もこそばゆいような表情だった。「どう感じたか」を答えるのが新鮮だったのだろう。

だから、兄が何かに「呼ばれた」のかどうかは分からない。

とにかく、兄は二階へと上がっていった。

木の階段はとんとんとん、と澄んだ音を立てた。古い家なだけに、その音の軽さが印象的だったという。

二階は、間仕切り壁が取り払ってあって、天井の梁もむき出しになっていた。

そこにも、紙の花園があった。

今度は黒く塗られた針金に、黒い花が咲いていた。一筆書きのように、うねうねと線になった花が渦巻模様を描いていて、それは壁まで連なっていた。

やはり、鈍い光を放つ裸電球が幾つか吊るしてあって、黒い花びらが妖しく光っていた。

壁がひどく汚れていて、土塀みたいな色になっていたけれど、それがまたその黒い花園にマッチしていて、独特の雰囲気を醸し出していた。

家の中の花園。

部屋の片隅に、背もたれのないパイプ椅子が置かれていたので、兄はそこに腰掛けて、しばし、その雰囲気に浸った。

家の中に花が咲いている。それだけなのに、その場所が秘密めいた、不思議な異世界になっている。壁の外はいつもの日常の世界だし、天井のほうからは、電車の走るゴトという音が響いてくるのに、ここだけは独立した小宇宙のよう。

そんな感覚が面白くて、兄はしばらくぼんやりと黒い花園を眺めていた。電車の音を除けばとても静かで、家の中はしんとした静寂に満ちていた。

家の中は兄一人きり。時が止まってしまったような。この世に一人きりでいるような。

そんな気がして、無意識のうちに窓を探していたそうだ。

今、窓を開けて外を見たら、世界は何もかもなくなっているんじゃないだろうか。がらんとした平原、もしくは苔むした廃墟が広がっているだけなのではないか。

そんな気がしたからだという。

しかし、二階に窓はなかった。展示のために、窓のある部分には覆いが掛けてあったのだ。

ひとしきり窓を探したあとで、あきらめた。

兄はゆっくりと二階を歩き回り、改めて黒い花の列の行方を目で追った。

すると、隅っこに、扉があるのに気付いた。

薄暗いので分かりにくかったが、二階は変則的な間取りになっていて、部屋から飛び出すような形で押入が作ってあったのだ。外から見たらどんなふうになっているんだろう、後で外に出たら見てみようと思ったという。

半間《はんげん》の襖に、金属製の取っ手のついた扉だった。

襖はシミだらけで、そのシミも変色していて、いったいなんのシミなんだろう、と考えずにはいられなかった。

よく見ると、襖にラミネートコーティングされた小さなメモが貼り付けてある。

「この中にも展示作品があります」

気付かずに通り過ぎてしまうところだったな、と思い、兄は扉を引いた。

がこん、という音がして、建て付けが悪くなっているな、と考えたそうだ。

ひゅっ、と風が吹いてきた。

えっ、と思った。

それは、明らかに戸外の風で、草の匂いがしたという。しかも、なぜか「ひらけた場所」の気配がした。

兄は、もしかして、これは押入ではなく通路の扉で、ここから別の建物に繋がっているんじゃないか、と思ったそうだ。長屋のようにぴったりくっついている建物どうしなら、二階で繋げるのも簡単だろうし。

中は暗く、開けた瞬間は何も見えなかった。

しかし、相変わらず、どこか遠いところから風が吹きつけてくる。

草いきれ。何かの甘い匂い。

やけに広いな。やっぱり通路なのか?

兄はそう思って目を凝らした。ちょっとずつ目が慣れてくる。やがて、突然、自分の目の前にあるものが、尋常なものではないことに気付いた。

ほんとに、ああいう時って、頭が真っ白になるんだな。

兄は感慨深い様子で説明した。

自分の見ているものというリアルな現実と、そんなことは有り得ないという理性とのギャップがあまりにも大きいと、完全に思考停止状態になる。

ついでに言うと、金縛りに遭ったみたいに、身体のほうも動けなくなるんだな。ああいう時って、一瞬一瞬が長い。自分では、かなり長いこと呆然《ぼうぜん》としてたつもりだったけど、もしかすると実際のところはほんの少しの、短い時間だったのかもしれない。時間って不思議だなあ。体感時間って、簡単に引き延ばされたり、圧縮されたりする。

兄が見たもの。

それは、原っぱだった。

扉の向こうはトンネルみたいになっていて、手前は薄暗かったが、十メートルほど先のほうに、青草の茂る草地が広がっていたのだ。

しかも、それは、どうやら瓦礫の上にできた原っぱのようだった。

デコボコとした輪郭が見えるのは、コンクリートの崩れた塊らしく、ところどころ錆びた鉄筋が飛び出しているのも見えた。恐らく、瓦礫になってからかなりの時間が経っているのだろう。

すっかり草や低木と一体化して、コンクリートと植物の合体した新種の生き物みたいだった。

それが尋常でないことに気付いたのと同時に、兄は分析を試みていた。

これが展示作品なんだろうか。ビデオアートかなんかだろうか。

押入の奥に映像が映るようになっているのかもしれない。あるいは、鏡を使ったトリックだろうか。合わせ鏡を使うと、その先にうんと距離があるように見せられたりするし。

そう分析しながらも、皮膚感覚では、「違う」と気付いていた。これはホンモノの風、ホンモノの草地。向こうに見えるのは、ホンモノの風景なのだ。

戸外ではあるが、時間帯がよく分からなかった。

現実の天気と同じく、陽射しのない曇り空のようである。

がらんとした草地は、やはり兄がいる家の中と同じ、奇妙な静寂に包まれていた。

そして、兄は見たのだ。

その、トンネルの奥の風景の中にひょいと現れた小さな影を。

逆光になったシルエットは、陰になっていて顔は見えなかった。

しかし、それが小さな女の子で、髪を三つ編みにしていることは分かったし、何か四角いものをたすき掛けにしていることも見てとれた。

そして、もうひとつ。

少女は手に捕虫網を持っていた。

肩にかつぐようにしていたので、少女が動くとふわふわとその白っぽい網が揺れた。

何かを探しているのか、少女の動きは予測不能だった。ひょいとかがみこんだかと思うと、パッと飛び上がって鉄筋の上に飛び移る。

まるで影絵を見ているようで、兄はじっとその姿を見つめていた。

その時の心境を、後で兄はこう語っている。

もちろん、それが噂で聞いていた「あの子」だということにはすぐに気が付いたよ。噂通り、そのまんまだな、こんなにそのまんまでいいんだろうか、なんて思った。

だけど、思考停止していたことに変わりはなかった。ぼーっとして、頭が真っ白のまま、半分はまだ「よくできたビデオアートだな」なんて考えてもいたんだ。だって、ちょっと考えたら有り得ない光景だろ？　ホントに半信半疑、困惑していたっていうのが正確なところかな。

しかし、次の瞬間、兄はハッとして身を強張《こわば》らせた。

少女が、何かに気付いたようにピタリと立ち止まり、ふっとこっちを見たのだ。

気付かれた。

兄はそう直感した。

あの子は今、俺がここにいることに気付いた。そして、俺のことを見つめている。

相変わらずの逆光で顔は見えない。

かなりの距離もあった。

しかし、兄は「目が合った」と思った。

トンネルの奥の、捕虫網を持った女の子と「目が合った」と。

少女はじっとこちらを凝視していた。

そこで、初めて兄は恐怖を覚えたという。

互いに存在を認識している、ということに。

次の瞬間、兄は声を聞いたという。

澄んだ高い声。

『××ちゃん？』

と、呼びかける声。

僕が聞いた時と同じく、頭の中に直接響いてきたそうだ。ただ、その名前は聞き取れなかった。

僕は、「ハナちゃん」と言っていなかったか、とはこの時はまだ兄に聞けなかった。

びっくりしたよ。

兄はそう打ち明けた。

自分の頭が変になったのかと思ったよ。いきなり頭の中に声がしたんだものね。確かに聞いた、今聞いた、と自分に言い聞かせた。

いっぽうで、しつこく「よくできた音響システムだ」なんてことも考えてた。なんだっけ、新しい技術で骨に音を伝えて聞く、っていうのがあったなあ、携帯電話で、周囲がうるさくてもよく聞き取れるっていう話だけど、あれだろうか、なんてね。

だけど、次の瞬間、そんなぼんやりした考えは吹っ飛んだ。

少女が、こちらに向かってきたからだ。

少女はととと、と歩き出した。

兄に向かって、進んできたのだ。

それを目にしたとたん、全身にざーっと粟立《あわだ》つような恐怖が走り抜けたという。

来る。こちらに来る。俺に向かってくる。

それは、何か根源的な恐怖だったという。

あの子が、出てきてしまう。

こっちの世界に、出てきてしまう。

俺がいる、この世界に。

兄は慌ててバタンと扉を閉めた。

建て付けの悪い襖の扉は、なかなかぴったりと閉まらず、兄はかなり取り乱しつつ（兄が取り乱すというのはとても珍しいことなので、できればやはり現場でその場面を見たかった）、足で押し込むようにして、扉をむりやり閉めた。

そして、しばらくのあいだ、扉を両手で押さえこんでいた。

頼む、出てこないでくれ！

こっちに来ちゃダメなんだ！

お願いだ、そっちにいてくれ！

頭の中で、それこそ祈るような気持ちでずっとそう叫び続けていたという。

傍から見たら、滑稽な状況ではある。

しかし、兄は気が気ではなかった。今にも扉のすぐ向こうにあの子がやってきて、ドンドンと叩くのではないか、こちらに入れてくれ、ここから出してくれ、とあの澄んだ声で呼びかけてくるのではないか、と。

満身の力を込めてしばらくのあいだ、ずっと扉を押さえつけていたので、全身汗びっしょりで、口の中はカラカラに渇いていたそうだ。

どのくらいの時間そうしていただろうか。

何も起こらなかった。

扉の向こうに何かの気配がやってくることもなければ、向こうから扉を叩いたり、呼びかけてきたりすることもない（すごく怖かったけど、そのいっぽうで、どこかでそうなることを少しは期待していたところはあったね、と兄は認めた）。

ようやく、兄は扉から手を離し、少し離れてその扉を改めて見つめた。

シミだらけの、古い扉。

しんと静まり返った家の中。天井のほうから、電車の通り過ぎる音が響いてくる。

ずっと扉を押さえていたせいで痛くなった腕をさすりながら、兄はしばらく扉の前で逡巡していた。

ようやく恐怖が収まってきて、呼吸をする余裕もできた。

どうする？　もう一度開けてみるか？

兄は迷った。

扉を開けた瞬間、少女が飛び出してきたらどうしよう？　彼女がここに出てきてしまったら、いったいどうすればいいんだ？

そっと、扉に耳を当ててみた。

何の気配もない。さっき、扉を開けた時にはひらけた空間がある予感がしたが、今は狭い空間があるとしか思えない。

どうする？

兄は更に迷ったが、ついにもう一度扉を開けてみることにした。

ところが、さっきあまりにも乱暴に押し込んだせいでなかなか開かず（ここのところ、僕は大いに共感した。だって、僕が学習机の引き出しを開けた時と同じような状態だったからだ）、苦労して扉を引っ張り続けていると、ようやくがこん、という音がして扉が開いた。

そこはただの半間の押入だった。

二段になった押入の、上の段の真ん中に、新聞紙で出来た鉢植えの花が置かれている。扉が開くと明かりが点くようになっているらしく、小さなライトが、花も茎も植木鉢も新聞紙で出来ているオブジェを鈍く照らし出していた。

むろん、その奥には板張りの壁があるだけで、さっき見たトンネルも、その先の原っぱも、影も形もない。

兄はまじまじと目の前の押入の中を見つめていた。

密閉された空間特有の、澱《よど》んだ空気。

ほんの少し前まで、草の匂いのする風が吹きつけていたというのに。

あまりのギャップに、トリックを疑ったのも無理はない。

兄は奥の壁を叩いてみたり、その向こうに通路があるのではないかとあちこち押したり引いたりを繰り返した。

しかし、壁はびくともしない。

何回も扉を開け閉めしてみるが、やはり押入と新聞紙の鉢植えがあるだけ。

兄は呆然とその場に立ち尽くしていた。

未練がましくもう一度だけ扉を開けてみたが、状況は変わらない。逆に、あまりに何度も開け閉めしてどこか接触が悪くなったのか、ライトが点かなくなってしまった。

ごめんなさい、と呟いてから、兄はこそこそと階段を下りて外に出た。

玄関の外は、ありふれた日常。行き交う車の音や、近所の人たちの生活音が溢れるいつもの町である。

兄は、そっと家の脇のわずかな隙間から二階を見上げた。

さっきのあの押入の部分が、外から見たらいったいどうなっているのか確かめたかったのである。

ちょっと分かりにくかったが、いろいろ角度を変えて見てみると、やはり、二階の部屋からあのスペースの分だけ飛び出しているのが分かった。

どうやら、一階もそこの部分が飛び出していて（トイレらしい）、その上に押入を作ったようだ。壁に囲まれていて、もちろんトンネルや原っぱの入るようなスペースは全く見当たらない。

兄はあきらめ切れずにうろうろとその家の周辺を歩き回った。目を凝らせば、二階の空中にあの十メートルほどのトンネルが延びているのが見えて、どこかに繋がっているのではないかと思ったそうだ。

しかし、もちろんそんなものが見えるはずはなく、兄は未練がましく何度もその家を振り返りつつ、もう一度さっき訪問した古本屋を訪ねた。

まだ近くにいたのかい、と不思議がる友人に、その家のことを尋ねる。

ああ、あそこね、あのギャラリーを見てきたのか。

兄は頷いた。

あの家、前は何だったんだい？

何か引き取りたいものでも見つけた？

兄が尋ねると、友人も質問で返してきた。

あの家、ひときわ古いだろ。多少は修理したけど、さすがに老朽化がひどいんで、来週取り壊されるんだ。

そうなのか。

兄は腑に落ちた表情になった。

やはり、「あの子」が間もなく消滅する場所に現れるというのは本当だったのだ。

雀荘《ジャンそう》として長いこと使われてたらしいよ、と友人は言った。

元々は九州の炭鉱にいた人が、戦後に炭鉱が閉山になってからこっちの親戚を頼って移ってきて雀荘を始めたって聞いたなあ。今はもうみんな向こうに帰ったかなんかして、ここには誰もいないみたいだけど。

炭鉱。

兄は思わずそう繰り返していた。

ふっと、さっき扉を開けた時に吹きぬけてきた風を感じたような気がしたそうだ。

あの薄暗い、細いトンネル。

あれは坑道だったのだろうか。

そんなことを考えたという。

でも、あの瓦礫。あのコンクリートと飛び出していた鉄筋は、そう遠くない時代のものに思えたのだが。

あのタイル、引き取らせてもらえないかな。

兄は、いつのまにかそう口に出していた。

玄関のところにあるタイル、古い日本のタイルで、ちょっと珍しいものだと思うんだ。

普段つきあいのある骨董商仲間であれば、決して言わなかったであろう例のタイルのことを口にしたのは、用心深い兄にしては珍しいことだったが、この古書店主は高校時代からの友人だったし、なんか話しちゃったんだよね、と兄は打ち明けた。

決して余計なことは詮索しない奴だと分かっていたからね。ああいうのって不思議だよな。同じ話でも、なぜか絶対話しちゃいかんと思う人と、するっと話しちゃう人がいるってのは。

ともあれ、友人は「それなら」と言って、そのギャラリーの今の持ち主を紹介するよ、とどこかに電話を掛けてくれ、兄に繋いでくれた。

そんなわけで、兄が初めて「あの子」に遭遇してしばらく経ったある日。

僕らは、二人揃ってそのギャラリーを解体するところに向かうことになったのである。

この時の心情は、後から振り返ってみてもなかなか奇妙なものだった。

二人とも、車の中で落ち着かず、もじもじしていた。「あの子」の存在を共有してから初めて現場に向かう。それはまるで、それまでずっと遊び仲間だったカップルが、ついに互いに好きだと告白しあってから、改めて「おつきあい」する仲として初めてのデートに行く、みたいな感じだったろうか（まあ、僕と兄の喩《たと》えにはやや不適切かもしれないが）。

世界が変わったよ。

兄がぽつんと呟いた。

あるかもしれない、というのと、あるんだ、というのとは全然違う。

だよね、と僕も短く返す。

でも、ちょっと嬉しかったな。おまえが見てるものがやっと見られたってのは。

やはり、兄もそんなふうに感じていたのだと知って、気持ちが明るくなる。

僕も嬉しいよ。逆に、ちょっと恥ずかしいような気もする。

なるほど、そんなもんかね。

僕たちは、少しはしゃいでもいたし、同時に不安でもあった。

二人で現場に着いた時、果たしてもう一度「あの子」は現れるのだろうか？　そして、もしも「あの子」が現れたなら、僕らは同時にその存在を目撃できるのか？　本当に、その体験をその場で共有できるのだろうか？

ダンケルク。

突然、兄が呟いたので、僕は一瞬、聞き取れなかった。

何？　何て言ったの？

聞き返すと、兄も、ハッとしたように「ああ」と唸ってから、「ダンケルクの戦い」と言い直した。

はあ？　何、それ。

思わぬ単語に、僕がそう反応したのも無理からぬことであろう。

名前くらい聞いたことがあるだろう。第二次大戦中の、ドイツと連合軍の戦いだよ。

兄は、まるで「ダンケルクの戦い」が日常会話によく登場する言葉であるかのように答えた。

そりゃ、聞いたことはあるけど。最近、映画になってなかったっけ。

それこそ、教科書の中で見ただけの名前だ。確か、フランスの地名だったような。何度も言ってるが、僕は記憶力がよくないこともあり、歴史には疎いのだ。

ダンケルクの戦いって、撤退戦なんだ。

兄は世間話のように続けた。

第二次大戦の初期の頃、ドイツ軍に包囲され、文字通り海辺の崖っぷちまで追い込まれて、連合軍——つうかほとんどはイギリス軍——は降伏寸前、絶体絶命だったわけだ。実際、このあとフランスは降伏して、降伏してない国はイギリスだけになっちゃうんだけどね。

はあ、と僕は気のない相槌を打った。なぜ唐突に兄がこんな話を始めたのか、まるで見当がつかなかったからだ。

そこで、イギリス海軍は、駆逐艦はじめ、一般の船舶まであらゆる船を動員して、洋上から兵士を救出してイギリスに撤退する作戦を実行するわけだ。この時、イギリス陸軍は兵器類などの装備のほとんどを失ったけれど、兵士三十万人をイギリス本土に撤退させることに成功して、人的資源を確保できたので、その後の戦局に重要な影響を与えた戦いってことになってる。

三十万人。それを船で助ける？

僕の頭には具体的なイメージが湧かなかった。

ものすごい数だ。どこかの県庁所在地の都市、まるまるひとつ分の人口ではないか。全く想像できない。ひとつの船にどれだけ乗れるんだろう？　客船だったら、結構乗れるのかな？　五千人くらい？

僕が混乱しているあいだも、兄は話を続けていた。

撤退戦ってさ、いろいろな戦いがある中で、最も難しいと言われてるんだ。敵に背中を向けて逃げるわけだから、危険も多いし、追撃されてボロボロになる可能性も高い。

おまけに、屈辱的だし、挫折感や敗北感も強い。パニックに陥ってることも多い。そこを冷静に防御しつつ撤退するのって、物理的にも精神的にもものすごく難しい。昔から、しんがりは精神的にタフで、強い武将でないと務まらない、大事なポジションだったしねえ。向き不向きはあるよね。名のある戦国武将は、たいてい切り込み隊長としんがり専門は分けてたからね。

兄の話は、どんどん独り言に近くなっていった。

で、そのココロは？

僕は痺《しび》れを切らして尋ねる。

ええとね、どうして解体現場に「あの子」が現れるかってのと、なぜ「あの子」なのかなって考えてたんだ。

それがどうして「ダンケルクの戦い」に繋がるのか？　僕の頭の中は相変わらず「？」でいっぱいだった。

日本てさ、今まさに「ダンケルクの戦い」を実行しなきゃならないし、実行しつつあるんじゃないかって思うわけ。

兄は宙を睨みながら続ける。

日本が？　ダンケルクの戦いを？　つまり、撤退戦をってこと？

僕が聞き返すと、兄は小さく頷いた。

どう考えても、すべてをダウンサイズしなきゃならないわけじゃん？　明らかにこの先人が減るんだし。うんと将来的にはまた増えるのかもしれないけど、当面は減ってくのが明らか。だったら広い家も、大量の物資もエネルギーもいらないよねえ。日本だけじゃない。将来的にはどの国も、そうしなきゃならなくなる。もしかすると日本が最初、になるのかもしれないね。

兄は顎を中指で撫でた。

で、ここんところでよほどよく考えて、冷静にうまくダウンサイズしないと、いい撤退戦にはならないと思うんだ。のちのちの戦局に影響するような、成功した撤退戦にするにはね。

あまりに話が飛躍する（兄の中では繋がっているらしい）ので、僕は今いちついていけなかった。

それって——日本が衰退して滅びちゃうってこと？　つまり負けたってことになるの？

僕が不安そうな声を出したので、兄はびっくりしたような目でこちらを見ると、「違う違う」と首を振った。

そういうことじゃないよ。戦略的撤退ってこと。最後尾を守りながらいったん退《ひ》いて、戦略を立て直すんだ。この先生き延びて、ずっと続いていくためにさ。

うーん。分かるような分からないような。で、それと「スキマワラシ」がどう関係するわけ？

だからさー、えーと。

兄は、ちょっと困ったような顔で、つかのま言葉を探した。

もし本当に今が大きな時代の境目なんだとすると——あの子が「近代」の瓦礫の中で「近代的自我」の欠片を探してるのか、あるいは片付けてるのかは分からないけど——あの子が子供の姿をしてるっていうのがポイントのような気がする。

ポイント？

聞き返すと、兄はそっけなく頷いた。

そ。ポイント。

少し考えてから、兄は口を開いた。

前に話したことあったよね。

どうして子供なんだろうって。昔建てた建造物を解体するところに幽霊が現れるんなら、その建物に関わった人とか、建物を建てた本人だとかが出てくるはずじゃないかって。だったら、大人が出てきてもおかしくないじゃないかって。

そういえば、そんな話をしたような気がする。歳月を重ね老朽化した建物の終わりに現れるのがなぜ子供なのか。何も知らない最初のうちは、ビル童子か、なんて言ってたこともあったっけ。

兄は頭を掻いた。

いささかこっ恥ずかしい言い方をすれば、あの子は、未来の種みたいなものなんじゃないかなあ。瓦礫の中に、役に立つものを探してる。

あの子が小さな子供の姿をしてるってところが、まだ未来がある、将来があるっていう救いのような気がしてさ。

でもさあ。

僕は反論の声を上げた。

それを言うなら、あの子が子供で、夏の格好をしてるのは、「日本の夏」を表わしてるって説もあったじゃん。日本の高度成長期の、伸び盛りの季節のイメージが夏の子供の形で現れたっていうのも、僕、納得したけどな。

うん、それも一理ある。

兄は素直に認めた。

でもさ、年寄りが知恵と経験を象徴するなら、子供は希望を象徴してるってことは間違いないだろ?

まあ、それは確かにね。

渋々、僕も認める。

ふと、妙なことを考えた。

座敷童子もそうだけど、日本の神様は子供の姿をしていることも多い。まっさらなもの、更新していくことを好む日本人らしい。

純粋無垢《じゅんすいむく》、それは確かに素晴らしいことであるが、残酷なことでもある。ある意味、何も考えてない。つまり、無責任ということでもある。座敷童子だって、気まぐれに家を出ていってしまい、出ていかれたその家は傾く。

あの子――スキマワラシも、気まぐれで神出鬼没。本当に、兄が言ったみたいな、果たして「希望」の象徴なんだろうか。僕の印象では、むしろちょっと怖いし、日本の将来になんか、なんの関心もなさそうな気がする。

単に生まれた時から彼女の世界は瓦礫と廃墟しかなかったので、当然そこが彼女の遊び場であり、そこで暇つぶしに何かを集めているだけで、僕らのことなどどうでもいいんじゃないだろうか。

自分の子供の頃のことを思い出してみても、常に「今」しかなく、過去も未来も興味はなかった。「今」しか考えない子供。すべてを水に流し、紙と木の家に住んできた我々が、それを神として崇《あが》めてきたのも無理はないように思える。

現場が近付いてくるにつれ、僕らは無口になっていった。

家を出た時の高揚感はどこへやら、どちらかと言えば、だんだんどんよりした陰鬱な雰囲気になってきた。「告白」したあとの初デートが、互いに意識しすぎて思いのほか盛り上がらず、こんなはずではなかった、と互いに感じ始めているような状態である。

そのまま、なんとも冴《さ》えない気分で現場に着いた。

僕らの気分とは裏腹に、空はすっきりと晴れ上がり、屋外活動には最適な気候である。

解体作業は午後からと聞いていた。タイルは好きに剝がして持っていっていいと言われていたが、僕たちの目的は、タイルに「触れてみる」ことがメインなので、本当に持ち帰るかどうかは現地で決めることにしていた。

そこだけ紗《しゃ》が掛かったように見える古い日本家屋。兄の話から想像していたとおりの建物だったが、もう壊されることが決まっていると知っているせいか、どこか存在感が薄れて、もう家としての魂は抜けてしまっているように感じられる。

つかのま家を見上げる。

兄が二階の押入の外に探した通路を、いつのまにか僕も探していた。もちろん、何も見えないのだけれど。

ガラリと引き戸を開ける。

中は真っ暗だった。もうブレーカーが落としてあるのだろう。

少し目が慣れてくると、ぼんやりと紙の花園が浮かび上がってきた。

照明がないからか、もはやしょんぼりとした廃墟のようにしか見えないが、それでも静かな美しさの名残りみたいなものが漂っていた。

ちらっと、足元に置いてある作者略歴のプレートを見る。

ＤＡＩＧＯ。

それが名前らしい。略歴はそっけなかった。

京都の美術大学を出て、コツコツと活動していることくらいしか分からない。

そして――意識して、先に見ないようにしていたのだが、足元のタイルが目に飛び込んできた。

青緑色のタイル。こんなふうに、あがりかまちの部分にタイルが貼ってあるというのは珍しいのではないだろうか。

僕は玄関にしゃがみこみ、そのタイルをじっと観察した。部屋の中が暗いので、青緑というよりは黒っぽく見える。

どうだ？

後ろで兄が低い声で尋ね、そっと身体をずらした。外光を入れて、僕にタイルがよく見えるようにしてくれたのだ。

暗がりに、鈍くタイルの表面が光っている。

不意に、手が動いた。

この時、僕はあまり深く考えずに素直にタイルに触れていた。兄が先にこの場所に来ていて、あの子に出会うという体験をしていたからかもしれない。自分一人じゃない、という安堵感が警戒心を薄れさせていたのかもしれない。

なので、久々の「アレ」はいささか強烈だった。しまった、と思った時には、全身がもぎ取られたようにどこかに飛ばされており、その衝撃に一瞬息が止まり、頭が真っ白になった。

ゴウゴウという風の音が耳元で鳴っている。

激しい風が頬を打つ。

思わず目を閉じる。

僕は、足をふんばり、なんとかその場に踏みとどまっていた。そうしなければ、強い風に引き倒されそうだったからだ。

時折、風に煙が混じって、ツンと鼻に焦げ臭いものが飛び込んでくる。

僕は顔をしかめ、目を開けた。

暗い。何も見えない。

が、周囲はがらんとしたひらけた空間であることが分かる。

風が吹き抜ける。煙が流れてくる。

やがて、ぼんやりと街らしきものが浮かんできた。

崩れかけた土塀。地面に落ちている屋根瓦。

少し離れたところには、黒っぽい建物が並んでいる。よく見ると、あちこちから煙が上がっていた。炎は見えないし、熱は感じないので、もう鎮火しているようだ。

いつの時代？　ここはどこだろう？

暗がりに浮かびあがってきたのは、荒廃した木造の日本家屋の街並みである。いわゆる町屋と呼ばれる家々だ。

なんとなく、京都かな、という気がした。

しかし、人の気配は全くない。吹きすさぶ風を別にすれば、風景は沈黙している。動く者もなく、生命の気配が感じられない。

ほんの一瞬、重く垂れ込めて動いていく雲が切れて、月の光が射した。

その光が、黒っぽい家々が焼け焦げている姿を照らし出したので、愕然《がくぜん》とする。

ここは焼けたのだ。形は残っているが、炎に晒されたことは間違いない。

誰か。誰かいないのか。

思わずそう声を上げようとしたところで、すうっと風景が遠ざかり、町屋のシルエットがぐにゃりと歪んだ。

うっ、と息が詰まる。

またしても、暴力的な力がぐうっと僕をどこかに引き戻した。

身体と、意識とがずしんとぶれる感覚。

吐き気を覚え、ぎゅっと目をつぶる。

と、僕は静かな玄関のところにしゃがみこんでいた。

たたきに手を突き、ぜいぜいと呼吸している。

冷たい石の感触。ゆるぎない大地の感触。

背中に澄んだ陽射しを感じた。

いつものことながら、自分が古い日本家屋の玄関にいることが信じられなかった。

おい、大丈夫か？

兄の心配そうな声が頭上から降ってくる。

大丈夫。

僕は冷や汗を拭い、大きく深呼吸をした。

改めてタイルを見ると、もはや何も囁きかけてこない。打ち捨てられた、老朽化した家の一部に過ぎない。

ちょっと、心配になったぞ。おまえ、まるでタイルの中に飛び込んでいきそうにぐうっと前のめりになったから。

僕を助け起こし、立たせながら兄が呟いた。

タイルの中に？

僕はぼんやりと繰り返した。

ああ、きっと、誰かいないのって声を上げようとした時のことだね。

何を見た？

兄が尋ねる。

そこで、僕は呼吸を整えてから説明した。京都の町屋らしき風景のこと、どうやら廃墟らしく、誰も人の気配が感じられなかったこと。

ふうん、京都ねえ。

兄が考え込む。

いや、ほんとに京都なのかどうかは分からないよ。そんな気がしただけで。昔の都市って、みんなあんな感じだったのかもしれないし。

そう否定しつつも、僕はやっぱりあれは京都だと——「都」であった京都、それが戦乱か何かで荒廃していたところだという確信が湧いてくるのを感じていた。

しかし、なあ。

兄が唸った。

今度は京都と来たか。おまえが見たもんは、やけに場所がバラバラで脈絡がないな。

うん。時代も結構幅があるような気がする。タイルが出来てからのことだろうから、それこそ「近代」以降であることは間違いないんだけど。

僕もその点が引っかかっていた。

いったい僕が見ているこのビジョンは、何なんだろう。

漠然とした不安を覚える。

これはいったい、何の記憶、何のイメージなんだろうか。

その時。

兄と僕は、無意識のうちに同時に顔を上げていた。

同じことをしたのに気付き、顔を見合わせる。

そして、同じことに気付いた。

今二人で顔を上げたのは、二階から物音がしたからだ。

互いに目で合図し、そっと階段を見上げる。

二階に誰かいる。

僕たちは黙り込み、その場に凍りついたようになった。

僕たちの頭に、同じものが浮かんでいたことは間違いない。

押入の中のトンネル。そして、その向こうにいる「あの子」。

スキマワラシ。僕たちは、ひょっとして、初めて一緒にその姿を目撃することになるのだろうか。

僕は、図らずも動悸《どうき》が激しくなるのを感じた。

マジかよ。何をこんなに動揺してるんだ？　何に緊張しているんだ？　何を恐れている？

そう自分に言い聞かせるのだが、心臓の音はいよいよ大きく、外に聞こえるのではないかというくらいに鳴っていて、どっと全身に冷や汗が噴き出してきた。

兄も緊張した顔をしていたが、やがて小さく頷き、そっと階段を上り始めた。

意外に早く動き出した兄に、僕は更に動揺していた。

まだ心の準備ができていないのに。

いささかパニックに陥っていたが、僕の足も動いていて、兄の後ろについて階段を上り始めていた。

二階も薄暗かったが、それでも目が慣れていたのか、何も見えないというほどではなかった。

よく見ると、窓をふさいでいた覆いの一部が外してあって、かすかに外光が射し込んでいたのだ。

黒い花の行列が、壁に続いているのが見える。

一瞬、それが生き物のように見えた。

まるで、空に駆け上がろうとしている黒い龍だ。

誰もいない。

僕らは二階に上りきらずに、そっと辺りを見回した。

気のせいかな。

兄が呟いた。

僕も感じたんだけど。

二人で二階に降り立つ。

と、ぎっ、と床が軋《きし》む音がして、僕らはギョッとしてそちらを見た。

そこに、誰かが立っていた。

兄が言っていた、あの押入の前に、ぬうっと黒い人影がある。

わっ。

僕らは反射的に飛びのいていた。

その人影は、押入のほうを向いていたらしく、パッとこちらを振り向いた。

あ、こんにちは。

その人影は、そう言った。

明るく澄んだ、女の子の声だ。

スキマワラシ？

僕らは身構え、その人影に目を凝らした。

ついに二人で同時に遭遇したのか？

僕も兄も同じことを考えたが、しかし、二人とも最後に「？」を付けたのも同じだったろう。

その人影は、スキマワラシにしてはやや大きすぎたのである。

しかも、黒っぽいシャツにジーンズ姿ときている。

すみません、驚かせちゃいました？

その明るい声は続けた。

さっき引き戸が開く音がしたんで、誰か来たのは分かってたんですけど、まさか二階まで来るとは思ってなかったんで、あえて顔出す必要もないかなって思って。

人影は、こちらに向かって暗がりから数歩ばかり歩いてきたので、僕らはようやくその顔をよく見ることができた。

そこにいたのは、男の子みたいに短く髪を刈り上げた、くりっとした目をした女性だった。

やせぎすで、黒地に白い水玉模様のシャツを着ている。

幾つくらいだろう。一見学生のようだが、意外と歳はいってそうだ。童顔だけど、もしかすると僕と同じくらいか、ひょっとするともう少し上かもしれない。

ああ、びっくりした。

兄が半ば冗談、半ば本気で胸を撫で下ろすのが見えた。

どうしてここに？

彼女はにこっと笑った。

両側の頬にえくぼができて、人懐っこい表情になる。

ここ、もう壊されちゃうんで、最後に自分の展示作品、見に来たんです。

えっ、と思った。

ひょっとしてＤＡＩＧＯ——さん？

僕が尋ねると、「はい、そうです」と彼女は答えた。

てっきり男の人だと思ってました。

僕は、下にあったネームプレートを思い浮かべた。なんとなく、男性名だと思い込んでいたのだ。

よく言われます。

彼女は化粧っ気のない顔で笑った。

これ、あなたが作ったんですか？

兄が尋ねると、彼女はもう一度「はい」と頷いた。

あの——じき、家が解体されてしまうのに、これ、移動させなくていいんですか？

兄がそう尋ねると、彼女は更に頷いた。

この展示は、回収しないでそのままなんです。

もったいないですね。

僕がそう言うと彼女は肩をすくめた。

いいんです。元々、この場所のために作ったものだし、この風景が消えてしまったら、一緒に消えてしまったほうがいいと思う。

そう言う口調に未練は感じられなかった。

素敵な作品なのに。

兄の口調がお世辞ではないと感じたのか、彼女は「ありがとうございます。嬉しいです」と丁寧に頭を下げた。

それから、彼女は改めて、ちょっと不思議そうな目つきで僕らを見た。

あのう、解体業者の方じゃないですよね？　ギャラリーの方でもないし。

確かに、僕らの格好を見れば、これから肉体労働をするとは思えないだろう。

ああ、僕らは古道具屋をやってます。角のシルバーブックスさんとは古い友人で。

彼女は腑に落ちたように頷いた。

そうですか。私もよくあそこには寄らせてもらってます。落ち着きますよね、あのお店。じゃあ、ひょっとして、この家から何か引き取りにいらっしゃったんですか？

ええ、まあ。

兄は言葉を濁した。さすがにタイルのことは口に出さなかった。

こちらのほうにお住まいなんですか？

僕は、詮索好きと見られない程度の好奇心を見せて尋ねた。

いえ、S市に住んでます。

彼女は、中部地方の中堅都市の名前を挙げた。

普段は生花市場で働いてて、夜と週末に制作活動をしています。

生花市場。なんとなく、それは彼女にぴったりのような気がした。早起きして、てきぱき働いている姿が目に浮かぶ。

じゃあ、お花がモチーフなのも。

僕が黒い花を見回すと、彼女は頭を掻いた。

まあ、確かに花は好きですけど。

申し遅れましたが、と兄がそこで彼女に名刺を渡した。

彼女はそれを見て、「あら。そちらも、画数の多い苗字なんですね」と小さく笑った。

じゃあ私も、と彼女はシャツのポケットから布製の名刺入れを取り出し、兄に一枚差し出した。

表には「ＤＡＩＧＯ」としか書かれていない。

裏返すと、そこには住所とメールアドレス、そして漢字で名前が書かれていた。

醍醐覇南子

どう読むのだろう、と僕らが迷っているあいだに彼女はこう言った。

「ダイゴハナコと申します」

第十章　「ダイゴ」のこと、「ハナコ」のこと

ダイゴハナコ。

彼女がそう名乗った時、実は、僕は全然違うことを考えていた。

遠い昔、子供の頃、母が呟いたことを思い出していたのだ。

恐らく、彼女がその前に「そちらも、画数の多い苗字なんですね」と言ったことから連想したに違いない。

唐突に蘇った母の言葉。

それは、こんな感じだった。

『まさか、自分よりも画数の多い苗字の家に嫁ぐことになるとは思ってなかったわ』

細かいところは違うかもしれないが、大体このような内容のことを呟いたのである。

たぶん、僕の学校関係の書類を記入している時だったと思う。

母がテーブルの上で、何枚も書類をめくりながら、ちょっと恨めしげにそう苦笑していたのをおぼろげに記憶していた。

その後何度も聞かされたことだが、母いわく、自分の苗字の画数が多いのに子供の頃

からうんざりしていたので、結婚して簡単な苗字になることにずっと憧れていたのだそうだ。

母の旧姓——それが「醍醐」だった。

そして、うちの苗字は「纐纈《こうけつ》」である。確かに画数は「醍醐」よりも多い。だから、母と同じく、僕も子供の頃から学校でテストがある度に、自分の苗字を書くのにさんざんうんざりしてきた。どうみても、周囲の生徒よりも名前を書くのに余計な時間が掛かっている。これが年間ともなれば、どれほどの時間のロスになることか。

山田とか田中とか、そういう簡単に書ける苗字だったらどんなにいいだろうと思ったが、僕の場合、結婚して妻の苗字に変えたりしない限り、ずっとこの苗字のままだ。

そんなわけで、彼女の名前の漢字表記を見ても、僕は苗字のほうに気を取られていて、名前の「ハナコ」という響きに気付くまでほんの少しの時間を要した。

第一、パッと見て、この名前を「ハナコ」と読める人はなかなかいないのではないだろうか。

ダイゴハナコ。

ようやく、目の前の漢字とその読み方とが頭の中で結びついた時、僕はまたしても妙ちきりんなことを考えていた。

なるほどこれで「ハナコ」って読むのか。ずいぶん勇壮な名前だなあ。南を制覇する子。南ってどこだろ。日本の南半分とか？　まるで冒険ファンタジーのヒロインみたいな名前だ。

ダイゴハナコは、名刺に見入る僕たちの前でにこにこと笑っている。なんだか、初めて会った人という感じがしない。

突然、閃いた。

そうかそうか、「あの子」が探していた「ハナちゃん」は、この人のことだったんだ。なぜかそんな確信が湧いてきたのである。

この紙の花園を作った人。

ちょっと浮世離れしているようでもあり、地にしっかり足を着けているようでもある。この人ならば、押入の奥のトンネルとも普通に行き来できて、しかもその状態を自然に受け入れられるのではないか。

そんなことを能天気に考えていたのだ。

そのため、僕は全然気付かなかった――隣で名刺を見ている兄が、いったいどんな表情をしているのかを。

向かいにいるダイゴハナコの表情に、ぽつんと「？」が浮かんだことでようやくそれに気付いた。

あの――どうかなさいました？　ひょっとして、以前どこかでお目に掛かってますか？

彼女が恐る恐る、といったふうに兄に話しかけたので、僕はようやく兄のほうに目をやった。

兄は無表情だった。

それこそ、雷に打たれたかのように、動かない。

硬直して、凍り付いていた。

僕は動揺した。

兄は名刺を凝視していたが、恐らく、視線は名刺を通り越して、どこか遠いところにあるようだった。

後にも先にも、こんなに衝撃を受けた様子の兄を見たことはない。

どうしたの、兄ちゃん？

不安になって、僕も声を掛けた。

ようやく兄は、ハッとしたように僕をちらっと見ると、我に返ったように背筋を伸ばした。

いや、その、なんでもありません。珍しいお名前なんで、ちょっと、よく似た名前の昔の知り合いのことを思い出してしまって。

どう見ても、兄の様子は「なんでもありません」という感じじゃないですよねえ、という気持ちを共有しつつ、僕とダイゴハナコは顔を見合わせた。

よく似た名前の昔の知り合いだって？　それって、誰のこと？

僕は考えた。

お母さんのこと？　それとも——

おまえ、女のきょうだいいたよね？

同級生の声が蘇る。

僕が密《ひそ》かに妄想している、兄と僕のあいだにいたのではないかという幻のきょうだい。

まさかね。

僕は一人で首を振った。

かなり不自然であったものの、その場の雰囲気を収めるかのように、兄が押入のほうに目をやった。

このあいだ、見に来た時、最初、あの中に展示があるのに気付かなかったんですよ。見納めに、もう一度見てもいいですか？

どうぞどうぞ。

話題が変わったことに、明らかにダイゴハナコがホッとしている様子が窺えた。

もう、明かりが点かないんで、よく見えないかもしれませんけど。

彼女が押入の扉を引いた。

二段になった押入に、新聞紙の鉢植え。

兄に聞いたとおりのものが、ぽつんと置かれていた。暗がりに目が慣れたのか、思ったよりもはっきりと見えた。

この押入、なんか不思議なんですよね。

ダイゴハナコは思い出したように呟いた。

すごく古い家だから、単なる隙間風なのかもしれないんですけど、時々、押入の奥からすーっと風が吹いてくるんです。ここ、二階なんだけど、どこか別の世界に通じてるような気がして。そういう児童文学、ありましたよね。タンスの奥が別の国、みたいな。

彼女は何の気なしに話したようだったが、今度は僕と兄が顔を見合わせた。

押入の向こうの国。トンネルの向こうから吹き付ける風。

彼女は兄と同じものを見ているのだろうか？　それとも、単なる「気のせい」だと思っているのか？

ホントですね、と兄が答えた。

僕もこのあいだ来た時、その押入を開けたら、そんな感じがしました。

兄がサラリと言ったので、ダイゴハナコは一瞬きょとんとした顔をした。

恐らく、彼女としても「自分でもうまく説明できないちょっと不思議な感覚」だったので、口にしてみたものの、誰かに共感してもらえるとは思っていなかったのだろう。

彼女は意外そうに兄を見て、それからなぜか僕を見た。

まるで「この人は本気で言ってるの、それとも冗談で言ってるの？」と僕に尋ねているみたいだった。

僕にも分かりません、という目をして応じたつもりだったけれど、果たして彼女に伝わったかどうか。

その後もしばらくのあいだ、僕らは当たり障りのない話題でお喋りをした。

名前のせいなのかなんなのか、やけに彼女に親しみを感じたのは事実である。どうもそれは彼女も同じだったらしく、僕らはなんとも立ち去りがたく、この親近感の理由はどこにあるのか互いに探り合っているような微妙な空気が漂っていた。

が、なにしろ初対面だったし、これ以上会話を引っ張れない、という感じになり、兄が「じゃあ、そろそろ失礼します」と言った時には、ホッとしたような、同時にがっかりしたような雰囲気になったのだった。

あのう、これからも、展覧会のお知らせを差し上げてもいいですか?

ダイゴハナコが、ややためらいがちにそう言って僕らを交互に見たので、「ぜひお願いします」と僕らも力強く即答した。

たぶん僕らは会った瞬間に、僕らには「次回」があり、この先もつきあうことになる、と互いに直感したのだと思う。それがいったいどのようなつきあいになるのかは、三人とも全く予想していなかったのだけれど。

一緒に家を出ると、ダイゴハナコは近くに置いてあった自転車にひらりと飛び乗った。横浜の友達の家に泊めてもらっていて、自転車もその友達のものだそうだ。けれど、その黒い自転車はやけに彼女にピッタリだった。

じゃあ、また。

彼女はそう言って僕らに会釈すると走り出し、あっというまにその姿は小さくなった。

僕らはぼんやりとその場に立ち尽くし、彼女が見えなくなるまで見送っていた。

ダイゴハナコ。

僕は、改めてその名を呟いていた。

ねえ、さっき言ってた、よく似た名前の昔の知り合いって誰のこと？

そう尋ねると、兄はかすかに狼狽《ろうばい》した。

あの人さ、もしかして、うちの遠い親戚だったりしないかな？

兄は僕を見た。

弟よ、おまえもそう思った？

兄ちゃんも？

互いの表情に、同じことを考えていたらしいと気付く。

うん。妙に同質感があるというか、月並みな言葉だけど初めて会った気がしないというか。

兄はもう一度、彼女の名刺を取り出して眺めている。

苗字も、お母さんの旧姓だもんね。出身地までは聞かなかったけど、お母さんのほうと血の繋がりがあったりして。

可能性はあるよなあ。

それに、ひょっとして、あの人も見てるんじゃないの？

兄は、ぎょっとしたような目つきで僕を見た。

何を、と聞いてこないので、じれったくなって代わりに僕が答える。

兄ちゃんが見たのと、同じもの。

兄は前を向いたまま、答えない。

口には出しづらかったが、むろん、押入の中で見た「あの子」のことだ。

扉の向こうから吹いてきた風。

ダイゴハナコが、兄が話したこととほとんど同じ体験をしていることは確かだ。作り話では、あそこまで内容が一致するとは思えない。

確かに、共通点は多かった。

兄は呟いた。

でもなあ、人間の感覚ってそう馬鹿にしたもんじゃないぞ。あの家に行って、あの部屋に入って、同じように感じた人って、他にもけっこういるんじゃないかなあ。

僕らは、なんとなく、今出てきた家を見上げた。

ひっそりとした家。

何かを内包している、古い家。さっきはもう空っぽな感じがしたが、こうしてみると、やはりまだ何かを隠し持っている、家の記憶の残滓《ざんし》みたいなものが感じられる。

確かに、人の感覚というのは敏感かそうでないかはあっても、そう違いはない。なんとなく嫌だと思う場所、どこか異様だと思う場所、長くいたくない場所というのは大体共通しているものだ。

目に見えないものは信じない、自分は迷信など気にしないと思っていても、実際のところ、感覚に頼っている部分はかなりある（ということを、僕は長年「アレ」とつきあってきて学んだ）。

目に見えないもので確実に存在するものはいくらでもあるのだ。風とか、音とか、気配とか。

僕がいちばん不思議だなと思うのは視線だ。

誰かにじっと見られていると、必ず分かるのはなぜだろう。

視線を感じて振り向くと、誰かがこちらを見ていたり、あるいは防犯カメラがあったりする。

昔の人は、目からリアルな物質が出ていて、それが他人の目から自分の目の中に入ると、互いに恋に落ちると信じていたらしい。

まんざら間違いではないような気がする。絶対、人間の目って、何か出てると思うし。

そう思いながらも、僕は家を見上げていてひとつ気付いたことがあった。

僕は兄の肩をちょんちょんと突ついた。

ねえ、もしかすると、ホントに隙間風かもよ。

何だって？

呟いた僕を、兄が振り向く。

ほら、あれを見て。

僕は、家の後ろにある鉄道の高架線の壁を指差した。

近くの柱から這い上ったツタが五メートルくらいの幅でびっしり絡まっていて、壁の一部をすっかり覆ってしまっている。

あそこ、電車が通るとツタが持ち上がる。どこか壁に隙間があって、そこから電車の起こす風が出てくるんだ。

ホントだ。

兄も、高架線の壁のツタがカーテンのように持ち上がり、激しく揺れるのを見た。

それは結構、長い時間だった。電車が通り過ぎて少し経ってから、再びふわりと壁に垂れ下がる。

それを眺めているうちに、僕は、更に思いついたことがあった。

今気付いたんだけどさ、あのツタ、片方の線路を通っただけじゃ揺れない。二つの電車がすれ違う時だけ、激しい風が漏れてくるんだ。それも、かなりスピードを出してる電車――急行がすれ違う時だけ。

向こう側の線路を通り過ぎる音が続いているが、ツタはぴくりとも揺れない。

ひょっとして、あの風が押入の壁の隙間から吹き込んでくるんじゃないかな？

兄は腕組みをして考え込んだ。

うーむ。その可能性はあるな。確かに、どんぴしゃ、二階の押入の裏に壁の隙間がありそうだし。

兄は、ちょっとだけ責めるような目で僕を見た。

弟よ、ロマンがないな。

僕は肩をすくめた。

あくまでも隙間風の説明であって、「スキマワラシ」はまた別の話だけどね。

そう冷静に答えつつも、僕は考えていた。

いつもそうだ。その場所を離れてしまえば――喉元を過ぎてしまえば、忘れてしまう。消えてしまう。こうして、ついつい「科学的な」説明を考えてしまう。ならば、僕たちが体験していることはいったい何なのか？　僕らはいったい何を見ているのだろう？

その時である。

二階の部屋の中に、ポッと鈍い明かりが点った。

ちょうど、窓の覆いを外した部分から、家の中が見えるのだ。

僕らは顔を見合わせた。

明かり？　なんで？　ブレーカーは落としてあったのではなかったか？

無言で対話していたが、僕らは同時にまだ引き戸を開けっぱなしにしていた玄関から先を争うようにして中に戻り、素早く階段を駆けのぼった。

二階に辿り着いた僕らは、同時にピタリと立ち止まり、揃って息を呑んだ。

どこからかすうっと風が吹いてきて、二人の頬を撫でる。

遠いところからの風。草いきれの匂い。青臭い、戸外の匂いだ。

すぐ近くに広い場所の存在を感じた。

ああ、こんな感じか、と考えながら、僕はその匂いを吸い込んだ。

部屋の天井から吊り下がった裸電球は、確かに点っていた。

さっきは点いていなかったのに。

紛れもない光。

それは、僕らがここに駆けつけるのを待っていたかのようだった。

まるで、僕がその存在を疑ったのを咎めるかのように。

僕が「科学的」な説明で自分を納得させようとしていたのを見抜き、目を覚ませと嘲《あざ》笑《わら》うかのように。

僕らはじっと息を詰めてその電球を見つめていた。

ほんとに点いている。

目の前で光を放ち、影を作っている。

ブレーカーを落とした、古びた家の中で。

電球の光は、僕らが見届けたのを「確認したぞ」というように、一瞬驚くほど眩《まばゆ》い光を放ち、次の瞬間、フッと消えた。

風も止《や》んだ。

そういえば、今風を感じた時、電車の音は聞こえなかったな、と気付いた。二台の急行電車がすれ違う時だけ風が吹く、ともっともらしく解説したばかりだったのに。

なんとも形容しがたい沈黙。

少しして、うーん、と気の抜けた声で兄が唸った。

あくまでも、存在を俺らに認めさせたいらしいな。

僕も頷いた。

そのようだね。夢だの、気のせいだので片付けるなんて許さないって感じ？

暗くなった部屋の中で、僕らはボソボソと囁き合った。誰かが聞いているというわけでもないのに（いや、本当は聞いているのかもしれない）、耳打ちするような小声だった。

その時、僕たちは同時に気付いた。

おい、見ろよ。

兄が声を上げた。

何、これ。

僕も思わず大声を出してしまった。

電球の明かりに気を取られていたため、僕たちは部屋の変化に気付いていなかったのだ。

花がない。

展示してあった黒い紙の花の花園。

それが、床から消えていたのである。

電球の下には、がらんとした床しかない。
俺たち、どのくらいここ離れてた？
兄がのろのろと僕を見る。
さあ。十分くらいかな？
僕も気の抜けた声で答える。
いったいどこに行っちゃったんだ？　あの黒い花。
僕はぼんやりと呟いた。
一本一本、丁寧に床に埋め込んであった花。
あれをこんな短い時間に取り除けるものだろうか？
すると、兄が視線を少し上げ、「うっ」と小さく声を吞み込んだ。
違う。消えたんじゃない。
兄は、天井を指差した。
僕はゆっくりと兄の指差すほうを見上げた。
うわ。
反射的に飛びのいてしまう。
天井から、びっしりと花が生えていた。
床と壁にあった黒い紙の花は、そっくり天井に移動していたのだ。
僕は、鍾乳洞《しょうにゅうどう》とか洞窟を想像してしまった。

天井から伸びてくる鍾乳石。あるいは、洞窟の天井にぶらさがっている夥《おびただ》しい数の蝙蝠《こうもり》。

そんなものを連想してしまったのである。

うーむ。

兄は頭をくしゃくしゃと掻きまわし、再び唸り声を上げた。

歓迎の挨拶か？　それとも、拒絶されてるのかな？　単なる悪戯《いたずら》？　もしかして、何かのメッセージか？

分かんない。

僕たちは、揃って阿呆面《あほづら》を晒したまま、しばらくのあいだ口を開けて天井を見上げていた。

後から考えてみれば、写真を撮っておけばよかったと思う。

黒い花が天井に移動していたのは確かなことだったし、電球が点っていたところも撮影しておくべきだった。

しかし、あの時、あの場にいて、写真を撮るという考え自体、全く思い浮かばなかったのだ。

ただスマホを向けるだけでよかったのに。

そうすれば、証拠写真として残り、後から「こんなふうになってたよ」とダイゴハナコに見せることもできただろう。

たったそれだけのことを思いつかなかったというのは、兄弟揃ってよっぽど腑抜け状態になっていたに違いない。

とにかく、僕らはしばらくぼんやりと天井を眺めていた。

そうこうするうちに、結構時間が経っていたらしく、解体業者がやってきて、やっと我に返り、下に降りていった。

話は通してあったので、僕らは結局、この時、玄関のタイルをそっくり譲り受けることになった。

もちろん、触れてももう何も感じないし、何かを見ることもないのだが、この家の記念品として取っておきたかったのだ。

初めて兄と一緒に「体験」した家。

そして、ダイゴハナコに初めて会った家の記念として。

僕たちはタイルを抱えて、家が崩されていくところを遠巻きにしばらく眺めていた。

覆いをされたので一部しか見えなかったけれど、押入のあった二階が、見る見るうちに形を失っていく。

まだ天井から黒い花は吊り下がっていただろうか？

むろん、解体業者は二階で何があったかなんて何も知らないだろうから、日常作業としてどんどん壊していくだけだ。

あの部屋にどんな時間が流れていて、押入の奥がどこに繋がっているかなんて考えることもない。

「あの子」はもうあそこにはいないのだろうか。もう次の場所に移ってしまっているのだろうか。

果たして、次に会うのはどこでだろう？

そんなことを考えながら、僕らは後ろ髪を引かれつつ、そこから引き揚げることにした。

その日、家に戻ってから、醍醐覇南子のことをネットで検索してみた。

このフルネームでは何も出てこなかったので、「ＤＡＩＧＯ」で調べてみる。すると、アーティスト／ＤＡＩＧＯで出てくるものの、表示されるのは過去の展覧会の記録のみで、ＤＡＩＧＯ自身は何もネットに上げていないことが分かった。公式ホームページも、ＳＮＳ活動も、全くなしのようだ。

本人の写真はもちろん、何の情報も出てこない。

過去の展覧会のギャラリーによる情報を探してみるが、僕らがあの家で見たネームプレートと似たりよったりのデータしか発見できなかった。

だから、ＤＡＩＧＯがあんな容姿の女性だということは、本人を知らない限りネット上では分からないだろう。

過去の作品を写真で見てみる。

彼女の作品は、すべてがモノクロームだった。

白、黒、灰色。

ドローイングもインスタレーションも、みんなモノクロ。

花が好き、と言っていたように、花をテーマにしたものが多かった。

彼女が美術大学で何を専攻していたのかは分からなかったが、陶板に白と黒の花を描いて焼いた壁画みたいな作品もあった。

どれもモノクロではあったが、色彩は感じた。

僕は白黒映画を観るのが好きなのだが、昔の映画にはとても鮮やかな色彩を感じる。同じ白と黒でも、こんなにいっぱい種類があるんだなといつも思う。

ザラザラした白、冷たい白、明るい白、甘い白、人懐っこい白。複雑な白。どろりとした黒、スカスカの黒、薄っぺらい黒、お洒落な黒。包み込む黒。

不思議なもので、白黒映画だったはずなのに、記憶の中では極彩色の映画になっているものもある。映画から受けた豊かな色彩の印象で覚えているのだ。

ＤＡＩＧＯのモノクロームは、それと似たような感じがした。

決して殺風景ではない、豊かな色彩を感じさせる広がりがあって、それでいて繊細で、いつまでも見ていたいなあと思わせるものがあった。

ＤＡＩＧＯの展覧会の記録を遡っていくと、もう十年近く活動していることが分かった。

この記録を見るに、実際に個展を見た人から依頼を受けて、コツコツと発表の場を広げてきた様子が窺える。

そういう地道な活動も、いかにも彼女らしい気がした。

毎日生花市場で働き（きっと自転車で通ってるんじゃないかな、と思った。あの家から去っていく時の姿が目に焼き付いていたせいかもしれない）、夜は制作に打ち込む。

昼間は色とりどりの世界の花を扱い、夜はアトリエでモノクロの花を生み出す。

一日じゅう、花に触ってるんだなあ。

そんなことを考えた。

彼女の作品て、微妙な緊張感があるよな。

兄が画面の中の写真を見ながら呟いた。

綺麗だけど、ちょっと怖い。見た目は甘さもあるんだけど、癒し系になりそうでならない、最後のところで拒絶する、ざらっとしたもんがあるね。

僕は、兄が貰った彼女の名刺をためつすがめつしていた。

名刺を貰うと、貰った日付と場所を書き込んでおくのが僕らの習慣だ。出先や旅先で名刺を交換することが多いので、記録しておかないとたちまち分からなくなってしまうからだ。

そして、兄は貰った名刺を何日かデスクの上に並べておいて、目に馴染ませて、記憶に定着させるのだという。

醍醐覇南子の名刺は、いつもより長く置かれていたように思う。名刺を貰った時点で、完全に僕らの記憶に定着していたけれど、僕らは彼女のことがいろいろと気になって、繰り返し彼女の噂をしていたからだ。

なんとなく、彼女の白くてそっけない名刺が、じわじわと光を放っているような気がした。

他にも何枚か前後して貰った名刺を並べていたのだが、彼女の名刺だけが浮き上がってくるようなのだ。それは、まるで彼女の作品みたいだった。じっと見入らずにはいられない。なぜか引き寄せられてしまう、モノクロの花。

今頃、きっとくしゃみでもしてるんじゃないだろうか。ごめんなさい、それは風邪ではなく、ここで噂してる僕らのせいです、と遠くのS市にいる醍醐覇南子に話しかけてみたりする。

そのうちに「次回」があるだろうと漠然と予感してはいたものの、その「次回」は思ったよりもずっと早いタイミングで訪れた。

しかも、なんと、向こうからやってきたのである。

肌寒いようで蒸し暑い夜だった。夏の気配がすぐ近くまで迫ってきている、そんな感じのする晩だった。

僕は、ささやかな僕の店のカウンターの内側でポテトサラダの味見をしていた。

うちの食べ物のメニューはそんなに多くないが、季節に関係ないいわゆる「時しらず」のつまみの何種類かは定番にしている。

マグロの「づけ」とオニオンスライス。

切り干し大根を煮たのを具にした卵焼き。

トリッパのトマト煮込み。

ささみの焼いたのの梅肉和《ばいにくあ》え。

このあたりがそうだ。

そして、いぶりがっこの入ったポテトサラダも。

この時、いつも仕入れているいぶりがっこが切れていて、よそのものを使ったのだけれど、いつもと塩加減と燻製《くんせい》具合が異なっていたので、味がちょっと違う気がして、何度も味見をしていたのである。

やっぱりいつもと少し違うな、と思い、それが気に入らなかったのだけれど、仕方がない。

それで溜息をつきつつ顔を上げたら、児玉さんがやってくるのが見えた。

『今夜寄るよ』とメールを貰っていたので、児玉さんが来るのは分かっていたのだけれど、一人かと思ったら、どうやら連れがいるようだ。

今回も近くの骨董市に店を出していたので、きっと骨董商仲間だろう、と思った。

ひょろっとした背格好にショートカットというシルエットがぼんやりと見えたので、てっきり男の連れだと思ったのだ。

「こんばんはー」と、勝手知ったる様子で児玉さんがガラリと引き戸を開けて入ってきた。

その後ろから、彼の連れがやはり「こんばんは」と声を掛けて入ってきた時、僕はもう生ビールの準備を始めていたので、まだ顔は見ていなかったのだが、その明るく澄んだ声に「あれっ」と思った。

女の人の声？　しかも、この声、どこかで聞いたことがある。

顔を上げると、見覚えのあるくりっとした目と、ベリーショートヘアの女性が店の中を興味津々で見回しながら、カウンターの席に着くところだった。

僕は、驚きのあまり、一瞬自分の目を疑った。

「ダイゴハナコ――さん？」

今度は彼女がびっくりする番だった。

くりっとした目がいよいよ大きく見開かれ、僕をじっと見つめ、すぐに思い当たった表情になった。

「ああ、このあいだ、横浜で会った――」

彼女は振り向くと、うちの正面の引き戸に書かれた、裏返しになった「纐纈工務店」の文字を見た。

「――ホントだ、纐纈さんだ」

彼女は向きなおって、もう一度僕を見た。

「えーっ、君たち、知り合いだったの？」

児玉さんがきょとんとした顔で、おしぼりで手を拭きながら僕らを交互に見た。

「このあいだ、横浜の展示の最終日に、来てくださったんです」

醍醐覇南子はやはりおしぼりで手を拭きながら、壜ビールありますか、と聞いた。ありますよ、と答えると、壜ビールください、とあの澄んだ声で言った。

「すごい偶然ですねえ、児玉さんに面白い店があるから、って言われてついてきたんですけど、まさか纐纈さんちだったなんて。古道具屋さんなのに料理も出すんですね」

彼女はもう一度店の中をしげしげと見回した。

その時、僕が感じたのはものすごい気恥ずかしさだった。

あの醍醐覇南子がうちの店にいて、カウンター席に座ってうちの中を見回しているなんて。誰かが来てこんなふうに感じたのは初めてだった。

それに、気のせいか、照明の下で見る彼女の顔はキラキラしていて、不思議だった。彼女の名刺みたい。いや、彼女の作品みたい、と言うべきか。やっぱり作品には作った人の人柄がにじみ出るんだな、と思った。

「お兄さんは？」

そう聞かれたので、今日は別行動をしていることを伝える。「そうですか」と彼女はちょっと残念そうな顔をしたが、僕は兄がいないことにどこかで安堵している自分に、ほんの少し後ろめたさを覚えた。

で、児玉さんはどうして醍醐さんとお知り合いなんですか？

僕は壜ビールの蓋を栓抜きで開け、醍醐覇南子の前に置きながら尋ねた。

うん、彼女ね、僕の高校の美術部の後輩なの。ずっと下だけど。

え、児玉さん、美術部だったんですか？

僕が尋ねると、児玉さんはどこか恥ずかしそうに肩をすくめた。

そう。ずっと日本画描いてたんだよね。

珍しいですよね、子供の頃から日本画描いてる人って。

醍醐覇南子が口を挟んだ。

日本画って、材料もそれなりに特殊だし。先輩、美大にはいらっしゃらなかったんですよね。

児玉さんは「とんでもない。美大に行けるような実力なかったよ」と、首を振りつつ苦笑した。

単なる趣味だもん。僕は祖父が日本画家だったから、祖父のアトリエに出入りしてて、見よう見まねで始めたんだ。子供の頃は日本画がスタンダードだと思ってたから、油絵の存在を知った時は衝撃だったね。

へえー。今でも描いてらっしゃるんですか？

僕は興味を覚えて尋ねた。どんな絵を描くんだろう。

たまに、ね。あ、マグロとポテトサラダちょうだい。それで、うちの高校の美術部って、夏に写生旅行があって、ＯＢも参加する習慣があったの。

醍醐覇南子が「うふふ」と笑った。

通称、「雨乞い旅行」ですよねえ。

雨乞い旅行？

僕がきょとんとすると、二人は「あはは」と声を揃えて笑った。

いやあ、なぜかねえ、うちの部って、毎年ものすごい雨男がいるんだよ。必ず男。スケッチ旅行すると、いつも雨続きで、全然写生に出られない。天気予報では「晴天続き」のはずなのに、絶対降る。かくいう僕も、実は雨男でねえ。当時の雨は僕のせいだもんで、自虐的に「雨乞い旅行」って呼んでたんだ。

へえ。児玉さん、雨男なんですか？　今まで、そんな印象なかったけどなあ。

僕は二人の前にお箸と取り皿を並べつつ、首をひねった。

いや、実はここだけの話、今でも「ここぞ」という大一番の時は大雨が降る。勝負賭けてる骨董市とか、大事なお客さんのところに行く時とか。

児玉さんがひそひそと真面目な顔で打ち明ける様子がおかしくて、僕と醍醐覇南子は小さく笑った。

そこに現れたのが、ハナちゃんさ。

児玉さんが隣の醍醐覇南子を見た。

僕は「ハナちゃん」という言葉の響きにぎくっとした。

学習机の中から聞こえた声が浮かぶ。

『ハナちゃん、どこにいるの――？』

ハナちゃんはここにいるよ、となんとなく思った。

私、晴れ女なんです。

醍醐覇南子は自慢するように顎を上げた。

児玉さんが大きく頷く。

そうなんだ。ハナちゃんが入部してからというもの、写生旅行はいつもピーカン。なみいる雨男たちをものともせず、ハナちゃんが参加した時は常に晴れ。写生旅行で青空をスケッチできるなんて初めてです、って感激してた奴がいたっけな。たまたまハナちゃんが参加できなかった年は、これがもう、鬱憤を晴らすかのように連日土砂降り。

鬱憤って、いったい誰が鬱憤晴らすんですか。

醍醐覇南子はくすくすと笑った。

さあね。雨の神様か、はたまた雨男の神様か。

児玉さんは両手を広げてみせた。

今はどうなってるんですか？　その写生旅行。

僕が尋ねると、二人は顔を見合わせて笑った。

伝統は引き継がれてるね。現在も「雨乞い旅行」の通称は健在だよ。

あんまりありがたくない伝統ですね。

僕はあきれた。

私も最近、全然行ってないし。責任感じます。

醍醐覇南子は真顔で呟いた。

そうだよ、ハナちゃんが行けば晴れるのに。でも、働いてるとなかなか行けないよなあ。

あ、このポテトサラダおいしい。

醍醐覇南子がひと口食べて、目を輝かせたので、なんとなく嬉しくなる。

あれ、なんとなくいつもと味が違うな。

隣で児玉さんがそう言ったので、思わず「さすが」と頷いてしまった。

いつも使ってるところのいぶりがっこが切れてて、他のを使ったんです。

ははあ、なるほど。

児玉さんが取り皿の中のポテトサラダを見下ろした。

ああ、これ、入ってるのいぶりがっこなんですね。今度私もやってみようっと。

醍醐さんは、どうしてモノクロの作品ばっかりなんですか？

白いポテトサラダから連想していたのか、僕はそう尋ねていた。

「え？」と思いがけなく彼女がびっくりした顔をしたので、僕は戸惑った。

そういえば、昔からハナちゃんはデッサンばっかりやってて、いわゆるペインティングはあんまりやらなかったよね。

児玉さんがのんびりと呟く。

過去の展示の写真も見ましたけど、みんなモノクロですよね。何かこだわりがあるのかなと思って。

僕がそう言うと、彼女はまたしても意外そうな顔になる。

「見てくださったんですか、昔の。ありがとうございます」とぺこんと頭を下げた。

僕は慌てて小さく手を振った。

その、このあいだの展示が素敵だったので。他のも見たいなあって。

私、本当は彫刻やりたかったんですよね。子供の頃から、石膏像《せっこうぞう》とか黒い石の彫刻とかがすごーく好きで。モノトーンが好きなのはそのせいだと思います。昔も今も白と黒がいちばん美しいって思ってるので、なんとなく作るものがみんなそうなっちゃうんですよ。

へえ、ハナちゃん、彫刻やりたかったんだ。初めて聞いたよ。大学はデザイン科だったよね。

児玉さんが口を挟む。

はい。実際、少し彫刻もやってみたんだけど、今いちしっくり来なかったんですよね。見るのは大好きだけど、これは私の方法じゃないなって思いました。

ふうん。そうだね、やりたいことと、できることって違うよね。

はい。未だにちょっと未練があるから、立体にシフトしてるのかもしれません。

醍醐覇南子は少し淋しげに笑った。

でもさ、ハナちゃんの作品見たんなら分かると思うけど、その人の引く線って、どことなくその人の輪郭に似てるよね。

児玉さんの言葉に、「ああ、確かに」と僕も納得する。

「そうですか？」と醍醐覇南子はきょとんとしている。

児玉さんの言いたいことは分かる。

ＤＡＩＧＯの作り出す繊細な花のラインは、そのまんま醍醐覇南子の身体の輪郭を思わせた。

繊細だけど芯が強く、華奢《きゃしゃ》なのにたくましい。

面白いよねえ、イラストレーターでも画家でも、本人に会うと「なるほど、この人がああいう線を引くんだ」っていつも腑に落ちる。名は体《たい》を表わす、じゃなくて線は体を表わす、だな。

ふふ、名は体を表わす、だと、私、すごくごつい人みたいですよね。

彼女は小さく笑った。

いやあ、僕の中じゃハナちゃんはしっかり「名は体を表わす」だよ。

児玉さんがきっぱりと言った。

えーっ、私、ごついですか？

いやいや、そういうイメージじゃなくて、しなやかに強くて、南方系の明るさがあって感じ。船で大海原に乗り出していって、あの島獲《と》るぞ、みたいな。

うふふ、海賊ですか。

僕の目にも、児玉さんが思い浮かべているであろうイメージが浮かんだ。

船の舳先《へさき》に立って、明るい青空の下の大海原を行く醍醐覇南子。きらきらした目で、まっすぐ正面を指差している。そんなイメージ。

僕はさりげなく尋ねてみた。

醍醐さんって、ご親戚が関西にいたりしませんか？　京都か兵庫辺りに。

彼女はくりっとした目を僕に向けた。

ああ、いると聞いたことがあります。どうしてですか？

うちの母の旧姓が「醍醐」なんです。母は京都のほうの出身で、もしかしたら遠い親戚だったりしてねって兄と噂してたんですよ。

へえー、お母様が。奇遇ですねえ。私、自分以外に同じ苗字の人、これまで会ったことないです。ふうん、しかも醍醐から纐纈だなんて、どっちも画数の多い苗字ですね。

彼女が母と同じ反応をしたので、そこがなんとなくおかしく、同時に懐かしく感じられた。

お母様と話してみたら、親戚だと分かるかもしれませんね。

醍醐覇南子はそう言ってにこっと笑った。

残念、うちは早くに両親が事故で死んじゃってるんで。

彼女はハッとしたように目を見開く。

それは失礼しました。

いえ、もうずいぶん経ちますし。

けれど、母と彼女が親しげに話をしているところが目に浮かんだ。もし母が今も生きていたら、きっとここで目を輝かせて彼女と話をしていただろう。母は気が強い女の子が好きだった。醍醐覇南子は一見そんなに「気が強い」感じはしないけれど、この芯の強さ、きっと母も気に入ったに違いない。つくづく、その場面を見られないのが残念である。

でもね、私、養女なんですよ。

醍醐覇南子はあっけらかんと言った。

えっ？

児玉さんと僕は同時に聞き返す。

あれ、私、先輩に話してませんでしたっけ？

いやあ、初耳だよー、ハナちゃん。美術部の連中も知らないんじゃない？

いえ、ミヤさんとか、サキちゃんとか、話したことありますよ。みんな、気を遣ってくれてたってことでしょうか。

かもね。

二人のおしゃべりを聞きながら、僕の頭の中には「養女」の一言が強く鳴り響いていた。まさか、ホントに彼女が兄と僕のあいだのきょうだいだったりしたら。いや、ホントのホントにまさか、だけど。

産みの親のことは分かってるの？

児玉さんが尋ねる。

はい、ちょっとだけ。

醍醐覇南子は宙を見上げた。

元々病弱だった上にシングルマザーで私を産んだので、育てられなかったみたいです。実際、私を産んで一年もしないうちに亡くなったって。うちの両親も、私が養女だってことは割と早くに教えてくれたんですけど、あんまり詳しくは知らないみたいで。私も、今の両親が本当の親だと思ってるから、「ふうん、そうなんだ」って感じで、深く突っ込んで聞こうとは思わなかったし。

でもさ、思春期とか、成人したりとかしたら、自分のルーツが気にならない？　産みの親がどんな人だったんだろうとか、知りたくない？

児玉さんが尋ねると、醍醐覇南子は「うーん」と唸った。

どうだろう。あんまり考えたことありませんね。私は私だし、属性やルーツより、どう育ってきたか、とか、何を見て何を読んできたか、とか、どんな友達とつきあってきたかのほうがずっと大事だと思うし。

児玉さんは小さく笑った。

そういうところ、ハナちゃんらしいな。昔から独立独歩、わが道を行く感じだったもんね。

そうですかねえ。

彼女は少し首をかしげたが、ふと思い出したように続けた。

でも、「ハナコ」というのは、産みの親が付けた名前らしいです。この子は「ハナコ」ですって。名前だけはこれでお願いしますって言ってたみたい。

へえー。字は？　この漢字も産みの親が指定した字なの？

彼女は首を振った。

いいえ。字はなんでもいいけど、「ハナコ」という読みにしてくださいっていうのが唯一の頼みだったって。

じゃあ、この漢字を考えたのは今のご両親なわけね。

はい。うちのお父さんが、三国志《さんごくし》とか水滸伝《すいこでん》とか中国史劇ものが好きで、なんとなくその辺りの趣味からこの漢字を当てたみたい。

ハハハ、道理で。

二人をカウンターの内側から眺めながら、僕は醍醐覇南子の話を繰り返しチェックしていた。

病弱なシングルマザー。もちろん、うちの母とは全然違うし、僕らの幻のきょうだい説は即座に却下されたけど、「ハナコ」という名前を産みの親が指定したというのは気になる。どうしてそんなに「ハナコ」という名前にこだわったのか。

どちらにせよ、僕はしつこく彼女と僕らに因縁めいたものを探そうとしていた。彼女がなぜか懐かしく魅力的なので、なんとか繋がりを見つけたいという、僕の身勝手な妄想なのかもしれない。

それはそうと、醍醐さんはどうして今日はこちらにいらしたんですか？

僕は、彼女が最初に店に入ってきた時に感じた疑問を思い出したので、聞いてみた。

児玉さんと醍醐覇南子は顔を見合わせた。

まあ、プロモーションみたいなものかな。

児玉さんが答える。

ええと、児玉さんはそうですけど、私はたまたま別件でこっちに来る用があったんで、くっついてきただけです。

醍醐覇南子は頭を掻いた。

プロモーション？

僕が聞き返すと、醍醐覇南子が、持っていたリュックサックの中からチラシをごそごそと取り出した。

今年、うちのほうでアートフェスティバルをやるんです。八月の終わりから。

彼女の住む中部地方の中堅都市、S市。児玉さんが店を構える町でもある。

へえー。

僕はチラシに見入った。

とてもシンプルなチラシだ。

白いチラシの真ん中に、赤で「A」とあり、その隣に「→」が描いてあるだけ。その下に始まりと終わりと思しき日付が書いてある。きっと、「予告」のチラシで、本格的な広告はこれからなのだろう。

これ、どういう意味ですか？

僕が尋ねると、児玉さんが「アートのA、アンティークのA、あとは始まりのA、みたいな意味かな」と答えた。

ふうん。骨董市もやるんですか？

そう。骨董市と、アートの展示を合体させる予定。全部じゃないけど、僕らがいろいろな品を提供して、それを使って作ってもらうアートもあって、お客さんが買える、っていう展示も入れようと考えてるんだ。

へえ。面白そうですね。

僕は素直にそう思った。

だから、知り合いの骨董商仲間に出品してもらおうと思って相談に来たとこ。うちの自治体の東京事務所に行って、首都圏に宣伝してもらう準備もあったからね。

醍醐さんも参加するんですか？

そう尋ねると、彼女は首をかしげた。

私、アートフェスに参加することは前から決まってて今展示作品を準備中なんですけど、児玉さんたちのアンティークとのコラボレーションに参加するかはまだ迷ってるんですよねー。

児玉さんが小さく手を振った。

それは、ハナちゃんの自由でいいよ。アーティストの全員が参加するわけじゃないもの。

うーん。でも、やってみたいって気持ちもあるんですよね。地元に伝わる古いものと組み合わせてみたら面白いんじゃないかって。きっと、勉強になると思うし。

醍醐覇南子はかなり真剣に悩んでいる様子だった。

まあ、まだ時間はあるし、ゆっくり悩んでよ。急がなくて全然平気だから。でも、ぼちぼちアーティストの皆さんに提供する骨董品の選別が始まるから、ギリギリだといい品物が使えないかもね。

ですよねー。

彼女は児玉さんの言葉に頬杖《ほおづえ》を突いた。

児玉さんの口調はのんびりしているが、制作期間を考えると、急いだほうがいいことは明らかである。

そうなんだよ。だから、太郎君にも相談しようと思ってきたんだけど、今日、何時に戻るか聞いてる？

児玉さんは店の中をきょろきょろし、腕時計を見た。

えっ、じゃ、ひょっとして。

僕は顔を上げて児玉さんを見た。

うちの兄にも参加してもらいたいってことですか？

そう。児玉さんは大きく頷く。

児玉さんは大きく頷く。


そう。太郎君の扱う古い建材を使ってアート作品を作ってもらったら面白いんじゃないかと思ってねえ。

うーん。

児玉さんは「いい思いつきだろう」という笑みを浮かべたが、僕はちょっと懐疑的だった。

うちの兄ちゃんの趣味はあまりにシブすぎて、芸術作品になるかっていうのは今いち疑問ですねえ。

なにしろ、引手とか、蝶番とかが専門なのだ。それぞれ小さいし、あまり見栄えがよいとも思えない。

僕がその疑念を口にすると、児玉さんは「いや、面白いと思うよ」と即座に否定した。

そうですかねえ、と生返事をすると、「そういえば」と醍醐覇南子がきょろきょろと店内を見回した。

古道具屋さんなんですよね。お店はどこにあるんですか？

あ、うちは特に店舗は構えてないんです。ほとんどネット上での取引というか。そもそも、週の半分以上は仕入れに出かけてて、あまりここにはいないし。

なるほど、今の時代、それでじゅうぶんやれますよね。

彼女は納得したように頷いた。

でも、一応、あそこが兄のスペースです。あれで、なんとなく兄の趣味が分かると思いますけど。

僕は店の隅を指差した。

うちは昔の商店建築で、道路に面したところに床の間みたいなショーウインドーが設《しつら》えてある。

そこに、一応兄の店の商品が並べてあり、シーズン毎《ごと》に入れ替えているのだった。よく見ると、「古道具纐纈」という連絡先を書いたカードがひっそり置いてあるのだが、むろん、よほどの暇人でない限り目に留める人はいない。

へえー。見ていいですか。

醍醐覇南子は立ち上がり、いったん店を出てそのスペースを見に行った。

夜間も、僕が店を開けているあいだはその小さなコーナーにも明かりを点けているので、よく見えるはずである。

今月は、古い真鍮《しんちゅう》のドアノブと銀のシガレットケースが置いてある。掛け軸は、昔の植物図鑑の破れていたページの細密画を祖父に軸に仕立ててもらった。

脇には、古い木のペン立ての中に試験管を入れたものに、ピンクのぼかしの入ったようなチューリップが一本活けてある。

チューリップはすっかり開いてしまっていたが、兄は「それがいい」としおれるままにさせていた。

まずい、醍醐覇南子は生花市場に勤めてるんだっけ。ほったらかしにしている花に気を悪くしたらどうしよう。

そう気付いて慌てた。彼女の様子をそっと観察するが、じっと見入っている姿からは特になんの感情も読み取れない。

ずいぶん集中して見てるなあ。

僕は、注文されたトリッパ煮込みを児玉さんに出しながら、熱心にショーウインドーに見入る醍醐覇南子をチラチラと見ていた。

何事も、中途半端というものがなさそうな人だ。

やがて、彼女は再び店の中に戻ってきた。

どう？　ハナちゃん。太郎君の趣味、シブいでしょう。

児玉さんが彼女のグラスにビールを注《つ》ぎながら、自分のことのように言った。

醍醐覇南子はこっくりと頷く。

はい。素敵ですね。

チューリップ、しおれてますけど、あれ、わざとですから。

僕は言い訳のように付け加えた。

はい、分かります。

彼女はにっこりと笑った。

自然のままになってて、それも他のものとマッチしててよかったです。壁の植物画もチューリップですもんね。

僕は内心、ホッと胸を撫で下ろした。

ひと口に古道具といってもいろいろあるんでしょうけど、他に、どんなものを扱ってらっしゃるんですか？

強い興味を覗かせていたので、どうやら兄の趣味が気に入ったらしい。

そうですねえ。兄が好きなのは、欄間とか窓枠とか、古い板戸とか？　あと、個人的には引手のコレクターです。

引手？

そう尋ねるので、襖に付いてて開ける時に手を掛けるあれです、と言うと納得したように頷く。

あと最近だと——タイルとか。

ポロリと口から漏れていた。

タイル？

そう反応したのは、児玉さんと醍醐覇南子と同時だった。

まずい、という考えと、どこかでこの機会を待っていたのだ、という考えとが同時に浮かんだ。

太郎君、いよいよそっちにも手を広げたの？

児玉さんが尋ねる。一応チェックしておく、という感じで、そんなに深い意図はなさそうだ。

はあ、最近、ちょっと興味持ってるみたいです。

僕も「よく知らないけど」という風を装い、のんびりと答えた。

すると、醍醐覇南子がボソリと呟いた。

私、纐纈さんの古道具だったら、コラボしてみたいかも。

えっ。

今度は僕と児玉さんが揃って声を上げた。

あ、もちろん、お兄さんがやってもいいって言ってくだされば、ですけど。

彼女は慌てて手を振った。

それは、きっと大丈夫ですよ。兄も喜ぶと思います。

僕はドキドキしながら請け合った。

彼女の作品と、うちの古道具とのコラボレーション。想像するだけでわくわくする。いったいどんなものになるのだろう、と素直に興味を感じた。加えて、実現すれば、この先も彼女に会えるな、という期待があったのも確かである。

だったらいいんですけど、と彼女はちょっと不安げに俯《うつむ》いた。

でも。これって、考えてみたら、結構作家にとってはリスキーな企画ですよね。骨董とのコラボって。

醍醐覇南子は、更に不安そうな表情になった。

そうかな？

児玉さんが彼女を見る。

ええ。今、思ったんですけど、骨董とか古道具って実際に長い歳月を経て残ってるわけでしょ。風雪に耐えた強さがあるし、それぞれが背負ってるストーリーもあるから、そこにあるだけでものすごく存在感があるじゃないですか。

彼女はちらっと店のショーウインドーのほうに目をやった。

そういうものとコラボした時に、自分の作ったものが太刀打ちできるのかって思ったら、なんだか怖くなってきちゃった。自分の作ったものが果たして残るものになるのかとか、私の作ったものが忘れられても骨董品のほうは残っていくんだとか考えると、怖いなって。

うーん、確かに、人によっては骨董に負けちゃうこともあるかもしれないね。

児玉さんが唸った。

でしょ。だって、残ったってことはその骨董の存在が証明してるわけだし。それとできたてのほやほやの作品で対抗するなんて、かなりチャレンジングな企画ですよ。

じゃあさ、骨董になるような作品を作ればいいんじゃないの？

児玉さんはのんびりと呟いた。

あるいは、無理に対抗しなくても、骨董の持つ力や時間を借りる、って手もあるじゃない。

醍醐覇南子は意表を突かれたような顔になる。

児玉さんはトリッパをつまみながら続けた。

日本の美術とか文化って、昔から「本歌取《ほんかど》り」とか「うつし」とかの伝統があるじゃない。古典を引用して、古典に乗っかって、なおかつ更新していくのが普通だったわけだ。だから、過剰にビビったり対抗意識を燃やしたりしなくても、フトコロを借りるつもりでやってみればいいんじゃないのかなあ？

醍醐覇南子は小さく頷いた。

なるほど、そういう考え方もありますね。そう言われると、気が楽になります。

彼女もトリッパを口に入れた。

うん、おいしい。

そう言ってニコッと笑ってくれると、素直に嬉しくなる。

が、もぐもぐとトリッパを噛《か》みながら、再び彼女は表情を曇らせた。

でも──場所の問題もありますよねえ。私、実はあの場所にも負けちゃうんじゃないかと心配なんです。

珍しいね、ハナちゃんがそんなにいろいろと不安がるなんて。

児玉さんが、そう言いつつ焼酎ロックを注文したので、氷を準備する。

彼女は肩をすくめ、グラスにビールを注いだ。

いやあ、最近、いろいろな場所で展示があるでしょう。それこそ世界遺産みたいなところで現代アートの展示があったりするんですけど、本当に相乗効果がある展示って限られていると思うんです。完全に場所に負けちゃってるなっていう残念な展示も多くて。場所の力って凄いから、その地霊の発するエネルギーに見合う作品を作るのって大変。古い建造物を再利用したギャラリーなんかでも、建物の持つオーラに展示が負けてること、結構多いんですよね。

彼女はそう言って溜息をつき、「例えば〇〇とか、△△とか」と、幾つか僕でも知っている有名な美術館の名を挙げた。

ふんふん。確かに。ハナちゃんの言ってることはよく分かる。生半可な展示じゃ、容《い》れ物のパワーに圧倒されちゃうわけだね。

児玉さんが納得しているので、僕は尋ねた。

そのアートフェスって、どういうところでやるんですか？

うん、丸ごと再開発が決まってる旧市街みたいな場所でやるんだよ。

そう聞いた瞬間、僕は背中がぞくりとするのを感じた。

再開発。旧市街。

その単語に身体が反応したのだ。

そうなんです。

醍醐覇南子も口を挟んだ。

繁華街から少し離れた、運河沿いの、倉庫と工場が並んでるエリアと、そこに近い問屋街を使うんですよ。歴史があるエリアなんで、ちょっと不思議な雰囲気の場所なんですよね。

ますます背中がざわつく。

「転用」という言葉が頭に浮かんだ。

本来とは異なる用途で使われるようになった場所。

そこには、「あの子」が現れる。

さっきとは別の意味でどきどきしてきた。

これまで見てきたさまざまな場所の風景が蘇る。

ああ、きっと。

この時、僕ははっきりと予感したのだ。

アートフェスの行われるS市に、「あの子」は確実に現れるだろう、と。しかも僕らの前に、必ず。

結局、あの消防署も使えるんですか？

僕の密かな予感になど全く気付かぬ二人は、ボソボソとローカルな話題を続けている。

うん、使えるよ。もう新しい消防署に移転したし。

よかった、あの建物、使ってみたいなって思ってたんです。私が使わせてもらえるかどうかは分からないけど。あの建物も、フェスの後で壊しちゃうんですか？

いや、あれは残すみたいだね。ツーリストセンターにするって話を聞いたよ。

ああ、それはぴったりですね。耐震的にも問題ないって言ってたから、壊しちゃうのはもったいないなって思ってたんです。

あの消防署を、公式ガイドブックの表紙に使うみたいだよ。

児玉さんが呟く。

ああ、それはいいですね。一目見たら忘れられない建物だし。

醍醐覇南子は納得したように頷いた。

消防署？

僕はなんとなく尋ねた。

消防署もギャラリーになるんですか？

僕の頭の中の消防署は、近所にあるコンクリートの四角い箱みたいなイメージだ。真っ赤な消防車が並んでいて、揃いのつなぎを着た消防隊員がその前できびきびと訓練している、みたいな。

はい、古い消防署なんですけど、パッと見、消防署には見えないんですよねえ。ハイカラな、古い洋館って感じで。火見櫓《ひのみやぐら》も、火見櫓っぽくなくて、最初に見た時は教会かなって思ったくらいです。

醍醐覇南子がもどかしげに説明する。

僕、写真持ってるよ。

児玉さんがスマートフォンを取り出し、写真のファイルを見始めた。

私も写真撮っておけばよかった。会場の下見はしたんですけど。

彼女と一緒に、カウンター越しに児玉さんの手元を覗き込む。

児玉さんは、商品と思しき膨大な写真を次々とスクロールしていく。

これが、先輩のところの品物ですか？

醍醐覇南子が興味深そうに見入っている。

そ。どう、うちの骨董とのコラボ？

うーん、私にはちょっと華やかすぎますねえ。見ているぶんにはとっても素敵ですけど。

やっぱり太郎君のほうがいいと。

児玉さんがちらっと僕を見た。

醍醐さん、うちくらいじじむさいほうが好みなんですね。

僕がそう突っ込むと、彼女は慌てたように「いえ、そういう意味では」と手を振った。

だが、あのモノトーン好みの作風からいって、確かに児玉さんの得意な伊万里《いまり》や九谷《くたに》などは合わないだろう。

彼女が渋い好みでよかった、と僕はなんとなくホッとした。

あ、あった。ほら、これだよ。

児玉さんが画面を見せた。

はい、これですね。うまく撮れてますねえ。

醍醐覇南子が感心した声を出す。

あの建物、結構大きいから、写真に収めるの大変なんですよね。ああ、思い出した、それで、私、写真撮るの断念したんだった。

ふふん、ブッ撮りには自信があるんだ。

建物もブッ撮りに入るんですかね？

二人のやりとりが耳を素通りしていく。

この建物。

僕はその写真から目が離せなかった。

全身から血の気《け》が引いていくような、周りの温度が下がっていくような、奇妙な感覚。

どうかした？

僕の表情に気が付いたのか、児玉さんが不思議そうな顔をした。

僕は、声が震えだしそうになるのを必死にこらえ、努めて平静を装いながら尋ねた。

それでも、自分の声が少し裏返っているのに内心舌打ちする。

あの——これって。この建物って——最初からこの場所にありましたか？

児玉さんが意外そうな表情になる。

よく分かったね。この建物知ってるの？　これ、元々関西にあった洋館から一部を移築したらしいんだけど。

僕は、ますます自分の顔から血の気が引いていくのを感じた。

関西の洋館。一部を移築。

いえ、なんとなく、どこかで見たような気がして。

カラカラになった自分の声が聞こえた。

まるで、僕の目は写真に貼り付いてしまったかのように視線を動かせなかった。いや、写真のほうが僕を捉えて離さなかったのかもしれない。

じわじわと、写真から何かが染み出してくる。僕に向かって手を伸ばしてくるような錯覚すら感じた。

写真の中に、見覚えのあるレリーフがあった。そして、使われているのは部分であり、全体的には全く異なる建物であるが、どことなくかもし出す雰囲気が似ていて、共通するものを感じたのである——そう、あの安久津川ホテルと。

第十一章　準備のこと、もう一匹のこと

そんなこんなで、僕たちは通称「Aフェス」に参加することになった。

児玉さんと醍醐覇南子がうちの店から引き揚げたあとに兄が帰ってきた。それまでにメールでこの件を知らせておいたのだが、帰ってきた兄は、意外にこの企画に慎重だった。

てっきり、兄も喜んでこの企画に参加するとばかり思っていた僕は、兄がほんの一瞬、顔を歪めたのを見て驚いた。

兄ちゃん、乗り気じゃないの？　断ったほうがいいのかな？

すると、兄も自分がつかのま顔を歪めたことに気付いていなかったらしく、いや、そういうわけじゃないよ、と急いで否定した。

どうしてあんな顔をしたのだろう、と考えたけれど、すぐにそんなことも忘れてしまい、醍醐覇南子が養女であること、彼女を産んでしばらくして亡くなった母親が「ハナコ」という名前にこだわっていたことを話すと、兄はいつものように「ほう」「へえ」と頷きながら、何事か熟考している。

　そして、その時僕の頭を占めていたのは、何より会場となる場所のこと、どうやら安久津川ホテルの一部を移築したであろうと思われるあの消防署の建物のことだった。ネットで検索すると、その建物の写真がすぐに出てきたので、それを兄に見せると、兄も一目で僕と同じ結論に至ったようだ。

　醍醐覇南子にまつわること、そして僕らがこの「Aフェス」に参加することになったのは、どう考えても、何かの奇妙な因縁に導かれてそうなったとしか思えない。

　しかし、この「Aフェス」で何かが起こるという漠然とした予感を二人で抱《いだ》いていたことは別として、実際に参加するとなると、早速準備を始めなければ間に合いそうもなかった。

　醍醐覇南子には、うちのホームページで商品の写真一覧を見て、何か気になったものがあったら連絡してもらうように頼んであった。

　早速、二日もすると連絡があったが、気になるものはいろいろとあったけれど、やはり写真ではよく分からないので、実物を見てみたいという。平日は仕事が忙しく、地元で別のイベントもあるため、二週間ほど先の週末にうちの倉庫を見に来ることになった。

　そのいっぽうで、醍醐覇南子は作品のサイズについても相談したいので、一度自分のアトリエを見に来てくれないか、と言ってきた。

　サイズ感については僕も心配していた。うちのちっぽけな古道具と、横浜の一軒家で見たような彼女の作品とがつりあうのかどうか。

もちろん、純粋な好奇心から彼女のアトリエが見られるのは嬉しい。

僕らは二つ返事でそれを承知した。

折よく、この週、関西方面での仕事があり、僕らはそれにくっつけてS市に寄り、彼女のアトリエを訪ねることにした。

車の中で、僕らは無言だった。

仕入れや納品に行くことはあっても、現役の作家の制作現場に行くのは初めてである。しかも、その相手は何やら因縁を感じる醍醐覇南子のアトリエなのだ。

不思議な緊張感と高揚感を共有しつつ、僕らはS市に入った。

彼女と約束した時間よりも早く到着した僕らは、先に「Aフェス」の会場になる場所の下見をすることにしていた。

問題の消防署をチェックしておきたかったというのもある。

そこは最後にとっておいて、まずは主要会場のひとつである問屋街に向かった。

近年の地方都市では、郊外の幹線道路沿いに中心が移っていることが多い。かつての中心街は一様に寂れて、空き店舗や空き家が増えているのが現状だ。

S市も典型的なそのパターンで、繁華街は賑わっているものの、かつてはいちばんの目抜き通りであったであろう商店街は静かに朽ちていっている気配が漂っていた。

よく知っている町。見たことのある町。

昔は雨の日でも濡れずに買い物ができると全国の商店街に作られたアーケードが、今は閉塞感と暗さを強調しているようで切ない。

営業している店舗は少なく、時間の流れすらも止まっているように感じられ、色彩に乏しく、すべてが灰色に一体化しているように見える。

それでも、ところどころに雰囲気のよいカフェやギャラリー、雑貨店などが見られ、新しい世代が商店街の世代交代を試みていることが窺えた。

僕らは、商店街の一角の、更地になったところにあるコインパーキングに車を停めた。

外に出ると、弱い風が吹いていて、かすかに雨の匂いがした。

そして、歩き出した時に感じる、古い商店街に独特の匂い。

ああ、知っている匂いだ、と思った。

この地で世代を重ねて営んできた暮らしの中で、蓄積された感情の匂い。

感情に匂いなんかあるのか、と思うかもしれない。僕は、あると思う。泣き笑いだったり、葛藤だったり、困惑だったり、人の感情は積もる。溜まる。建物の中に、街角にとどまる。

兄と一緒に古道具を仕入れに訪れた場所では、いつもこんな匂いがするのだ。それはつまり、歴史ある共同体が存在しているということでもある。

僕らはぶらぶらとアーケードの通りを歩いていった。

いつも思うのだが、こんな時、兄は気配を消すのがとてもうまい。初めて訪れる町でも、馴染みの町のように寛いで散策することができるのだ。だから、あまりよそ者っぽくなく、観光客にも見えず、目立たない。じじむさい雰囲気もプラスに働いているかもしれない。

最初に僕が兄の仕事を手伝い始めた頃は、こういうところで無駄に目立っていた。地方の商店街では、特に平日は若者がいると目立ってしまうのである。やたらジロジロ見られたり声を掛けられたりしたものだが、やがて兄の雰囲気に自分のトーンを合わせることを覚え、だんだん兄のように町に溶け込めるようになっていった。

今では、兄とボソボソ世間話なぞしつつ歩いていると、ほぼ地元民に見える自信がある。

それでも、兄の寛ぎぶり、馴染みぶりには敵《かな》わないし、兄を見ていると、「生まれながらの散歩者」という言葉が浮かんでしまうのである。

それにしても、こんな市の中心部にある一等地なのに、それでも空洞化してしまうのがいつも不思議でならない。営業している店舗は人の出入りも多く活気があるのに、左右は空き店舗、というアンバランスさも腑に落ちない。まあ、ここの場合は問屋街で、問屋という業種そのものが過渡期にあるので、理由はひとつではないのだろう。

店先に並べられた植木鉢。バス停に置かれた、誰かが持ってきたパイプ椅子。商品名を強調した真新しい幟《のぼり》がやけに浮いている昔ながらの薬局。ショッピングカートを停めて、おしゃべりをしている女の人。きびきびと荷下ろしをする酒屋さん。

歩き始めた頃は、そんな馴染みの風景を観察する余裕があった。

しかし、徐々に僕は自分の身体が緊張していくのを感じていた。文字通り、全身が少しずつ、じわじわと硬直していくのである。

最初は「なんかヘンだな」という違和感だった。

やがて、明らかに二の腕がぴりぴりと反応していることに気付く。

そのうち、「あれ、うまく歩けない」と思った。

足がぎくしゃくして、なんとなくスムーズに進めないのだ。

それは、久しぶりの感覚だった。

「呼ばれて」いる。

僕はそっと周囲を見回した。

なんだ、これ。どこに「呼ばれて」るんだ？

強張っているついでに、自分の身体に尋ねてみる。

どこだ？　どっちから「呼ばれて」る？

僕は、つかのま立ち止まってしまった。

肩、背中、二の腕、首の後ろ。

全身がセンサーとなって必死に探るけれども、全く方向が分からない。僕は混乱した。

少し前を歩いていた兄が、立ち止まっている僕に気付いて振り向いた。

『どうした？』と目で聞いてくるが、僕は何も答えずにそのまま集中していた。

もう一度、ゆっくりと辺りを見回してみる。

理髪店の店頭に置かれた棕櫚《しゅろ》の木。その隣でくるくると回る赤、青、白のポール。

古い、小さな喫茶店。ガラス戸は紫色で、中にはカウンターだけが見える。

モルタルの壁を伝う、何本もの配管。錆びかかった、年代物のガスメーター。

やがて、僕はハタと気付いた。

なんということだ。

今の僕は、あまりにもいろいろなところから「呼ばれて」いるために、ひとつの場所を特定することができないのだ。

そう気付いた瞬間、僕はそこから一歩も動けなくなってしまった。

なんという町なんだ。

全身にどっと冷や汗が噴き出てきた。

兄が僕の表情に気付いて、戻ってきた。

大丈夫か？

兄が囁くのにかぶせるようにして、「ここ、ヤバイかも」と呟くのが精一杯だった。

兄の判断は早かった。

車に戻ろう。

そう言って、僕の腕をつかんですぐさま引き返し始めたのである。

僕は兄に引きずられるようにして、よろよろと駐車場まで戻った。ここまではなんともなかったはずなのに、一度気付いてしまうと、戻る途中も怖くてたまらなくなった。

車に戻って腰を下ろし、ゆっくり深呼吸すると、少しずつ全身から力が抜けていく。びっくりした。怖かった。

僕がそう呟くと、兄は「右に同じ」と低い声で言った。

俺もびっくりしたよ。おまえがあんな反応するの、初めてで。

そこで、ようやく僕はさっきの状況を説明した。

いやあ、あっちからこっちから「呼ばれる」感じがして、パニックになっちゃったよ。

僕は冷や汗を拭った。全身汗びっしょりで、シャツが冷たく濡れている。

ほほう。複数「アレ」が起きそうなモノがある、というわけか。

兄も落ち着いてきて、いつものように考え込んでから、ちらっと僕を見た。

片っ端から触れていく、ってわけにはいかないか。

僕は反射的に身震いした。

ひえー。そんなことしたら、どんなふうになるか見当もつかないよ。連続しての「アレ」はやったことないし。

想像しただけでもゾッとする。

確かに古い商店街だよなあ。ずっと場所も変わらないし、戦前の建物もあるみたいだ。

兄は、フロントガラスから町を覗き込むようにした。

アーケードでよく分からないけど、昔の看板建築がそのまま残ってるなあ。

看板建築というのは、道路に面した建築物の正面部分にさまざまな意匠を凝らしたもので、古い商店に多い。店の顔として力が入っているし、その時々に流行した建築様式が保存されている。

僕はもう一度、長く深呼吸をした。

ごめん、不意打ちだったからパニックに陥ったけど、そのつもりになれば歩けると思う。心の準備が必要だけど。もう一度出ようか？

そう言うと、兄は首を振った。

いや、今日はもう、ここはやめとこう。醍醐さんのアトリエに行くエネルギーを温存しとかないといけないしな。

正直、兄がそう言ってくれたことにホッとする。

残りは車で流して、見ておこう。

「了解」と言って、僕は車を出した。

ゆっくりと商店街を抜けていく。

こうして車の中から見ているぶんには、よくあるのどかな商店街なんだけど。

僕は、後ろ髪を引かれるような、とっとと離れたいような、矛盾した感覚にもやもやしながら車を走らせた。

この大通りをまっすぐ行けば、すぐ橋があるはずだ。

地図を見ながら兄が前を指差した。

言われなくとも、川の気配というのは分かるもので、ひらけた空気のほうに進む。

びゅんびゅんと車の行き交う大きな橋の袂《たもと》を曲がり、川沿いの道に入った。

すぐに、川の支流——恐らく、人工的に造った運河なのだろう——に沿って並んだ巨大な倉庫群が見えてきた。

見るからに古く、不思議な灰色の塊となって、そこだけ過去の時間が流れているようだ。

倉庫群のそば、たった今渡らなかった大きな橋から少し離れたところに、古い石橋があった。

かつてはこの橋がメインロードだったのだろう。近くに大きな橋を架けてからはあまり使われなくなり、近所の歩行者のみが使用しているようだった。石の欄干に風情があり、僕に絵心があったら写生してみたくなるだろうな、という感じ。

この橋も、倉庫群と同じく時間が止まったような雰囲気に包まれている。辺りには全く人気がない。

僕はゆっくりと川沿いの道を進み、倉庫の並んだ通りの前で車を停めた。

車を停めると、静かになった。

どうする？　外に出てみるか？

少しばかり不自然な間を置いてから、兄がそっと尋ねる。

更に少しばかり居心地の悪い間を置いてから、僕は「うん」と言ってシートベルトを外した。

全く人気がないので、ここに車を停めておいても大丈夫だろうと判断し、外に出る。

僕は、用心深く周囲を見回す。

また雨の匂いがした。

降り出す気配はまだないけれど、空気は湿っている。錆びた匂いも混ざっているように感じられるのは、倉庫や工場からの匂いだろうか。

ひっそりと静まり返った一帯。

もはや、ほとんど使われていないようだ。どの建物も錆びたシャッターが下りているし、場所によってはシャッターの前のコンクリートの割れ目から雑草が伸びている。

さっきまでいた大通りの喧噪が嘘のように、辺りは静寂に包まれていた。

ねっとりとして重い、湿った空気。

僕は、不意に息苦しさを覚えた。

まるで、静寂が僕らに覆いかぶさり、僕らの存在自体をなかったことにしてしまいそうに感じたのだ。

静寂に取り込まれ、身体が掻き消えてしまうのではないかと思ったほどだ。

兄も同じようなことを感じたのか、しきりに喉を撫でている。見えない手に首を絞められているのを、必死に緩めようとしているかのように。

静かだなあ。

兄は息苦しそうに呟いた。

うん。

そう頷くしかなくて、僕は黙々と周囲を警戒しつつ歩いた。

また何か不意打ちがあるのではないかと緊張してはいたものの、同時に僕らはこの場所に強い魅力も感じていた。

歳月の醸し出す巧まぬ美しさ、とでも言おうか。

シャッターの錆、コンクリートの割れ目、トタンの色のグラデーション。それらが古代遺跡のような不思議な美しさを見せている。

場所の力って凄いから、その地霊の発するエネルギーに見合う作品を作るのって大変。

唐突に、醍醐覇南子の言葉が脳裏に蘇る。

確かに、この場所の力に拮抗《きっこう》する作品を作るのは大変だろうな、と僕は密かにアーティストに同情した。

いいなあ、このドア。

兄がうっとりした声を出したので、僕は兄が立ち止まって見ているものに目をやった。

それは、巨大な倉庫のシャッターの脇にある、人が出入りするための入口のドアだった。

銅板なのかなんなのか、金属製のドアである。

乾いた緑と青みがかった色が不思議なグラデーションになっており、ドアそのものが抽象画みたいになっている。

マーク・ロスコの作品だって言って美術館に飾っておいても誰も疑わないぞ。

兄はもごもごと口の中でそう呟くと、好奇心を覗かせて周囲をぐるりと見回した。どうやら、俄《にわ》かに仕入れモードに突入したらしい。

だが、僕は兄とは別の意味で立ち止まってしまった。

何かが、ある。

このドアの向こう側に。

唐突に、そんな予感が押し寄せてきたのだ。

兄ちゃん、ここもヤバイ。

さっきの商店街の時よりは、落ち着いてそう言えた。

兄も、さっきよりも自然に「そうか」と受け止め、「このドアが？　それとも、この場所がか？」と尋ねる。

僕は「うーん」と唸った。

この中、かなあ。このドアの向こうに何かあるって感じがする。

「呼ばれて」る？

兄が念を押したので、僕は小さく頷いた。

むろん、鍵も掛かっているし、頑丈そうなシャッターが下りているので中を覗いてみるわけにはいかない。

後ろ髪を引かれつつも（兄の未練はドアのほうだと思う）その場所を去り、もうしばらく倉庫街をゆっくりと歩いてみた。

しばしば「何かある」気配は感じたものの、さっきのドアの前ほどの胸騒ぎはなかった。

それでも、時折奇妙な感覚に襲われる。シャッターの向こうに、見知らぬ国がまるまるすっぽり入っているんじゃないか、というような。

僕らは無言で車のところまで戻ってきた。

兄はあのドアをはじめ、幾つか「仕入れたい」ものを発見したようである。

歩きながらじっと考え込んでいたが、「俺、写真撮ってくる。車で待っててくれ」と言って、速足で倉庫街のほうに向かった。

その背中を見送りつつ、僕は目の前の運河をぼんやりと見下ろしていた。

流れがほとんどないのか、水面は全くといっていいほど動かなかった。

暗緑色の水面に、対岸の建物が映っているのが見える。

護岸用のコンクリートに、水が作った縞模様《しまもよう》が浮かんでいて、あれもまた抽象画みたいだ。

それにしても、この町はいったいなんなのだろう。

僕は、盗み見るように周囲を見回した。

どこに行っても、「呼ばれる」感じがする町なんて、初めてだ。普通なら、月に一回程度なのに。ここに「引き寄せられた」のは、僕らにとってどんな意味があるのだろう。

いったい、ここで何が起きようとしているのか。

そんな不安で頭の中がいっぱいだったが、ピクリとも水面の動かない運河を見ているうちに、徐々に期待みたいなものも湧いてきた。

何かが起きるのであれば、それを見届けたい。また改めて、ここに来よう。そして、中を見せてもらうのだ。

そう考え直してから車に戻った。

「すまん、結構時間喰っちまったな」と兄が急いで車に乗り込んだのは、醍醐覇南子との待ち合わせ時刻の三十分前だった。思いのほかたくさん、「お気に入り」を見つけたらしい。

消防署は、とりあえず近くまで行って、車の中から見ることにした。醍醐覇南子のアトリエまでは遠回りになるが、ギリギリ間に合うだろうと見込んでのことだ。

もと来た大通りに引き返し、再び市内の中心部へと戻る。

地図から察するに、さっきの商店街と、ターミナル駅との中間地点にあるようだ。

夕方が近付き、幹線道路に車が増えてきた。どこの地方都市に行っても、道だけはいつも混んでいるのはどういうわけなんだろうか。

やがて、遠くにぽつんと白い塔が見えてきた。

丸い屋根。てっぺんに避雷針なのかアンテナなのか、尖《とが》ったものが見える。その下に丸い窓があるのが分かる。

周囲に高い建物がないせいか、それは自然と目に飛び込んできた。

あそこが目指す場所だというのを直感する。

なんというか——こんなに離れているのに、妙に存在感があるのだ。

車窓から見て、周りの建物は風景の一部としてすっと見過ごしてしまうのに、景色の中でそこだけ「引っかかる」。いったんその存在に気付いてしまうと、もう目を離すことができない。

白っぽい建物なのに、なぜかちょっとだけ紗が掛かったように暗く見える。

それに——「人格」のようなものを感じる。

まるで誰かがぬうっとそこに立っていて、辺りを睥睨《へいげい》しているみたいに思えてしまうのだ。

あれだな。

たぶん兄も一目見た瞬間から分かっていたと思うが、そう呟いた。

なんつうか、僕、既にヤバイ感じがある。

僕は運転しつつ気弱に苦笑した。

うん。俺でもそんな気がするな。やけに貫禄《かんろく》があるし。

僕らは、その建物から目を離さずに、少しずつ近付いていった。

すぐ近くにあるように見えるのに、意外に距離があって、なかなか近寄れない。

ようやく正面に辿り着いた。

少し高台になっている場所である。

シンプルなデザインの、三階建ての石造りの建物だ。ウエディングケーキみたいに、上に行くほど狭くなっていて、火見櫓の部分はかなりの高さだった。

細長い窓が並んでいる。上の階の窓はアーチ形になっていて、優美な印象を与える。

少し離れたところに車を停めた。

うーん。凄い建物だなあ。

僕は思わず唸った。用心してかなり距離を置いたつもりなのだが、それでも妙なオーラがじわじわ伝わってくるのを感じるのである。

兄ちゃん、車は降りないからね。すぐに行こう。

僕はそう言っておきながらもぐずぐずしていた。

うん。

兄も車から降りないことに同意したが、やはり目はこの建物に向けられたままだ。

それくらい、僕らはこの建物に惹きつけられていた。

この存在感。美しさ。そして、何より、あれには安久津川ホテルの一部が使われているのだ。

どのくらいの量なのかは分からないが、明らかにあのホテルの遺伝子とでも呼ぶしかないものが含まれているのが分かる。

たぶん、兄も僕も本当のところは車を降りて建物の中に入っていきたいと熱望していたはずだ。足がむずむずしていて、すぐにでも車から飛び出していきたいという衝動を感じていたはずだ。

しかし、同時に、強い警戒心も感じていた。近寄ってはいけない、中に入ってはいけない、そんなことをすれば取り返しのつかないことになるぞ。そんな禍々《まがまが》しさも覚えていたのだ。

なんとも複雑な葛藤の時間は、実際のところはほんの数分だったろうか。

結局は、兄が腕時計に目をやり、ボソリと呟いた。

行かなくちゃ。

そうだね。

僕はやっとのことで車を出した。

腕もハンドルも、やけに重く感じる。

あの消防署の敷地とその周りだけ重力が増していて、通り過ぎようとする僕らを引きとめようとしているのではないかと思ったくらいだ。

視界からあの建物が消えた時は、心からホッとして身体まで軽くなった。

逃げ切ったな。

兄もそう呟いた。

僕はまたしても冷や汗を搔いていて、思わずこめかみを手で拭ってしまった。

外から眺めているだけでこれなのだから、中に入った時のことを考えると空恐ろしくなる。

僕は小さく溜息をつくと、醍醐覇南子のアトリエの住所をカーナビに入れた。そう遠くはないはずだけれど、緊張するのに疲れてしまい、地図を読む気力をなくしていたのだ。

カーナビがあまり好きではない兄も、文句を言わなかったところをみると似たような気分だったのだろう。

僕らは黙り込んだまま市街地を抜け、繁華街よりも一回り小さな商店街に入った。近くに古くからの住宅地が広がっている気配。

ナビが目的地の近いことを告げる。

ようやくあの消防署の重力から逃れた僕らは、別の意味で緊張してきた。

今度は、醍醐覇南子のアトリエに行くのだという緊張である。

狭い路地の、昔ながらのごちゃっとした商店街は親しみやすくていい雰囲気だったが、なかなか車を走らせづらい。

目的地に到着しました、と無邪気なナビの声が宣言するのだが、辺りの雰囲気を見るに、とてもそうとは思えない。

見通しも悪く、目標となる建物も見当たらず、動けなくなってしまった。

と、バックミラーの中、凄い勢いで駆けてくる人影がある。

見るとそれはまさしく醍醐覇南子で、エプロンを掛けているところをみるに、作品制作中だったようだ。

「纐纈さーん、こっちこっち」

窓を開けると、あの澄んだ声がまっすぐに飛び込んでくる。

「すみません、この辺、分かりにくくって。近くまで来たら電話してくださいってさっきメールしたの、届いてます？」

彼女はひょいと車を覗き込む。

兄が慌ててスマホを操作した。

「あ、来てました」

僕らはいろいろ混乱していたため、メールに気付かなかったらしい。

「ここね、この時間一方通行なんです。私のアトリエはあそこ」

彼女の指差すところを見ると、もう通り過ぎてしまっていた。

「もう一回、ぐるっと回ってきてくれますか？　引っ込んだところに駐車場があります。私、あの前に立ってて誘導しますから」

「了解です」

僕は彼女の指示通り、いったん大通りに出てもう一度この路地に入った。

今度は彼女が路地の真ん中に立っていて、大きく手を振ってくれている。

醍醐覇南子の誘導で、僕は生垣の脇から奥まった駐車スペースに車を入れた。

この場所は、前を通っただけでは見つけられなかっただろう。

町工場と思しき二階建ての古い建物があり、その向こうに母屋と思しき日本家屋が見える。

工場の一階はシャッターが下りていて、外付けの階段から二階に上がるようになっていた。明かりが点っているので、そこが彼女のアトリエに違いない。

ワゴン車が一台、僕らが入れた車の隣に停まっている。これは工場の持ち主の車だろう。

車を降りると、「遠いところわざわざお越しいただいてありがとうございます」と醍醐覇南子が丁寧に頭を下げた。

「いえいえ、こちらこそ押しかけましてすみません」と頭を下げる僕ら。

「アトリエ、二階です」

と彼女はそちらに顔を向けた。

「広そうですね」

兄が見上げる。

「広いのだけが取り柄で。めちゃくちゃ格安で貸してもらってるんです」

彼女は苦笑して、先に階段を上り始めた。

続いて階段を上ろうとして、僕は、何かの気配を感じて足を止めた。

一階のシャッターの前に、くすんだ色の犬が寝そべっているのに気付く。

おや、犬だ。おとなしいので、いるのかいないのか分からないくらい。

と、僕はぎょっとして思わず背筋を伸ばしてしまった。

あのだらしない感じ、置き物みたいに動かない感じ、犬種不明な、雑種の見本みたいな容貌。

突然、時間がいっぺんに巻き戻されたような感覚に陥った。

パッといろいろな姿が蘇る。

靴を片方銜えた犬。

時折放浪の旅に出る犬。

いつもつまらなそうに僕を見ていた犬。

僕にピンクのズック靴を差し出したという犬。

「ジロー？」

思わずそう大声で叫んでしまう。

醍醐覇南子がびっくりしたように振り返る。

僕は、自分の声が大きかったことに気付き、決まりが悪くなりしどろもどろになる。

「いや、その――昔うちで飼ってた犬にそっくりなんで」

「確かに似てる」

兄もしげしげとその犬に見入った。

「ほんと、ジローが戻ってきたかと思った」

二人で犬のところに近付いていった。

「その犬、大家さんの犬なんです」

醍醐覇南子も、上りかけていた階段を下りてくる。

三人で、犬の前にしゃがみこんだ。

本当に、記憶の中のジローに似ている。見てくれはもちろん、雰囲気と態度が似ているのだ。

きっと、性格も似ているのではないだろうか。

いきなり三人の人間に囲むようにしゃがまれたのに、犬は興味なさそうに投げやりな視線をかすかに向けただけで、すぐに自分の世界に戻ってしまった。そんなところもジローにそっくりだ。

「これ、犬種はなんですか?」

兄が尋ねた。

醍醐覇南子が不思議そうに兄を見る。

「え、これと似た犬飼ってたんですよね。それでも分からないんですか?」

もっともな疑問に、僕らは苦笑した。

「いつのまにかうちに居ついていたっていう変な犬で、結局種類が分からなかったんです」

彼女は首をかしげた。

「私も分からないですね。雑種だってことしか」

犬は、自分が話題になっていることに気付いているのかいないのか、実にだらしない表情で欠伸をした。

「この犬、名前はなんていうんですか」

今度は僕が尋ねた。

「ナットです」

「ナット？」

「ボルトとナットのナット。おじいさんの代から、ここの工場で作ってたからですって。今はもう作ってませんけど」

ナット、と口の中で呟いてみるが、まだ僕にはジローにしか見えない。

「まさか、この犬、人んちの靴を持ってくる癖とかありませんよね」

兄が冗談めかして尋ねた。

「聞いたことないですね」

醍醐覇南子は首をかしげた。

「でも、放浪癖があるみたいですよ。繋いでおかないと、勝手に散歩に行っちゃうんですって」

僕と兄は思わず顔を見合わせてしまった。

放浪癖。まさしくジローだ。

「ひょっとして、前に飼ってたその犬に、そういう癖があったんですか？」

彼女は顔を見合わせる僕らを見た。

「はい。僕らもしばらく気付かなかったんですけど、彼には靴をコレクションする癖があって、木の下にどっさり隠してたんです」

醍醐覇南子は「へえー」と目を丸くした。

「そういう犬もいるんですねえ。この犬、私がこのアトリエを見に来た頃と前後してここに来たんです」

彼女はナットの顔を「ね」と覗き込んだ。

ナットは相変わらず無視である。

「捨てられた猫と犬の保護活動をしてる人から、引き取ってくれないかって言われたんですって。大家さん、以前は犬を飼ってたけど、ここしばらくは飼ってなかったのを知ってて、あなたなら大丈夫でしょうって。だから、大家さんも犬の種類を知らないみたい」

「ふうん。じゃあ、年齢も分からないってことですね」

「ええ。でも、六歳から八歳のあいだじゃないかって」

ナットは寛いでいる、というか弛緩しまくっていた。ボルトとナットから取った名前だというが、飼い主がボルトと名付けなかった理由がよく分かる。どうみても、ボルトという感じではない。とことん受身で自分からはねじこんでいかないから、ナット。それも当然だろう。

「だから、大家さんは今でもハナちゃんとナットは一緒に来た、って言うんです。同期ってやつですね。たまに、同期のよしみで私が散歩に連れていったりします。そうだよね、ナット」

醍醐覇南子はそう言ってもう一度ナットに話しかけた。

今度は、申し訳程度に顔を上げ、同意するようにかすかに口を開いてみせた。

さすがにいつも世話になっている人間だし、その人間に来ているお客もいるし、なけなしの愛想を見せてみた、という感じである。

ようやくナットという名前に少しずつ馴染んできたものの、僕はまだ疑っていた。

おまえ、ホントはジローだろ？

しばらく出番はないと思って、僕らのところから姿を消して、一休みしてたんだな？

だけど、もうじき僕らがここに来るのを予想して、先回りしてハナちゃんのところで待ってたんだろう？

そう心の中で呼びかけてみるが、むろん無視されたままである。第一、全くなんの根拠もない僕の妄想であることは言うまでもない。

だが、こうして僕らと因縁のありそうな醍醐覇南子と彼女のいるS市、そしてジローが揃ったというのは、ますます僕の妄想を肥大させるばかりなのだ。

「またな、ナット」

そう声を掛けて（やっぱり無視されたが）、三人で二階のアトリエに上がる。

重たいドアを開けると、外側の印象とは違い、パッと明るい空間なので面喰らった。作りかけの黒い花が、幾つか並んだ大きな作業テーブルの上に積んである。

明るい空間なのは、床も壁も白く塗り直してあるからだった。

天井から下がっているのは、まっすぐな蛍光灯だが、そんなに数はない。壁と床の白に反射して、実際以上に明るく見えるのだろう。

奥に金属製のロッカーが並んでいて、針金だの、ペンキだのが隅に積んであった。イーゼルに白いキャンバスも置かれていて、描きかけの絵が見えた。

白地に灰色の百合《ゆり》の花。

よく見ると、天井からは以前作った作品なのか、黒い花がもつれ合って球形になったオブジェが吊り下げられていて、それを見て醍醐覇南子のアトリエにいるのだという実感が湧いてきた。

「やっぱりアトリエもモノトーンなんですね」

そう呟くと、彼女は小さく笑った。

「そうです。ここにいるといちばん落ち着きます」

「なるほど。このサイズ感か。やっぱり、あまり小さい古道具を提供しても、アートとしての効果は無さそうですね」

兄は、アトリエの真ん中にある、針金がジャングル・ジムのようになった造形物を見た。これを土台に、花を咲かせるという。

「この作品は、今度のAフェスに出品する予定のものですか？」

兄が尋ねる。

醍醐覇南子は、やや中途半端な表情で頷いた。

「今のところ、そのつもりです」

「今のところ？」

「実はまだ、いろいろ手を動かしながら考えてるところ」

「ふうん」

縦二メートル、横四メートルというところか。

かなりの大きさである。

兄は作りかけの土台の周りをぐるりと歩き回った。

「せっかく醍醐さんの作品とご一緒するなら、それなりの大きさのものでないとバランスが取れないなあ」

兄は天井から下がっている球体を見上げた。

「でも」

醍醐覇南子は腕組みをし、少し首をかしげる。

使い込んだ帆布のエプロンに軍手。こういう格好がこの人は妙に似合うな、と僕は変なところに感心した。

「私も最初はそう思ってたんですけど、緻纈さんのホームページを見てたら、そんなに大きくない作品でもいいんじゃないかって気もしてきました。だって、このコラボレーションは、アートに触れるだけじゃなくて、アートやアンティークを買う楽しみを体験してもらいたいっていうのが目的でしょう?」

それは、児玉さんたちの目論見《もくろみ》でもあった。

よくある美術展グッズではなく、アートそのもの、あるいは骨董そのものを買うという体験をしてほしい。アートは買えるもの、自分の生活の中に置くものという認識を広げたい。

購買層の裾野を広げることは、アーティストにとっても、僕らの商売にとっても死活問題である。

「だけど、ごく一般的な家庭では、そんなに広い置き場所は持ってないと思うんです。だから、小さめのものでもいいのかなって。それこそ、最大でも纐纈さんちのショーウインドーに収まるくらいのイメージで」

彼女は手で四角を描いて大きさを示した。

「それもそうですね」

兄も頷いた。

「纐纈さんちのウインドー、素敵でした。家の中にああいうスペースがあって、あんなふうに美しいものが置いてあったら素敵だなって思いました」

醍醐覇南子はうちのささやかな展示スペースを思い出したらしく、うっとりする表情になった。

「はあ、それはどうも」

兄は小さく咳払いをした。

誉《ほ》められて照れくさいのだろう。兄は人から誉められることにあまり慣れていないのだ。

「ねえ、兄ちゃん」

僕はずっと感じていた疑問を口にした。

「そもそも、そのコラボ作品って、どういう扱いになるの？　醍醐さんの展示スペースの中に、一連の作品のひとつとして展示するの？　それとも、販売対象になるものは展示とは別の場所で、他の人の作品とまとめて展示するの？」

兄は首を振った。

「まだ決まってないらしいよ。初めての試みだから、議論してるところだそうだ」

「醍醐さん、Ａフェスではどのくらいのスペース貰えるんですか？」

僕は彼女に尋ねた。

「それもまだ決まってないんです。どの場所でやるかも未定だし」

「そう考えるとあまり時間ないですね」

「はい。海外から呼ぶアーティストはずいぶん前から準備してるみたいですけどね。私は今年になって参加が決まったので、けっこう押せ押せです」

彼女は苦笑した。

「値段をどうやって付けるかも問題ですよねえ」

兄は考え込んだ。

「誰が付けるかも問題だよ」

僕は兄の顔を見た。

「骨董品本来の値付けと、アーティストの作品そのものの値付け。いったい誰がどういう基準で値付けするの？」

「そいつが大問題なんだよ。実行委員会で揉《も》めてるのも、そこ。しかも、どちらもただ値付けすればいいってわけじゃない。コラボ作品としての価値をどう評価するかってことだよね。誰もそんなのやったことないから、みんな悩んでるわけ」

「じゃあ、お客さんに値段付けてもらえばいいんじゃないの？」

僕がそう言うと、醍醐覇南子が笑った。

「あはは、それ、いいですね。幾らの値が付くか、ちょっと怖いけど」

「希望小売り価格、付けたらどうかな。僕らの古道具は、一応このくらいの値段付けてますけどって」

僕がそう言うと彼女はまたくすくす笑った。

「じゃあ、私も付けてみようかな。アーティスト側の希望価格。これくらいで買ってくれると嬉しいです、って」

「両者の希望を考慮しつつ、最終的にお客さんが値段を付ける。もっと出してもいいよって言ってくれる人もいるかもしれないし、値切ってくる人もいたりして」

兄は「うーん」と唸った。

「それはそれで面白いかもね。いっそオークションにしちゃうって手もあるかもしれない」

「うわあ、なんだかマーケットっぽいですね」

「醍醐さんは、窓口になっている画廊とかあるんですか？　醍醐さんの作品を購入する際の代理人とか」

兄が事務的な口調で尋ねた。

「いえ、特に決まってません」

彼女は軽く肩をすくめた。

「ただ、長いつきあいのあるギャラリーさんがなんとなく窓口になってますけどね。大阪と岡山に熱心に私の作品を集めてくれてる方がいるんですけど、大体ギャラリーさんと一緒に新作を見てもらってます」

いいなあ、僕も彼女の作品、欲しいな。

そう考えている自分に気付き、これまで誰かの作品を欲しいなんて思ったことがなかったので、不思議な気がした。

コレクターとしての兄や、うちの古道具を買うお客さんたちをずっと目にしていたというのに、自分が所有することなど考えてみたこともなかった。きっと、世間一般の人たちも、僕と大差ないに違いない。「役に立つもの」が最優先となっている今の世界で、「アートを買う」なんて全く選択肢にない行為なんだろうな。

「ところで、Aフェスの統一テーマってなんでしたっけ?」

兄が思い出したように尋ねる。

醍醐覇南子は真面目な顔になり、はっきりと答えた。

「『次のところへ』、です」

次のところへ。

やけにきっぱりとした口調だった。

まるでそれが醍醐覇南子自身のテーマみたいで、その時の彼女の表情は強く印象に残った。

次のところ。

いったいそこはどんなところなんだろう?

その後も、兄と彼女はどんなふうに制作を進めるかなど細々としたことを話し合っていたが、僕はぼーっとしてそんなことを考えていた。

いつしか外は真っ暗になっていた。

僕らは醍醐覇南子行きつけの近所のとんかつ屋に行き、四方山《よもやま》話《ばなし》をしつつ夕飯を食べて、その日は引き揚げることにした。

車を取りに戻った時も、ナットはまだだらりとシャッターの前に寝そべっており（彼ももう夕飯は食べ終えたらしい）、一応挨拶したものの、やっぱり無視されたままだった。

醍醐覇南子が僕らが角を曲がるまで手を振っているのをルームミラーの中に見ながら、僕らは帰った。

なんだか親戚のうちに行ったみたいだったなあ。

兄がぽつんと呟いた。

ジローもいたしね。

僕も呟く。

うん。あれはどうみてもジローだろう。久しぶりに、犬がいる生活のことを思い出したよ。

僕も懐かしく当時のことを思い出す。ずいぶん昔のことのような気がしたが、あの顔を見たら昨日のことのようだ。犬がいると、家の中に独特のリズムが生まれる。もっとも、散歩嫌いのジローの場合、あまりパンクチュアルなリズムではなかったけれど。どうやら、ナットも似たようなリズムの持ち主のようである。

S市から遠ざかるにつれて、昼間体験したことが幻のような気がしてきた。醍醐覇南子と過ごした時間のおかげでだいぶマイルドにはなったが、商店街や運河沿い、そしてあの消防署で感じた異様な雰囲気は肌に貼り付いたままだ。

あの場所、耐えられる自信がないよ。

僕は情けない声を出してしまった。

慣らすしかないだろうな。それに、その原因を今度こそつきとめなくちゃ。

兄が励ますように言った。もっとも、それは僕を励ますというよりは、自分を励ましているように聞こえたのだが。

二週間後、今度は醍醐覇南子が僕らの店の倉庫にやってきた。

彼女はカメラとスケッチブックを持参してきており、ここで現物を見ながら構想するつもりらしかった。

うちの倉庫は、彼女のアトリエではないけれど、かなりのスペースがあるのだけが取り柄だ。

ずらりと並んだ欄間を見て、彼女は歓声を上げた。

「うわあ、楽しいですねー、ここ」

彼女は好奇心が強く、どんなものにもいちいち足を止めてしげしげと見入っている。なんと、兄の引手コレクションにも興味を示したので、兄が喜々として説明を始めた。

このあいだ山奥の元診療所で見つけた聴診器の引手などは、いかに珍しいかということを力を込めて話すので、兄ちゃん、醍醐さんの仕事の邪魔しないほうが、と声を掛けたが、意外なことに醍醐覇南子は熱心に聞き入っており、しかも決して社交辞令ではないらしい。

なるほど、彼女もシブい趣味ということでは兄と気が合うようである。そもそも、そうでなければうちの古道具とコラボしようなどとは思わなかっただろうが。

ひととおり引手自慢が終わると、彼女はゆっくりと倉庫の中を歩き回り始めた。

「うーん。やっぱり違いますね。昔の職人さんの仕事って」

文机《ふづくえ》をそっと撫でる。

「ぴしっと背筋が伸びていて、厳しさがある。いい木を使えたっていうこともあるんでしょうね」

兄が頷いた。

「木を扱うってことでは、昔の人はホントに凄いですからね。木の性質を知り尽くしている」

「日本の気候も変わってきてるから、昔とは条件が違うんでしょうねえ」

醍醐覇南子はぶらぶらと歩きながら、ふと、倉庫の一角にある作業場で足を止めた。

「あら――これ、窓ですね」

そこには、作業台に木枠の古い窓が一枚置いてあった。

木枠が「田」の形になっていて、昔のガラスが入っている。手作りのガラスで、よく見るとほんの少し波打っているのが分かる。

嵌め殺しの窓で、開くようにはなっていない。

「うちの近所の、歯医者さんの家から貰ってきたんです。階段の踊り場の窓だった」

兄が説明した。

木枠のささくれを落とし、ガラスを磨いている最中である。

「昭和の開業医って、和洋折衷のいわゆる文化住宅みたいな造りになってるところが多いんですよね。玄関入ったところが板張りの洋間になってて、そこが待合室と診察室になっている。住居部分は和風ってパターン。そこの歯医者さんもそうなってた」

「分かります。私の近所のお医者さんのうちもそうでした。うん、このちょっと歪んだガラスがいいんですよねー」

彼女はしばらくのあいだ、じっとその窓に見入っていた。

窓の向こうに、別の風景を見ているかのようだった。

「窓だったら、他にもありますよ」

兄が、倉庫の別の一角を指差した。

僕らは兄について歩き出す。

と、また彼女はピタリと足を止めた。

それもまた、修理中のドアだった。

古い木のドアで、真ん中に小さな曇りガラスが嵌め込んである。

ドアの取っ手は指を入れて引っ張る簡単なもの。

「それ、さっきの窓と同じ歯科医院のものですよ」

兄が声を掛ける。

「勝手口のドアだった」

「勝手口っていう言葉自体懐かしいですね」

醍醐覇南子はそう呟きつつも、ドアに気を取られていた。

「同じ家のものだって、なんとなく分かりますね」

「そこの歯医者さん、なかなかの普請道楽だったようです。自分で簡単な設計図まで引いて注文したとか」

「へえー。凝ってますね」

確かに、それは雰囲気のあるドアだった。曇りガラスのところに、黒い鉄の線で唐草模様が入れてある。

「こういうの、使いたいな」

やがて彼女はぽつんと呟いた。

「さっきの窓とか、このドアとか、向こう側に何かがあるっていうのがいいですね」

醍醐覇南子はそのドアが気に入ったらしく、しばらく名残り惜しそうに見つめていた。

が、「他の窓も見せてください」と頼み、兄が出してくる他の窓を順番にきっちり見ていった。

それから、比較的小さなもの——文箱《ふばこ》や棚をチェックし、更にドアノブや蝶番など細々としたものもじっくりチェックしていた。

「うーん、どれも素敵ですね」

としばらく迷っていたが、やはり最初に足を止めた窓とドアにいちばん心を惹かれたらしく、あれを並べてスケッチしてもいいですか、と兄に尋ねた。

兄は「もちろん」と頷き、ドアを運んできて作業台の近くの壁に窓と並べて立てかけた。

ありがとうございます、と醍醐覇南子はお辞儀をすると、鋭い目つきになってスケッチを始めた。ちらっと覗き込んでみたところ、そのまま写生をしているのではなく、見て浮かんでくるイメージを描いているらしい。

その集中力は傍目にも素晴らしいもので、兄と僕は彼女を残してそっと倉庫を出た。

彼女は朝いちばんにS市を出て、十時前にうちの倉庫に入ったのに、ひととおり彼女が商品を見るだけでゆうに三時間近くが経っていた。

更に時間は過ぎる。

「お昼、いいのかな」

「集中してるから、ほっといたほうがいいんじゃないか」

「でもねえ——あまり空きっ腹はよくないよ。じゃあ、お茶とお菓子だけでも」

元々料理人なだけに、食事のことは気になる。

僕は、本当は三時のおやつに出すつもりで近所の和菓子屋で買っておいたどらやきと煎茶を載せた盆を持ってそっと倉庫に入っていった。

と、窓とドアを前に、しゃがみこんでじっと考え込んでいる彼女の姿が目に入り、思わず足を止めてしまった。倉庫の中はぴんと緊張感が張り詰めていたし、彼女自身からなんだかものすごい集中オーラが出ていて、近寄りがたかったのだ。

それでも、そーっと作業台のほうに進んでいき、

「醍醐さん、お茶置いておきますからね。一区切りついたら召し上がってくださいね――」

と小声で言ったものの、全く耳に入らない様子である。

ちらりと目に入った彼女の横顔は、ハッとするくらい厳しく、それでいて無心かつ無邪気なようにも見えた。

僕は一瞬、その横顔に見とれた。

が、自分が長いこと立ち止まっていたことに気付き、決まりが悪くなってそっと離れた。

作業台の上に放り出してあるスケッチブックが目に入る。

彼女はもはやスケッチはしておらず、低くしゃがみこんで膝の上に両手で頬杖を突いている。

苦しくないのかな、あのポーズ。

僕はそう尋ねたくなったが、彼女はピクリとも動かず、ひたと窓とドアを見据えたままだ。もしかすると、もう窓とドアを通り越して、どこか別の世界に入り込んでいるの

かもしれない。彼女の頭の中だけにある、彼女の作品の世界に。

凄いなあ、モノを作るっていうのは、ああいうことなんだなあ。

僕は半ば感心、半ばあきれながら歩き出した。

ふと、スケッチブックの開かれたページが目に留まる。

なんだか、バッテンみたいな模様が幾つも幾つも並べて描いてある――ギクリと身体が反応するのが分かった。

「ええっ？」

思わず素っ頓狂な声で叫んでしまい、醍醐覇南子がハッとしたように振り向いた。

「あれっ、いつのまに」

「わっ。ごめんなさい、驚かすつもりは」

僕は慌てて手を振った。

醍醐覇南子は目が覚めたように目をぱちくりさせてから、お盆の上のお茶とお菓子に気付いた。

「うわあ、わざわざすみません、ありがとうございます」

彼女はよいしょと立ち上がり、「いたた」と足をさすってから作業台のほうに歩いてきた。

「やだ、もうこんな時間」と腕時計に目をやる。

よほど長時間あのポーズでいたものらしい。

「凄い集中力ですねえ。声掛けたの、分かりました？」

「いいえ、全然。私、昔からこうで」

彼女は苦笑したが、盆の上のどらやきを見て歓声を上げた。

「どらやき大好き。わーい、遠慮なくいただきまーす」

醍醐覇南子は大きく口を開けてどらやきにかぶりつき、たちまちぺろりとひとつたいらげてしまった。

前回、S市で一緒にとんかつ屋に入った時から気付いていたが、彼女、なかなかの大食いである。こんな細い身体のいったいどこに入るのかと思うくらいの豪快な食べっぷりだ。しかも、食べるのが早い。

今も、あっというまに二つ目のどらやきを胃袋に納め、満足げにごくごくとお茶を飲んだ。

僕はそのさまをぽかんとして眺めていたが、気になるのはスケッチブックの開かれたページである。

「醍醐さん、これって——」

僕はおずおずと声を掛け、チラリとスケッチブックに目をやった。

「はい？」

彼女は僕の視線の先のものに気付き、「ああ」と頷いた。

「打ち出の小槌、です。昔話にあったでしょう。『一寸法師』に出てくる」

やっぱり。

僕はページいっぱいに描かれた、たくさんの小さなスケッチに見入った。

それは不思議なスケッチだった。どれも打ち出の小槌なのだが、リアルなものだったり、極端に線を排したシンプルなデザインだったり、漫画っぽいものだったり、さまざまだ。

「どうしてこれを？　今回のコラボに関係あるんですか？」

なるべくさりげなく尋ねる。

「ううん、全然関係ありません」

醍醐覇南子はあっさりと否定した。

「これは、手癖みたいなものですね。迷ったり、考え事したりしてる時になんとなく描いちゃうんです。昔っからの癖で、ある種の儀式というか、指慣らしというか。これを描いていると落ち着くんです。創作の呼び水になるような気がする」

なるほど。アーティストや職人には、作業を始める前にいろいろ決まった「儀式」をする人がいると聞いたことがある。使う鉛筆をひととおり全部削るとか（うちの父だ）、鉢植えにひととおり水をやるとか（うちの母だ）。

「でも、なんだってまた打ち出の小槌を？」

かなり特殊な気がするが。

「うーん。醍醐家の家紋だったってこともありますかねー」

「そうなんですか」

醍醐家の家紋。

意外な気もしたし、これもまた彼女と僕らの因縁のひとつのような気もした。

「子供の頃からなんとなく目にしてて、スケッチブックに描き写したりしていたし。自分でうちの家紋をリニューアルデザインするならどんなふうにしようかなって考えていたのを覚えてます。だから、なんとなく」

「元の家紋て、どんなふうなんですか？」

「元はこんな感じ」

彼女はサラサラとスケッチしてみせた。

シンプルなデザイン。

似てる。安久津川ホテルのマークと。

僕は、記憶に残っているものと、彼女が描いたスケッチとを比べていた。

安久津川ホテルの建物の意匠のほうではなく、ホテルで使っていた領収証に印刷されたマークがこんな感じだった。ひょっとして、醍醐家は安久津川ホテルと何か関係があるのだろうか。まあ、打ち出の小槌自体はポピュラーな意匠だし、単なる偶然かもしれないけれど。

「それに、なんとなく縁起がいいでしょ？　振れば振るほど、ざくざく宝物が出てくる道具ですもんね。描いてると、どんどんイメージが湧いてくるような気がしてくる、私のラッキーアイテムなんです」

　醍醐覇南子はふふっ、と笑った。

「子供の頃、『一寸法師』の話を聞いた時、どうしてだろうって思いました。打ち出の小槌を振ると宝物が出てくる、っていうのはまだなんとなく分かるんです。小槌は道具だから、叩いて叩いてモノを作る。それで稼いで、お金が入る。だけど、一寸法師は？　打ち出の小槌を振ると、どうして大きくなるの？　これってどういう理屈なんだろうってずいぶん悩みましたよ」

　そう言って、彼女は眉をひそめた。

　なぜ一寸法師は大きくなったか？

　考えたこともなかった。昔話を聞いてそんなところで悩むというのは、なかなか変わった子供ではなかろうか。

「それで、結論は出たんですか？」

　そう尋ねてみると、彼女は左右に首を振った。

「全然。今でも時々考えてます。打ち出の小槌を振ると大きくなる。振ると大きくなるものって何の暗喩なのかなって」

　答えながら、彼女は握った拳をぶんぶんと振った。

「――時間、とか」

　僕は無意識のうちにそう呟いた。

「時間？」

醍醐覇南子は「思ってもみない単語を聞いた」という顔で僕を見た。

僕は慌てて説明する言葉を探した。

「いや、今、醍醐さんが腕を振ってるの見て、ふと思いついただけです。よくＴＶのディレクターが、『早回しで』とか『急いで』っていう時に腕をぐるぐる回すじゃないですか。だから、打ち出の小槌を振って一寸法師が大きくなるのは、時間を早回しして彼が成長する時間を端折《はしょ》ったんじゃないかなって」

ややしどろもどろだったが、彼女は真面目に聞いていて、やがて「面白い」と大きく頷いた。

「なるほどー。そうか、時間ね。考えつかなかったなあ」

そう言って、僕に話しかけようとして、彼女は一瞬言いよどんだ。

「ええと、纐纈兄は太郎さんですけど、纐纈弟はなんて名前なんですか？」

来た、と僕は苦笑した。

「散多です」

「さんた？」

彼女はつかのま考え、「もしかして、お二人のあいだにもう一人ご兄弟がいらっしゃる？」と聞いてきたのは、当然「三太」という文字を思い浮かべたに違いない。

「あ、だから犬のジローが。彼が僕よりも先にうちに来たんで」

ハナコという名の女の子がいたのではないかという疑惑についてはさすがに話せない。

「ジロー」

醍醐覇南子はぽかんとし、それからくすくすと笑い出した。

「ああ、うちのアトリエの下のナットに似ているというジローですね」

いずれは分かることとだし、どうせ聞かれるだろうから先に説明してしまおう、と僕は自分の名前の「散多」という漢字について話した。なぜこの字をあてたのか、もはや両親に聞くことも叶わないという、僕にとってはいわば定番の愚痴も聞かせる。

醍醐覇南子は真面目な顔で聞いていたが、「じゃあ、サンタ君は自分の名前にネガティブなイメージを持ってるってことですか？」と逆に聞いてきた。

ええまあ、と口ごもる。と同時に、「サンタ君」と彼女が言ったので、やはり彼女は僕よりも年上なのだろうと改めて思う。

「私はそんなネガティブなイメージはないけどなあ。けっこう綺麗な名前だと思いますけど」

彼女は腕組みをして、宙を見上げた。

「散華《さんげ》ってありますよね。お坊さんが法要の時に蓮《はす》の花びらに見立てた紙を撒《ま》くんです。あれも『華を散らす』って字をあてますが、とっても綺麗ですよ。『散』の字には、自由気ままな、誰にも拘束されないって意味もありますし」

彼女の頭の中に、金色の花びらが撒かれているところが浮かんだのが見えたような気がした。

「纐纈さんの『纐纈』って、元々は絞り染めのことですよね。大学時代、染色やってる子に作るのを見せてもらったことがあります。布をつまんで糸で縛ったりして、その状態で染めて独特の模様を出す染め物のことです。今、纐纈散多って名前を思い浮かべた時に、きゅっと絞って縮まっていた藍色の布が、ぱあっとどこまでも広がっていくイメージが浮かびました」

そう言いながら、彼女は大きく腕を広げた。

「うん、なかなか綺麗な名前ですよ。実際のところ、ご両親がどういうイメージで付けたのかは分かりませんが」

ニッコリ笑ってそう言った彼女に、僕は感動のようなものを覚えていた。僕の名前について、こんなふうに言ってくれた人は初めてだったからだ。同時に、やっぱりアーティストの頭の中は独特なんだなあ、とも思った。人の名前を聞いて、こんなふうにイメージするんだな、と新鮮な感じがしたのだ。

だけど、自分が図らずも感動していることが気恥ずかしくなり、僕はコホンと咳払いをして、「そうですか」と呟き、照れ隠しのように壁に立てかけた窓とドアに目をやった。

「やっぱり、これに決定したんですか？」

醍醐覇南子も僕の視線の先に目をやる。

「はい、この二つを使わせてもらえればな、と」

「確かに、これなら醍醐さんの作品のスケールにもマッチしそうですね」

「はい、私もそう感じてます」

そう彼女は頷いたが、ふと、その口調にどことなく迷いというか不満のようなものを感じ取る。

「何か足りないものでも？」

そう尋ねると、彼女は驚いたように僕を見た。

「サンタ君は、ほんとによく気が付く人ですね」

それは、「アレ」のせいで子供の頃から用心深くなってるからです、とは言えない。

「そうなんです。何がどうっていうんじゃないんですけど――もやもやしていて、ひと口では言えないんですけど」

僕らは並んで窓とドアを眺めた。

その二つは、そこにあるだけで既に何か「物語」のようなものを感じさせた。その存在に歳月が染み込んでいて、何かを語りかけてくるような気がする。

『三人分』

その時、不意に声がした。

僕は思わず周りを見回す。

むろん、僕ら以外誰もいない。

「今、何か言いました？」

　隣の醍醐覇南子に尋ねるが、きょとんとした顔で「いいえ」という返事。

　空耳？　でも、はっきり聞いた。誰の声だったろう。抑揚のない、呟き声。耳元で、すぐそばで、誰かが囁いた。

　三人分。

　僕は、ふと窓の脇の、何もないスペースに目をやった。

　ドアと窓と、もうひとつ。

　一瞬、そこに見えないドアがあるのを感じた。

「あの」

　僕は醍醐覇南子に話しかけた。

「もう一枚、そこにドアがあればいいんじゃないですか？」

「え？」

　彼女は、僕を見て、それから窓の隣のスペースを見た。そして、ハッとした顔で、まじまじとそのスペースに見入る。僕がそこに見えないドアがあるのを感じたように、彼女もそこに何かを見出《みいだ》したのが分かった。

「サンタ君、すごい」

　醍醐覇南子は興奮に顔を上気させ、僕の肩をつかんで揺さぶった。

　握力が意外に強くてびっくりする。まあ、日中は生花市場、夜はアトリエで肉体労働をしているのだから当然か。もし彼女が僕の姉だったら、子供の頃は喧嘩《けんか》しても負かされていただろうな。

「そうそう、そうなんです。これって、ここにもうひとつドアがあって、三つの開口部があって、それで初めて成立する作品なんですよ」

彼女はそう叫んだ。

「じゃあ、もう一枚のドアを探しましょう。でも、さっき一通り全部見たんですよね？」

僕がそう提案すると、彼女は顔を曇らせた。

「はい。正直、他にピンと来たものはなかったなあ――この窓とドアがあったおうちの、他のものは無いんですよね？」

普請道楽の歯科医院の家。

「無かったと思います」

「でも、もう一度、改めてこの二つとセットにするという視点で見れば、いいものがあるかもしれません」

彼女は自分を励ますように言った。

「じゃあ、兄を呼んできます」

兄は、絶対に自分のいないところで他の人に商品を触らせない。僕でさえそうだ。店先で昆布茶《こぶちゃ》をすすっていた兄（相変わらずじじむさい）に彼女の望みを説明すると、兄はすぐにやってきて、再び倉庫中のドアを引っ張り出し、今度はいちいちさっきの窓の隣に並べる、という作業を開始した。

この二つと並んでバランスが取れるもの、という目的がはっきりしたので、三人でためつすがめつ眺めることになる。一度目に見た時よりも更に時間が掛かった。しかし、なかなかしっくりくるものは見つからない。

「うちの倉庫にはない」という結論に三人が達した頃には、すっかり夕方になっていた。

醍醐覇南子の落胆ぶりは気の毒なほどで、兄と僕は「必ず近いうちにもうひとつのドアを探して、手に入れるから」と約束したものの、この時の僕らには全くそのアテはなかった。

醍醐覇南子のもうひとつのドア。この日から、僕らはそれを探し回ることになったのだ。

第十二章　ドアを探すこと、消防署のこと

ドア。扉。戸。

引き戸。襖。障子。

普段、意識せずに開け閉めしているもの。あまりにも当たり前にそこにあるので、じっくり見たりしないもの。

僕は兄の仕事を手伝っていたので、比較的まだその存在を意識していたほうだと思う。しかし、この時、醍醐覇南子の「もうひとつのドア」（と僕らは呼んでいた）を探すことになって、いかにこれまで何も見ていなかったかに気付かされた。

つまり、僕は自分を「古道具屋」だとは思っていなかったってことだ。せいぜい、「古道具屋をしている兄の手伝い」程度の自覚で、僕自身が「古道具屋」としてモノを見たことがなかったのだ。

醍醐覇南子がうちの倉庫に来てからというもの、突然、日常生活の中のあらゆる「扉」がクローズアップされた。

もちろん、例のタイルとか、「アレ」の起きそうなものとか、これまでにもいろいろ

気にしているものはあったけれど、これほど明確に「扉」という存在を意識したのは初めてだった。

兄は兄で「もうひとつのドア」を探していたが、僕も自発的に探し始めた。これもまた、初めてのことだ。

なにしろ、あの時「もう一枚、そこにドアがあればいいんじゃないですか？」と提案した手前、なんとなく責任を感じていたというのもある。

その提案を醍醐覇南子が喜んでくれ、受け入れてくれたのが嬉しかったというのもある。彼女の役に立ちたい、そう思ったのが動機なのははっきりしていた。我ながら、実に単純な動機である。

出入りする店の扉、町を歩いて通り過ぎる扉、とにかくあらゆる扉が気にかかる。そっけないアルミサッシであれ、合板のちゃちなものであれ、つい足を止め、じっと見てしまう。

傍から見たら、何を見ているのかと不思議に思うかもしれない。結構怪しい人に見えるかもしれない。

だが、それはなかなか新鮮な体験だった。

それが「モノ」として美しいかどうか。その内側に、何か物語を秘めているように感じられるかどうか。

なるほど、兄はこんなふうに「モノ」を見ていたのか、と思った。

それは醍醐覇南子も僕と同じだったらしく、『町を歩いていてもドアが気になっちゃいます』というメールが来た。『このドア、いいですよね』と、街角で撮った写真も送ってくる。

むろん、気に入ったからといって、現在使っているものを無理やり取り外して譲ってもらうわけにはいかないから（最後の手段としてそれも有りかもしれないが）、「こういうドア」というイメージを送ってきているのだろう。が、僕らにはそれがけっこうなプレッシャーだった。確かに、制作期間を考えると時間はあまりない。

兄は、古道具屋仲間を当たって、醍醐覇南子の気に入りそうなドアを探していた。兄はもう彼女の好みを把握していたので、それらの中から幾つかピックアップして彼女に写真を送っていたようである。残念ながら、彼女のお眼鏡に適《かな》ったものはなかったらしいけれど。

難しいのは、先に決まっていた、あの窓とドアとのバランスである。単体として見て素敵なドアでも、あの二つと並べた時に違和感があったらダメなのだ。

僕らはあの二つを並べて撮った写真を持ち歩き、その写真と目の前のドアを並べて見比べる、という行為を果てしなく繰り返すことになった。

他の仕事で通りかかった町でも、目についたドアがあると車を停め、「あれ、どうだろう」とガン見している僕らは、相当に怪しかったと思う。

そんなドア探しを二週間近く続け、どうにも醍醐覇南子のイメージに合うものが見つ

「そうだよな、こっちの二つが木でできてるから、もうひとつも木のドアでなきゃって

兄は小さく頷いた。

けれど、少なくとも、こうして写真で見た限りでは、似たような雰囲気を醸し出しているように感じられた。

僕らはしげしげと両方の写真を見比べた。写真の色味は現実のものとはけっこう異なるから、実物を並べてみた時の様子は分からない。

「悪くない」

兄も同じように感じたらしい。

僕の目には、しっくりと調和して見えた。

僕が出した、先に選んだ窓とドアの写真に並べてみる。

不思議な色味をした、青と緑のグラデーションになったドア。

「これか」

兄はちょっと考えてから、あの時撮った写真を探し始めた。

「ああ、あれ」

マーク・ロスコ風の金属製のドアである。

S市のAフェス会場の下見をした時、運河沿いの倉庫街で見つけた、兄が気に入った

ふと思いつき、僕は「ねえ、あのドア、どうかな」と兄に提案した。

からない、とがっくりしていたある晩。

思い込んでた。彼女が送ってきた写真も、みんな木のドアだったし。だけど、並べて調和するんなら、材質はなんでもいいわけだよな」

「じゃあ、醍醐さんにこの写真、送ってみれば？　彼女なら、すぐに現物見に行けるし」

「だな」

兄はすぐにメールで写真を送った。

返事は早かった。

五分と経たないうちに、着信音が鳴る。

『素敵ですね。金属製のドアは、思いつきませんでした』と、兄と同じ反応だ。

『明日、現地に見に行ってみます！』と「！」マークが付いているところを見ると、どうやら彼女もこのドアが気に入ったらしい。

「気に入ってくれたのはいいけど、実際のところ、あのドア譲ってくれるかな？」

僕は不安になって兄の顔を見た。

「どのみち、あの倉庫街はAフェスが終わったら取り壊すって聞いてるから、多少前倒しになっても大丈夫だと思うけどな。彼女が現物を見て、やっぱりあれがいいってことになったら、児玉さんを通して実行委員会に聞いてみるよ」

「まあ、現物を並べてみないと、分からないしね。きっと、醍醐さんも三つを並べてみたいって言うと思うよ」

案の定、翌日、醍醐覇南子からメールが来た。

とてもあのドアが気に入ったのだが、三つを並べてみたいので、ガソリン代は出すから先に決めた二つを持ってきてもらえないか、という丁重なお願いだった。

「アレ」が起きるのは怖かったが、次の週末に、窓とドアを車に載せ、またしてもS市に出かけていくことになった。

今回の待ち合わせ場所は、倉庫街のそばの、古い石橋の袂にした。

ここに来るのはたったの二度目だというのに、なんだかとても懐かしい、ずっと昔から知っている場所のような気がした。

少しくすんだ青の穏やかな空の下、橋の欄干に自転車を立てかけて、その隣で欄干に座っている醍醐覇南子が見えた。

何か作業中なのか俯いて動かない。どうやらスケッチ中のようだ。

醍醐覇南子という人は、一人が似合うな、と思った。大勢の人と一緒にいるところが思い浮かばない。こんなふうに屋外の風景の中に一人でいるところばかりが目に浮かぶ。

クラクションを鳴らすとパッと振り向き、大きく手を振るのが見えた。

僕らは車を停め、挨拶もそこそこに窓とドアを運び出した。醍醐覇南子が窓を、僕と兄とでドアを持つ。

無人の倉庫街の運河の脇を、えっちらおっちら三人で進む。

目指すドアは、ひっそりとそこにあった。

記憶の中のものは、もう少し鮮やかな青と緑をしていたと思うのだが、実際のものはそれよりも暗い色をしていた。

そのドアがいちばん左になるように、真ん中に窓、右端に木のドアを置く。

僕らはどきどきしながら少し離れたところに並んで立った。

三人で、無言でその三つを眺める。

気のせいだろうか。

その三つが並んでいると、「ぱちっ」と何かが嵌まる音がした。ジグソー・パズルの欠けていたピースが、小気味よい音を立てて嵌まった、みたいな。

「うーん」

「いいですね」

隣で二人が唸るのが聞こえた。

「妙にバランスいいなあ。別々に里子に出されていたきょうだいが集まった、みたいな」

兄がそう呟く。

確かに。材質は違うけど、出自は同じ、という感じ。通底する価値観は同じ、とでも言おうか。

「いいですね」

もう一度、醍醐覇南子が繰り返した。

「サンタ君、お願いがあります」

いきなりそう話しかけられて、我に返った。

「真ん中の窓を持って、君の顔の高さまで持ち上げてくれる？」

そう頼まれて、僕は地面に置いてある窓を見る。彼女の依頼の意味がすぐに分かった。

「ああ、なるほど。展示する時は、その高さにするんですね？」

「そう。だって、窓だもの。窓は目の高さにあったほうがいいでしょ？」

口調は相変わらず丁寧だけど、いつのまにかタメ口になっているのが、なんとなく嬉しかった。

「了解です」

僕は窓を手に取り、倉庫の壁に背を向けて掲げた。

綺麗に磨いてある窓ガラスなのに、ほんの少し波打っているせいか、ガラス越しに見る兄と醍醐覇南子がずいぶん遠くに、しかもかすかなセピア色に染まって見える。

ほんとにきょうだいみたいだなあ。

僕は、ガラス越しの二人を見ながらそう思った。

気質が似ているというか、構成要素が似ているというか。

まるで、ここに三枚揃った窓とドアみたいに。

と、もうひとつのドアは僕ってことになるのかな？

そう思いつく。

三人分。

あの時聞こえた声が蘇った。

深く考えてはいなかったが、あの「三人分」というのは、僕ら三人という意味だったのだろうか。

生き別れのきょうだい。

さっきの、兄が何気なく呟いた言葉を思い出す。

別々に里子に出されていたきょうだいが集まった。

まあ、僕はまだ醍醐覇南子が僕らの血縁者ではないかと密かに疑っているわけだけど。

ほんとのところはどうなんだろうか。ただの妄想だとどこかで分かっているんだけど。

それでもその考えにしがみついているのは、単に僕が彼女のことを好きだからだろうか。

あ、好きといっても、それこそ、「家族」として、みたいな感覚ではあるが。

「入ってくるものと、出ていくもの。そんなテーマで作ってみようかな」

醍醐覇南子がこちらを見つめたままそう呟いた。

「『ゆく年くる年』みたいなもんですか」

兄がのんびりと返した。

「あはは、今、除夜の鐘が聞こえたような気がしました」

「確かに、あの番組が始まる時って、必ずBGMが除夜の鐘の音ですよね」

僕の夢想など知らぬ二人が、窓ガラスの向こうで他愛のない雑談をしている。

「入ってくるものと出ていくもの」

兄がふと真顔になった。

「そう、ドアって、その向こうに何があるのか、ほとんどの場合見えないじゃないですか。この一枚の扉を隔てて、向こうにどんな景色があるのか。どのドアを開けるか、そのドアを開けるか開けないか。毎日いろんなドアに出会う度に、実は無数の選択肢の中から選んでるんだなあって思うと不思議ですね」

「日々、ドアの前で冒険してるってことですね」醍醐覇南子も真面目な表情で頷いた。

ガラス越しにこちらを見る二人。すぐそこにいるのに、やけに遠く感じられる、こちらを見据えている男女。

なんだか奇妙な気分になった。

この景色、覚えがある。

僕は必死に記憶を探り、思い当たった。

そうだ、新橋のビルのタイルに触れて、若い頃の両親を見た時のあの感じだ。

そう気付いて、得体の知れない不安がどっと押し寄せてきた。

いや、きっと単に構図が同じだからだ。そうに違いない。僕は自分に言い聞かせた。

自分が何にこんなに不安を覚えているのかよく分からず、動揺していたのだ。

と、その瞬間。

青と緑の金属製のドアが、突然ぎしっと音を立てた。

空耳ではない。僕も兄も醍醐覇南子も、三人でぎょっとしてドアに目をやった。

まさか。

とっさに兄と僕は目を見合わせた。

スキマワラシ？

醍醐覇南子と三枚のドア&窓ですっかり忘れていたが、ここはそういう雰囲気の場所だったのだ。

三人の前に、出てくるのだろうか？

金属製のドアが、パッと勢いよく開いた。

「――それさ、電力会社のほうに連絡しといて」

ぞろぞろと中から出てきたのは、ノーネクタイのシャツに灰色のジャケットを着た男と、つなぎを着た数人の男性だった。

「うん？」

彼らは、ドアのすぐ外に凍りついたように立っている僕らに気付き、びっくりしたように足を止める。

先頭にいた男は、醍醐覇南子に目を留めた。

「あれ、ハナちゃん？」

醍醐覇南子は「ほっ」と大きく息をつき、胸を撫で下ろした。

「内海《うつみ》さんですかー。ああ、びっくりした」

「いやあ、僕らも驚いたよ。何してるの？」

「展示の下調べです」

醍醐覇南子は、僕らに目をやった。

「あ、こちら、今度のAフェスで協力してくださる、私がアンティークとのコラボレーションでお世話になる纐纈さんです。児玉さんとつきあいのある古道具屋さんです」

「あ、どうも」

「はじめまして」

兄と僕は慌てて頭を下げた。僕なんか、窓を抱えたままだったから、ずいぶん間抜けに見えたことだろう。

「こちら、商店街の会長さんで、Aフェスの実行委員も務められている内海さんです。うちの高校の大先輩で、もちろん児玉さんもよく知ってます」

醍醐覇南子は、今度は僕らに紹介してくれた。

「内海です。どうぞよろしく」

男性は飄々とした顔で会釈した。

一目見て、僕はエッグスタンドを思い出した。

それも、殻をむいたゆで卵が載せてあるエッグスタンド。

背はそんなに高くなく、下半身がふくらんだずんぐりむっくりの体型で、髪が薄く、しかも血行がよく肌が艶々しているのでそんな印象を受けたのだろう。どこかひょうきんな感じのする温厚そうな顔に、金縁の丸眼鏡。

醍醐覇南子の高校の大先輩で、商店街の会長さんというからには、恐らくかなりのご高齢と思われるのだが、この色艶のよさ、正直、幾つなのかさっぱり分からない。少なくとも、兄や僕よりもずっと血色がいいし、若々しい。

「で、これが展示の準備？」

内海さんは僕が手にしている窓と、立てかけてあるドアに目をやった。

ぽかんとしているところを見るに、その二つの意味が分からない様子である。

「はい」

醍醐覇南子は大きく頷いた。

そして、兄のほうを見てから、内海さんに詰め寄るようにして、胸の前で祈るように指を組んだ。

「あのう、お目にかかったついでと言ってはなんなんですが、このドア、譲ってもらえないでしょうか？　それとも、実行委員会を通してお願いしたほうがいいですか？」

「このドア？」

内海さんは再びぽかんとした。

「それはどこから持ってきたの？」

僕の隣のドアに目をやるので、「いえ」と兄が手を振った。

「こちらのドアです。今、皆さんが出てらした、この金属製のドア」

内海さんとその一行が一斉に振り向いて、開いたままの金属製のドアを見た。

明らかに、困惑が一同の顔に浮かぶ。

僕たち三人は苦笑した。

「作品の一部として、使いたいんです。どなたに交渉すればよいでしょうか?」

醍醐覇南子が辛抱強く、真剣な顔で頼んだ。

内海さんは、ドアと彼女を交互に見ていたが、ようやく理解に至ったようだ。

「つまり、このドアを、作品の材料にするってことだね?」

そう言って、醍醐覇南子の顔を覗き込む。

「はい」

「うーん。どうすればいいかな」

内海さんは、しばらく考えていたが、やがて顔を上げた。

「実行委員会に持ち帰って検討するよ。持ち主の許可がいることは間違いない。Aフェスの期間中、ここで作品を保管するから、このドアを外したら、代わりのドアを付けとかなきゃならないだろうしね。あと、ええとその、骨董品との——コラボ? っていうんだっけ? そっちは一応児玉君が仕切ることになってるから、児玉君にも伝えといてくれる?」

「了解です」

僕たち三人は揃って頷いた。

「ハナちゃんに連絡すればいいかな？」

内海さんは、そう言いながら、僕ら三人を見回した。

「はい、そうしてください」

醍醐覇南子が答える。

「分かった。じゃ、電話するね」

内海さんは、頷いて歩きだした。他の人たちもそれに続く。

「どうする？　もう少し見てますか？」

兄が醍醐覇南子に尋ねた。

彼女は左右に首を振る。

「いえ、これで行くって決められたんで、今日はもういいです」

「じゃあ、兄ちゃん、これ、醍醐さんのアトリエに持っていこう」

僕は窓とドアに目をやった。

「だな」

兄もすぐに反応する。

「え、いいんですか？」

醍醐覇南子は目を丸くした。

「うん。だって、もうこれで作ることに決めたんでしょ？　こっちのドアと並べてみて、気に入るようだったら、今日もう窓とドア置いていこうって兄と言ってたんです」

「うわあ。助かります」

醍醐覇南子の歓声を聞いてか、立ち去ろうとしていた内海さんがピタリと足を止め、くるりと振り向いて、一人速足でこちらに戻ってきた。

どうしたんだろうと見ていると、内海さんは僕らのほうにやってくるではないか。

「ねえ、君たち、纐纈さんって言ったよね？」

ほんの少し息を切らしつつ、内海さんは兄と僕の顔を交互に見た。

「はあ」

兄と僕はおっかなびっくり頷く。

「お二人は、ご兄弟？」

「はい、そうです」

兄が答えた。

内海さんは、つかのま逡巡してから口を開いた。

「まさかとは思うけど――纐纈夫妻のお子さんじゃないよね？　ご夫婦で建築家の」

兄と僕は顔を見合わせた。

「まさかじゃなくて、そうです」

「そうか、やっぱり」

内海さんは頷いたが、その顔はそんなに意外そうではなかった。

「珍しいお名前だし、お二人が亡くなった時、息子さんが二人いて、下の子はまだ小さかったって話を聞いたのを覚えていたんです。最初、ぱっと見て、なんとなく、お二人に似てるなって思ったしね」

「うちの両親をご存じだったんですか？」

兄が尋ねる。

内海さんは思い出す表情になった。

「ずいぶん前のことだけど、何度か消防署を見に来られたことがあってね」

どきんとする。

消防署。

「消防署って、あの——今回のＡフェスで展示会場になる、あそこですか？」

「そう、あそこ。君たちも見に行った？」

「はあ、外観だけ、車の中からですけど」

兄は用心深い声を出した。

僕らがあの建物に強い興味を持っていることをあまり知られたくない。そう兄が思っているのがその声から分かった。

内海さんはそんな僕らの思惑に気付く様子もなく、淡々と続ける。

「あそこ、古い建物でねえ。でもモダンでしょ？　パッと見て、消防署だと分かる人、少ないよね」

「はい。教会かなーと思いました」

印象的な、あの塔。存在感のある、意思を持っているかのような建築物。

「当時としては、かなり実験的な建物だったらしいよ。最近、県の歴史的建造物に指定されたんだけどね。元々は、関西にあったホテルから一部を移築したんだ。ホテルを造った建築家の弟子が、戦後にあの消防署を設計した時に、師匠の作品から面影を引き継いだんだね。ご両親は、そのホテルのことを調べていて、それであの消防署に辿り着いたって言ってたよ」

調べていた。

うちの両親が安久津川ホテルのことを。

兄と僕は、目立たないようにそっと目を合わせた。兄が尋ねる。

「両親は、どうしてそのホテルのことを調べていたんでしょうか。そのことについて、何か話してましたか？」

「趣味と実益を兼ねて近代建築を見て回ってるって話だったけど」

趣味と実益を兼ねて。

建築家だったのだから、それは当然だろう。

しかし、安久津川ホテルは？　あのホテルとの因縁は何なのだろう？

「内海さんは、どうして両親と消防署に？」

兄が尋ねる。

「僕はずっと前から、市の観光ガイドのボランティアをやっててね。それで、たまたま僕が担当したお客さんがご両親だった。だけど、あの消防署に関しては、僕よりもご両親のほうがよっぽど詳しかったな。勉強させてもらいましたよ」

「へえー」

内海さんは、ちょっと考え込んでから、顔を上げて僕らを交互に見た。

「君たち、あの消防署、興味ある？」

いきなりストレートに聞かれて、兄も僕もぐっと詰まる。

が、思い切った様子で兄が「はい」と大きく頷いた。

「面白い建物だと思いましたが、両親が来ていたと聞いてますます興味が湧いてきました」

「じゃ、一緒に来る？　僕たち、このあと消防署に行くんだけど。ご両親から教えてもらった話と、僕が調べた話、してあげるよ」

「いいんですか？」

願ってもない申し出である。

ただ、あのものすごい雰囲気の建物に入った時、僕が何か粗相をするのではないかという一抹の不安はあったけれど。

「内海さんたち、今日は、展示会場を見て回ってるんですか？」

醍醐覇南子が口を挟んだ。

「そう。いろいろ下準備。電気工事の必要な展示も多いみたいだし、修理しとかなきゃならないところもあるし」

後から聞いた話では、内海さんの店は地元では古い大きな電器店で、家電を売るだけでなく、電気関係の工事も手広く請け負ってきたという。

醍醐覇南子は内海さんの顔を覗き込む。

「ついていっていいですか？　私も、お話聞きたいです。地元なのに、あの消防署の歴史なんて、全然知りませんでした」

内海さんはこっくりと頷く。

「もちろん。ハナちゃんもあそこに展示するかもしれないし、展示場所については知ってもらいたいからね」

「ありがとうございます」

そんなわけで、僕らは窓とドアを車に積み込んだが、醍醐覇南子のアトリエに行くのは後回しにすることにした。

内海さんたちが乗ってきたワゴン車に続いて、僕らのワゴン車、醍醐覇南子の自転車、という順番で消防署に向かうことになったのである。

「思いがけない展開になったなあ」

車の中で兄が呟いた。

「やっぱり、安久津川ホテル、調べてたんだね。お父さんたち、移築先の消防署のことも知ってたんだ」

僕は緊張しながら言った。

あの建物に入るのだと思うと、既に身体が強張っているのが分かる。

「落ち着け。俺が先に入るから、おまえは少し離れてついてこい。ヤバそうだったら、背中をつついて合図して、建物から出ていいぞ。俺が話を聞いとくから。おまえに急な電話が入った、とでも言い訳しとく」

兄は僕がナーバスになっているのを察知したらしく、先回りしてそう言ってくれた。

「そんときはよろしく」

僕は力なく呟く。

いったいあの建物の中はどうなっているのだろうか。当然、例のタイルもあるだろう。しかも、移築というからにはそれなりの量のものがあるはずだ。果たして、あそこに足を踏み入れた時、僕はどんな反応をするのか？

考え始めるとむくむくと不安が湧いてくる。なんだかとんでもないことをしてしまうのではないかと怖くなってきた。

と、後ろからついてくる醍醐覇南子がルームミラーの中に見えた。

いつもと変わらぬ彼女の姿に少しだけホッとする。遠目にも分かる、彼女のきらきらしたまなざし。輪郭の強い人だな、と思う。

なんだか、彼女を中心に、いろいろなものが集まってきている気がする。児玉さん、ジローに似たナット、両親と話した内海さん。そして、僕たちも。

二度目に来る町というのは、既に見知っているのではあるが、逆に初めて来た時よりもよそよそしさを感じる。

初対面の新鮮さが薄まると、内面が理解できていないという実感のほうが強まるからかもしれない。

この時もそういう感じで、前回よりも不安感は弱まったものの、何かがこの中に隠されているのにそれがちっとも分からない、みたいなもどかしさは増していた。

そして、二度目に来る町は、所要時間の体感時間がぐっと短くなる。

内海さんのワゴンに続いていくと、あっというまにあの消防署が見えてきた。

僕が心のどこかで「行きたくない、行くのが怖い」と思っているのを見透かしているかのように、信号はどこも青で、するすると消防署の前の駐車場までやってきてしまったのだ。

内海さんたちは勝手知ったる、という様子で車を降りるとスタスタと中に入っていく。

僕らも、それに合わせて続くしかなかった。

僕はなんとなくぐずぐずしていて、何か引きとめてくれるようなものはないかと振り向いてみると、醍醐覇南子が追いついていて、自転車を駐車場の隅に停めるところだった。

「私も、この中に入るのは初めてです」

彼女は好奇心で目をキラキラさせて駆け寄ってきたので、僕は中途半端な笑みを返し、彼女と並んで消防署まで歩いていった。

角の入口のところに来て、いったん立ち止まって建物を見上げる。

近くから見ると、思ったよりも高さがあった。

全体の輪郭の柔らかなカーブ。上に行くにしたがって小さくなるフロアスペース。

築七十年近いというのに、すっきりして綺麗な建物だった。定期的に、修理や外壁の清掃を施しているのかもしれない。

てっぺんの塔の上に、ゆっくりと流れていく雲が見えた。一瞬、自分たちのほうが大きな船の上かなんかにいて、移動しているように錯覚する。

ふと、塔の壁に付いた窓の中で、何かが動いた。

白い影がスッと横切ったのを、確かに見た。

「あれ。誰かいますね」

醍醐覇南子が隣で呟いた。

「ここって、もう消防署としては使われてないんですよね？」

僕は彼女に尋ねる。

「ええ。もうレンタルスペースになってます」

「今のは観光客ですかね」

「スタッフかも」

二人でボソボソ話しながら石段になった入口に足を掛けた。

入口は観音開きになったレトロな木のドアで、思わず醍醐覇南子と一緒に見入ってしまい、そのことに同時に気付くと顔を見合わせて笑った。

「つい、ドアがあると見ちゃいますよね」

「確かに。このドアも素敵ですね」

ドアの上部は曇りガラスの嵌め殺しの窓が付いていて、窓枠には模様が彫られていて、いかにもクラシカルな趣である。

中に入ると、天井が高い。

カウンターになった受付窓口があり、中は普通のオフィスという雰囲気。部屋のドアが淡いピンク色に塗られているのも、時代を感じさせた。

僕はサッと周囲を用心深く見回す。

何かヤバそうなものはないか？

何か「呼んでいる」ものはないか？

そうおのれに尋ねてみるが、返事はない。

ここには、そういったものはなさそうだ。

タイルはどこにあるのだろう？　移築したものはどの部分なのか？

素早く辺りを一瞥《いちべつ》するが、つるんとした白い壁があるだけで、タイルらしきものは見当たらない。

中の空気は至って清浄で、僕が神社で感じるものと似ていた。全くよどみもなく、溜まったものもなく、乾いていて穏やかだ。

「あっちです」

醍醐覇南子が指差すところに目をやると、内海さんたちは階段を上っていくところだった。

兄がしきりに頷いているのを見ると、既に説明が始まっているらしい。

僕らも階段を上る。

「火の用心」と書かれた古い提灯《ちょうちん》が並べて壁に掛けてあった。なんだか懐かしい。僕がうんと小さい頃は、拍子木を鳴らしながら「火の用心」と声を掛けて夜回りをする習慣が町内にあったっけ。

階段を二階分上ると、更に天井の高い、ひらけた場所に出た。

円形のホール。

細長い窓にぐるりと囲まれ、中はとても明るい。

なるほど、ウエディングケーキ状になった建物の上のフロアの中はこうなっていたのだ。

天井の中心から放射状に柱が伸びていて、そのあいだにアーチ形の窓がある。まるで、真っ白な鳥籠の中にいるみたいだ。

周囲にあまり高い建物がないので、窓の外は三六〇度遮るもののない空。非常に開放感がある。

「うわー、天井高い」

醍醐覇南子が歓声を上げると、その声が天井に反響するのが分かった。

その仕切りのないホールは、今は歴史資料の展示室になっているらしく、昔の写真やパネル説明などが並んでいる。

あれっ。

僕はホールの中を見回した。

どこにも上に行く階段がない。

「あのう、ここから上にはどうやって行くんですか？」

僕が尋ねると、内海さんが「あそこだよ」とフロアの隅を指差した。

見ると、壁に固定された金属製の梯子《はしご》があり、天井に押し上げ窓があった。

「この上はテラスになってて、そこにいったん出てから塔の部分に入る。塔の中は螺旋《らせん》階段《かいだん》になっていて、更にいちばん高い火見櫓に行けるようになってます」

火見櫓。では、さっき、入口のところで見えた人影は、螺旋階段の部分にいたことになるわけだ。

「観光客も入れるんですか？」

「いや、普段は立入禁止だよ」

「じゃあ、スタッフの方ですかね。塔の中に誰かいたみたいですけど。ね」

醍醐覇南子を見ると、彼女も「はい。さっき、窓を横切るのが見えましたよね」と頷いた。

が、内海さんたちは一瞬黙り込み、同行の人たちと顔を見合わせた。

つかのま、気まずい沈黙。

「どうかしましたか？」

醍醐覇南子がきょとんとして尋ねると、内海さんはコホンと咳払いをして「なんでもないよ」と小さく手を振った。

「うちの両親が来た時は、まだここは消防署として使われてたんですよね？」

兄が尋ねると、内海さんは話題が変わったことにどことなくホッとした顔をして頷いた。

「はい。当時は現役の消防署で、一階の車庫にもポンプ車とか梯子車が停めてあって、この建物自体、そんなに注目されてなかったんです。僕も長いこと観光ガイドをやってたんだけど、いわゆる史蹟《しせき》とかそういうのがメインで、産業遺産とか近代建築なんかが観光資源になるとは思ってなかったしね。纐纈さんたちが初めて訪ねてきた時のことはよく覚えてますよ」

その目が宙を泳いだ。

きっと、かつてのうちの両親の姿を思い浮かべているのだろう。

「最初は普通の観光客だと思ってたから、城跡に連れていこうとしたんだけど、そうじゃなくて、近代建築を見たいんですって言われてね。こっちはそんなの全く眼中になかったから戸惑ってたら、具体的にここところと、みたいに名前を挙げてきてね。その中にこの消防署も入ってた。びっくりしましたよ。消防署見たいなんていう人は初めてで。で、ここに来たら、タイルがどうの、テラコッタがどうの、とボソボソ話してるから、ご職業は、って聞いたら建築家だって分かったんです」

タイル。

兄と僕はそっと顔を見合わせた。

「他にはどこを回ったんですか？」

今度は僕が尋ねた。

うーん、と内海さんは唸った。

「考えてみると、今回のAフェスの会場になってるところがみんな含まれてるよね。さっきの運河沿いの倉庫街も行ったし、問屋街の中の繊維会館も行った」

「両親は、何度くらいここに来たんですか」

内海さんは首をかしげる。

「四、五回かな。ご両親とは、妙にうまが合ってね。消防署に行くためだけでなく、何かのついでに寄ってくれたこともあったな。何度か楽しく一緒に飲みましたよ。いや、ほんとに、気持ちのいいご夫妻だった。今更ながらに、事故に遭われたのは残念でした」

きっと仕事のついでだろう。なにしろ、津々浦々で仕事をしていた二人なのだ。

「で、この消防署は関西のホテルから移築されたものが含まれてるっていうことですが、どの部分ですか？」

兄がさりげなく尋ねた。

それは、僕らがいちばん興味を持っている質問だったけれど、僕らはそのことを知られたくなかったので、兄も僕も何気ないふりを装っていた。けれど、じわりと緊張してくるのは否めない。

「あそこ」

内海さんは天井を指差した。

「上？」

僕らはつられて天井を見上げる。

「上の、塔の部分。元々のホテルにあった時はもう少し違う形だったらしいんだけど、資材を組み直して、今の形にしたんだそうだ」

塔の部分。

僕は心の中で頷いていた。

道理で。遠くから見た時に異様な感じがしたのに、この建物の中に入った時は特に何も感じなかった。それは、今いる内部ではなく、安久津川ホテルの資材が、塔の部分に集中しているからだったのだ。

そして、不意に肌寒さを覚えた。

では、さっき見たあの白い影は。立入禁止のはずの塔の部分の窓を横切った影は。

思わず身震いし、余計なことを考えるな、と自分に言い聞かせる。が、内海さんが苦笑しつつ天井を指差し、ポロリと漏らした。

「実はさ、出るって言うんだよね、上に」

「何がですか？」

今度は醍醐覇南子が尋ねた。

「コレだよ」

内海さんは、胸の前に両手を垂らしてみせた。

「コレって？」

内海さんは声を潜める。

「幽霊。元々あったホテルから連れてきたんじゃないかって言われてるんだ」

「え？」

きょとんとしていた醍醐覇南子は、そこで初めて思い当たったらしく、真っ青になった。

「まさか、さっき目撃した影がそうだってことなんですか？」

「さあね。でも、そういう噂があるんだ」

「昼間なのに」

「むしろ、昼間のほうがよく出るみたいだよ」

「そんな。でも、でも、確かに、その」

醍醐覇南子はもごもごと言葉を呑み込んだ。

「まあ、よくあることなんで、気にしないで」

内海さんはひらひらと手を振る。

「よくあるって」

醍醐覇南子は絶句し、こわごわ天井を見上げた。

「ええと、うちの両親はなんでそのホテルのことを調べてるか言ってましたか？　近代建築であるってこと以外に、何か」

例によってニュートラルな兄は、特に怖がるでもなく話題を戻した。

「近代窯業が近代建築や産業に与えた影響、みたいな話をしてましたねえ」

内海さんは、考え考え答えた。

「それを調べるようになったきっかけは、奥様のほうのご実家のご先祖が、元々京都で窯元をやっていて、明治以降タイルなどの建築資材を手がけるようになったことを知ったからだと。で、どうやら、この消防署の前にホテルで使われていたタイルも、奥様の親戚の職人が焼いたらしいんだ、という話でした」

今度こそ、兄と僕ははっきりと顔を見合わせた。

あのタイル。

やっぱりお母さんの親戚が焼いていたのか。

これで、実にかぼそい糸ではあるが、タイルと僕らとが繋がったわけである。

「そのタイル職人は、とても変わった人で、ものすごく腕はいいんだけど、いろいろ謎めいた話が伝わってるんだって、ちょっと冗談めかして話してましたね。眉唾だけど、って奥様は笑ってましたから、信じてるのかどうかは分からなかったけど」

「謎めいた話、というのは？」

思わず聞き返す。

「例えば、彼が焼いたものはものすごく発色がいいとか、長持ちするとか。それって、単に腕がよかったってことなんでしょうけど、タイルが話す、とか歌う、とかいうことになるとさすがにファンタジーだよね」

「タイルが歌う？」

鸚鵡返《おうむがえ》しに呟いてしまう。

「はい。そんなふうに言われてたんだと言ってました」

タイルが歌う。それは文字通りの意味なのだろうか。それとも、何かの比喩なのだろうか。

「タイルが歌うって――それって、具体的に何か音が出てたってことなんでしょうか。陶磁器を焼き締める際に独特な音が出るっていうのは聞いたことがありますけど。それとも、何かのたとえなんでしょうか？」

同じ疑問を持ったらしく、醍醐覇南子が尋ねた。

「いやあ、そこまでは分からない。でも、なんらかの音が出てたって話だね。どういう音かまでは知らないけど。それも、その音が聞こえるのは、何か悪いことが起きる時だけ。つまり、災厄の前兆だったって」

「前兆？」

「うん。第二次大戦末期、大空襲の来る直前にいつもタイルが鳴った、というのを複数の人が聞いているそうです。神戸とか、大阪とか、大きな空襲が何度もあった。大阪なんか、終戦前日にも大阪城の辺りにたくさんの焼夷弾が落とされて、市民が大勢亡くなってる。大阪城のあの辺りって、戦時中は軍の工場だったからね。東洋一と言われた大工場です。靖国神社《やすくにじんじゃ》に古い金属製の鳥居、あるでしょ。あれもあそこで造ったそうです。戦争になると、軍需工場って真っ先に、しかも何度でも爆撃の標的になるからね」

「へえ。知らなかった」

　僕と醍醐覇南子は思わず声を上げる。

「で、緻縝夫妻がおっしゃるには、この辺りにもタイル工場があって、そのご先祖の職人が指導に来ていたらしいんです」

　内海さんはぐるりとフロアを見回した。

「この辺り？」

「そう。ホテルに使う大量のタイルを何ヶ所かで分けて作った。そのうちのひとつがここ」

「ふうん。つまり、戦後ここにタイルを含めてホテルの一部を移築したのは、里帰りみたいなもんだったんですね」

　兄が呟くと、内海さんは何度も頷いた。

「うん、うん、そういうことになるね。でも、そもそも火除《ひよ》けというか、火災の難を察知するという点では、ここがそもそものルーツかもしれないんだ」

「ルーツ？」

　僕らは同時に声を揃えて聞き返した。

「そう。ハナちゃん、この消防署のある場所、元々何だったか知ってる？」

　内海さんは宿題を出す先生のように醍醐覇南子を見た。

「いえ、知りません」

　醍醐覇南子はいきなり質問されて面喰らったのか、目をぱちくりさせる。

「ここ、ちょっとだけ高台になってるんだけど、元々は八幡様《はちまんさま》だったんだよ」

「八幡神社？　今は、市役所の裏にある？」

「そう。元々は、ここにあったの。相当古くからね」

「どうしてあの場所に移したんですか？」

　そう聞かれて、内海さんは首をかしげた。

「うーん、まあ、結果として移したことになったわけだけど、実質的には移してないというか、まだここにあるというか」

「はあ？」

内海さんの話の意味が分からず、僕らは間抜けな声を出した。

「つまりだね。昔から、ここの八幡様に雷が落ちると、近々大火災がある、という歴史があったわけ」

「本当に？」

「うん。記録も残っている。まあ、ここってちょっと周囲より高いから落雷もしやすいわけだけど、なぜか決まって数日後に付近で大火が起きる。もしかすると、ものすごく空気が乾燥しているとか、幾つかの条件が重なると、ここに落雷しやすくなるという、何か科学的な因果関係があるのかもしれないね。ともあれ、そういう言い伝えが長老たちのあいだに残っていて、八幡様に雷が落ちたら気をつけろ、と言われてきた。実際、用心して見回りや防災を強化していたので、最悪の事態を免れた事例もあったらしいよ」

「へえ。それこそ、歴史の知恵、長老の知恵ですねえ」

兄が感心したように呟いた。

「で、ここにあったタイル工場も、戦時中は軍需工場になっててね。戦争末期にはいったとき、陶器で爆弾作ってた」

「爆弾？　陶器で爆弾なんか作ってたんですか？」

「うん。金属が著しく不足してたから、その代用ということでしょうね。それで、ある日、夕方にここにあった八幡様にものすごい雷が落ちた。それこそ爆弾が落ちたんじゃないかというくらい凄い音がしたそうです。高く炎が上がって、消火に手間取った。工場の人たちがほとんど駆り出されて、疲労困憊《ひろうこんぱい》したので、普段は不眠不休の三交代勤務だったのに、特別に休みが出されて、みんな家に帰った。そうしたら、その晩、大空襲があってね。この辺りではいちばん被害の大きかった空襲で、ここも工場だというのが分かってたらしくて、集中的に焼かれたんです。その晩、いつも通りここで勤務してたら、みんな助からなかったんじゃないかって言われてます」

「なるほど。だから、火除けの神様なんですね」

僕と醍醐覇南子は大きく頷いた。

「八幡様って、そもそも武運の神様ですよね。鉄を司《つかさど》る神様とも言われている。火除けなら愛宕神社《あたごじんじゃ》のほうが有名ですよね」

兄がぼそっと呟いた。

内海さんが感心したように兄を見た。

「そうそう。よく知ってるね。武運の神様、戦勝の神様ってことで、全国の武士がこぞって自分の地元に八幡様を勧請《かんじよう》したんだよ。だから全国各地に八幡神社ってたくさんある」

八幡神社。

ふと、僕はかつてタイルに触れた時に見たイメージのひとつを思い出した。そういえば、あの中に大きな鳥居のイメージもあったのではなかったか。工場みたいな、機械がいっぱい並んでいるところもあったっけ。あの時聞いた、機械が動いている作動音が蘇る。

「そんなこともあって、戦後、この場所に消防署を建てたわけだ。まさにこの場所に消防署が建つのがふさわしい、とみんなが考えた。火除けの意味も、先駆けて火を見つける火見櫓の意味も込めて、ね。だから、立派なもの、共同体のシンボルになるようなもの、ということでデザインにも力を入れて、それこそ里帰りじゃないけど、そもそもここで作られた資材を持ってきて、ということでこういう建物になったわけです」

「ふうん。だから、実質的には八幡様は今もまだここにあって、移してないっておっしゃったんですね」

醍醐覇南子が納得した顔でしきりに頷いている。

「そう。実際、地域のシンボル的に使われていて、戦後のいわゆる高度成長期には、よくここでダンパやってたってうちの親父《おやじ》は言ってたな」

「ダンパ？」

「ダンスパーティだよ」

「ここで？」

「うん。ここのフロアは壁がなくて広いでしょ。天井も高いし」

「消防署でダンスパーティなんて素敵ですね」

醍醐覇南子が天井を見上げた。まるで、どこからか音楽が流れてきたかのように。

「フランスなんかでは、伝統的に消防署でダンスパーティやってるって聞いたね。誰かハイカラな人がそれを知ってて、ならここでもできるんじゃないかって思ったらしい」

「へえー。確かに、ここならピッタリです。今ならクラブってところでしょうか」

僕もつられて天井を見上げた。高度成長期のダンスパーティ。踊っていたのはゴーゴーとかジルバとかかな？　名前でしか知らないダンスだけど、さぞかし熱気に溢れていただろう。

ふと、若い男女の喧噪を感じた。明るい明日を信じて、目を輝かせていた人たち。朝から一日バリバリ働いたあとで、ありあまるエネルギーで若さを楽しんでいた人たち。それも今は昔。ここで踊っていた人たちはもういなくなってしまった。

「今度のAフェスで、ここでのダンスパーティを復活させようかって話もあるみたいだよ」

「あら、いいですね。私の友人でDJやってる人がいますけど、この場所見たら喜びそう」

ここにDJブースが置かれているところを想像する。うん、ホント、お洒落でサマになりそうだ。

「なるほど、昔からいろいろな用途に『転用』されてたってことですね。この場所は」

兄がボソリと呟いた。

転用。

僕は思わず兄を見たが、兄はそれに反応しなかった。例によって、一人で何か考え込んでいる様子である。

転用。兄があのタイルについて、キーワードだと思っている単語。この場所も、かつては神社で次は消防署になった。そして、消防署でありながら、時には社交場や娯楽の場にも使われていた。

兄は何かの因果関係を導き出したのだろうか。後で聞いてみよう。

「ところで、上の火見櫓に上がらせてもらうことは可能でしょうか？」

だしぬけに、兄がそう尋ねたので、僕はぎくっとした。

兄ちゃん、いきなりそれを聞くか。

「上に？」

内海さんが聞き返す。

「ええ。きっと、うちの両親も関西から移築した部分に興味持ってましたよね」

「うん。確かに、ここに来た時は、必ず上に上がってましたね、お二人は。当時はまだ消防署として現役で、普通に出入りできたから」

「できれば、僕らもその部分を見てみたいんですけど」

僕は内心ひやひやしながらその会話を聞いていた。複雑な気分だ。

確かに見たい。見たいけど、まだちょっと心の準備ができてないよ、兄ちゃん。

「そりゃそうだよね、うん」

内海さんは小さく頷いた。

「でも、今はちょっとダメだな」

そう言って、一緒にいるスタッフに目をやると、彼らも小さく首を振る。

「しばらく誰も上に出入りしてないんで、これから修理と点検をする予定なんです。今度のAフェスでも、あそこを展示会場にしたいって人がいるんで、そのためにも下準備しないと。だから、今日はちょっと勘弁してもらえないかな。Aフェスの期間中は、ずっと上に上がれるようにするから、その時に見てもらうってことでどう？」

それでいいです、内海さん。

僕は内心、今上に上がらなくて済むことに安堵しながらそう返事をしていた。

「そうですか、分かりました」

兄は淡々と答えて引き下がった。

「ふうん。上で展示をする人がいるんですか。誰かしら」

醍醐覇南子はそちらのほうが気になるようだった。

「面白そうな場所ですよね。どんな展示をするのか楽しみだな」

そうか、アーティストとしての彼女は、作品の展示スペースとして火見櫓に興味があるのだ。

「北欧の人が展示するらしいよ。下見で来日した時に、あそこがいいって言ったんだって。その時はまだ、この消防署を使うかどうか決めてなかったんだけど、その人が使いたいって言ったから正式にここを使うことになったんだ」

「あら、そうなんですか。じゃあその人に感謝、ですね。ここ、展示にピッタリですもん。雰囲気あるし」

「うん、そうだね。場所の力もあるんだろうね」

場所の力。確かに、ここにはただならぬ雰囲気がある。その人も、芸術家としての勘で、一目見て何かを感じ取ったに違いない。

内海さんは腕時計に目をやった。

「今日はこんなところでいいかな？　僕らはもうちょっと打ち合わせしていきますけど」

「はい、どうもありがとうございました」

僕たちは揃って頭を下げた。

「何か聞きたいことがあったらまた今度。今日はお目にかかれてよかった」

「こちらこそ、お話しできて嬉しかったです」

兄がもう一度頭を下げる。

ほんとだよ。まさかこんなところで、両親の話が聞けて、母親とタイルとのつながりが分かるとは思ってもみなかった。

「じゃあ、また。ハナちゃん、連絡するよ」

「はい、私からも連絡差し上げますね」

醍醐覇南子は小さく手を振り、僕たち三人は内海さんたちをフロアに残して階段を下りた。

外に出ると、ホッとしてどっと疲労感を覚えた。

自分が、建物の中で相当緊張していたことに気付く。

醍醐覇南子が、少し歩いてから振り返った。

その目は、あの塔を見上げている。

僕らも同じように振り向いた。

空にそびえる、異様な存在感のある塔。

僕らを見ている。見下ろしている。そんな気がした。

じっと見上げる三人。

ぽっかりと壁に開いた窓は、真っ暗で何も見えない。

「——ねえ、確かに、あの時見ましたよね？」

醍醐覇南子が呟いた。

白い人影。窓を横切った誰か。

僕は、ぎこちなく頷くことしかできなかった。

第十三章　ちょっとした寄り道のこと、世間での呼び名のこと

そんなわけで、いよいよAフェスでいったい何が起きたのかを話さなければならない段階までやってきたのだけれど、ここでちょっと寄り道、というか、説明しておかなければならないことがある。

それが何かというと——例の「スキマワラシ」のことだ。

そう、僕らがあちこちで見聞きした、夏の服装をしたあの女の子。

とはいっても、「スキマワラシ」というのはあくまで兄と僕とのあいだでの呼び方であって、この頃、世間一般では、あの子は「まみちゃん」と呼ばれていた。

「この頃」というのはいつなんだ、という疑問を持つと思うけど、まあ、Aフェスが始まる頃には、と思ってもらって構わない。

あの子の存在についての噂は、徐々に広まっていた。

あの子が現れるのは特殊な場所ばかりだったから、最初のうちは工事関係者や建築関係者のあいだでの噂に過ぎなかったが、それが次第に一般の人たちのあいだにもじわじわと広がっていったのだ。

そのこと自体、奇妙な話ではある。

これだけ通信網が発達し、瞬時に無名の人が世界中に知れ渡る、という時代なのに、この「スキマワラシ」の噂だけは、なぜかネットにもなかなか登場してこなかった。

最初にあの噂を聞いた頃、僕は誰かがネット上に上げているのではないかとしばしば検索してみたのだけれど、それらしき情報は全く見かけなかったのである。

そのことが、僕はずっと怖かった。

人は——本当に言ってはいけないことは、言わないものなのだ。

そんな気がしたのだ。

本当に存在したからこそ（もちろん、今は僕もそのことを知っている）、目撃した誰もが口をつぐんでいる。そのことが逆に「スキマワラシ」の存在を強烈に証明している。

そんなことまで考えてしまった。

そのままフェイド・アウトしてしまう可能性もあっただろう。しかし、その後も、相変わらずあの子はあちこちで目撃され続けていた。つまりは、存在し続けていた。

ガセネタではなく、実際に、存在している。まさにホンモノなのだ。

となれば、さすがに口にする人が現れる。

目撃者が増えるにつれ、黙っていられなくなるのもよく分かる。僕だって、「アレ」という特殊な事情が無かったら、とっくに友達に喋っていたかもしれない。

そんなわけで、この年の初夏にはじわじわと噂が流れ始めていた。じきに壊される、実際に壊された場所に現れる女の子。何かを探している女の子。夏の服装をした幽霊。目撃者のあいだでは、彼女は「まみちゃん」と呼ばれていた。なぜ「まみちゃん」なのかは諸説あった。

廃墟の柱などの「間」に「見」えるから「間見ちゃん」だという説。

または、真に実在する、という意味で「真実《しんじつ》」を読み替えて「真実ちゃん」とする説。

あるいは、誰かの妹にそっくりで、思わずその妹の名前である「真美ちゃん」と呼びかけたら振り向いたから、という説。

どれが本当なのかは分からないけれど、ともかく世間ではあの子は「まみちゃん」という名前で通るようになっていたのだ。

「まみちゃん」はなぜ現れるのか。何を探しているのか。それが専らの話題だった。

「まみちゃん」が決まって古い建物に現れる、ということは知られていたし、しかも戦前からあるような建物に出るらしい、とも言われていたので、怪談好きの人たちのあいだでは、第二次大戦末期の空襲で亡くなった人たちの骨を集めているんだ、などとまことしやかに言われていた。

しかし、主流の噂は、やはりあの子は「座敷童子」のようなもので、ビルについている「ビル童子」なんじゃないか、というのが多かった。

夏の格好をしているのは、日本が暑い——熱い時期であった、かつての高度成長期の時代を象徴しているのではないかという、僕の店で児玉さんたちが喋っていたような説に落ち着いたわけだ。

「座敷童子」と同じく、どちらかといえば怖いものではないらしい、という見方が広がるにつれ、「まみちゃんに会いたい」と、「次に現れるのはどこか」を予想する人たちが現れた。

最初のうちは、せいぜい「今度あのビルが壊されるらしい」「どこどこではこんな解体工事が」などと、口コミで工事情報を伝え合う程度だったが、驚いたことに、やがて、一部では有志を募り、密かに「まみちゃんに会えるかもしれないツアー」まで組まれるようになった。

僕は内心ハラハラしながらその行方を見守っていた。解体工事現場に大勢の人が押し寄せ、スマホをかざしているところを想像してゾッとさせられたものだ。

しかし、ツアーにおける「まみちゃんに会える」成功率は極めて低いようだった。というか、「会えた」という報告は未だにゼロである。そのせいか、徐々に参加募集も減り、やがてツアーそのものが立ち消えになった。

それも分かるような気がする。

「まみちゃん」は工事関係者が仕事をしている際にたまたま「遭遇」するものであって、わざわざ「会いに行く」ものではないからだ。いわば、目的の行為における副産物であり、「まみちゃん」自体が目的になるのは何か違うように思う。

僕が「まみちゃん」だったとしても、物見遊山でやってくる人たちの前に現れたいとは思わないのではなかろうか（「まみちゃん」がそういう人々の思惑を理解できるかはさておき）。

それにしても、「まみちゃん目撃情報」のネット上の空間は、いつしか「解体工事情報」となり、いったいどのくらいの人が建設関係にお勤めなのかは分からないが、次々と新たな工事情報が上がってくるのには半ば感心し、半ばあきれた。

兄なんかは、「これ、俺たちの仕事にも有益な情報だな」と、かなり本気で工事情報をチェックしていたほどである。

ひっきりなしに更新されるそのリストを見ていて愕然とさせられるのは、全国で次々に姿を消していく古い建物の多さだった。中には僕でも知っている有名なビルもあり、地域のランドマーク的な文化財級のものもどんどん壊されていく。保存運動が成功することは、ごくまれだ。

奇《く》しくも今のこの時代、日本じゅうひっくるめての「再開発」の時期に当たっているというのもあるのだろう。そんな時期だからこそ、「まみちゃん」が現れ、しかも現れ続ける機会が増えているのだと考えずにはいられない。

「まみちゃん」の目撃情報そのものは途切れず、「まみちゃん」に対する関心と噂はこの年の半ばを過ぎてからも続いていた。

それでもまだ、ありがたいことに、僕が心配したように世間全体にワッと広まってニュースになるようなことはなかった。

　それは、「まみちゃん」を目撃した人たちのあいだにも、どこかでこのことはあまり大袈裟《おおげさ》にしたくない、一般的な話題にはしたくない、という雰囲気があったからだと思う。

「まみちゃん」の現れる場所が「転用」された場所である、ということに気付いている人はいないようだった。もしかすると気付いている人もいるのかもしれないが、そういう人は兄のように口をつぐんでいるのではないか。

　なぜなら、もしそのことが広まれば、「まみちゃん」が出現する可能性がある場所をかなり絞りこめてしまうので、そこに人々が押しかけるのは避けたいと考えても不思議ではない。

　ネットで「まみちゃん」目撃情報を追っている僕の心境はかなり複雑だった。

　僕は彼女に実際に遭遇しているし、お喋りに加わりたいのだけれど、それもできない。なにより、Aフェスの下見に行ってからというもの、絶対あの町で彼女に遭遇するという確信が日に日に強まってきているからだ。僕だけが知っているという快感と、黙っている後ろめたさみたいなものが常に僕の中で綱引きをしていた。

　それと同時に、もしあの場所が特定され、「まみちゃん」が現れる確率が極めて高いと気付いたみんながAフェスに押しかけたらどうしよう、という危惧もあった。

　きっと兄も似たようなことを感じていたと思うのだが、兄はいつものようにポーカーフェイスのままだった。

兄が唯一口にしたのは、「不思議だな。誰も『まみちゃん』の写真や動画を上げてない」ということだった。

それは僕も不思議だった。あれだけの目撃情報があるのに、誰も写真に撮っていない。となると、松川さんの撮ったあの写真はかなりのレアケースということになる。しかし、しばらくして松川さんに「あの写真、まだあります？」と尋ねたら、「あ、間違えて消しちゃった」という返事だった。

そんなわけで、僕が知る限り唯一の画像は消え去り、目撃者それぞれの記憶の中にのみ存在する「まみちゃん」だが、次の皆の関心事は、この先「まみちゃん」はいったいどうなるのかということだった。

今はまだかろうじて残っている古いビルがすべて解体された時、「まみちゃん」はどうなる？

消えてしまうのだろうか？

それとも、また新たな対象を見つけるのだろうか？　例えば、高層ビルとか？

その際、彼女はいったいどこに「つく」のか？　超高速エレベーターの中？　ロビーの受付カウンター？　地下の免震装置？　はたまた、てっぺんのヘリポートだろうか？

そして、高層ビルが寿命を迎えるまでそこにいる？

その時、「まみちゃん」は今と同じ格好をしているのだろうか？　夏服のままで、新たな場所を見つけるのか？

それとも、「夏の時代」から「秋の時代」に移り、枯葉色の長袖ワンピースを身にまとうようになるとか？　あるいは、一気に時代は「冬」になり、コート姿になるかもしれない。少なくとも、しばらくのあいだ、日本には「春」も「夏」も訪れそうにないし。

そんな話題がネット空間でひとしきり議論されたりした。その議論にも、僕は「まみちゃん」に対する親しみと畏れ、あるいはほろ苦い共感を感じ取っていた。

我々のいる時代が確実に変わっていく、それも根本的な世界の変化が今訪れつつある、という予感のようなもの。それを「まみちゃん」の存在に感じていたのではないかと思うのだ。

「まみちゃん」の目撃者たちは、そのことで奇妙な連帯感を持っていたように思う。

そして、その中で、これから始まるAフェスで、それらの問いに対するなんらかの答えが出ると予期していたのは、てっきり兄と僕だけだと思っていた。

しかし、実はそうではなかったということが分かるのだが、それはまた別の話になるので、後ほど。

とりあえず、今、ちょっと話しておきたいのは、Aフェスよりも前に聞いた、印象的な「まみちゃん」に関する目撃談のことだ。

「まみちゃん」は、古いビルに出現することが多いが、しばしば個人住宅にも現れるのは、僕も知っている（山間《やまあい》の元診療所とか、醍醐覇南子の横浜での展示の時がそうだった）。

兄と僕が気になったのは、かつては彫刻家の家とアトリエだったところを美術館にしたという、東京の東のほうにある古い一軒家での目撃談だった。

ここも、あまりに老朽化が進み、保存するのしないのという話が持ち上がっていたが、そのさなかに目撃されたという話である。

目撃したのは、彫刻家の子孫。

小さい女の子を連れた母親だった。

その日は休館日。彫刻家の係累や美術館関係者が集まり、この先美術館をどうするかについて話し合うことになっていた。

美術館は天井の高い洋館で、周りをぐるりと古い煉瓦塀に囲まれている。

家とアトリエは渡り廊下でつながれていて、廊下の片側は大きな窓になっていた。

窓の外に見えるのは、煉瓦塀と、その塀と窓とのあいだにある小さな池である。

普段なら、睡蓮《すいれん》の浮かんだ小さな池がそこに見えるはずだった。もっとも、あまり手入れが為されておらず、近ごろは余計な藻などが繁殖して、決して見栄えのいい眺めではなかったそうだ。

むしろ、高い煉瓦塀に挟まれ、陰鬱な雰囲気が漂っていたという。

関係者での会議は膠着《こうちゃく》状態だった。要は、維持するにしろ、壊すにしろ莫大《ばくだい》な費用がかかる。

保存したいという意見は多いし、子孫のあいだでもそういう声がほとんどなのだが、生半可なことでは難しい。それだけの覚悟があるかと言われると二の足を踏んでしまう。そんな状態だったそうだ。

その若い母親は、彫刻家のひ孫に当たる人で、子供の頃から何度もこの場所に来て遊んだ記憶があった。話し合いが膠着し、話の流れは徐々に美術館を手放す、要は壊してしまうほうに意見が傾きつつあり、彼女はそのことにいたたまれなくなって、小さな娘を連れてそっと会議の場を抜け出したのだ。

かつては綺麗な花を咲かせていた睡蓮の池をもう一度見ようと、廊下に出たそうである。

先に娘が廊下に駆け出し、母親は少しその場に佇んでぼうっとしていた。ここがなくなってしまう。そのことが自分で思っていた以上につらくて、動揺していたのだという。

そこに、娘の声がした。

『ママ、あの子だれ?』

その不思議そうな声に、母親は顔を上げて、娘が窓に張り付いているのを見た。最初に感じたのは、やけに外が明るいな、ということだったそうだ。

『えっ?』

母親はそう言って、娘の視線の先を見た。

と、窓の外に見えたのは青空だった。

遮るもののない青空。

母親はぽかんとした。次の瞬間、ひどい、会議をするなんて言っておいて、実はもう強制的に解体工事を始めたのだ、煉瓦塀が撤去されてしまったのだ、と強い怒りを感じたという。

しかし、その次の瞬間には、いや、そんなはずはない、今見えているものはおかしい、ということに気付いた。

煉瓦塀を撤去されたら、そこには道路があって、向かいにある大学の建物が見えるはず。十階はある建物が並んでいるので、塀がなくなったからといって、こんな青空が見えるはずはないのだ。

しかし、現に目の前に広がるのは青空である。

そして、どうやら、足元には瓦礫らしきものが積み重なっている。あちこちに曲がった鉄骨や、はみ出した鉄筋が、辺りを埋めた瓦礫の中にシルエットを作っている。

なんなのこれ？　ここはどこ？

母親は大混乱に陥った。

そして、娘が言った「あの子」に気付いたのだ。

小山のようになった瓦礫の上に佇む少女。

白いワンピースに捕虫網を持ち、何かを探すように足元をきょろきょろ見回している女の子。

ひょいと隣の鉄骨に飛び乗り、あるいはパッと別のコンクリートの塊の上に飛び移る。

あの子はいったい何をしているの？

母親は娘と一緒に、窓に張り付いて少女の一挙一動を見守った。

すると、少女が二人に気付いた。

母親は、少女と目が合ったと感じた。

母親はゾッとしたそうだ。

あの子は、あたしたちを見つけた。

そう思った瞬間、少女は二人のほうに向かってきたのだ。

ひょこっ、ひょこっ、と身軽な動きで、瓦礫のあちこちに飛び移り、こちらに向かってくる。

娘は歓声を上げ、手を振った。

『こっち。こっちだよ』

しかし、母親の感じたものは、凄まじい恐怖だった。

あの子はこっちにやってきてどうするというの？　まさか娘を連れていくのでは？

母親は、反射的に娘を抱き上げ、廊下を駆け出していたという。

その時、娘の『ちがうよ』という声を聞いたが、まずは慌ててその場を離れ、娘を強く抱き締めてかばうようにしゃがみこんだ。

しばらくそのままじっとしていたが、辺りはしんとしたままで、何かが起きる気配はない。

恐る恐る顔を上げてみると、窓の外は、いつもの陰鬱な、閉塞感のある池のある庭に戻っていた。

それでも、しばらく母親はぼうっとしていた。

『いなくなっちゃったね』

娘がそう呟いた。

その声を聞いて、母親はハッとした。

さっきなんで『ちがうよ』と言ったの？

そう尋ねると、娘は『だって、あの子にハナちゃんなの？　って聞かれたから』と答えた。

『ハナちゃん？』

母親は思わず聞き返したが、娘は「そうだ」と頷くばかり。母親は、その『ハナちゃんなの？』という声を聞いていないので、どうやらその声が聞こえたのは娘だけらしい。

母親は、自分が見たものが何なのか、しばらくのあいだ混乱していたという。しかし、自分だけではなく娘も体験しているので、起きたことは確かである。いったい何が起きたのかと、ヒントを求めてネットを検索しているうちに、「まみちゃん」のサイトに辿り着いたというのである。

この話に兄と僕が反応した理由はもうお分かりだろう。

瓦礫の上の少女。こちらを認めて、向かってくる少女。

兄が、横浜の醍醐覇南子の展示のあった家で体験したのと、全く同じ状況なのだ。

「まみちゃん」の目撃談はこれまでにもいろいろあったけれど、ここまで兄の体験と細部がぴったり一致したのはこの話だけだったので、特に強く印象に残っている。

「まみちゃん」のいる、あの瓦礫の積み上がった場所は「どこ」なのか？

あの場所はいったい「何」なのか？

彼女はあそこで何を探しているのか？

兄とも何度も話し合ったけれど、むろん結論は出ない。しかし、あの場所が「まみちゃん」のホームグラウンドのひとつらしいし、あそこからそれぞれの場所——古いビルや古い一軒家など——に「やってきて」いるのだと考えてもよさそうだ。

そして、もうひとつ。

話しておきたい印象的な目撃談がある。

これは、いわば「まみちゃん」を知る人たちのあいだでは典型的な、大方のイメージ通りの「まみちゃん」目撃談ともいえる。

「まみちゃん」が現れたのは、地方都市の古いビル。

大手食品輸入会社の地方支店のビルで、もう支店機能そのものは他のビルに移転しており、しばらくのあいだ空きビルになっていたという。

ある日、店の前を通りかかった若者が、どっしりした雰囲気の一階のフロアが気に入ったので、カフェとして使わせてもらえないかと申し出て、リノベーションをして開店した。

お洒落な雰囲気のカフェとして一年近く人気を集めていたが、やはり見えない部分の老朽化は著しく、漏電事故で小火《ぼや》を出してしまい、ついに取り壊しが決まったのだそうだ。

解体工事の打ち合わせと下見にやってきた業者の一人が、「まみちゃん」を目撃した。

晴れた日の午前中。

業者の一人は、エレベーターに乗っていた。

文化財級の、ものすごく古いエレベーターで、昇降するのにえらく時間がかかる代物である。昇降中は小刻みに揺れ、止まる時にはがっくんと大きく揺れる。大丈夫なのか、と不安になるようなエレベーターだったそうだ。

その人は、一人でエレベーターに乗り、じっと中で文字盤を見上げていた。

ドアの上にある階数を示す文字盤の上を矢印がゆっくりと移動する、という年代物の表示である。

ゴトゴトと揺れるエレベーターの中で、その人は文字盤の上をじりじりと動く矢印を見つめていた。何度もこのエレベーターに乗っていたが、この時はひときわ遅く感じたという。

この時、エレベーターは下降中だった。

ビルは五階建て。

矢印は、三階から二階への間を指していた。

その時、ごとん、と何かが落ちるような音が背後に聞こえた。

その人は扉の前に立っていて、後ろにはかなりのスペースがあった。

当然、音の正体を見ようとその人は振り向く。

そこに、「まみちゃん」がいた。

いつもの格好の「まみちゃん」。

白いワンピースに空色の胴乱を提げ、三つ編みの髪に麦わら帽子。

その「まみちゃん」が体育座りのポーズで、エレベーターの隅っこに座っていたのである。

なぜかその時、その人はあまり驚かなかったのだそうだ。

なんでこんなところに子供が、とは思ったが、不思議と怖さは感じなかった。

ただ『あれっ』と声を上げ、「まみちゃん」をまじまじと見つめていたのだそうだ。

「まみちゃん」は床に座って、胴乱の中を見ていた。

蓋の陰になって中は見えなかったが、じっと胴乱の中を覗き込んでいたという。

『君、どこの子だい？』

その人はそう声を掛けた。どこか懐かしい感じがして、知り合いの子ではないかと思ったからだそうだ。

「まみちゃん」はハッとしたように顔を上げて、ぽかんとその人を見上げたが、きょろきょろと辺りを見回すばかりで、その人を「目に留めて」いるようには見えなかったらしい。

その人は、「まみちゃん」の愛らしいつぶらな瞳を一瞬覗き込んだが、奇妙なことに「何も映っていなかった」という。

その人は振り向いて、外を見た。

ガタン、とひときわ大きな音がしてエレベーターが止まり、扉がゆっくりと開いた。

一階のフロア。そこここを工事関係者が歩き回り、打ち合わせをしている。

その人は、慌ててもう一度エレベーターの中を振り向いた。

しかし、その時には、もう「まみちゃん」はいなかった。エレベーターの中は、その人一人きりだったのである。

その人は、すぐに打ち合わせに合流したが、まだ自分が異様な体験をしたという実感はなかった。

あの子は誰だったんだろう、と考えた程度で、現場の喧噪の中で、たちまち忘れてしまった。

じっくり考えたのは、その晩布団に入ってからである。

あの子はいったい「何」だったんだろう。

そこで初めて、自分がこの世ならぬものを目撃したと気付いたのだそうだ。

それでも「怖い」とは思わなかった。

あの子が「悪いもの」には見えなかったし、あの時、あの子のいる世界と自分のいる世界がたまたま交差したのだ、という気がした。あの子には自分が見えていなかったし、同じ空間にはいたが、あの子は異なる場所にいたのだ、と思った。

それよりも、あまりにもあの子がはっきりと見えたことに感心したという。

あの子があそこに座り込んだ音も確かに聞こえたし、すぐそこに座っているという明確な存在感があった。確かに不思議な体験をしたのだ、という確信だけが残ったそうで、最後まで「怖い」とは一度も感じなかったそうだ。

この人の体験が特殊なのは、同じビルでもう一度「まみちゃん」を目撃していることである。

「まみちゃん」を複数回目撃している人は他にもいたが、同じ場所で二度も遭遇している人はとても珍しかったのだ。

それは、いよいよ解体工事が始まる、という日の朝のことだった。

その人は誰よりも早く現場にやってきて、最終点検ということで、ビルの中を歩いて見て回っていたのだ。

この日も、よく晴れた穏やかな朝だった。

既に電気は通じていないので、ビルの中は真っ暗だったが、それでも窓の向こうはとても明るく、東側の窓からはさんさんと陽射しが降り注いで廊下に光が当たっていた。

ビルの中はしんと静まり返っていて、乾いて空虚な空間だけがあった。

その人は、一階から二階への階段を上っていた。

踊り場を折り返し、二階のフロアへと差し掛かった時である。

ガタン、という大きな音がした。

「えっ」とその人は足を止めた。

その音は、確かに聞き覚えのある音だった。

何度もこの耳で聞いた、エレベーターが各階に止まる音だったのだ。

この時は、その人は明らかに「おかしい」と思ったそうだ。

もはやこのビルに電気は通っていない。すべての配線は「死んで」いるはずだ。

しかし、あれは紛れもなく、エレベーターが止まった音である。

その人は、二階の廊下を覗き込んだ。

暗がりの中に、エレベーターがある。

そして、見た。

エレベーターの扉が恐ろしくゆっくりと開いていくのを。

有り得ない。

刹那、そう思った。この時ばかりは、全身に鳥肌が立つのが分かったそうだ。

その人は、その場に固まったように動けなくなった。文字通り、呼吸すらできなくなったように感じたという。

それでいて、エレベーターから目が離せなかった。扉は、いつもよりもゆっくりと開いたような気がした。

扉の中は、真っ暗だった。

ほんの少し、短い間があったが、永遠のように感じられた。

次の瞬間、パッと誰かが飛び出してきた。

あの少女。

以前見た、エレベーターの中に座っていた少女である。

麦わら帽子を押さえ、捕虫網を持って中から駆け出してきて、そのまま一目散にその人の目の前を駆けていった。

脇目もふらず、まっすぐに廊下を駆け抜けていったのだ。

その人は、ぽかんとしてそれを眺めていた。

奇妙なことに、少女の動きはスローモーションのようだった。コマ送りの画面のように、ゆっくりに見えた。

すべてがクリアに見えた。

宙に揺れる三つ編みの髪の毛。

ひるがえるワンピースの裾。

ほんの少し身体から浮かんでいる空色の胴乱。

それらが皆くっきりと、細部まではっきりと見えた。

その時には、恐怖は消えていた。

少女はきらきらと輝いていた。

暗いビルの廊下のはずなのに、少女は真昼の青空の下を走っているかのように光を浴びていた。

彼女は、どこか風の吹き渡る広い場所を駆けている、と思った。

その人はゆっくりとスローモーションで駆けていく少女を目で追った。

少女が目の前を駆け抜けた時、草いきれのような匂いと、お日さまの匂いをかいだという。

少女はまっすぐに廊下を走ってゆき、その白い背中がゆっくりと遠ざかっていった。

廊下の突き当たりは、大きな窓のある壁だった。

少女は足を緩めることなく、まっしぐらにそこに駆けてゆく。むしろ、ますますスピードを上げているかのようだ。

危ない、ぶつかる。

そう思った瞬間、少女の姿は消えていた。まるで壁を突き抜けて、どこかに駆け去ってしまったかのようだった。

後には静寂だけが残った。

その時、その人は、行ってしまった、置いていかれた、と感じたという。もう終わってしまった、という一抹の淋しさ。そんな気持ちだけが残っていたのだ、と。

その人は「まみちゃん」が消えた壁に近寄り、そっと撫でてみた。もちろんひんやりとした硬い壁で、通りぬけることなどできそうにない。

この建物は、これでもう完全に役目を終えた。

そう感じたそうだ。

この目撃談を読んだ時、僕は奇妙な懐かしさを感じた。この人の体験した感情に、深い共感を覚えたのだ。

これが僕らにとって印象的な目撃談になったのは、のちにこの投稿した本人に会うことになるからである。

それも、ほかならぬAフェスという場所——僕らにとっては、とても個人的かつ運命的な場所で。

第十四章　みんなのこと、僕らのこと

後から振り返ってみると、どんな大きなことでも、始まる時はとても静かだしきっかけはささいなところからだ。

たいていのアートフェスティバルは夏休みに行われるのだけれど、Ａフェスの場合、夏の終わり——八月の最終週から始まるという、少し変則的なスタートだった。

そのせいか、Ａフェスの始まりそのものが少し静かで、のんびりとした雰囲気に包まれていた。

僕らも、Ａフェスには結局ずっと通い続けることになった。

アートとアンティーク、というコラボレーション企画には、僕らがＡフェスに出店することも含まれていたからである。

兄か僕のどちらかがＡフェスに出かける、というスケジュールになったため、僕らはS市に宿を探した。なるべく安いところ、と思って探していると、またしても醍醐覇南子に世話になることになった。

彼女にアトリエとして工場の二階を使わせてくれている大家さんが、両親の隠居場所として使っていた部屋があるから、そこを格安で（要は掛かった光熱費だけ、という実にありがたい条件だった）三ヶ月間貸してくれるというのである。

ご両親は今は近郊の介護施設に入ったので、もう一年近く空いているとのこと。

しかもそこは離れになっていて、風呂とトイレ、簡単なキッチンまで付いており、願ってもない好条件だった。おまけに醍醐覇南子のアトリエの目と鼻の先だ。

こんなふうに、一ヶ所に長期間通うのは、僕らとしても珍しい体験だったので、遠足に行く子供のようにわくわくした。

Aフェスの開催が間近に迫った八月半ば。

店に出すものや、簡単な身の回りのものをその部屋に運び込んだ時、なぜか奇妙に懐かしい心地がした。

なぜか「帰ってきた」という感覚が込み上げてきたのである。

その要因のひとつに、ナットの存在があることは間違いなかった。

そう、ジローにそっくりなあの犬。いつもだらしなく寝そべっている、あの犬である。

僕らが借りた離れに行くには、ナットの前を通る必要があった。

「久しぶりだな、ナット。しばらくのあいだ、よろしくね」

僕はなんとなく、そうナットに声を掛けた。

例によってナットはやる気のない様子で寝そべっていて、僕らのことなど眼中にない様子だった。

一応挨拶はしたぞ、と思いながらナットの前をスッと通り過ぎた時である。

突然、左足が動かなくなり、僕は前につんのめっていた。

「えっ？」

僕は何が起きたのか分からず、慌てて振り向いた。

と、そこにあるナットの顔。

ナットはじっと僕を見上げていた。

その目には何も浮かんでいない。

無表情、というのがぴったりである。

なんと、ナットはなぜか僕のズボンの裾に嚙み付いており、僕のことを引きとめていたのである。

「なんで？」

僕は混乱し、思わずそうナットに問い掛けていた。僕の前を歩いていた兄が振り返り、その様子を見て目を丸くする。

「弟よ、好かれてるな」

「これって好かれてるのかなあ」

僕は、無表情に僕のズボンの裾をくわえているナットを見下ろした。

「どうしたんだ、ナット？」

しゃがみこんでそう尋ねるが、ナットは相変わらず無表情であり、やがて唐突に口を開いてぷいとよそを向き、再びごろんとその場に寝そべってしまった。

「なんで？」

僕はもう一度ナットに尋ねた。

しかし、ナットはもう僕に興味を失ってしまったかのように、いくら呼んでも反応しない。

僕を見上げていたナットの目が印象に残っていたが、そこからは何も読み取れなかった。

「おまえのことを思い出したんじゃないのか」

ナット＝ジロー説は兄と僕のみの仮説だったが、それを半ば冗談、半ば本気で信じている兄がそうからかった。

「まさか」

そう返したものの、僕が内心兄と同じようなことを考えていたのは否定しない。

やがて、この三ヶ月限定の「居住者」になってみると、いよいよナットは不思議な犬だということが判明した。

ナットには警戒心というものが欠けている上に、あまり他者に対する好奇心を持ち合わせていないようだった。ジローよりも更に老成していて（実際年寄りなのかもしれないが）、ジローと同じく番犬としては全く役に立たないようである。

散歩がそんなに好きでないところもジローと似ていたが、ナットは「とりあえず朝夕散歩に行かねばならない」ということは承知している節があった。

いやいやではあるが、「犬である立場上、そういうおつとめが必要」ということは分かっているらしく、朝晩誰かが来ると、いかにも義務的な様子でのっそり立ち上がり、散歩に出かけてゆく。

彼が義務だと思っているのは、誰が相手でも散歩に出かける、というところからも明白だった。

よそのうちの犬たちは、毎朝大好きな主人が来るのを待ちわびており、この人でなきゃいやだ、という忠誠心を全身で表現しているのに、ナットにはそんなところがこれっぽっちもなかった。

ナットは自分のリードを誰が持っていようと構わないのである。

本物のご主人であるところの大家さんは、このところ膝を痛めており、しばしば他の人が散歩のお供を務めていた。

醍醐覇南子が散歩に連れていくという話は聞いていたが、彼女は長いことこのアトリエを使っているし、そんなに不自然なことではないだろう。

しかし、僕が散歩相手を務めるというのは今いちよく分からないのではないか。

初めてこの「離れ」で一泊して起きた朝。

なんとなく外に出た僕は、なんとなくナットと目が合った。「おはよう」とかなんとか言ったような気がする。

すると、ナットがのそりと立ち上がった。相変わらずの無表情だが、「おつとめの時間です」というように僕を見上げている。

僕は戸惑いつつ、大家さんの家のほうに目をやった。

誰か家の人がナットのところにやってくるのではないかと思ったのだ。

だが、誰もやってくる気配はない。

僕は部屋に戻ることもできず、ぼんやりと（正直に言うと、ややビビりながら）ナットを見下ろしていた。

すると、ナットが「仕方ないな」というようにリードに目をやったのだ。

なぜかその瞬間、僕は反射的にナットのリードをつかんでしまったのである。

そんなふうにして、ナットとの初散歩は始まった。犬と散歩に出かけるのはあまりにも久しぶりで、僕はへっぴり腰だった。

っていうか、僕が連れ出していいわけ？　後から家の人がやってきて、「散歩に行こうとしたらナットがいなくなっていた」と騒ぎ出したらどうしよう。

僕は振り返り、振り返り、ナットの後についていった。

ナットは慣れた様子で淡々と道を歩いていく。

そのうちに僕も慣れてきて、早朝の町を、ナットと歩調を合わせて歩いていった。

十分も歩くと、ずっとこの町をナットと一緒に毎朝散歩していたような心地になってくる。

犬と共に歩く町は、普段とはちょっと違う顔を見せる。

犬を連れて歩く他の人と「おはようございまーす」と挨拶しながらすれ違うのも、懐かしくて新鮮な体験だ。

三十分も歩いて戻ってくると、すっきりした気分だった。一仕事終えて、世界の秩序をひととおり身体の中に収めたような感じ。

そうそう、犬の散歩ってこんな感じだったな、と思った。

そこにひょっこり大家さんが顔を出した。

大家さんは別に驚くこともなく、「散歩に連れてってくれたんですねえ、ありがとうございます」と、ごくごく自然なことのように頭を下げた。

僕もまた、「いえいえ、気持ちよかったです」と自然に頭を下げていた。

そしてなぜかこの日以来、僕がこの「離れ」に泊まっている時は、ナットの散歩は僕が行くようになってしまったのである。兄の時には出かけようとしないというのに。

僕らがS市を訪ねる度に、醍醐覇南子の作品も、少しずつ形になっていった。

彼女の作品は、恐ろしく手間のかかるものだと薄々気付いていたけれど、今回の作品もまた、いつ見てもまだ同じことをやっているように見えるほど、作業には時間が掛かっていた。

どの瞬間、完成したということが分かるの？

作業の合間に、そう彼女に尋ねてみたことがある。

恐るべき集中力で制作を続ける彼女は、僕が差し入れたどらやき（すっかり差し入れにも慣れてしまった）にかぶりつきながら「そうねえ」と考え込んだ。

すとんと落ちてきた時かな。

そう呟く彼女に聞き返す。

落ちてきたって、何が？

なんだろう。

彼女は口をもぐもぐさせながら考える。

分からない。とにかく、こうやってずーっと夢中になって作ってるでしょ、いつ終わるかなんて考えない、ひたすら走りっぱなし。でもね、しばらくすると、ふっと何かが胸の中にすとんと落ちて、作品が私の手から離れる瞬間があるの。たぶん、その時が出来たってことなんじゃないかなあ。

ふうん。腑に落ちる、とか？

僕がそう尋ねると、「うん、それに近いような感じかな」と彼女は頷いた。

僕らが提供した窓とドア、そして倉庫街から持ってきた金属のドア。

それがどんな作品になるのか僕らも非常に楽しみにしていたが、Ａフェスの開催直前、ようやくほぼ出来上がったと聞かされたものの、なかなか彼女は完成品をお披露目してくれなかった。

見たい、見たいと僕らが大合唱をしても、「まだダメ」の一言で、しまいのほうはアトリエにも入れてくれなくなってしまった。

ようやく見せてもらえたのは、Aフェスのプレオープンの時だった。

それは、一般客に見せるよりも前の、関係者だけでの前祝いでもあり、いろいろ不具合がないかを確かめるためのリハーサルでもあった。

プレオープンのパーティは、繊維業界の組合で持っていた風格のある古いビルで行われた。問屋街の中心にあり、今回のAフェスのメイン会場のひとつでもある。

プレオープンのパーティは、それまでの長い道のりを知っているだけに、これからようやく始まるのか、という感じで、関係者もほとんど顔見知りになっていたせいか、なんだか不思議な心地がした。

オトナの文化祭みたいだな。

パーティ会場を歩き回り、骨董商仲間や内海さんら実行委員の人たちに挨拶をしつつ、兄と「もう終わったような気分だねー」と話していた。

ほら、最近のハリウッド映画は、前宣伝期間が長いだろ？　特報、カミングスーン、と一年近く前からさんざん宣伝映像を見せられているから、公開される前にもう見たような気になるんだよな。実際、えっ、これから公開なの？　ってびっくりする時がある。

あんな感じだ。

兄がビールを舐《な》めながらそんなことをのんびり呟いた。

本当のところは、これが「始まり」であったのだが、プレオープンの時には、僕らはまだそんな暢気《のんき》なことを言っていたのだ。

するとどこからともなく醍醐覇南子が現れた。「太郎さん、サンタ君、来て」と僕の腕を引っ張る。

今日の醍醐覇南子は、見慣れたエプロン姿ではなく、とても鮮やかなブルーのワンピースを着ていた。ストンとしたシンプルなシルエットのワンピースは、彼女によく似合っていた。

僕らはつかのま彼女に見とれてから、ハッとした。

「ひょっとして、作品見せてくれるの？」

僕がそう尋ねると、彼女はずんずん僕らを引っ張っていきながら、ちょっとだけ振り向いて横顔で笑ってみせた。

「やっとセッティングが終わったから」

ついに、見られる。

僕はわくわくしてきた。

彼女の作品が、この繊維会館の地下のフロアに展示されることは知っていたものの、これまで一歩も足を踏み入れていなかったのだ。

パーティ会場を出ると、そこは静かで、昔の時間が流れているように感じられた。

地下に下りる階段はひっそりしていて、知らなければこの先に展示があるなんて気付かないかもしれない。

地下のフロアに着き、短い廊下の先に、ぽっかりとひらけた場所の気配があった。

どことなく懐かしい暗がり。

地下なのに、天井はかなり高く、閉塞感はない。

大きく開け放された扉。

その向こうに広がる空間は暗い。

僕らは恐る恐る中に足を踏み入れた。

「えっ」

兄と僕は同時に声を上げていた。

風が吹いてくる。

ちょっとひんやりした、かすかな風だ。

白いレースのカーテンが天井から下がっていて、その裾がこちらに向かって吹き上げられていた。

手前のカーテンを押しのけると、その向こうにもう一列白いカーテンがある。

そのカーテンも押しのける。

正面に、明るい空が見えた。

ゆっくりと空を動いていく雲。

青空の下には、草原が広がっている。

ざわざわと草が揺れている。

「これって、いったい」

兄と僕は絶句していた。

これは、まるで、兄があの横浜の家で見た景色ではないか。

ひょっとして、またしても僕らはあの場所に入り込んでしまっているのか？

そう混乱した瞬間、パッと映像が消えた。

すると、映像のあったところはやはり白いカーテンで、その向こうにポッと明かりが点り、ふうっと浮かび上がるオブジェがあった。

更にカーテンを押しのける。

そこには、ちょっと不思議な光景があった。

その右側に、嵌め殺しのガラス窓のついた木のドア。

真ん中に金属のドア。

左側には、宙に浮かんだ木の窓。

一瞬、僕はそれが僕らの提供したものだとは分からなかった。

なぜなら、そのドアと窓には、花が咲き乱れていたからである。

白い花と黒い花。醍醐覇南子のトレードマークである、モノトーンの花々。

それだけではなく、その周りを「空飛ぶ花」が取り巻いていたのだ。

「うわあ。これ、どうなってるの？」

思わず僕は歓声を上げていた。

「上から糸で吊ってるんです」

醍醐覇南子が天井を指差した。

よく見ると、無数の透明なテグスが雨のように天井から吊り下げられていた。その長さの異なるテグスに、白い花と黒い花が結びつけられていて、パッと見には花が空を舞っているように見えるのだった。

「これ、たいへんだったでしょう」

兄が感嘆の溜息をつく。

金属製のドアに生えている白い花と黒い花は、いつもながらどうやってくっつけているのか分からないくらいだった。青と緑のグラデーションに、よくその白と黒が映えている。

その精密なできばえに感心するのと同時に、僕の目は別のところに惹きつけられていた。

木の窓の向こうにあるもの。

「ねえ、醍醐さん、あれって」

僕は目で合図する。

麦わら帽子。

兄と僕は、それを見てなんとなく身体を強張らせていた。

少し波打った古いガラスの向こうには横向きになった麦わら帽子が見えた。

その角度は、窓の向こうに誰かが立っているように見えるのだ。

「うふふ、扉を通り抜ける女の子をイメージしたの」

醍醐覇南子は無邪気に笑う。

「ほら、ここも」

彼女がスッと指差すところを見て、僕らはギョッとした。

金属製のドアの、下のほう。

咲き乱れる花のあいだに、足が見えた。

ズック靴を履いた小さな足――ふくらはぎから少し下の部分――が、ドアの中からにゅっと突き出しているのだ。

白いソックスを履いた、少女の足。

よく見ると作り物だと分かるのだが、一見したところ、本当に小さな女の子がたった今ドアを通り抜け、ドアの向こうに消え去る寸前のようだ。

「ね、ちょうどドアを通り抜けたところなの」

醍醐覇南子はにっこりと笑ったが、僕らはとてもじゃないが笑えなかった。

映像と照明、そしてオブジェを使った彼女の作品は、僕らからしてみれば、「スキマワラシ」をモデルにしたものとしか思えなかったが、この時、僕らは彼女にそのことを確かめることができなかった。

それを口にしたら、何か取り返しのつかないことになるような気がしたからだ。

醍醐覇南子は「スキマワラシ」を見たことがあったのだろうか。

あるいは、見たことがなくても、噂くらいは知っていたのだろうか。

この時はまだ分からなかったけれど、彼女のあの作品を初めて目にした時のことは、現実とまぼろしがあの部屋に足を踏み入れた瞬間に溶け合ってしまったかのような、強烈な印象を残したのだった。

兄と僕は感嘆の言葉を漏らすのが精一杯だった。

実際、彼女のオブジェはとても美しかったし、ドアと窓は見事に調和していたので、彼女も僕らも、主催者側も、出来栄えに文句はなかった。

そんなふうにして、Aフェスは、どちらかといえばひっそりと始まったが、不思議な熱狂があった。

それまでにも何度か地方のアートフェスティバルに行ったことはあったが、雰囲気はそれぞれに異なる。

大々的かつ商業的なもので、いかにもイベント感のあるもの。手作りでこぢんまりとした、それこそ学校の文化祭っぽいもの（素人っぽいとも言える）。きっと最後まで主催者側と参加者側のイメージが共有できなかったんだなと思うもの。

それぞれに面白いところはあったし、残念なところもあった。

しかし、Aフェスは、それまでに見たどれとも違っていた。

前にも話したと思うが、現代アートというものが、日常に強烈な異化作用をもたらすものであり、見慣れた景色の中に見たことのないもの——あるいは、その中に隠されていたもの、内包されていたものを顕在化せしめるものであり、もしかしたらこっちの世界が本物の世界なのではないか、と思わせる（疑わせる）体験だったのだ。

三ヶ月間、S市には別の世界が出現していた。あの町に行く度、異次元に入り込むような、奇妙な浮遊感があった。

僕は今でも思い出す。

S市の問屋街を歩いている時の、あの感じ。

一見なんの変哲もない町なのに、そこここで何かに呼ばれているような感じ。

むろん、僕はずっと警戒していたので、不用意に何かに触れるようなことはしていなかった。

いずれは「触れ」なければならないという予感はあったが、それは今ではない、という気がしていたのだ。

会期中、僕は何度も醍醐覇南子の作品を見に行った。

繊維会館の、地下の廊下の奥の暗がり。

ふわりと吹いてくる風。裾が持ち上がる白いレースのカーテン。

カーテンに映し出される青空と草原。

宙を飛ぶモノクロームの花。

ずっと見ていても、決して飽きなかった。

店番の合間を縫っては、別の会場にも足を運んだ。

ねっとりとした水を湛えた運河の倉庫街に出現した、巨大な祝祭の場。

運河から上がってきたように見える人魚や、半魚人がいる。廃線となった引込み線の上を走る、幻の帆船がある。

夕暮れの倉庫街の上空を彩る、電飾の星々。

問屋街の中に設けられたカフェには、いつも誰か知り合いがいて、なんとなく長居をしては、お茶を飲んだり、ビールを飲んだりして過ごした。

アートとアンティークのコラボという企画は、なかなかに好評だった。

実店舗を持たないうちとしては、店を出すというのは初めての試みだったのだけれど、意外に若い人がうちの古道具を面白がって買っていってくれた。

密かに骨董に興味を持っていて、買ってみたいと思っている人がけっこういることにも驚いた。

もっとも、それは醍醐覇南子の作品が大いに影響していることは明らかだった。

ああいうドアが欲しい、ああいう窓が欲しい。

そう口に出して店に来る人が、かなりいたのだ。

同じように作家とコラボをして、出店した骨董商でも、作品の出来いかんによって売り上げに差が出たらしい。僕らが醍醐覇南子と組めたのは、うちとしてはありがたかったことになる。

Aフェスのあいだは、不思議な二重生活を送っているようだった。

内海さんや児玉さん、醍醐覇南子とは擬似家族のようで、S市にもうひとつの家族がいるような感じ。

会期も半ばを過ぎ、急速に秋めいてきた週末の朝。

僕はすっかり習慣になったナットとの散歩に出た。いつのまにか気温も下がり、上着なしではちょっと寒いくらいだ。

この次からは何か羽織ろう、と思いながらナットの後ろを歩いていると、不意にナットが僕を振り向いた。

それは珍しいことだったので、僕は思わずナットの顔をまじまじと見てしまった。

無表情な、それでいて何かもの言いたげな顔。

と、突然、ナットが走り出した。

リードに加わる力の大きさに面喰らい、驚くのと同時に一緒に駆け出していた。

こんなに速く走れるなんて。

ナットが全力疾走すること自体初めてのことで、混乱しながらもなんとかついていく。

リードを放したら最後、あっというまに置いていかれそうだ。

普段の散歩コースではない。周囲の景色がどんどん後ろに流れてゆく。

どこに行くんだ？

いい加減息切れしてきた僕は、行く手に見えてきた建物にぎくりとした。

あの塔。

ナットは、僕が会期中もなんとなく避けてきた、あの消防署に向かっている。

ナット、あそこはダメだ。

僕はそう叫んでいた。

行っちゃダメだ、ナット。

ナットは相変わらず足を緩める気配はない。

ついに、僕はリードを手放してしまった。

ナットが一直線に消防署の中に駆け込んでいくのが見えた。

肩で息をしながら、僕はふと塔を見上げた。

その窓には、じっとこちらを見下ろしている白い人影が――

そこで、ハッと目が覚めた。

一瞬、自分がどこにいるのか分からなかった。

離れの布団の中だ。今のは夢だったのか。

僕はのろのろと起き上がった。

そもそも眠りは浅いほうなのだけれど、妙にリアルな夢だった。ナットに引っ張られるリードの感触がまだ手に残っているくらいである。

今まで寝ていたはずなのに、全力疾走した疲労感まで覚えている。

顔を洗って外に出てみると、夢の中で僕を置き去りにして走っていったナットがいつものようにだらんと寝そべっていた。

僕を認めると、「おつとめですね」という無気力な表情でのっそり立ち上がる。

この朝の散歩は、まるで二度目のようだった。

今にもナットが僕を振り返り、突然駆け出すような気がしてならない。

しかし、ナットは一度も僕を振り向きもせず、いつものコースを彼のテンポで歩き、いつも通りに帰還した。

なんだったのだろう、あの夢は。

僕は歩きながら考えた。

ここから消防署までは、夢の中の体感時間程度では辿り着けないほど遠いのに。

やがて、思い当たった。

もしかして、無意識のうちに、消防署に行かねばならないと思っていたのだろうか？

あるいは、店番があるから、と言い訳して消防署に行くのを避けている自分を責めているのか？

ナットすら痺れを切らして駆け込んでいった。

僕は、あそこに行かなければならないのだろうか。

そんなことをぐずぐずと考えながら、その日は店番をしていた。

この日は兄も夕方からS市に来る予定だったが、兄も僕も、まだ消防署の塔の展示だけは見ていなかった。北欧のアーティストが選んだというあの場所。

行かなければ。行きたくない。

一日中、両方の気持ちが僕の中で綱引きしていたが、じりじりと日が傾き、午後が深くなってきてぼちぼち店じまいかという頃、醍醐覇南子が店にひょっこりやってきた。手には、大きなミラーボールを抱えている。

「何それ？」と尋ねると、醍醐覇南子はにっこり笑って答える。

「消防署の上のフロアでダンスパーティがあるから、飾りつけの手伝い。サンタ君も手伝ってくれない？」

彼女は今日もエプロン姿だった。

そういえば、昔はよく消防署で開かれていたダンスパーティを復活させようという話があると言っていたっけ。

「いいですよ」

僕は二つ返事で頷いた。

「ひょっとして、そのミラーボール、醍醐さんが作ったの？」

「そう。お手製ミラーボール」

並んで歩きながら、彼女と一緒なら消防署も怖くない、と思った。ホントにこの人は、水先案内人のように、いつもどこかに僕らを導いてくれる。そんな気がしたのだ。

朝の夢で見た消防署の塔が近付いてくると、それでも緊張感が忍び寄ってきた。暮れてゆく空に聳《そび》える白い塔。

つい、塔の窓に目をやり、人影を探してしまう。

窓の中では複数の人が動いていたが、それはどう見ても展示を見に来た観客だったので、ホッとする。醍醐覇南子は、前に見た人影のことはもう気にしていないようで、四方山話をしながらスタスタと中に入っていく。

展示を見て引き揚げていくグループ客とすれちがいつつ、階段を上る。

ダンスパーティの会場となるフロアには、いろいろな機材が持ち込まれており、スタッフが準備をしているところだった。

醍醐覇南子やスタッフと一緒に、ミラーボールを天井に取り付ける算段をする。

そのあいだも、壁の梯子からぞろぞろとお客が降りてくる。上の展示を見終わった客たちだ。

僕がその客たちをぼんやりと見ていると、醍醐覇南子が「サンタ君、上の展示見た？」と尋ねてきた。

「ううん、まだ」

そう答えると、「見てきたら？」と促す。

「醍醐さんも一緒に来てくれる？」

僕はそう頼んでいた。

一人では行けない。あの場所に、僕一人では。

今朝、夢の中でナットに「行っちゃダメだ」と叫んだことを思い出す。

醍醐覇南子は意外そうな顔をしたが、こっくりと頷く。

「いいよ。じゃ、行きましょうか」

醍醐覇南子は軽やかに部屋の隅にある梯子に駆け寄り、僕を振り向いた。

僕も頷いて、彼女の後に続いて梯子を上る。

いつのまにかドキドキしてきた。

するすると梯子を上っていく彼女につられて、僕の身体も四角い穴を通り抜けて上に出る。

明るい。そして、青と緑の光。

そこは塔の中の螺旋階段に向かう小さな踊り場になっていた。

外から見えていた窓の向こうは青空。小さな扉があり、円形の外のテラスに出られるようになっている。

しかし、僕は頭上にあるものにすっかり気を取られていた。

塔のてっぺんに続く螺旋階段の中央が吹き抜けになっていて、そこを魚が泳いでいたのだ。

どういう仕組みになっているのだろう。

ゆらゆらと天井には藻が漂い、その合間をゆったりと大きな魚の影が泳いでいる。形からいって、サーモンとかそういう感じ。

塔のてっぺんが水面で、僕らは水の底から泳ぐ魚を見上げている格好だ。

ちらちらと水面を通して青や緑の木漏れ日が射し込んでくるのを眺めていると、ここが消防署のてっぺんに近い場所だということを忘れた。

なるほど、ここを展示会場に選んだアーティストは、空中に水中を出現させたというわけか。

「綺麗」

僕は思わずそう呟いていた。

「どういう仕組みなんだろう」

「ホログラムだと思うな」

醍醐覇南子の顔にも、ちらちらと緑色の影が動いている。

「上まで上ってみましょ」

更に、螺旋階段を上ってみても、どうやって映し出しているのかよく分からないくらい、それは不思議な眺めだった。螺旋階段から手を伸ばせば触れられそうなところを、魚たちが悠々と泳いでいる。

思わず手を伸ばしてみたが、指はサーモンの身体を突き抜けてしまう。

見た目のリアルさに反して、そのするっとした実体のなさに戸惑うくらいだ。

しげしげと魚たちを眺めているうちに、螺旋階段に面した壁が目に入った。

青や緑の光が壁の上を動いていくので気に留めていなかったが、ふと気付いた。

タイルじゃない。

身体のどこかがハッとする。

安久津川ホテルから移築したというが、タイルは入っていなかったのだろうか？　僕は壁には触れず、周囲の壁をゆっくりと見回していった。

やはり、タイルらしきものは見当たらない。

それに、何より、なんの気配も感じないし、身体は反応することもなく緊張感もない。

これはどうしたことだろう？　移築したというのは間違いなのだろうか？

いや、両親が何度かここにタイルを見に来ていたというではないか。やはりここにあるはずだ。

僕がキョロキョロしているのを見て、醍醐覇南子が「どうしたの？」と尋ねる。

「この塔に移築してきたタイルがあるはずなんだけど」

僕は口ごもりながら呟いた。両親が建築家で、何度かここに来ていたという話は彼女も聞いているので、彼女は「ああ」と頷いた。

「外だよ」

「外？」

「古いタイルでしょ？　踊り場からテラスに出た、外側に使ってあるの」

そうだったのか、道理で。

僕は思わず頷いていた。

「見てみる？　こっちだよ」

醍醐覇南子は軽やかに螺旋階段を下りていくと、細長いドアをサッと開けて先に外に出ていった。

僕もその後に続く。

思ったよりも冷たい風が頬を撫でた。

「おお、凄い眺めだ」

僕は感嘆の声を上げた。

円形のテラスは、まさに三六〇度、S市を一望することができた。昔なら、どこで火の手が上がっているか一目で分かっただろう。

「この世を支配してるような気分になるよね」

醍醐覇南子が手すりにもたれ、小さく笑った。

「うん。神の視点ってやつ？」

道を行く車が見え、遠くに運河沿いの倉庫街も見えた。繊維会館のあるアーケードも分かる。Aフェスのメイン会場が、全部視界に収まっている。

「とすると、アトリエと離れはあっちのほう？」

僕が指差すと、醍醐覇南子が頷いた。

と、彼女が下を見下ろして「あれ？」と呟く。

「ねえ、あれ、ナットじゃない？」

僕も彼女の視線の先に目をやった。

と、消防署の入口の前に座っている犬が見える。

ギクリとした。

「え？　まさか」

しかし、その犬はナットによく似ていた。

「ううん、やっぱりナットだよ。なんでここに？　夕方の散歩？　誰が連れてきたの？　しかも、こんなところまで来るなんて」

醍醐覇南子は身を乗り出し、周囲を窺った。

けれど、犬はじっと座ったままだし、誰か付き添いがいる気配はない。

「独りでここまで来たってこと？　有り得ないわ」

醍醐覇南子が不思議そうな声を出すのを、僕は冷や汗を感じながら聞いていた。

「私、ちょっと確かめてくるね。ナットだったら、連れて帰らないと」

醍醐覇南子はパッと踊り場に飛び込み、するすると梯子を下りていった。

その動きを感じながらも、僕はその場所を動けなかったし、ナットを見下ろしたままでいた。

ナットは不意にこちらを見上げた。

僕は、目が合ったと感じた。

今朝の夢。

なんだか時間が巻き戻されたような気がした。

あの夢が、実現されようとしている。

そう直感した時、突然、気配を感じた。

背後に誰かいる。そう感じたのだ。

とてつもなく大きな存在。その存在が、僕を見ている。

全身がぶわっと膨らむような恐怖を感じ、僕は振り向いた。

そして、そこに見た——白い塔を——いや、違う——安久津川ホテルのまぼろしを——いや、これもまた違う——真っ白に発光しているタイル、人格を持った何か、僕の知っている何か、僕を待っていた何か、とうとう巡りあったであろう「何か」がそこにいるのを。

ついに来た。

しかも、全く心の準備ができてない、思いっきり不意を突かれて。

その時、僕は一瞬そんなことを考えた。

何が来たのかは分からないのだが、とにかく今「その時が来た」と思ったことは確かだ。

続けて起きたことは、未だによく説明できない。

恐怖を感じて逃れようとしたのは覚えている。

しかし、それと同時に強く引き寄せられたのも事実なのだ。

僕の身体はぐうっと壁に吸い寄せられた。

大きな磁石にくっついていくような感じ。

全く抵抗できず、大きな力に身を委ね、次の瞬間、僕はタイル貼りの壁に叩きつけられた——と思った。壁に衝突して、強い衝撃があると身構えたのである。

ところがそんなことはなかった。

僕はあっというまに壁を突き抜け、どこか眩しくて明るい場所に放り込まれたのだ。

全身が、カッと熱くなった。

おお、「スキマワラシ」みたい。そう思った。

エレベーターから飛び出して、廊下を駆け抜け、壁を突き抜けたあの子みたい。

しかし、ここはどこだ？

壁の向こうは、螺旋階段があって魚が泳いでいるあの展示会場のはずなのに。

熱い。空気が揺らいでいる。足元がふわふわとして心許《こころもと》ない。

こんな体験は初めてだ。

これまでのどれとも異なるし、何より体感時間が長い。

いろんな音がする。以前も聞いた、機械の作動音みたいなのや、パチパチと何かが燃えるような音。人々の喧噪、叫び声、歓声。

前方に、光の塊が見えた。思わず僕はそちらに向かっていた。なるほど、人はとりあえず光を目指すものなのだな、と実感する。

この時の僕は、歩いていたわけではない。足を動かしていないのに、身体は進む。どちらかといえば宙を泳いでいた、というほうが近い。

しかも、そのスピードは僕が望んでいるわけではないのに、速まっていた。

うひゃあ、なんだ、この速さは。

僕は他人事みたいにそう考えていたのだ。

耳元で「ごおっ」という風の音がして、強い熱を感じた。

思わず目をつむり、「あつっ」と叫んでしまう。

と、次の瞬間、どこかに出ていた。

静かな、乾いた場所。上半身が、壁から飛び出している。

「えっ？」

僕は実に間抜けな声を出していた。

なんだこれ。これって、どう考えてもめちゃくちゃ有り得ない、物理的にもおかしな状況じゃないの？

と、目の前で「うわーっ」「きゃーっ」と悲鳴が上がった。

びくっとして反射的に顔をかばう。

が、何かが起きるかと思いきや、辺りは静かである。

沈黙。

僕は指の隙間から、恐る恐る目の前にいる男女を盗み見た。

が、相手は僕よりもずっとビビッていて、ひょろりと背の高い男性が、後ろに小柄な女性をかばうようにして、飛びのいて同じくこちらを窺っているではないか。

広い建物の中。ずっしりとした、落ち着いた石造りの内装。

あれ？　この光景、どこかで見たことがあるぞ——どこかのタイルを触った時だ——何かに驚き、叫んでいる様子の男女——この二人、見覚えがある。あの時もあとから気付いたっけ。

僕はゴクリと唾を飲み込んでいた。

まさか——まさか、この二人って——本当に。

僕は思わず大声で叫んでいた。

「お父さん？　お母さんも？」

二人はびくっと全身を震わせた。

突如、壁の中から飛び出してきたバケモノ（に見えるはずだ）からそう呼ばれるなんて、よもや想像していなかったに違いない。

二人は互いにしがみつくようにしていたが、少ししてから言葉の意味に思い当たったのか、のろのろと僕の顔を見た。

が、相変わらず混乱して青ざめた顔だ。

しかし、僕のほうはいよいよ確信した。若い頃のお父さんとお母さんを目の当たりにするのは、なんとも奇妙な気分だった。うーん、兄ちゃんのほうがよっぽど老けている。

「僕、散多です。『散る』に『多い』と書いて、散多。ねえ、どうして僕の名前、こんな字にしたの?」

そう勢いこんで尋ねてから、再会して一発目の質問がこれかよ、と自分に突っ込みを入れた。

だが、いちばん聞きたい質問だったことは間違いない。

が、二人はきょとんとして顔を見合わせた。

「さんた?」

「『散る』に『多い』と書いて?」

戸惑いの表情。

「うちには、まだ太郎しか」

父がぼそりとそう呟いたので、僕は愕然とした。

ひょっとして、この時点で、僕、まだ生まれてないってこと?

じゃあ、ホントに二人はまだ若いんだ。

僕は改めてまじまじと二人を見た。今の僕と同じくらいか、下手すると僕より下だったりする?

と、次の質問を思いつく。

「じゃあ、ハナコは? 醍醐覇南子って、うちと何か関係ある?」

すると、母がハッとして、大きく目を見開いて僕を見た。

「醍醐覇南子? S市に住んでる?」

その真剣な表情に気圧《けお》され、僕は頷いた。

「そう。今僕と一緒にいるよ」

「元気なの？」

「うん。明るくて、強くて、素敵な人だよ」

「ハナちゃん」

母は目をうるませた。

「ハナちゃんは、あたしの親友の娘なの。結婚式にも唯一呼んだ、中学時代からの大親友だった。彼女、シングルマザーになる予定だったの——自分が孤児だったから、親になるのをとっても楽しみにしてた。だけど、昔から身体が弱くて、妊娠してすぐに、重い病気なのが分かって——でも、どうしても産みたいって——あたしの子供の名前が太郎だから、女の子だったらハナコって付けるねって言ってた」

口を押さえる。

「ハナコを孤児にさせるわけにはいかないって決心した。最初は、あたしが引き取るつもりだったの。うちの子として育てたかった。だけど、実際問題として、まだ太郎も小さかったし、うちには——とてもじゃないけど、もう一人育てる経済的余裕がなかった」

母は悔しそうな表情になった。父も母の肩を抱き、うなだれる。

「だから、うちの親戚に託したの。うちの両親は結婚を両方の親に反対されてて、駆け落ち同様に結婚したから、どちらの親戚とも絶縁状態だったの。でも、唯一つきあいのある叔父夫婦がS市にいた。あたしが相次いで親を亡くした時、うちに来ないかって言ってくれた人」

母は遠い目になった。

「子供がいない夫婦だったから、喜んで引き取ってくれた。ちゃんとハナコと名付けてくれて」

その目に涙が浮かぶ。

「でも、本当はうちで育てたかった。いつかは、いつかはうちで引き取れればって思って。正式に醍醐家の養女になったんだから、もうそんな可能性はないって分かってたんだけど」

なるほど、両親ががむしゃらに働いていたのはそのせいもあったのか。経済的な理由でハナコを引き取れなかったのが、よっぽど無念だったに違いない。

お母さん、と僕は思わず身を乗り出していた。身体のほとんどが壁から出そうになっていることに気付く。

と、突然、ワンワン吠《ほ》えながら走り寄ってくる影がある。

「ジロー？」

僕が叫ぶと、両親も振り向いた。

「ジロー！　どうして」

「車にいるはずなのに」

それは確かにジローだった。

記憶の中のおじいさん犬と違って、まだ若い。

また、今朝の夢が巻き戻されたような気分になった。そういえば、醍醐覇南子が見に行ったけど、あれはホントにナットだったのだろうか。

「今朝は珍しくついてきて離れないから、車に乗せたんだけど」

「ジロー」

ジローは僕に向かって激しく吠えたてる。その剣幕に、反射的に身を引いた。と、同時に、僕のズボンの裾を何かがぐいぐいと引っ張っていることに気付く。もの凄い力だ。

僕は壁の中にズッ、と引きずり戻された。

「あっ」と両親が叫ぶ。

二人の姿が遠ざかる。

僕はそこで、もうひとつ言わなければならないことを思い出した。

「ねえ、××××年三月××日には、車に乗らないで！」

そう叫んだが、既に二人の姿は消えており、果たして聞こえたかどうか。

振り向くと、僕のズボンの裾に嚙み付いているナットと目が合った。

ジローとナットを続けて見ると、やっぱり似てるなこの二匹、と思った。

「サンタ君！」

混乱した悲鳴が聞こえた。

顔を上げると、ナットのリードをつかんでいる醍醐覇南子と、兄の姿がある。

「ねえ、なんなの？　ここっていったいどこ？」

醍醐覇南子は目を丸くして、慌てふためいた様子で周囲を見回す。兄はいつも通り平静だが、顔に出ていないだけで、実際のところはやはり相当に混乱しているはずだ。

この世のものとも思えぬ、茫漠《ぼうばく》とした広い空間。こんな場所に、この三人と一匹が居合わせていること自体、とうてい現実とは思えないが、この場所も僕らも、今ここに存在しているのは夢ではないのだ。

「離れに行こうとしたら、ナットが俺に吠えかかってきて、ついてこいって言うみたいだったから追いかけてきたんだ」

「そうなの、下に行ったら太郎さんが来て、そしたらナットが階段を駆けのぼって、梯子の上に向かってワンワン吠えるから、抱き上げてのぼって、放したとたんにテラスに出ていって、壁に飛び込んで、リードをつかんだら、ここに」

二人は早口で喋っているが、いささかパニック状態にあるのは間違いない。それを言うなら、僕だってずっとパニック状態だ。なにしろ、たった今、僕が生まれる前の若き日の両親と対面したばかりなのだから。

ナットはそこでパッと僕のズボンの裾を放し、誰かに呼ばれたようにスッと別の方角を見た。そして、「何かを見つけた」といわんばかりに、突如そちらに向かって駆け出した。

　リードに引っ張られた醍醐覇南子を先頭に、僕らも駆け出す。

「さっき、誰と話してたんだ？」

　走りながら、兄が耳元で叫んだ。

「あとでまとめて話す」

　僕は息切れしながら叫んだ。

「でもさ、散多って名前は、僕が付けたんだってことが分かったよ」

「はあ？」

　きょとんとした両親の顔が目に浮かぶ。

　さんた？

「散る」に「多い」と書いて？

　僕は舌打ちした。

　なんということだ！　僕は両親に、このあと生まれる子供の名前を教えてしまったというわけか。

　揺らめく空気。遠ざかったり、近付いたりするざわめき。霧が掛かったような場所はえんえんと続く。遠くにまた、ぽっと別の光の塊が見えた。

　みるみるうちに、その光の塊が近付いてきて、大きくなる。ナットは迷わず、一目散にその光の中に飛び込んだ。

遮るもののない、青空。

ナットは、そこでピタリと立ち止まった。

僕らは目をぱちくりさせ、ぜいぜい言いながらナットの後ろで呼吸を整えた。どっと全身に汗が噴き出してくる。

そこは、見渡す限り、瓦礫の山だった。

雲ひとつない青空の下、どこまでもえんえんと瓦礫の山が続いている。折れ曲がった鉄骨、錆びた鉄筋のはみ出したコンクリートの塊。それらが海のように広がっていて、辺りはとても静かだった。僕らの荒い呼吸音だけが聞こえている。

「ここは」

兄がボソリと呟いた。僕と目が合う。

「あそこだね」

言葉にはしなかったが、互いに了解していた。

ここは、「スキマワラシ」のいる場所だ。

そう思った瞬間、瓦礫の陰からひょい、と白い捕虫網が飛び出した。

「あっ、あそこ」

醍醐覇南子がそれに気付いて指差す。

兄と僕は、次に見えるものが何かもう知っていた。

空色の胴乱を肩から提げ、麦わら帽子をかぶった女の子。白いワンピース姿の、髪を三つ編みにした女の子。「まみちゃん」とも呼ばれている女の子。

その、予想通りの姿がひょこっと現れた。

「あんなところに子供が」

醍醐覇南子は目を見張った。

その様子から、彼女は「スキマワラシ」のことを全く知らなかったのだと気付く。それでいて、あんな作品を作ったのだ。

女の子は、身軽に瓦礫の上をあちこち飛び移り、しゃがみこんでは何かをごそごそと探していた。

「何してるのかしら」

醍醐覇南子が低く僕に囁いた。

ナットはハッ、ハッ、と呼吸しながらじっとその場にうずくまっていたが、その目は女の子のことをじっと見据えている。

その時、女の子はパッと顔を上げ、僕らのほうを見た。

ずいぶん離れた場所にいるのに、その視線に射抜かれたような気がして、僕らはハッとした。

僕らを見つけた。

そう感じた。

女の子は、僕らに向かってきた。

ひょい、ひょい、と鉄骨やコンクリートの塊の上を飛ぶようにこちらにやってくる。

その姿に、僕は一瞬恐怖を覚えた。

僕らを見つけて、ここまでやってきて、それからどうする？

が、動けなかった。僕らは逃げ出すこともできず、徐々に近付いてくる女の子を、じっと息を呑んで見つめていた。ナットも全く動こうとしない。

ついに女の子はほんの数メートルのところまでやってきて立ち止まり、じっとこちらを見た。

醍醐覇南子がハッと身を硬くするのが分かった。

女の子が見つめているのは、彼女だった。

兄でも僕でもナットでもなく、ただ醍醐覇南子だけを見つめている。

そして、女の子は尋ねた。

『ハナちゃんなの？』

頭の中に直接響いてくる、澄んだ声。

一瞬の間。

そして、醍醐覇南子がこっくりと頷いて力強く答えた。

「そうよ」と。

女の子はニッコリと笑った。

『見ぃつけた。ずーっと探してたんだよ』

女の子は、ぱっとしゃがんで捕虫網を下に置くと、麦わら帽子を脱いだ。そして、肩に提げていた胴乱をぎこちない手付きでごそごそと外した。

それから、女の子はもう一度立ち上がって捧《ささ》げるように両手で胴乱を持ち、醍醐覇南子の前まで進み出た。

『はい。あげる』

両手で醍醐覇南子に差し出す。

醍醐覇南子はきょとんとして、「私に？」と自分を指差した。

女の子は大きく頷く。

『うん。ハナちゃんに渡さなくちゃって思って、みんなで集めたの』

醍醐覇南子は半信半疑の表情で、その胴乱を受け取った。

そっと胴乱の蓋を開ける。

兄と僕も、思わず一緒に中を覗き込んだ。

そこにぎっしりと詰め込まれていたのは、植物の種だった。いろいろな形や大きさのものがあり、ちょっぴり焼け焦げたものもあれば、まだ新しいものもある。

「種」

そう呟いて顔を上げ、醍醐覇南子は不思議そうに女の子を見た。

が、女の子はもう醍醐覇南子に関心を失ったようだった。「ふわあ」と大きな欠伸をして麦わら帽子をかぶり、捕虫網を拾うと、またひょこひょこと元来たほうに歩き出した。

そして、どこかに向かって大声で叫んだ。

『みんな、ハナちゃん見つかったよー』

その声に反応したかのように、不意にナットが立ち上がった。

「えっ」

ナットは女の子とは違うほうに向かって、瓦礫の中を歩き出す。

「ナット、どこ行くの」

そう尋ねるが、ナットは構わず進んでいくので、僕らもその後に続かざるを得ない。

比較的平らなところを選んで歩いているようではあるが、瓦礫の上は非常に歩きにくく、僕らは苦労した。相変わらず他には何の音も聞こえず、僕らの足音だけが響いている。

「どこまで続いてるんだ」

「めちゃめちゃ広いところだね」

文句を言いながら瓦礫の丘をひとつ越えると、正面にポツンとドアが見えた。

瓦礫の中に、そこだけどういう状態なのか、一枚の金属製のドアが直立している。

それは、どこかで見覚えのあるドアだった。

青と緑の、色彩のグラデーションの印象的な、金属製のドア。

「ねえ、あのドアってひょっとして」

そう呟いて三人で顔を見合わせる。誰もが同じことを思ったようだ。と、ナットがまた速足になった。どうやらそのドアのところに向かっているようだ。僕らは苦労しながらナットについていく。二足歩行は、瓦礫の上を歩くのには本当に向いていない。

ドアのところに着いたらどうするのかと思っていたら、ナットはパッと飛び上がって、ドアに突進したので「ナット、危ない」とみんなで叫んだ。

が、次の瞬間、ナットの姿はドアの中にのめりこむようにして消えていった。

あっというまにリードだけがドアのこちら側に残っていた。そのことに驚く暇もなく、続いてリードを握っている醍醐覇南子、そして兄と僕も、次の瞬間にはなんの衝撃も覚えずにドアを通り抜けていたのである。

「ひゃっ」

そこは薄暗い空間だった。

今まで何も遮るもののない広い場所にいたので、突然狭いところに閉じ込められたような閉塞感を覚える。

「ここ、どこ？」

醍醐覇南子が呟いた。

目の前に、揺れる白いカーテンが見える。

「あれ？」

「ここって」

僕ら三人は、泡を喰って周囲を見回した。

なんとそこは、醍醐覇南子の作品が展示してある、あの繊維会館の地下一階だったのだ。

振り返ると、そこにはあの金属製のドアがあった。

白と黒の花が生えているドア。

僕らは、醍醐覇南子の作品のドアを通り抜けて戻ってきたのである。

「マジかよ」

兄がドアを見つめて、呟いた。

「さっきまで消防署の上にいたのに」

三人で、呆然と顔を見合わせる。

夢でも見ていたとしか思えない。しかし、醍醐覇南子の右手にはリードが握られているし、左脇には空色の胴乱がしっかり抱えられている。

ナットは、だらんとした表情になり、「ああ疲れた」とでもいうようにその場にうずくまった。さっきまで全力疾走していたのが信じられないほど、いつものやる気のないナットだ。

「ナット、大活躍だったな」

「ジローも活躍したよ」

兄の呟きに僕が答えると、兄は怪訝そうな顔になった。

両親に再会した時、あそこでジローが吠えかかってこなかったら、僕はどうなっていたのだろう。

今更ながらに、ゾッとする。

あの時、僕はほとんど壁から出かかっていた。あのまま完全に壁から出てしまっていたら、果たして戻ってこられたのだろうか？　ジローが向こうから吠えかかり、ナットがこちら側で引き止めてくれたからこそ、戻ってこられたのではないだろうか。

二匹の犬に救われた。

僕は、思わずしゃがみこんでナットの頭を撫でた。

「ありがとう、ナット」

そして、ありがとう、ジロー。

壁の向こうにいたジローにそう語りかける。

ナットはなんの反応も見せず、だらんと寝そべったままだ。

「これ——なんて説明すればいいのかしら。私たちが向こうからいなくなって、こっちに来てるなんて、向こうのスタッフは知らないわよね？」

醍醐覇南子はまだ混乱の収まらない顔で呟いた。

「犬もいるし」

三人でナットを見るが、ナットは僕らを無視している。

「まあ、起きたことは仕方ない。俺たちが揃って夢を見ているのなら話は別だけど」

兄がいつものじじむさい口調で言った。

「ホントのホントでしたよね？　私、あの子からこれ、受け取りましたよね？」

醍醐覇南子は自分が持っている胴乱をしげしげと見下ろした。

この時、僕らは、とりあえずこの一連の出来事は終わったと思っていた。僕が両親に会い、ジローとナットに引き戻され、あのヘンな場所を通り、瓦礫の山の「スキマワラシ」のテリトリーで「ハナちゃん」が胴乱を受け取ったことで、超常現象は終了。そんな気でいたのだ。

ところが、そうではなかった。

本当の「超常現象」は、実はこの後に起きたのだ。それは、僕らのみならず非常に多くの人たちが目撃し、後々まで語り継がれることとなったのである。

そのあらましはこうだ。

もっとも、これは後から、いろんな人の話を継ぎ合わせて構成したものなので、完璧なものではないが、まあなんとか全体像はつかめるのではないかと思う。

「それ」が始まったのは、どこで何時からなのかは今も論争が続いているが、最初に目撃されたのは、夕方五時を過ぎた頃らしい。

僕が消防署の梯子を上がって塔のタイル壁に吸い込まれたのが四時半くらいだったと思う。

そのあと、兄と醍醐覇南子とナットが来たのは十五分ほど後だという。三人プラス一匹であのヘンな場所をさまよい、めでたく繊維会館の地下に戻ってきたのは、時計を見たので覚えているが、まだ五時になったばかりだった。

あの中で感じたよりも時間が掛かっていなかったのだ。どうやら、あの場所での体感時間は、実際の時間よりもかなり長かったようだ。

だから、「それ」が始まったのは、僕らが繊維会館に戻ってきた頃と前後しているのは間違いないと思う。

たぶん、いちばんはじめに目撃されたのは、メイン会場のひとつ、運河沿いの倉庫のところだろう。

その人は、自分が何を目撃したのかしばらくのあいだ気付かなかったらしい。事務機器の配達をしていたというその人は、むろん、「まみちゃん」の噂話など全く知らなかったから、ただ子供が走っていくところを見たというだけだ。

でも、その人が不思議だと思ったのは、やはり女の子の格好だった。もうすっかり秋と言っていい季節だったので、白い夏物のワンピースに麦わら帽子、というのに違和感を覚えたのだ。

自分はジャンパーを羽織っていたので、真夏の格好をした女の子が一目散に駆けていくところは風景の中で浮いていたし、「今どきの子にしては、ずいぶん元気な子だなあ」と思ったそうだ。

はっきり違和感を覚えたのは、その子がひょいと橋の欄干に飛び乗ったことだ。いくら身軽な子供だとしても、変わらぬスピードで欄干の上を走っていくなんて、尋常ではない。

その人はそんなことを考えたが、やがて女の子の姿が見えなくなったので忘れたそうだ。

倉庫の中で見た人もいた。

それも、やはりちょっと不思議な登場のしかただったという。

三十代のカップルで、二人は倉庫の中の展示を見ていた。

運河から倉庫の中に進んでくる帆船。

かなりの大きさのもので、マストの部分は見上げるような高さだった。

ぐるりと周りを見て、ふと帆船のてっぺんに目をやった。

すると、そこに、女の子がいた。

麦わら帽子をかぶり、白いワンピースを着た女の子が。

「見て、あんなところに女の子が」

見つけた女性は、目を上げた瞬間、女の子が突然ぱっと宙に現れたように感じたという。

女の子は、マストのてっぺんにしがみついていたのだ。

「うわ、危ない」

男性が思わず声を上げた。

その時、周りに数人の観客がいたが、彼の声に気付いてみんなが帆船を見上げた。

「あっ、子供が」

「危ない」

みんなが慌てていると、女の子はするするとマストを降りてきて、甲板からひょいと身軽に地面に飛び降りた。

辺りにどよめきが起きた。

女の子の身のこなしは、やはり尋常ではないと感じたそうだ。

女の子はそのままぱたぱたと運河脇の道を駆け出していってしまった。

誰もが口をあんぐりと開け、その行方を見守っていた。

意見が分かれたのは、その女の子が胴乱を提げていたか、という点である。

捕虫網は持っていなかった、という点では、目撃者の意見は一致している。しかし、胴乱を提げていたか、という点では目撃者の証言はまちまちだ。提げていた、という人と、手ぶらだった、という人とに分かれるのだが、後から「スキマワラシ」の噂を聞いて、胴乱のイメージを付け加えた人もいたのではないかと思う。

この日の一連の出来事の写真は、ほんの数枚だけ残っている。

かなりの数の目撃者がいたのだから、もうちょっと残っていてもよさそうなものだが、ただ子供が走っていくというそれだけのことに写真を撮ろうと思った人が少なかったというのもあるだろうし、自分が目撃しているものが何だったのか分からなかったというのもあるだろう。

その貴重な数枚の写真には、走っていく女の子の後ろ姿がちらっと写っているのだが、写真で見た限りでは胴乱を提げていたようには見えなかった。

もしかすると、もうこの時には、胴乱は醍醐覇南子の手に渡った、ということなのかもしれない。

問屋街のアーケードにも、目撃者はいた。

こちらでの目撃者は、どこから現れたのかは見ていない。

面白いのは、ここでの目撃者は、複数の女の子を見ている、ということだ。

他のところでは、目撃されたのは一人だが、アーケード街に出没した「スキマワラシ」は、その時点で既に複数だったというのだ。

商店街の中で目撃した人の話では、全く同じ格好をした女の子が、二人続けて走っていったという。

麦わら帽子に白いワンピース。三つ編みの髪が宙に浮いていて、凄い速さで歩道を駆け抜けていった。

あれ、双子かな、とその人は思ったそうだ。

最初の女の子が駆けていき、数秒置いて次の女の子が駆けてきたので、同じ格好だし、双子の姉妹が鬼ごっこでもしているのかと思った、と。

あまりのスピードだったので、つい注目してしまったが、後で聞かれるまでそのことを忘れていたという。

そういえば、すっかり子供の減ったこの町で、今どき全力疾走する子供なんて、久しく見ていなかったなという感想を持ったとか。

二人の女の子を目撃した人は、けっこういた。

この話のポイントは「複数」というところだ。

つまり、「スキマワラシ」というのは特定の一人があちこちに出没しているのではなく、同時にいろいろな場所に複数存在していた、ということが分かったのである。

もうお気付きかと思う。

なんとこの日、夕方五時過ぎに、S市のあちこちに、同時多発的に「スキマワラシ」が現れたのである。

どこから現れたのかは分からない。しかし、同時に複数の——いや、相当な数の「スキマワラシ」が現れるというのは恐らくこれが最初で最後、まさしく前代未聞のことだったろう。

そして、このようなことが起きたのは、恐らく、僕らが遭遇した「スキマワラシ」の、『みんな、ハナちゃん見つかったよー』という呼びかけに答えたのであろう、というのが僕らの考えた理由だったのだ。

そして、内海さんも目撃者の一人だった。

内海さんが見たのは、やはり問屋街の、繊維会館の入口だった。

繊維会館の受付の人と立ち話をしていて引き揚げようとしていた矢先のことだったという。

遠くから、凄い勢いでこちらに向かって走ってくる女の子が見えた。

麦わら帽子に、白いワンピース。

元気よく駆け込んでくる女の子は、相当なスピードを出しているのに、どこかきらきらして、スローモーションのように見えたそうだ。

内海さんは、その女の子に見覚えがあった。

そうなのだ。僕が「気になる目撃談」として挙げた、以前解体寸前のビルのエレベーターの中から飛び出した女の子を目撃した話をネットに上げていたのは、内海さんだったのである。

内海さんは「あの子だ」と思った。

やはり、怖さは感じなかったが、「あの子」がこの世のものでないことは受け入れていた。

ああ、まだこの辺りにいたんだ。だけどやっぱりどこかよそに行ってしまうんだ、と一抹の淋しさを覚えた。

見る間に、女の子は駆け込んできて、地下への階段をぱたぱたと駆け下りていった。

「なんですかね、凄い勢いでしたね」

受付の女性がのんびりと呟いた。

「そうだね」

内海さんも相槌を打って、地下に消えた女の子の気配を感じていた。

あの子は、今度はいったいどこの壁を突き抜けてどこに行くのだろう、と考えながら。

そして、同時多発的にあちこちに現れ、急いで駆けていった「スキマワラシ」たちがどうしたかというと。

つまりは、みんながやってきたのだ——繊維会館の地下、醍醐覇南子の展示があるフロアへと。

三人と一匹で呆然としていた僕ら、もうこれで「出来事」は終わったと気抜けしていた僕らのところに。

僕らの驚きを想像してほしい。

それはやはり唐突だった。

最初の一人が、ぱたぱたと駆け込んできた。

「えっ」

僕らはやってきた女の子に目をやった。

麦わら帽子に白いワンピース。

彼女は手ぶらだった。捕虫網も、胴乱もなし。

僕らの目撃談はそれで一致している。

彼女が白いカーテンを突き抜けてきた、というのも一致している。

「どこから」

兄が呟いたが、それを聞いているどころではなかった。

彼女はまっすぐにこちらにやってきて、目の前を駆け抜けていった。

あの金属製のドアの中に。

僕らはあぜんとして女の子を見送った。

むろん、女の子はドアに激突することもなく、ドアの中にあっというまに消えていってしまった。

僕らがさっき体験したのと同じように、ドアの向こう側にいなくなってしまったのだ。

「あの子って、さっきの子なの？」

醍醐覇南子が、再び混乱した声を上げた。

が、僕らの混乱はまだまだ終わらなかった。

ぱたぱたという足音が、更に遠くから聞こえたからだ。

しかも、それはひとつではなかった。

どう聞いても、かなりの数。重なりあって、こちらに近付いてくる。

「まさか」

兄が呆然と呟いた。

僕らはその場を動けなかった。

ナットも動き出す気配はない。

僕は思わずナットの顔を見たが、もはや何の関心も示さず、べたっとそこに横になったままだ。

そして、次の瞬間、彼女たちはやってきた。

それはまさしく、疾風《はやて》のようだった。

次から次へと、同じ格好をした、寸分違《たが》わぬ姿の夏の少女たちが、カーテンを突き抜けてやってくる。

遅れてはならじと、一目散に金属製のドアの向こうへと駆け抜ける。

それは奇妙な、しかしどこか心躍る眺めだった。

彼女たちは、全く僕らのことなど目に留めなかった。完全、無視。ここに僕らがいることにも気付いていなかったのではないかと思う。

そのことが爽快でもあり、淋しくもあった。

彼女たちの役目は終わった。

醍醐覇南子にあの胴乱を渡したことで、もうここにいる必要はなくなったのだ。

目の前を、明るい夏が駆け抜けていった。

そんな気がした。

僕らの国の、夏の季節が過ぎ去っていった。

そうも思った。

いったい何人の「スキマワラシ」が通り過ぎていったのだろう？

その点では、僕らの意見は今も分かれている。

ずいぶん長いこと、大勢の「彼女ら」を見送っていたような気もするが、そこはそれ、体感時間は現実とは異なることが分かっているので、本当のところは「何人」いたのかは不明だ。

うーん、ひとクラスぐらい、四十人前後ってことでどうだ？

後で兄が、そんなことをのんびり呟いた。

僕らの目にくっきりと焼き付いたのは、最後の一人が駆け抜けた時のことだった。

元々醍醐覇南子の作品であるところの金属製のドアには、小さな女の子の足が取り付けてあったことは前に話したと思う。

白いソックスにズック靴を履いた作り物の足が、ドアの向こうに消えていくところを模してあったと。

それが、スッと消えたのだ。

最後の一人がまさにドアを突き抜けてドアの向こうに消える瞬間、その足がフッと向こうに消えるところを、僕らは同時に目撃していた。

今や、ドアのこちら側には何もない。ドアに生えている黒と白の花以外には、何も。

その後、ドアを見る度に、僕らはそのことを思い出した。そして考えるのだ。最初ドアに付いていたあの足は、いったい誰のものだったのだろう、と。

そういうわけで、ここから先、話すことはあんまり残っていない。

残りの期間のAフェスでは、特に何も起こらなかったし、あの日大量の「スキマワラシ」が現れたことは、ごく一部の「スキマワラシ」マニアのあいだでしか話題にならなかったからだ。あの日、彼女たちを目撃した人の中で元から「スキマワラシ」のことを知っていたのはごくわずかだったし。

内海さんの目撃談及び、彼が以前から「スキマワラシ」のことを知っていて、ネットにその話を上げていたことを知ったのも、Aフェスが最終日を迎え、その打ち上げをしていた時のことだったのである。

Aフェスはつつがなく終わり、予想以上の動員数で、僕らの商売もなかなかいい成績を上げた。

醍醐覇南子の作品も好評で、無事コレクターの買い取るところとなった。評判がよく、複数の買い手が名乗りを上げたので、びっくりするような値段で売れたそうだ。あの作品を中心に、これまでよりも大きな場所で個展を開くことが決まったという。醍醐覇南子は、また僕らの店の他の古道具を使って新作を作りたいと言っている。

僕らはもちろんその個展を見に行くつもりだけど、やはり金属製のドアの足のあったところばかりが気になりそうだ。

醍醐覇南子が「スキマワラシ」から受け取った胴乱の中身をどうしたかを話そう。

醍醐覇南子は、自分の勤め先からツテを辿って、大きな種苗会社と、国立大学の農学部の研究室を紹介してもらった。

胴乱の中の種が何の種か、調べてもらうことにしたのである。

ぎっしりと詰まっていた種は実に多種多様で、中には絶滅したと思われていた稀少《きしょう》なものの種も含まれていたという。

こんなにたくさんの種、いったいどこから手に入れたんですか？

当然のことながら、研究者たちは醍醐覇南子に向かってそう尋ねた。

彼女はニッコリ笑ってこう答えたそうだ。

瓦礫の中から、です。

研究者たちはぽかんとして顔を見合わせていたという。

Aフェスが終わってから、僕は兄に若き両親から聞いた話を伝えた。

それは主に、醍醐覇南子についての話だ。

僕らは、今も彼女に、彼女が母の親友の娘であったことは伝えていない。いつか伝える時が来るかもしれないけれど、彼女は今の両親との暮らしで満足しているし、伝える必要はないだろうということになった。

一度だけ、お母さんが漏らしたことがあったんだ。

兄はそう打ち明けた。

あんたにはハナコっていう妹がいたかもしれないのよ、ってね。

それは初めて聞く話だった。

兄はじっと僕を見た。

だけど、すぐにそう言ったことを後悔したような顔になって、「なんでもない、忘れて」って言ったんだ。なんだかつらそうだったし、それ以降口にすることはなかったし、おまえに話すこともないと思ったんだよね。

じゃあ、あの、僕の友達が言った「女のきょうだい」は――

同級生のためらいがちな表情。

その子、あの時、葬式に来てくれた子だろ。

兄はふと、遠くに目をやった。

なにしろお父さんとお母さんが二人いっぺんに亡くなって、葬式の時は弔問客がどちらの関係者か分からなくて混乱していた。俺も、チラリと見ただけだけど、たぶんあの時だけお母さんの叔父さんが来ていたんだと思う。女の子がいて、おまえに話しかけていた。あれが醍醐覇南子だったのかどうかは分からない。おまえはあの頃、自分の中に閉じこもっていたから覚えてないだろう？　彼女のほうも覚えてないんじゃないかな。

僕と並んで歩いていたという女の子。

もしかすると、僕らは顔を合わせたことがあったのかもしれないし、なかったのかもしれない。

それでも実際のところ、両親は、しっかりと僕に「散多」という名前を付けた。

両親にとっては、兄と僕のあいだに「ハナコ」がいたのだという証しを残したかったのかもしれないし、あの時僕から聞いた字が刻みこまれていたからかもしれない。

だが、本当のところは、やっぱり兄と僕とのあいだにジローがいたからだ、という気もする。

今になってみると、僕が生まれた時、ジローは既に僕のことを知っていたわけだ。自分のあとから来る子供。やがて「散多」と名付けられることになる子供のことを。

以前は、犬の次に付けられた名前、ということで僻《ひが》みや抵抗があったことは否定しない。

だけど、「スキマワラシ」の一件では、ジローにはずいぶん世話になった。なにしろ、命の恩人と言ってもいいくらいなのだ。

だから、今はジローの次でいいかな、と思えるようになったことが、「スキマワラシ」の前と後での、僕のいちばんの変化なんじゃないかという気がしているのである。

文庫版あとがき

教科書の歴史の区分で、第二次大戦後からこっちが、ずーっと「現代」というくくりなのが長いこと納得できなかった。

もう七十年以上経《た》ってるじゃん！　いくらなんでも「今」が長すぎないか？

それをいうなら、「近代」というのも謎の時代だった。明治維新から第二次大戦まで、というくくりらしいのだが、言葉のニュアンスも含め、どうにも腑《ふ》に落ちなかった。

ただでさえ、我々は近現代史を全く教わっていない世代である。歴史の授業は、できれば現代から始めてもらって、なぜこうなったか、というのを少しずつ遡っていって教えてくれればいいのに、とずっと思っていたのだ。

そこで『スキマワラシ』である。

書いている時はあまり意識していなかったが、たぶん私はこの小説で「近代の終わり」について書きたかったのだろう。歴史の区分では「現代」であるが、私はコロナ禍を体験した今こそが、ほんとうの「近代の終わり」なのではないかと思う。

いわゆる「近代」というのは、この上なく世界が激変した時代である。小説の中にも書いたけれど、かつてはえんえん何世代も気が遠くなるほど縄文時代をやっていた人類（というか日本人）が、ここ百数十年で全く異なるベクトルに、加速度的に変化している。自分がその時代に居合わせていることを、つくづく不思議に思わずにはいられない。

日本各地で、土地の記憶と現代アートの組み合わせを生かしたアートフェスティバルが行われるようになってずいぶん経つが、今ではすっかり定着した。地霊とアートがもたらす日常の風景の異化作用には、いつも心が揺さぶられるし、魅入られる。

横浜、新潟、愛知、瀬戸内、などなど、これまで見てきた各地の魅入られる風景、魅入られた理由について描いてみたい、と思ったのも『スキマワラシ』を書いた動機のひとつである。

安久津川《あくつがわ》ホテルのモデルは、西の帝国ホテルと呼ばれた甲子園ホテルだ（現在の「ホテル甲子園」とは無関係）。その歴史はほぼ小説の中に書いた通り。ただし、小説では解体されたことになっているが、甲子園ホテルの建物は現存する。

兵庫県にある武庫川《むこがわ》女子大学の建築学部が現役の学び舎《まなや》として使っておられ、普段は立入禁止だが、見学会に申し込むと建物の中を案内&解説してもらえる。甲子園ホテルが、ロゴに打ち出の小槌《こづち》を使用していたのも事実で、当時としては最先端の広告・宣伝だったそうだ。

消防署のモデルは、現在も現役の消防署として使われている、東京都港区にある、高輪消防署二本榎《にほんえのき》出張所である。こちらも、昼間は見学が可能だ。

パリでは伝統的に消防署がダンスパーティに使われていた（特に「巴里祭《パリ》」の時期）、

というのを何かの本で読んで「へえー」と思い、小説で使わせてもらった。

纐纈《こうけつ》太郎は、実はずっと前に書いた、他のところの短編シリーズの登場人物だったのだが、「将来連動できれば面白いな」という下心があって、『スキマワラシ』にはいわば「出張」のような形で書いたのに、えらく性格が変わってしまい、元のシリーズのほうをどうするか、今頭を悩ませているところだ。

登場人物及びジローやナットにはモデルはいない。しかし、この小説を新聞で連載していた時に、「うちの犬はジローのように、靴を持ってくる癖がある」というお手紙をいただき、もしかすると、今もどこかでジローは誰かの靴を集めているのかしらん、と思ったりもする。

二〇二三年一月

恩田　陸

本書は、二〇二〇年八月、集英社より刊行されました。

初出
文芸事務所三友社の配信により、地方紙十九紙、信濃毎日新聞、河北新報、中国新聞、北日本新聞などに二〇一八年三月から二〇二〇年一月にわたって順次掲載

本作はフィクションであり、実在の個人・団体等とは無関係であることをお断りいたします。

恩田　陸の本

ネバーランド

伝統ある男子校で寮生活をおくる少年たち。年末、四人の少年が居残りすることに。人けのない寮で起こる事件を通して明らかになる「秘密」とは。奇蹟の一週間を描く青春ミステリー。